Helga Glaesener

Das FINDELHAUS

Historischer Roman

List

Für Anne,
die die Nachbarstadt im Land der Phantasie bewohnt.

PROLOG

Montecatini, Toskana, Mai 1782

*G*uido Bortolin trank den letzten Schluck des Tages immer auf der Holzbank vor seiner kleinen Hütte. Er liebte den toskanischen Himmel, der ihn und sein Heim nachts mit einer blauen Decke voller funkelnder Sterne bedeckte. Er liebte den Geruch der Kräuter und Wildblumen, die im hinteren Teil des Waisenhausgartens wucherten. Er liebte das Konzert der Grillen und sogar die emsigen kleinen Mücken, die ihn niemals stachen, weil sie wussten, dass er ebenfalls einer von den Emsigen war. Gott meinte es gut mit ihm.

Zufrieden schaute der Gärtner zu den Bohnenbeeten, mit denen er die Waisenkinder ernährte, und dann wieder zum Himmel. Er war angenehm betrunken, und auch das gefiel ihm. *Salute!*

Als ihm kalt wurde – es ging bereits auf Mitternacht zu – stand er auf. Zeit zum Schlafen, dachte er mit einem gemütvollen Gähnen, aber die Düfte der Nacht verführten ihn noch zu einigen Schritten. Liebevoll streichelte er die gelben Blüten des Besenginsters und schaute nach den beiden kleinen Pfirsichbäumen, die er im vergangenen Jahr gepflanzt hatte und die ihm den Mist aus der Abortgrube mit einem prächtigen Wuchs dankten.

Und dann sah er die Frau.

Sie kam aus dem westlichen Teil des Gartens, wo nichts als Unkraut spross, weil der Boden für Gemüse zu steinig war. Weiße Kleider bedeckten ihren Körper, und ihr Gesicht war hinter einem ebenfalls weißen Schleier versteckt. Entsetzt tastete Guido nach dem Pfirsichstämmchen, um sich festzuhalten. Er zwinkerte.

Als sein Blick wieder klar wurde, war die Frau verschwunden. Der Wein, dachte er benommen, dieser verflixte Wein! Er wollte schon kehrtmachen, aber da merkte er, dass die Frau nur einige Schritte weitergegangen war. Auf das Haus zu. Der Wind blähte die Schleier, und sie wirkte hell und strahlend vor den schwarzen Büschen, und das Licht, das sie trug, flackerte im Mondschein.

Nun packte ihn die Angst. Er war ja nicht dumm. Er wusste, was hier los war. Großtante Duilia hatte oft genug davon erzählt – nachts, wenn er bei ihr im Bett lag. Sie war eine Dame von enormer Fülle gewesen, und an ihren weichen Leib gebettet hatte er die Geschichten von Rachele, der Kindesmörderin, geliebt. Aber jetzt, als er hier stand, fuhr ihm die Angst wie ein Blähfurz durch den Leib.

Benommen sah er zu, wie die Weiße auf den schmalen Wegen zwischen den Beeten zu der schäbigen Villa schwebte. Sie kannte sich aus, natürlich. Schließlich hatte sie hier gelebt. Als Kind und später als junge, verheiratete Frau. Ihr Ehemann hatte darauf bestanden, dass sie im Haus ihrer Eltern wohnen blieb, weil er sich vor ihr fürchtete, wie Großtante Duilia erzählte.

Dort oben in dem Turm, der an den westlichen Teil der Villa angebaut war, hatte man ihr ein Zimmer eingerichtet, das sie nicht verlassen durfte, denn sie war ein bösartiges Geschöpf, das die Bediensteten erschreckte und quälte. Besonders die Kinder. Weil Kinderchen unschuldig sind, hatte Tante Duilia erklärt, und das Böse hasst die Unschuld. Ihrem Reitburschen hatte sie mit der bloßen Faust das linke Auge ausgeschlagen. Und dem Küchenmädchen kochende Ribollita über die Brust gegossen, woran das arme Wesen später auch gestorben war.

Und jetzt ging sie zu ihnen. Zu den Kinderchen, die dort im Haus arglos in ihren Strohbettchen lagen und schliefen.

Guido merkte, wie ihm die Flasche aus der Hand glitt. Jede Faser seines Körpers sehnte sich zurück zur Hütte, er wollte unter die rote Wolldecke kriechen, sich das Kissen unter die Wange stopfen und alles vergessen.

Stattdessen verharrte er auf seinem Platz zwischen den Pfirsichbäumchen und stierte zum Haus hinüber. Rachele hatte ihr Kind mit in den Turm nehmen müssen, denn der Vater hatte sich von einem Säugling, den sie pflegen musste, eine Verbesserung ihres Zustandes erhofft. Erweichte das Lachen eines Kindes nicht jeder Mutter Herz? Doch dann hatte die Amme Rachele dabei erwischt, wie sie den Jungen ersticken wollte. Allerdings hatte sie der Herrschaft nichts davon berichtet, weil sie fürchtete, für ihre Unachtsamkeit gescholten zu werden.

Ich *bin* achtsam, dachte Guido mit einem kalten Schauer auf dem Rücken. Aber ich laufe auch nicht los und reiße Assunta aus dem Schlaf. Erschrocken stand er da und wurde Zeuge, wie Rachele die kleine Tür des Dienstboteneingangs öffnete. Sie verschwand, und mit ihr die Lampe.

Guido wandte den Kopf und schaute zu den Turmfenstern, überzeugt, dass hinter ihnen das Licht wieder auftauchen würde, wenn Rachele den Raum erreichte, in dem sie ihr Kindlein schließlich ermordet hatte.

Doch die kleinen Wanddurchbrüche blieben dunkel.

Guido bückte sich langsam und hob seine Flasche auf. Er hatte Mühe, zu seiner Hütte zurückzufinden, verstört und betrunken, wie er war. Als er zu dem Besenginster kam – dem letzten Ort, von dem aus man freie Sicht auf die Villa hatte – entdeckte er den Lampenschein erneut. Die Flamme war nicht zum Turm gewandert, sie irrlichterte durch den Schlafsaal der Buben.

Seine Augen weiteten sich, als ihm klar wurde, was das bedeutete.

1. KAPITEL

Ich bin eine jämmerliche Heuchlerin, dachte Cecilia Barghini, während sie missmutig neben ihrer ältlichen Verwandten Rosina durch die Gässchen von Montecatini schritt, um das Waisenhaus des Städtchens aufzusuchen. Konnte es etwas Jämmerlicheres geben, als eine Wut auf Waisenkinderchen zu haben, die hungerten und sich wegen der Krätze die Haut blutig rubbelten und husteten und spuckten und unbeweint auf ihren Strohmatten dahinstarben?

Sie selbst führte ein bevorzugtes Leben. Ihre wohlhabende Großmutter hatte sie in Florenz zu einer Dame erzogen. Und nun – nach einer geplatzten Verlobung und dem stürmischen Zerwürfnis mit Großmutter – lebte sie in Montecatini und kümmerte sich um die Tochter des Stadtrichters. Das war vielleicht nicht der brillante Lebensweg, den Großmutter für sie geplant hatte, aber sie mochte Giudice Rossi und die kleine Dina, und in jedem Fall war sie tausendmal besser dran als die armen Dinger im Waisenhaus. Schrecklich, dass sie ihnen nicht mehr Anteilnahme entgegenbringen konnte.

»Ich wünschte, wir hätten schon Nachmittag«, rief sie in Rosinas Ohr, um sich in dem Stimmengewirr verständlich zu machen, das auf der Straße herrschte. »Ich wünschte, ich müsste nicht zur Komiteesitzung, und ich wünschte … Ach, ich bin schrecklich!«

»Was sagst du, Liebes?« Zerstreut fasste die alte Dame nach Cecilias Hand. Es war ein Maitag im Jahre 1782. Über Montecatini strahlte ein nahezu weißer Himmel, und im

Stoff ihrer Sonnenschirme fingen sich die Blumendüfte aus den Gärten. Das Städtchen platzte schier aus den Nähten. Jedermann schien Einkäufe erledigen zu müssen oder wollte jemanden besuchen oder einen Stoffballen oder Holzgitter transportieren. Rosinas Augen leuchteten, während sie die Leute beobachtete, und manchmal kicherte sie. Sie hatte den größten Teil ihres Lebens in einem Stift für mittellose Damen verbracht, was entsetzlich öde gewesen musste. Als Cecilia ihr die Stelle einer Gesellschafterin anbot, hatte sie ihr Glück kaum fassen können. *Du bist ein Engel, mein Schatz* – das war der Satz, den sie pausenlos wiederholte.

Aber auch diese gute Tat war eigentlich heuchlerisch gewesen: Cecilia benötigte eine Anstandsdame, damit es in der Gesellschaft von Montecatini kein Geschwätz darüber gab, dass sie allein in ihrer Wohnung lebte. Und sie hatte Rosina ausgewählt, weil die alte Frau keine Fragen stellte und sich nicht in ihr Leben einmischte. Keine Zuneigung unter Verwandten, wie Rosina fest glaubte. Reiner Eigennutz.

Nun ja, dachte Cecilia und drückte mit einem wehmütigen Lächeln die Hand der alten Frau, inzwischen vielleicht schon ein bisschen Zuneigung.

Sie wichen einem Esel aus, der einen hundertmal geflickten Sack schleppte, und dann einem trüben Rinnsal, das sich aus einem Hauseingang ergoss. Als sie in ein Seitengässchen abbogen, wurde es ruhiger. »Ich wünschte, ich könnte die Kleinen so gern haben wie du«, sinnierte Cecilia. »Im Ernst, Rosina. Sie haben jemanden verdient, der sich wirklich Sorgen um sie macht, den es kümmert, was mit ihnen geschieht. Der ihre Namen kennt und …«

»Aber Liebes, was redest du denn? Du sorgst doch für sie wie ein *Engel!* Bedenke nur, sie werden *Hüte* bekommen. Wie richtige Jungen und Mädchen. Und das wäre nicht möglich gewesen, wenn du Signora Macchini nicht überre-

det hättest, ihr Service mit den indianischen Blumen für die armen Würmchen zu spenden. Du bist wunderbar, nur dass du zu viel grübelst.« Rosina drückte Cecilias Hand in stürmischer Zärtlichkeit.

Was Cecilias Bemühen beim Sammeln von Spenden für das Waisenhaus anging, hatte die alte Dame allerdings recht: Die neuen Kittelchen und Decken – und natürlich die Hüte, wenn man Signora Secci tatsächlich zu solch einem ungewöhnlichen Kauf überreden konnte – waren ihr Verdienst. Es verging keine Woche, in der sie nicht in irgendeinem Salon stand, um der Hausherrin ein paar Scudi für das Waisenhaus abzuschwatzen. *Ihre Leibchen sind zu dünn. Sie husten sich die Seele aus dem Leib, die armen Kinderchen ...* Aber ich gehe nicht in ihre Schlafräume, ich streichle ihnen nicht über die struppigen Köpfe und weigere mich, in ihre Gesichter zu sehen. Wenn das keine Heuchelei ist!

Sie hatten die kleine Straße, in der sich das Waisenhaus befand, erreicht. »Meinst du, es ist genug?« Besorgt hob Rosina das Tuch von ihrem Korb, in dem sie das Gebäck für die Waisenkinder trug. Cecilia verkniff sich ein Lächeln, als sie sah, wie die alte Frau schneller ging und schließlich auf den Rasen lief und die kleinen Lumpengestalten um sich scharte. Plappernd und lachend verteilte sie ihre Köstlichkeiten, und ein Mädchen rieb die Wange am Seidenstoff ihres Kleides.

Rasch wandte Cecilia sich zu dem Weg, der um das Haus herumführte. Der Eingang zum Stiftungssaal lag im hinteren Teil des Grundstücks, dort, wo sich der verwilderte Garten ausbreitete. Sie blieb stehen, als sie das wadenhohe Gras mit den roten Tupfern aus Kronenwindröschen und Spargelbohnen erreichte. Wieder einmal bedauerte sie, dass es unmöglich war, diesen Teil des Grundstücks zu verkaufen,

um mit dem Erlös das Waisenhaus zu renovieren. Aber diese Möglichkeit war von der Familie, die vor einem halben Jahrhundert ihr nobles Wohnhaus den Waisen geschenkt hatte, in der Stiftungsurkunde ausdrücklich verboten worden.

Cecilias Blick schweifte zur Tür.

Ich gehe hinein, und ich komme wieder heraus – zwei Stunden meines Lebens, mehr ist das nicht, dachte sie und hoffte von Herzen, dass die Säuglinge schliefen. Denn deren Greinen würde sie unweigerlich an das Kind erinnern, das zwei Jahre zuvor in ihrem eigenen Leib gestorben war. Durch ihre Torheit. Weil sie nicht bedacht hatte, dass ein zu eng geschnürtes Mieder ein Ungeborenes umbringen konnte. Sie hasste das gelbe Haus und die Sitzungen und die Kinder und die Hemdchen, die im Garten auf der Wäscheleine flatterten, weil all das sie an ihre Schuld erinnerte. Ich hasse meine eigene Sünde, dachte sie unglücklich.

»*Scusi, Signorina.*«

Erschreckt fuhr sie herum. Vor ihr stand der Waisenhausgärtner. *Guido Bortolin, zehn Scudi Lohn,* dachte sie mechanisch. *Dazu Kost und Unterkunft.* Unentbehrlich, wenn die armen Würmer nicht verhungern sollten, denn er senkte die Verpflegungskosten um ein respektables Drittel, indem er die Bohnen anbaute, mit denen jedes Essen gestreckt wurde.

»Ja bitte?« Sie merkte selbst, wie ungeduldig ihre Stimme klang.

Der Mann nahm die Mütze ab und klemmte sie unter seinen Arm. »Ich will es jemand sagen!« Er wartete offensichtlich auf eine Antwort.

»Gewiss, Guido, nur ... worum geht es denn?«

»Dass Sie etwas tun müssen, *scusi, Signorina*. Sie und die anderen Damen. Zum Schutz der Kinderchen.« Seine dicken Lippen blähten sich, während er sie anstarrte. Er war

nicht schwachsinnig, auch wenn manche Menschen es befremdlich fanden, dass er seinen Gemüsebeeten Frauennamen gab. Der Salat kommt von Letizia, wenn's recht ist ... Felicita gibt fade Petersilie ... Er hatte die Beete mit Frauennamen belegt, weil sie wie Frauen unterschiedlichen Grillen nachhingen. Felicita vertrug kein Geröll, Delia soff, Letizia gedieh nur mit Schweinepisse ...

»Warum müssen wir etwas zu ihrem Schutz tun, Guido?«

»Weil sie zurückgekehrt ist. Rachele. Das ist es. Sie ist aus ihrem Grab raus und gewandelt. Hier im Garten. Und es ist nur noch drei Wochen hin. Dann sind die sechsundsechzig Jahre um.«

Ratlos schaute Cecilia in das faltenzerfurchte Gesicht.

»Und dann wird sie's wieder tun«, erklärte der Mann, er wurde langsam ungeduldig. »Donnerstag in drei Wochen. Das ist der Tag, wo sie ihr Kind umgebracht hat. Sie hat es aus dem Fenster geworfen. Da, aus dem Turm.«

»Wer hat jemanden aus dem Fenster geworfen?«

»Rachele. Die Kindsmörderin. Am Donnerstag in drei Wochen ist es sechsundsechzig Jahre her. Dann ist der Jahrestag, und dann wird sie es wieder ...«

»Guido ...«

»Geht mich nichts an, Signorina, weiß ich selbst. Ich wollt's nur sagen. Dass ich sie gesehen habe. Und dass es nur noch drei Wochen und zwei Tage hin ist. Sind doch auch Geschöpfe Gottes, die Kinderchen ... hinter all der Blödigkeit ... nach meiner Meinung ... *scusi* ... Bin ja nur ein dummer alter Gärtner ... Was weiß schon ein Gärtner ...«

Guido strich sich die schmierigen weißen Haarsträhnen hinters Ohr, setzte die Mütze wieder aufs Haupt und kehrte beleidigt zum Flieder zurück. Verdutzt starrte Cecilia ihm nach.

Es dauerte zwei Stunden, ehe die Frage der Hüte entschieden war. Es würde *keine* Hüte geben. Signora Secci, die resolute Leiterin des Waisenhauskomitees mit einer Neigung zu gelben Kleidern, in denen sie wie eine Bonbonniere aussah, hielt nichts davon, die Kinder zu verzärteln – ganz gleich, wie billig die Hüte erstanden werden konnten. Man musste die armen Würmchen auf ihr hartes Leben vorbereiten, damit sie es in Gottesfurcht durchstehen konnten. Hüte leisteten dabei keinen Nutzen. Als Cecilia das Waisenhaus wieder verließ, drehte sich ihr der Kopf.

Sie und Rosina erreichten den Marktplatz, als die Glocke von San Pietro gerade zwölf schlug. Eigentlich hatte sie vorgehabt, sofort in den Palazzo della Giustizia zu eilen, das schäbige graue Gebäude in der Ecke des Platzes, in dem Enzo Rossi mit seiner Tochter wohnte. Sie hatte für Dina einen Stundenplan erstellt, und für die Zeit bis zum Mittagessen war Französischunterricht vorgesehen. Aber nun zögerte sie. Das Gericht tagte – und wie immer, wenn das Wetter es zuließ, bei geöffneten Türen.

Rosina zupfte an ihrem Ärmel.

»Ich weiß«, flüsterte Cecilia. »Lass uns einen Moment zuschauen.«

Sie liebte diese Prozesstage. Besonders seit Zaccaria – der Bauer mit dem polternden Sinn für Gerechtigkeit, den die Montecatiner zum Assessore des Richters gewählt hatten – die Kunst des Lesens beherrschte. Möglichst beiläufig tat sie einige Schritte, um in den Hort der Gerechtigkeit zu spähen. Die Gerichtsverhandlungen fanden im ehemaligen Theater von Montecatini statt, einem Gebäude mit Zuckergussfassade und einem martialischen Zinnenkranz, das direkt an das Wohnhaus des Richters grenzte.

Rossi, mager, mit schwarzen gewellten Haaren, in denen sich erste Geheimratsecken zeigten, saß in seiner roten

Robe hinter dem Richtertisch. Rechts von ihm blätterte Zaccaria in der Kurzfassung der toskanischen Gesetze, zu seiner Linken gähnte Signor Secci, der Ehemann der Komiteevorsitzenden, die den Waisen gerade die Hüte verweigert hatte. Er langweilte sich unverhohlen und bedauerte wahrscheinlich wieder einmal, dass er nicht eiserner widerstanden hatte, als die Montecatiner ihn zum zweiten Assessore wählten. Er war Bankier, und auch seine Bankgeschäfte ließ er lieber von seinen Angestellten erledigen.

Ein Dutzend Zuschauer lungerten auf den Bänken im Teatro, andere hatten sich Stühle vom gegenüberliegenden Kaffeehaus ausgeborgt und verfolgten die Versammlung vom Marktpflaster aus, wo ihnen die Maisonne ins Gesicht schien. Das ungewohnt zahlreiche Publikum ließ vermuten, dass entweder der Gegenstand der Verhandlung oder die beiden streitenden Parteien von Interesse waren.

»Was hat das mit den Kerzen zu tun?«, dröhnte Rossis Stimme über den Platz. Die Lammsgeduld, die er sich aufzuerlegen suchte, verdeckte nur kümmerlich seine Gereiztheit. Er war ein kluger Mann mit einem enormen Gedächtnis und rascher Auffassungsgabe, und jede Art von Umständlichkeit reizte ihn aufs Blut.

»Ihre Zahl. Die Zahl der Kerzen.« Zaccaria hatte Mühe, die Stelle in seinem Gesetzbuch zu finden.

»Was ist damit?«

»Filippo hat gesagt, dass er zwölf Kerzen gestiftet hat. Darüber gibt es ...« Die Prozedur des Lesens nahm Zeit in Anspruch. Der Bauer hielt inne, leckte den Zeigefinger und blätterte weiter.

Cecilia sah, wie Rossi mit den Fingern auf der Tischplatte trommelte.

»Wer dem Esel das Tanzen beibringt«, rief einer der Zuschauer, und die Leute lachten.

»Wie flegelhaft. Man darf doch nicht lachen, wenn das Gericht tagt«, entrüstete sich Rosina im Flüsterton.
»Hier! Acht Kerzen höchstens! Zwei große und sechs kleine.« Zaccaria schloss das Buch, seine Faust krachte auf den Buchdeckel. »Begreift ihr das?« Er ließ den Blick über die Zuhörerschaft schweifen, die natürlich gar nichts begriff und ihn erwartungsvoll anglotzte. »Der Granduca hat ein Gesetz erlassen, das bestimmt, wie viele Kerzen in welchen Gottesdiensten erlaubt sind. Bei einer Trauerfeier nicht mehr als acht. Aber als Giulia – Gott segne die Gute – unter die Erde kam, haben *zwölf* Kerzen gebrannt. Das war übrigens anständig von dir, Filippo. Nicht jeder handelt so, wenn sein Weib im Sarg liegt, wo es nicht mehr keifen kann«, lobte Zaccaria den Angeklagten, einen kleingewachsenen Mann mit krummem Rücken und Stoppelbart. »Aber ...«

»Sie hat die zwölf Kerzen verdient«, unterbrach Filippo ihn bedachtsam. »Zwölf Kinder in vierzehn Jahren – und alle am Leben gehalten. Für jedes Kind 'ne Kerze, hab ich mir gedacht. Wenn ich auch nicht weiß ...«

»... wie du deine mutterlosen Kinder durchbringen sollst.«

»Wie ich das bezahlen soll, wollt ich eigentlich sagen.« Filippo wischte die Hand am Hosenboden ab, verlegen wegen der Aufmerksamkeit, die ihm zuteil wurde. Zaccaria nickte ihm ermutigend zu. Ein Blick von Mann zu Mann, von Hungerleider zu Hungerleider, obwohl es ihm selbst gar nicht schlechtging. Er war ein tüchtiger Bauer.

Nun wandte Zaccaria sich wieder ans Publikum. »Liebe Leute, jemandem wie Padre Ambrogio, der von unseren Steuern ernährt wird und sich um niemanden als sich selbst kümmern muss, kann es natürlich gleich sein, wenn Filippos arme Kinder vor Hunger weinen ...«

Der junge Priester, offenbar der Kläger, zuckte zusammen. Er war selbst so arm wie die sprichwörtliche Kirchenmaus, und dass der Kerzenzieher von ihm sein Geld wollte, konnte man ihm kaum zum Vorwurf machen. Filippo mochte das auch begreifen, denn er erklärte: »Einen Scudo zahl ich, aber mehr kann ich nicht. Ehrlich.«

»Und genau das mein ich, Mann …«

Rossi hatte genug von der Lammsgeduld. Er legte seinem Beisitzer die Hand auf den Arm. »Du hast zwölf Kerzen bestellt, du bezahlst sie, Filippo.«

»Oder auch nicht.« Zaccaria packte wieder sein Buch und hielt es siegessicher in die Höhe. »Worauf es ankommt, ist Folgendes: Du hast den Padre zwölf Kerzen anzünden lassen. Ergo …« Das lateinische Wort, das er von Rossi aufgeschnappt hatte, glitt wie Rosenwasser über seine Lippen. »Ergo ist die Trauerfeier ungesetzlich gewesen, nach dem Buchstaben des Gesetzes. Ergo musst du nicht zahlen, denn niemand kann von dir erwarten, dass du Geld hinlegst für was Ungesetzliches. Das würde dich ja direkt zum … zum Komplizen machen. Du *darfst* das gar nicht!«

»Aha«, sagte Rossi.

Zaccaria gefiel dieses Aha nicht. Den Zuschauern ebenso wenig. Man konnte sehen, dass die Beweisführung des aufmüpfigen Bauern sie bezauberte. Außerdem gehörte es zum guten Ton, gegen die Ansprüche der Kirche zu rebellieren, seit der Granduca ihr ein Recht nach dem anderen beschnitt.

»Cecilia …«, wisperte Rosina.

»Psst, nur noch einen Augenblick.«

»Da wir uns gerade mit den Gesetzen befassen«, sagte Rossi. »Paragraph vier-sieben-drei: *Die Richter sollen nach dem wahren und allgemeinen Verstand der Worte des Gesetzes verfahren und unter keinem erdenklichen Vorwand eines Unterschieds zwischen dem Wort und dem Sinn des*

Gesetzes von der klaren Vorschrift dieser Gerichtsordnung abweichen.«

»Paragraph vier-drei-sieben von was?«, wollte Zaccaria wissen. Rossi machte einen tiefen Atemzug. Einen Moment lang schwieg er, dann sagte er: »Du zahlst, Filippo. Das war's! Basta.«

»Aber …«, wandte Zaccaria ein.

»Und du – reg mich nicht auf. Der Nächste. Vincenzo Mughini …«

Mit einem leisen Lachen ergriff Cecilia Rosinas Arm.

»Das mit Filippo ist nicht richtig«, meinte Dina, als die Familie abends im Speisezimmer des Palazzo della Giustizia die gemeinsame Mahlzeit zu sich nahm. Rossis Tochter war im vergangenen Monat elf Jahre alt geworden. Ihr schmales Äffchengesicht wirkte noch eckiger als früher, und die dürre Gestalt war in die Höhe geschossen. Nicht einmal der freundlichste Betrachter, dachte Cecilia bekümmert, kann in diesem Persönchen Anzeichen aufblühender Schönheit entdecken. Was für ein Jammer, dass sie im Aussehen nach dem Vater kam. Ihre Mutter Grazia, Cecilias verstorbene Cousine, war eine Schönheit gewesen. »Es ist gemein, dass seine Kinder hungern müssen«, erklärte Dina mit vollem Mund.

»Zunächst einmal schluckst du, bevor du sprichst, und dann: Dein *Vater*«, Cecilia betonte das letzte Wort, »muss das Gesetz vertreten. Er kann nicht richten, wie er will. Das hat Zaccaria nur noch nicht verstanden. Und … woher weißt du überhaupt, was dieser Filippo … Bist du draußen herumgestromert?«

»Sie haben doch gesagt, ich soll auf Sie warten. Aber dann sind Sie nicht gekommen, und da bin ich auf den

Markt gegangen. Und da Sie noch zu tun hatten, hab ich mir's angehört«, sagte Dina und gab sich keine Mühe, ihr Lachen zu verbergen.

Rossi, der die Käsekräutersuppe löffelte und dabei seine Juristenzeitung studierte, zog amüsiert die Augenbrauen hoch.

Für Dina war das natürlich ein Zeichen der Ermutigung. »Wer die Waisen betrübt, soll einen Stein um den Hals gebunden bekommen und im See versenkt werden. Das hat Jesus gesagt«, erklärte sie kühn.

»Im See versenken, ja?« Rossi legte seine Zeitung beiseite. »Der Kerzenzieher hat nur fünf Kinder, aber die will er auch satt bekommen.«

»Dann muss er mehr arbeiten.«

»Er arbeitet so viel, wie er kann.«

»Aber Filippos Kinder haben keine Mutter mehr. Und sie haben auch keine Kleider und nichts zu essen.« Das Letztere war Spekulation und wurde deshalb mit besonderem Nachdruck vorgetragen.

»Vielleicht hätte Filippo gut daran getan, in diesem Fall zwölf Kittel statt zwölf Kerzen zu kaufen?«, schlug Rossi vor.

»Filippo ...« Dina zerbrach sich den Kopf, aber es fiel ihr nichts mehr ein, was sie zugunsten ihres Schützlings hätte vortragen können. »Jedenfalls werde ich ihn und seine Kinderchen besuchen und ihnen Kekse aus der Küche bringen. Und das darf ich, weil es mildtätig ist. Und deshalb gehört sich's«, behauptete sie frech.

»Und über das, was sich sonst noch gehört, wirst du für den Rest des Abends in deinem Zimmer nachdenken.« Cecilia wies zur Tür. Sie sah zu, wie Dina mit einem Lachen hinausrannte – nicht im Geringsten unglücklich darüber, der langweiligen Tischrunde zu entrinnen.

»Und was ist so lustig?«, fragte Cecilia.

Rossi zwinkerte ihr zu. »Ich gratuliere dir. Prachtvolle Arbeit.«

»Sie weiß, bei wem sie sich so etwas erlauben kann.«

»Tatsächlich?« Er amüsierte sich immer noch.

»Kinderlachen – Freud im Haus«, nuschelte Rosina mit halbvollem Mund und schielte zur Suppenterrine. Sie versuchte wenig zu essen, wie es einer Dame anstand, aber ihr Appetit war ungeheuer. Cecilia argwöhnte, dass die Bewohnerinnen des Stifts, in dem sie ihr halbes Leben zugebracht hatte, gehungert hatten.

Gutgelaunt schöpfte Rossi der alten Dame nach. »Und wie beurteilt der Rest des Hauses das Verfahren?«, fragte er Cecilia über die Terrine hinweg.

»Filippo kann nichts dafür, dass er dumm ist. Er tut mir leid.«

»Das ist anständig gedacht, nur leider ohne Bedeutung für das Urteil. Aber wenn es dich tröstet … Er braucht keine Steuern zu bezahlen. Das ist ein neues Gesetz des Granduca. Wer mehr als zwölf Kinder hat, wird von den Steuern befreit. Mit dem Geld, das Filippo dadurch spart, kann er die Kerzen bezahlen. Und das – versteh mich bitte recht – ist keine Freundlichkeit, mit der ich das Gesetz aushebeln will, sondern ein Glücksfall für ihn.«

»Hast du ihm seinen Glücksfall erklärt?«

»Natürlich.«

»Warum hast du es nicht gleich während der Versammlung getan? Dann hätten die anderen Leute auch etwas davon gehabt, und alle wären zufrieden gewesen.«

»Hm.« Sie sah, wie Rossis Miene sich verdüsterte. Er griff nach seiner Zeitung, faltete sie neu und legte sie wieder neben seinen Teller. »Wie es aussieht, hatte ich in der Verhandlung Besuch.«

»Was für Besuch?«
»Ein junger Mann. Pockennarben im Gesicht, und an der linken Hand fehlt ihm ein Finger. Ich kenne ihn. Einer von Tacito Luporis Sbirri. Ich habe ihn ein paar Male in Buggiano getroffen.«
»Pocken sind schlimm«, nuschelte Rosina, schon nicht mehr ganz nüchtern.

Rossi hob sein Glas und prostete ihr lächelnd zu.
»Und was wollte er?«, fragte Cecilia beunruhigt.
Rossi seufzte. Er stand auf, ging zum Fenster, verschränkte die Arme über der Brust und blickte hinaus. Seine gute Stimmung war wie fortgeblasen. »Ich denke einmal… vielleicht… Munition für einen Krieg sammeln?«

Krieg, dachte Cecilia, ja. Giusdicente Tacito Lupori, Rossis Vorgesetzter, der die höchste Gerichtsbarkeit über das Valdinievole-Tal ausübte, war ein lächerlicher Mann. So sah er aus, so hatte Cecilia ihn eingeschätzt, als sie ihn das erste Mal gesehen hatte mit der parfümierten Perücke und seinem übertrieben feinen Justaucorps mit dem angesteckten Blumensträußchen, das er trug wie andere einen Orden.

Inzwischen wusste sie, dass er alles andere als lächerlich war. Wie Rossi kam er aus ärmlichen Verhältnissen. Sie hatten beide durch das Genieexamen, mit dem der Granduca die Klügsten seines Volkes förderte, die Möglichkeit bekommen zu studieren. Aber im Gegensatz zu Rossi war Lupori dadurch nicht glücklich geworden. Er wurde von einem krankhaften Ehrgeiz zerfressen, der sich aus Gründen, die sie nie ganz verstanden hatte, besonders an seinem Kollegen rieb.

»Ist es dir recht, Liebes, wenn ich in der Küche nach dem Rechten sehe?« Rosina riss Cecilia aus ihren Gedanken. Wenn man es genau nahm, schickte es sich nicht, dass sie

Cecilia mit dem Giudice allein ließ, aber sie nahmen es alle nicht genau, und so huschte die alte Frau hinaus, um die Reste der Käsesuppe aufzuessen.

»Der Mann hasst mich«, meinte Rossi vom Fenster her düster. »Frag mich, was ihn treibt – ich weiß es nicht. Aber ich weiß, dass er niemals Ruhe geben wird. Er kriecht mit Stielaugen über mir und sucht nach einer ungeschützten Stelle, um zuzuschnappen. Findest du, dass ich übertreibe? Herrgott, mir ist, als hätte ich ständig eine Wespe auf der Haut.« Wieder schaute er zum Fenster hinaus, mit schmalen Lippen, voller Sorge.

»Wie sollte er es gegen dich ausnutzen können, wenn du den Leuten ein Gesetz erklärst?«

»Kann er nicht. Das ist es ja. Der Kerl hat mich so weit, dass ich zucke, noch bevor er zuschlägt.«

»Und nun?«

»Weiß ich auch nicht. Ich verhandle inzwischen so korrekt, dass jeder meiner Prozesse in die Paradigmensammlung des Granduca eingehen könnte. Warum schickt er mir immer noch seine Spitzel?«

»Um zu piken?«, schlug Cecilia vor.

Rossi zuckte die Schultern und schwieg. »Wollen wir fortgehen?«, sagte er plötzlich. Die Frage war wohl nicht als Scherz gemeint – dazu schaute er sie zu aufmerksam an.

»Wohin?«

»Man hat mir eine Stelle in Collodi angeboten.«

»Davonlaufen?«

»Es gibt Hunde, die lassen nicht mehr los, wenn sie sich festgebissen haben – du kannst auf sie einprügeln, du kannst sie totschlagen. Es nutzt nichts. So einer ist Lupori.«

»Davonlaufen?«, wiederholte Cecilia entrüstet.

Er musste lachen. »Wir lassen uns also nicht den Schneid abkaufen?«

»Auf keinen Fall. Nicht von diesem Mann. Was ist los mit dir, Giudice Rossi? Wo bleibt deine Courage?«

»Courage ist leicht, wenn man nur auf sich selbst zu achten hat.« Er errötete plötzlich und blickte wieder zum Fenster hinaus.

Cecilia betrachtete ihn, und eine Welle von Zärtlichkeit durchflutete sie. Seine ewig unordentlichen Haare, die abgewetzte Weste, die er trug, weil es ihn nicht kümmerte, was für eine Figur er abgab, die langen, schmalen Hände, die Gesetzestexte kommentierten und Urteile schrieben und mit denen er sich auch schon geprügelt hatte, als es nicht anders ging … Was für ein Mensch, dachte sie liebevoll.

Wie lange arbeitete sie nun in seinem Haushalt? Anderthalb Jahre? Zwei Heiratsanträge hatte er ihr in dieser Zeit gemacht, und sie hatte beide Male abgelehnt, weil sie in Situationen kamen, in denen sie nach Mitleid schmeckten. Stattdessen hatte sie ihre eigene Wohnung bezogen, um jedem Gerücht, sie wäre etwas anderes für den Giudice als eine selbstlose Verwandte, die ihm bei der Erziehung des Kindes half, den Boden zu entziehen. War sie zu stolz? Zu dumm?

Sie wollte etwas sagen, aber in diesem Moment kam Anita herein, um die Teller abzuräumen. Die junge Köchin schepperte mit dem Geschirr und machte Vorschläge, die einen Seeteufel in Weißwein betrafen, und als sie wieder ging, war der Zauber des Augenblicks verflogen.

»Wusstest du, dass Luporis Frau Mitglied des Waisenhauskomitees ist?«, fragte Cecilia.

»Kein Wunder. Der Mann poliert seine Kutsche und seine Jackenknöpfe. Da muss natürlich auch die Signora glänzen.«

»Aber das tut sie nicht.« Cecilia war verblüfft, als sie

merkte, wie schwer es ihr fiel, das Bild von Silvia Lupori vor ihrem inneren Auge heraufzubeschwören. Sie war eine blasse Erscheinung, dünn und hochgewachsen – daran konnte sie sich erinnern. Doch schon bei der Farbe ihres Haares wurde sie ratlos. Kleidete Silvia sich modisch? Auf keinen Fall so elegant, dass es auffiel. Wie klang ihre Stimme? Sie wusste es nicht. »Jedenfalls tut sie sich nicht hervor. Ich könnte nicht einmal sagen, ob ich sie heute bei der Komiteesitzung gesehen habe. Ob ich versuchen sollte, eine Freundschaft mit ihr zu beginnen?«

»Lass die Finger von den beiden«, sagte Rossi, und seine Stimme klang noch dunkler als gewöhnlich.

Silvia Luporis Haar war blond, jedoch so ausgetrocknet, dass es einen spinnwebenartigen Silberton angenommen hatte. Das stellte Cecilia drei Wochen später bei der nächsten Sitzung des Waisenhauskomitees fest.

Signora Secci hatte ihre Mitstreiterinnen zu Zimtkonfekt eingeladen, weil sie der Meinung war, dass der selbstlose Dienst der Barmherzigkeit einen Moment des Innehaltens brauchte, damit die Kräfte nicht erlahmten. Sie hatten sich im Boudoir des Waisenhauses getroffen, nun saßen sie in kleinen Grüppchen auf den altmodischen Klauenfußstühlen der Vorbesitzer beisammen und plauderten.

»Was kann denn so schlimm daran sein, wenn die Kleinen Hüte tragen? Verstehe ich nicht«, seufzte Cecilias Freundin Marianna über ihrer Schokolade, die sie aus englischen Tassen mit Goldrand tranken. Sie war die Jüngste in diesem Kreis wohltätiger Damen, hübsch mit einem Wust lockiger brauner Haare, und es war unübersehbar, dass sie sich die meiste Zeit langweilte. »Ich kenne keinen trübsinnigeren Ort als dieses Haus. Glaubst du im Ernst, dass eines der Kinder sich ins Glücklichsein verstiege? Nicht mit *hun-*

dert Hüten auf dem Kopf. Sieh dir doch nur dieses arme Häschen an.« Sie flüsterte, weil Signora Secci in Hörweite saß.

Das Waisenmädchen, das Marianna meinte, huschte verschreckt mit einem Tablett zwischen den Damen umher. Es trug ein Kleid aus ungefärbter Wolle, unter dem sich die mageren Hüften abzeichneten, und die Zuckerdose auf dem Tablett klapperte, weil die Kleine zitterte. Nun stand sie vor Silvia Lupori. Die Frau rührte sich nicht, als sie ihr Zuckerdose und Gebäckschale entgegenhielt.

Hochmütiges Biest, urteilte Cecilia, aber dann korrigierte sie sich. Die Frau des Giusdicente war nicht hochmütig, sondern offenbar krank. Sie tupfte sich mit einem Schnupftüchlein die Nase und war trotz der angenehmen Wärme in einen dicken Wollschal gehüllt.

»Schnepfe! Silvia ist nicht besser als der Frosch, den sie geheiratet hat«, flüsterte Marianna, die Cecilias Blick mit den Augen gefolgt war. »Wusstest du, dass sie Opium schluckt? Nicht nur hier und da ein Gran zur Aufheiterung ... Mengen!« Marianna rollte ob dieser köstlichen Entgleisung mit den Augen. Spätestens seit Dottore Billings, der Leiter des örtlichen Irrenasyls, ihnen das Werk seines Landsmannes Young über die Folgen des Opiummissbrauchs zugänglich gemacht hatte, galt es im Valdinievole-Tal als unschicklich, der Droge zu frönen.

»Und ...« Das Beste kam noch. »Signora Danesi hat sie letztens vor dem Altar von San Pietro Apostolo tanzen sehen! Glaubst du's? Nun, vielleicht war es nicht wirklich Tanzen, aber ... gesummt hat sie auf jeden Fall. Bedenk nur: vor dem Altar! Das ist ... das täte nicht einmal *ich*. Nicht einmal *betrunken*.«

Hatte Silvia bemerkt, dass man über sie sprach? Sie stand plötzlich auf und durchquerte den Raum, wobei sie unsicher

ihre Hände bewegte, als suchte sie etwas zum Festhalten. Ihr Gesicht war bleich und von Schweiß überzogen.

Marianna verschwand errötend hinter ihrem Fächer, während Cecilia sich erhob, um der Frau ihren Platz anzubieten. Opium oder nicht, Signora Lupori ging es schlecht. Doch die Kranke lehnte sich stattdessen gegen eine Kommode und verschränkte die Arme über der Brust, was unerzogen und … männlich wirkte. Ihr zusammengefalteter Fächer hing an ihrem Finger wie ein störendes Requisit.

»Das ist also das berühmte Buch?«

Verwirrt starrte Cecilia erst die Signora und dann die rot eingebundene Kladde an, die neben ihr auf einem Tischchen lag – das Buch, in dem sie auf Geheiß von Signora Secci die finanziellen Umstände des Waisenhauses dokumentierte.

»Ich wusste gar nicht, dass das Kontenbuch berühmt ist.«

»Sie nennen es das *Buch des Jüngsten Gerichts*, nicht wahr?« In Silvias trüben Augen blitzte Spott auf.

Ja. Und herzlichen Dank – wer auch immer über den Scherz geschwatzt haben mag, dachte Cecilia. Ihr Mitgefühl kühlte merklich ab. »Signora Lupori …«

»Sagen Sie Silvia zu mir.« Die Bitte um die vertrauliche Anrede kam so herablassend, dass sie eher wie eine Beleidigung als wie ein Freundschaftsangebot klang. Ohne um Erlaubnis zu fragen, griff die Frau nach dem abgewetzten Buch.

Cecilia hatte ihm in einem verdrossenen Moment den Namen *Buch des Jüngsten Gerichts* verpasst, weil in ihm – der himmlischen Buchführung entsprechend – die Taten der Montecatiner verzeichnet wurden. Die guten, womit die Spenden an das Waisenhaus gemeint waren, und die schlechten. Letztere bestanden aus den Forderungen, die von Bürgern an das Waisenhaus gestellt wurden, denn Signora Secci hielt es für niederträchtig, wenn jemand Lohn

beanspruchte oder ein Entgelt für Waren wünschte, die den Waisen zugutekamen. Wo blieb da die christliche Barmherzigkeit?

Gleichgültig glitt Silvias Blick über die Spalten. Sie klappte das Buch wieder zu und legte es auf den Tisch zurück. »Halten Sie das alles nicht auch für eine Torheit?« Mit einer ungeduldigen Bewegung zog sie den Schal straffer, so dass ihre spitzen Schultern durch das Gewebe stachen. Einen Moment stand sie still und kerzengerade. Dann sagte sie: »Wenn wir auch nur einen Funken jener Güte besäßen, derer wir uns rühmen, dann würden wir in die Schlafsäle hinabgehen und den Bälgern die Hälse umdrehen. Stimmen Sie mir nicht zu, Cecilia?«

Sie wartete keine Antwort ab – Cecilia wäre auch beim besten Willen nichts eingefallen – und kehrte ohne Gruß zu ihrem Platz zurück. Eine versteinerte, leidende Frau mit ungeheuerlichen Manieren.

»Hexe!«, prustete Marianna hinter ihrem Fächer.

Als die Damen eine halbe Stunde später auseinandergingen, sah Cecilia Luporis Kutsche vorfahren. Sie trat in den Schatten eines Ölbaums, als sie bemerkte, dass der Giusdicente sich aus dem Polster erhob und über das Kutschtreppchen auf die Straße stieg, um seine Frau zu begrüßen. Da es Frühling war, hatte er für sein Knopfloch ein frisches Sträußchen pflücken lassen. Ranunkeln. Trotz der Hitze trug er wieder seine Perücke. Das Gesicht darunter war angespannt. Cecilia sah, wie er sich auf seinen Stock stützte. Jede Bewegung schien ihn zu schmerzen, und einen Moment lang verspürte sie den gottlosen Wunsch, ihn möge dahinraffen, was auch immer ihn quälte. Signora Secci trat hinzu, und die beiden plauderten miteinander, aber nur kurz, denn auf die Signora wartete ihr eigener Lakai mit dem Korbwagen.

Silvia hatte es sich mittlerweile im Wagen bequem gemacht. Als ihr Gatte sich mit schmerzlich verzogenem Gesicht neben ihr niederließ, flüsterte sie ihm etwas zu. Cecilia hatte nicht die blasseste Ahnung, was es gewesen sein könnte, aber sie sah, wie Lupori eine bösartige Grimasse schnitt. Er hob seinen Gehstock und bohrte ihn dem Kutscher in den Rücken. Silvia lachte leise.

2. KAPITEL

In der folgenden Nacht hatte sie wieder den Alptraum. Seltsamerweise war sie sich während dieses einen, besonderen Traumes immer bewusst, dass sie schlief. Sie saß mit Großmutter Bianca am Weihnachtstisch – manchmal auch im Theater, an der Tafel einer befreundeten Familie oder in einer Herberge, die sie in Wirklichkeit nie besucht hatten – und aß. Dabei schwoll ihr Bauch. Der Traum verlief jedes Mal auf die gleiche Weise: Großmutter erregte sich über den Taillenumfang ihrer Enkeltochter, Cecilia suchte den Abort auf oder eine Besenkammer … ein Boudoir … ein Musikzimmer … und kramte fieberhaft nach Bändern und Tüchern. Es kam darauf an, den Bauch zu umwickeln, um ihn am Platzen zu hindern.

Man musste nicht besonders gescheit sein, um die Botschaft des Traumes zu begreifen. Es ging um ihr nie geborenes Kind. Nur mit äußerster Scham dachte Cecilia an ihre Affäre mit dem Theaterdichter, der sie geschwängert und dann sitzengelassen hatte. Großmutter hatte die Schwangerschaft bemerkt und der Zofe befohlen, sie besonders hart zu schnüren. Cecilia, die zu sehr mit ihren Sorgen beschäftigt gewesen war, um zu begreifen, warum ihr das Korsett immer fester um den Leib geknotet wurde, hatte schließlich eine Fehlgeburt erlitten.

War der Säugling bereits im Mutterleib erstickt? Oder hatten sie ihm durch das Schnüren die kleinen Knochen gebrochen, und ihr Leib hatte das sterbende Unglück abgestoßen? Gleich, was geschehen war: Das Kind meldete sich so zu Wort, wie es den Toten möglich war: im Alptraum.

An diesem Morgen hinterließ er bei Cecilia eine besonders schlechte Stimmung, was vielleicht daran lag, dass die Sonne schien, als gäbe es kein Unglück auf der Welt, und dass Rosina trällerte und sich eine Rose ins Haar band.

Und dann pochte es auch noch an der Wohnungstür.

Cecilia hörte, wie Rosina im Flur Signora Secci begrüßte, die jedoch wortlos an ihr vorüberwalzte und so zielsicher in den Salon strebte, als könnte sie durch Wände sehen. Ihr Blick, mit dem sie gewohnheitsmäßig die Wohnung musterte, die sie Cecilia vermietet hatte – das hässliche Obstkorbsofa, den altmodischen Schrank mit den vergitterten Glastüren – geriet dieses Mal nur kurz. »Edmondo will fort«, platzte sie heraus.

»Wenn Sie sich setzen wollen, Signora Secci? Was ist denn …«

»Haben wir nicht alles für ihn getan?«

»Bitte?« Cecilia merkte, wie ihre Haut vor Nervosität zu prickeln begann. Rosina zwinkerte ihr hinter dem Rücken des Gastes aufmunternd zu.

»Haben wir ihn nicht Jahr für Jahr durchgefüttert? Ihm Kleidung und Obdach gegeben?«, entrüstete sich Signora Secci, während sie bereits wieder kehrtmachte und mit einer Handbewegung zur Diele hin andeutete, was sie von Cecilia erwartete.

»Nun, Signora, ich bin nicht ganz sicher, ob ich bereits verstanden habe …«

»Wegen einer toten Hexe. Einer Wiedergängerin! Ich bitte Sie. Dieses undankbare, hirnlose Geschöpf. Ich werde ihm die Leviten lesen, Signorina Barghini, und Sie werden mich dabei unterstützen. Er muss begreifen, was ihn auf der Straße erwartet. Und wir werden ihn dabei keinesfalls mit Samthandschuhen anpacken!«

»Aber wen meinen Sie denn, Signora?«

Eine halbe Stunde später stand sie dem Übeltäter gegenüber. Edmondo Pazzaglini, Stallbursche, Hühnerschlächter und Wagenknecht des Waisenhauses, verlaust und bedauerlich beschränkt, was seine geistigen Fähigkeiten anging. Der Mann hielt den Kopf gesenkt und kratzte sich in der Kniekehle, die er mit seinem langen Arm mühelos erreichte. Ein heulendes Päckchen Elend, auch wenn er sie überragte und mit seinen dreißig Jahren dem Waisenkinddasein, zu dem das Schicksal ihn bestimmt hatte, längst entwachsen war. Er wird immer ein Waisenkind bleiben, dachte Cecilia mitleidig, als sie die eingeschüchterte Gestalt betrachtete.

»Undankbar!« Das Wort war inzwischen ein Dutzend Mal gefallen, und erneut zuckte Edmondo zusammen.

Abbittend streckte er Signora Secci die Hände entgegen. »Nicht undankbar, bitte denken Sie das nicht, Signora. Es ist doch nur ... Ich bin nicht mutig, Signora. Und die Kindsmörderin ist furchtbar. Guido hat gesagt ...«

»Guido ... Guido ... Begreif es endlich, du Unglückswurm – dieses Weibsbild ist tot!«, donnerte Signora Secci. »Und das offenbar seit sechsundsechzig Jahren, wenn ich Guidos Gestammel recht verstanden habe. Geh auf ein Schiff und fahre nach England, wenn du dich vor Gespenstern fürchten willst. Und nimm Guido gleich mit.« Ihre Stimme schrillte. Jede Silbe fuhr wie eine Stricknadel in Cecilias Hirn. »Aber das wirst du nicht tun. Du wirst bleiben! Natürlich bleibst du.« *Natürlich bleibst du ... natürlich bleibst du ... Stich um Stich ...*

Der Zorn der Waisenhauswohltäterin legte sich, als Edmondo endlich nachgab und versicherte, dass er dem Gespenst standhalten würde. Er beschwor es, und Cecilia glaubte ihm. Kein Gespenst konnte schrecklicher sein als die herrschsüchtige Frau in dem safrangelben Seidenkleid. Kleinlaut schlich der Gescholtene hinaus, und Signora Secci

setzte ihren Hut auf. Sie erwartete den Besuch ihrer Nichten. Die würden sich schön wundern, wenn nichts zu ihrem Empfang vorbereitet war.

»Sie sind beunruhigt, liebe Signorina Barghini, das spüre ich«, meinte Signora Secci, als sie ins Sonnenlicht hinaustraten. »Sie fragen sich, warum ich mich wegen dieses Nichtsnutzes so echauffiere.«

Cecilia brachte einen lahmen Protest vor.

»Was Sie mit Ihrem Mangel an Lebenserfahrung noch nicht erfassen können, Signorina – und daran tragen Sie keine Schuld, denn gewisse Einsichten erschließen sich erst im Laufe der Jahre – sind die *Auswirkungen*, die solche abergläubischen Gerüchte haben. Wir leben in einer Zeit, in der die sogenannte Vernunft das Zepter an sich reißt. Ich persönlich habe schon Etliches erlebt, was sich mit deren simplen Konstrukten nicht erklären lässt – das können Sie mir glauben. Ich weiß, dass es Dinge gibt, die unseren Verstand übersteigen. Aber viele Menschen in diesem Städtchen sind fanatische Anhänger der Aufklärung – und gerade die spenden besonders freigiebig, da sie nicht an das göttliche Walten in den Geschicken der Menschen glauben. Wir können es uns nicht leisten, sie zu verprellen, indem wir abergläubisches Geplapper unter den Bediensteten des Waisenhauses zulassen.«

Cecilia nickte überrascht. »Ich verstehe, Signora.«

»Wobei diese Rachele-Geschichte tatsächlich lächerlich ist und man sie zweifellos darauf zurückführen muss, dass Guido zu viel trinkt. Sehen Sie nach, ob wir an den Weinrationen kürzen können.«

»Das werde ich.«

»Und dann kein Wort mehr darüber. Guido habe ich bereits den Kopf gewaschen. Ich habe ihm verboten, diese Rachele noch einmal zu erwähnen.«

Cecilia nickte, mit einem schlechten Gewissen, weil sie dem Gärtner nicht selbst den Marsch geblasen hatte, als er ihr mit der Kindsmörderin gekommen war.

»Dass ich es nicht vergesse«, meinte Signora Secci, als sie auf der Straße vor ihrer Kutsche standen. »Wir haben das Kontenbuch lange nicht mehr durchgesehen. Die Pflicht, Signorina Barghini, die Pflicht!«

Cecilia sank das Herz. Sie hasste es, in der roten Kladde zu arbeiten. Die Spendensummen schienen stets zu klein, die Ausgaben entsetzlich hoch. Aber am schlimmsten fand sie die Zahlen über die ausgesetzten, neu verwaisten und im Waisenhaus verstorbenen Kinder. Kinder sollten nicht zu Zahlen schrumpfen, dachte sie. Auch und besonders dann nicht, wenn sie sterben.

Ihre Vorgängerinnen schienen das Buch ebenfalls nicht geliebt zu haben. Es war immer schlampig geführt worden. Pflichtbewusst nahm Cecilia sich vor, zumindest die letzten Monate noch einmal durchzugehen und auf den neuesten Stand zu bringen. Und dann würde sie sich bemühen, diese undankbare Aufgabe loszuwerden.

Aber als Signora Secci ihr kurz darauf ein Billett schickte, hatte sie sich immer noch nicht mit der Kladde befasst. Seufzend fand sie sich im Waisenhaus ein. Es war ein trüber Tag, der Himmel wolkenverhangen, es sah nach Nieselregen aus.

Die schöne, schweigsame Assunta, eine Frau mittleren Alters, die selbst als Waisenkind groß geworden war und der mittlerweile die Führung des Waisenhauses oblag, servierte ihr und Signora Secci Kaffee. Sie hatte ihr bestes Kleid angezogen und zupfte nervös an ihrem Kragen. Niemand wusste, wer ihr das Lesen und Schreiben beigebracht hatte, so wie man auch rätselte, auf welche Art das elfen-

hafte Geschöpf die schwierigen ersten Waisenhausjahre überlebt haben mochte. Es war Signora Seccis Vorgängerin gewesen, die vor über zwanzig Jahren die Talente des Mädchens entdeckt und ihr das kümmerlich bezahlte, aber verantwortungsvolle Amt der Vorsteherin des Waisenhauses übertragen hatte.

Bekam Assunta überhaupt eine Entlohnung?

Cecilia starrte auf das Buch und stellte mit schlechtem Gewissen fest, dass sie auch das nicht wusste. Assunta musste einen Lohn erhalten, denn ihre Schürze und ihr Fichu waren aus Musselin mit Weißstickerei, und das hätte Signora Secci ihr niemals aus der Waisenhausbörse bezahlt.

Der Frühling hatte die Montecatiner spendabel gemacht. Es waren erfreuliche dreißig Scudi zusammengekommen. Bei den Ausgaben sah es schlechter aus. Assunta erzählte, dass Angelo Stagi, dem das Gerstenfeld an der Landstraße nach Pistoia gehörte, sich geweigert hatte, sein Korn umsonst zu liefern, obwohl die Kinder in seinen Äckern Steine aufgelesen hatten.

»Es kommt die Zeit, da der Herr einem jedem nach seinem Tun vergilt«, grollte Signora Secci, und Assunta nickte. Schüchtern – Waisenkinder schienen ihr Lebtag schüchtern zu bleiben, falls sie nicht zu Gesindel verkamen – warf sie ein: »Niemand musste hungern, seit der Winter vorbei ist.«

Nicht hungern hieß: Keines der Kleinen war mangels Nahrung gestorben, soweit sich das feststellen ließ.

»Wunderbar!«, resümierte Signora Secci. »Vier Kinder sind seit April hinzugekommen. Tragen Sie das ein, liebe Signorina Barghini.« Dabei handelte es sich einmal um Zwillinge, deren Vater bei dem Versuch, Wasser für die Geburt zu beschaffen, auf einem Kuhfladen ausgerutscht war und sich das Rückgrat gebrochen hatte, woran er kurz darauf starb. Die Mutter hatte sich daraufhin am Balken neben ih-

rer Herdstelle erhängt. Einem der Jungen ging es ebenfalls schlecht. Dann um ein Mädchen, dessen Familie Opfer der Schwindsucht geworden war, und um ein weiteres Mädchen von etwa zwei Jahren, das ein großherzoglicher Grenadier auf einem Feldweg aufgesammelt hatte und das man allgemein für ein Zigeunerkind hielt.

»Vier Kinder dazu und vier sind gestorben, so dass sich nichts geändert hat«, erklärte Assunta. Ihre Augen waren dunkel und unergründlich. Cecilia tunkte die Feder ins Fass und schrieb die Namen der Verstorbenen nieder. »Es ist ein Fieber durch die Schlafsäle gegangen«, sagte Assunta. »Das hat sie dahingerafft. Zwei von ihnen. Ein Säugling ist uns unter den Händen verschieden, der hat nicht getrunken. Und Benedetto Molinelli ist aus dem Fenster gestürzt.«

»Jungen sind wild und ungezogen«, klagte Signora Secci. »Sie müssen besser achtgeben.«

... aus dem Fenster, schrieb Cecilia und starrte auf die zierlichen kleinen Buchstaben. »Aus was für einem Fenster?«, fragte sie.

»Das Zimmer liegt im Turm«, erklärte Assunta.

Cecilia starrte immer noch auf das, was sie geschrieben hatte. »Wann ist das geschehen?«

»Vorgestern.«

»Am Donnerstag?«

»Ja, Signorina Barghini.«

Tinte tropfte aus der Feder, Cecilia nahm ein Stück Papier und trocknete den Klecks. »Ist er aus dem Zimmer gestürzt, das früher dieser Rachele gehörte?«

Sie sah, wie Assunta einen vorsichtigen Blick auf Signora Secci warf. »Ja, Signorina.«

Die dicke Frau, die an ihrem Kaffee nippte, hob stirnrunzelnd den Kopf. »Keine neuen Spekulationen über Kindsmörderinnen, wenn ich bitten darf.«

»Ganz gewiss nicht, Signora Secci«, versicherte Assunta ihr rasch.

Die Treppe im Turm der alten Villa war eng, die Stufen schmal und knarzend und die Ecken von knopfgroßen Spinnen eingewebt, die auf die Ankömmlinge herabglotzten.
»Wir benutzen die Zimmer nicht. Verzeihen Sie den Zustand«, sagte Assunta, die vor Cecilia herschritt und mit den Händen die klebrigen Fäden beiseitestreifte. Sie hielt den Rücken so gerade, als hätte Großmutter Bianca ihr tagtäglich mit Ermahnungen im Nacken gesessen. Cecilias Großmutter hatte immer behauptet, eine gerade Haltung sei geeignet, dem Stolz der Trägerin Ausdruck zu verleihen. Vielleicht war es auch umgekehrt so, dass Stolz zu einem erhobenen Kopf verhalf? In jedem Fall stand fest, dass Assunta der Ausflug in den Turm nicht gefiel.

Die beiden unteren Zimmer waren muffig, finster wegen des schlechten Wetters und völlig leer. Auf den Bretterdielen lag Staub, der auch die Luft erfüllte und die Fensterscheiben blind machte. Cecilia ertappte sich dabei, dass sie das Atmen unterdrückte, als sie die Räume durchquerte.

»Sind Sie sicher, dass Sie bis ganz nach oben wollen, Signorina?«, fragte Assunta in dem ihr eigenen gleichmütigen Tonfall, als sie die nächste Treppe erklommen.

»Aber gewiss.«

Das Zimmer, in dem die tote Rachele gelebt hatte, bot eine Überraschung: Es war vollständig eingerichtet, mit Möbeln, Tapeten und Teppichen. Und nicht nur das – auf dem Ruhebett, das, der Form des Zimmers nachempfunden, abgerundete Seiten besaß, lagen zerwühlte Decken, auf dem Tisch mit der Marmorplatte stand ein schmutzig-verklebtes Weinglas, in dem sich Ungezieferleichen häuften. Ein aufgeschlagenes Buch harrte auf dem Gobelinsessel eines Le-

sers. Über dem Spiegel hing ein verstaubter, angeschimmelter Seidenhut, der mit schwarzen Flecken übersät war. Das Zimmer der Kindsmörderin sah aus, als hätte sie es gerade eben verlassen und dann hätte eine böse Fee es mit dem Staub von Jahrzehnten überzogen.

»Niemand scheint etwas angerührt zu haben, seit die Dame starb«, erklärte Assunta und schaute sich voller Unbehagen um.

Cecilias Blick blieb auf einem großen, weichen Baumwollkissen hängen, auf dem eine elfenbeinummantelte Säuglingsklapper lag. »Allmächtiger!«, entfuhr es ihr.

Assunta nickte.

Cecilia ging und hob die Klapper auf. In das Elfenbein waren messingfarbene Sterne eingearbeitet, eine hübsche Arbeit. Im Inneren der Kugel klackerten Perlen. Das Kind hatte also ein Spielzeug besessen. Einen Moment lang glaubte Cecilia die junge Mutter vor dem Kissen knien zu sehen. Rachele hatte gelesen, sie hatte ein Glas Wein getrunken, sie war aufgestanden und hatte ihrem Kleinen die Klapper in die Fingerchen gegeben – und dann hatte sie es aus dem Fenster geworfen. Durch die geschlossene Scheibe.

Cecilia holte Luft und legte das Spielzeug auf das Kissen zurück.

»Aus welchem Fenster ist das Kind gefallen?«

Assunta wies auf das größte, das sich rechts vom Kissen in einem Erker befand. Cecilia trat näher, vorsichtig, denn der Boden war mit staubigen Scherben übersät, die ebenfalls niemand weggekehrt hatte. Unter ihr lag der Garten mit dem fliederüberwucherten Zaun, dahinter die Hügel, die hinab nach Montecatini Terme führten, dem moderneren Teil der Stadt, in den die Menschen kamen, um zu kuren. Sie sah die roten Flachdächer und die Kuppeln der Thermengebäude vom Nieselregen glänzen.

»Und hier ist auch der kleine Waisenjunge hinausgestürzt, von dem Sie sprachen – dieser ...?«

»Benedetto Molinelli – ja, Signorina.«

»All die Scherben ... Wie kommt es, dass er sich nicht die Füße zerschnitten hat?«

»Vielleicht hat er es, ich weiß es nicht, Signorina.«

»Hat er Schuhe getragen?«

»Nicht des Nachts, Signorina. Und es war ja nachts, als er hinausfiel.«

»Was hatte er mitten in der Nacht in diesem Zimmer zu suchen?«

»Ich weiß es nicht, Signorina.«

»Und warum hat er aus dem Fenster geschaut? Es wird doch dunkel gewesen sein. Außerdem – es gibt andere Fenster hier im Raum. Er hätte nicht durch die Scherben gemusst.«

»Aber die anderen sind blind vom Staub, Signorina«, wandte Assunta ein, ohne dass ihre Stimme sich mit Emotionen gefärbt hätte. Damit hatte sie recht. Nur durch das Loch in der Scheibe war es möglich, hinaus in die Natur zu sehen.

»Und wie hat der Junge das Fenster aufbekommen? Er wird sich kaum zwischen dem scharfen Glas hindurchgezwängt haben.« Cecilia drehte an der Olive im Fensterrahmen. Sie ließ sich nur schwer bewegen – selbst von einer Erwachsenen. »Hat jemand das Fenster nach seinem Sturz wieder geschlossen?«

Assunta schwieg.

»Wie ist der Junge auf den Sims gelangt? Wie alt war er überhaupt?«

»Vier Jahre, Signorina.«

Vier Jahre also. Der Sims lag höher als Cecilias Hüfte. Sie blickte sich um. Hatte Benedetto sich den Sessel herange-

schoben, um nach draußen sehen zu können? Sie schaute auf den staubbedeckten Boden, der Schlieren aufwies, die alles und jedes bedeuten konnten.

Unschlüssig trat sie zu dem Sitzmöbel. Ein Blick verriet ihr, dass das Buch auf dem Polster Fabeln von Jean de La Fontaine enthielt. Die Kindsmörderin hatte also Märchen geliebt. Die Seiten sahen zerfleddert aus, als hätte sie oft darin geblättert.

Cecilia versuchte, den Sessel zu verschieben. Er war klobig und schwer. Massives Holz. »Wie kann ein vierjähriges Kind so ein Ungetüm bewegen?«, fragte sie.

Assunta zuckte hilflos die Achseln. Sie blickten sich beide um, aber nichts anderes im Raum schien als Kletterhilfe geeignet.

»Hat man den Sessel unter dem Fenster gefunden?«, fragte Cecilia.

»Das weiß ich nicht, Signorina. Guido – das ist unser Gärtner ...«

»Ich weiß.«

»Er hat das Kind entdeckt. Am nächsten Morgen. Er hat uns gerufen, dann ist er hier heraufgelaufen. Er müsste es sagen können.« Sie zögerte einen Moment. »Benedetto Molinelli war ein ungezogenes Kind. Wild und ungehorsam«, erklärte sie, als wären damit sämtliche Fragen beantwortet. Es war offensichtlich, dass sie sich wunderte, warum wegen eines toten Findelkinds solch ein Aufhebens gemacht wurde. Und das, wo Signora Secci doch klargemacht hatte, dass keine Fragen erwünscht waren.

Kaltes Biest, dachte Cecilia voller Abneigung.

Sie fand Guido in seinem Garten. Er las Schnecken auf, die er in einen alten Holzeimer plumpsen ließ.

»Ja, nun ist er tot«, knurrte der Gärtner, ohne aufzuse-

hen. Mürrisch warf er weitere Schnecken, die hier in Myriaden zu hausen schienen, in den Eimer. »Ich habe gesagt, dass es passieren wird, aber keiner hört auf mich. Und Edmondo ist ein Idiot. Ich hab's ihm erklärt: Du bist sicher. Das Satansweib hat es auf die armen Kinderchen abgesehen. Nur die Kinderchen hasst es, dies Scheusal aus der Hölle. Die Erwachsenen sind ihr gleich. Ich hab ihm ihre Geschichte erzählt. Aber Edmondo ist ein Tölpel, und zuhören kann er schon gar …«

»Guido …«

»Dort drüben ist ihr Grab.«

Bitte? Der Nieselregen durchnässte Cecilias Hut, so dass ihr die Krempe in der Stirn klebte. Sie nahm ihn ab.

»Wollen Sie es sehen, Signorina? Das Grab von der Hexe?«

Nein, sie wollte keine Gräber sehen. Es gab hier gar keines. Man lebte schließlich in einem zivilisierten Land. Die Menschen wurden auf dem hübschen kleinen Friedhof vor der Stadt …

Nicht, wenn es sich um Mörderinnen handelt. Dann verscharrt man sie irgendwo.

Wortlos folgte Cecilia dem Gärtner in den hinteren, verwilderten Teil des Grundstücks. »Hier liegt's, das Biest«, erklärte Guido.

Cecilia blickte sich ratlos um. Sie sah Brennnesseln und die giftige Kermesbeere, die bald blühen und im Herbst schwarzpurpurne verlockende Früchte tragen würde, sonst nichts.

»Einen Moment, Signorina.« Der Gärtner verließ den Weg. Er trat das Unkraut beiseite, und zwischen den Brennnesseln wurde eine Steinplatte sichtbar. »Sehen Sie?« Er trat noch mehr Unkraut nieder, bis sie die Inschrift auf der Platte entziffern konnte.

Rachele Dovizi
Geboren am 2. März 1697
Beigesetzt in ungeweihter Erde am 14. Juli 1716
Von Gott und ihrem Vater verflucht

»Hier haben sie sie verscharrt, und von hier ist sie zurückgekehrt.« Guido deutete mit seinem erdigen Finger zum Haus. »Sehen Sie, Signorina? Dort ist der Turm und unter den kaputten Ziegeln das Fenster. Ich hab's ja prophezeit.«

Widerwillig schaute Cecilia zum Waisenhaus. Der Turm war an die Südseite angebaut. Er sah aus wie der Daumen einer zur Faust geballten Hand. Sie versuchte, die Höhe zu schätzen. Die Jungen mussten wenigstens fünfzig Fuß tief gefallen sein.

»Stand der Sessel unter dem Fenster, als du ins Zimmer gekommen bist, Guido?«

»Nein, Signorina. War ja auch nicht nötig, weil Rachele erwachsen ist, und da braucht sie keinen Sessel, um …«

»Hör mit dem Aberglauben auf, Guido. Menschen kehren nicht aus dem Grab zurück.«

»Und unser Heiland?«, hielt er ihr entgegen.

»Das ist etwas anderes.«

»Ja, ist was anderes«, brummelte der alte Mann und wischte sich die Nase am Ärmel ab. »Der arme kleine Benedetto wurde auch nicht aus dem Fenster geworfen. Er ist von seinem Strohsack hoch, müde, wie er war, weil er den ganzen Tag Unkraut ziehen musste, und dann ist er spazieren gegangen im Haus, was streng verboten ist, und hat sich aus einem Fenster gestürzt, wo er gar nicht rankann. Hört sich vernünftig an, Signorina. Ja, Guido versteht das völlig.«

Sie schwiegen, während aus dem Nieselregel ein Guss wurde. Die Steinplatte war an den Rändern von Unkraut

überwuchert. Es war an keiner Stelle herausgerissen worden. Also hatte niemand die Platte hochgestemmt. Sie lag an genau demselben Platz, an die man sie vor sechsundsechzig Jahren in die Erde eingelassen hatte.

»Racheles Jungchen hieß Giuseppe«, brummelte Guido. »Sechs Tage nach seiner Geburt hat die Hexe ihm ein Kissen aufs Gesicht gedrückt – ich weiß das von meiner Großtante und die von der Amme. Beachten Sie, Signorina – *sechs* Tage. Damals ist er mit dem Leben davongekommen. Aber nach *sechs* Monaten hat seine Mutter ihn aus dem Fenster geworfen. Wieder *sechs*! Und nun ist es *sechsundsechzig* Jahre her ...«

Es war genug! »Du wirst nicht mehr darüber reden, Guido, verstanden? Es macht die Menschen konfus! Es hat Edmondo konfus gemacht und Signora Secci ebenfalls.« Entschlossen wandte Cecilia sich zum Gehen. Obwohl sie rasch ausschritt, hatte der Gärtner sie nach wenigen Schritten eingeholt.

»Die Sechs ist die Zahl des Bösen, Signorina. Meine Großtante hat es von dem Padre gehört, damals. Der war alt und konnte die Bibel in Lateinisch lesen, und dort steht es. Dass die Sechs die Zahl des Bösen ist. Wo die heiligen Apostel über das Ende der Zeiten reden, sagen sie, dass die Sechsundsechzig die Zahl des Tieres ...«

»O nein! Sechshundertsechsundsechzig ist die Zahl!«

»Was tut das schon?« Gekränkt blieb Guido stehen. »Man hat die Hexe in den Kerker geführt, der damals noch im Uhrenturm war, Signorina, und ihr nichts gelassen als ein Sünderhemd und ein eisernes Kreuz. Und dort hat man sie gefunden – das war, während sie auf die Hinrichtung gewartet hat – mit dem Kreuz im Kopf. Durch das Ohr ins Gehirn hineingestoßen, wenn Sie begreifen.«

»Sie hat sich umgebracht?«, fragte Cecilia entsetzt.

»Nicht sie – der Leibhaftige, der die Seinen hasst und am Ende ins Verderben führt. Achten Sie auf den Tag, wo sich ihr Tod jährt, Signora. Dann kommt sie wieder, sag ich Ihnen. Und dann wird das nächste Kindlein sterben.«

Nach ihrer Heimkehr ging Cecilia hinauf ins Arbeitszimmer des Giudice. Der Raum sah aus, als wäre ein Wirbelsturm hindurchgefegt – also wie immer. Auf dem Schreibtisch, aber auch auf dem Boden und eigentlich jedem freien Fleck häuften sich Papiere, Bücher und Kladden, das meiste zu schiefen Türmen gestapelt, einige Bücher aufgeschlagen. Cecilia stakste zur Balkontür und öffnete sie, um frische Luft hereinzulassen. Es regnete immer noch.

Rossi hatte geschlafen und sah völlig zerknittert aus. Mit gerunzelter Stirn, die Fäuste an den Schläfen, hörte er sich an, was sie über Rachele, den toten Benedetto und Guido, den Gärtner, zu sagen hatte. Sein Gesichtsausdruck verfinsterte sich zusehends.

»Kein Gegenstand, auf den der Junge geklettert sein könnte?«, wiederholte er.

»Der Sessel war schwer. Ungefähr ...« Sie scheuchte ihn auf die Beine. Seine Chaiselongue war altmodisch und bestand noch aus dem separaten Sessel und dem Verlängerungsteil, die man auseinanderschieben konnte. Cecilia bewegte den Sessel, misstrauisch beäugt von Rossi, der um seine Bücherstapel bangte. »So schwer wie dieser hier, eher noch schwerer«, sagte sie.

Er versuchte sich selbst an dem Möbelstück und grunzte unzufrieden. »Man staunt, was Kinder schaffen, wenn sie sich etwas in den Kopf gesetzt haben.«

»Benedetto muss in Scherben getreten sein und sich geschnitten haben. Warum hat er nicht das Haus zusammengebrüllt?«

»Vielleicht neigen Waisenkinder nicht zum Zusammenbrüllen?« Die Bemerkung klang sarkastisch. »*Was*, Cecilia? Willst du, dass ich gegen eine Frau ermittele, die vor sechsundsechzig Jahren gestorben ist? Wozu soll ich sie bitte im Fall eines Schuldspruchs verurteilen? Zum Tode?«

»Ich habe ja nur gesagt …«

»*Was?*«

»Warum bist du so wütend?« Sie sah ihn erstaunt an.

Er zog sich hinter seinen Schreibtisch zurück, seine Bastion der Vernunft gegen die Unvernunft, wie er es einmal genannt hatte, nach einem Prozess, in dem ihm Beisitzer, Angeklagte, Zeugen und Zuschauer gleichermaßen auf die Nerven gegangen waren. Ungeduldig sammelte er einige Papiere auf. »Es ist so …« Er legte die Papiere wieder beiseite. »Mein Vorgänger in diesem Gericht durfte über einen Kuhfladen richten, den ein Bauer auf die Fensterbank gelegt hat, um darin nach heftigem Rühren das Gesicht des Mannes zu erkennen, der seinem Gaul die Strahlfäule angehext hat. Dort drüben, die blaue Kladde, du kannst es lesen.«

»Rossi …«

»Lächerlich, gewiss. Das war vor acht Jahren. Vor siebzig Jahren wurde hier die letzte Hexe verbrannt, und, nebenbei bemerkt, anderswo brennen sie immer noch. Ich bin empfindlich, du merkst es schon. Der Granduca will das Gerichtswesen der Toskana reformieren. Der ganze verstaubte Dreck soll entrümpelt und auf eine vernunftgemäße Grundlage gestellt werden. Aber selbst in seiner Kompilationskommission wird immer noch über Malefizverbrechen gestritten, als hätte es Bekker und Thomasius nie gegeben.«

»Rossi …«

»Ich verabscheue diese krause Einfältigkeit. Wiedergänger! Cecilia …«

»Es ist doch nur der Sessel«, fiel sie ihm ins Wort. »Er war zu schwer. Der Junge kann ihn nicht geschoben haben. Wie also ist er auf den Fenstersims gelangt?«

Rossi mochte schlechte Laune bekommen, wenn man ihm von toten Kindesmörderinnen erzählte, aber er blieb trotzdem gewissenhaft. Ein Mensch hatte sein Leben gelassen, und er war der Giudice. Nach dem Essen ging er gemeinsam mit ihr zum Waisenhaus. Der Weg führte sie zunächst wieder in das Turmzimmer, wo Rossi den Boden und die Scherben begutachtete, das Fenster öffnete und schloss und mit dem Sessel Schleifspuren im Staub fabrizierte. Als er mit alldem fertig war, sah er äußerst unzufrieden aus. »Wann genau ist das Unglück geschehen?«, fragte er Assunta, die sie begleitet hatte.

Die Waisenhausvorsteherin wusste es nicht. Die Kinder wurden um sechs Uhr abends in die Säle gebracht, wo sie jeweils zu dritt auf einer Strohmatte schliefen. Die Jungen, mit denen Benedetto sich die Matte geteilt hatte, hatten nichts von seinem Verschwinden mitbekommen. Die anderen Kinder auch nicht. Guido war der Erste gewesen, der das Unglück bemerkt hatte.

Rossi wollte Benedettos Schlafgenossen sehen.

Aber ich nicht, dachte Cecilia, während sie ihm und Assunta die staubigen Treppen hinabfolgte. Sie verwandte so viel Mühe darauf, den Kindern aus dem Weg zu gehen, ja sie hatte geradezu eine Meisterschaft darin entwickelt, sie zu meiden. Und nun führte Rossi sie mitten hinein in das Elend.

Die Säuglinge waren im ehemaligen kleinen Salon der Villa nach Süden hinaus untergebracht. Die Luft war stickig und schwer vom Geruch des süßlichen Urins, der jedes Laken, jeden Fetzen in diesem Raum durchtränkt zu haben

schien. Vier Ammen hockten auf Schemeln und säugten die winzigen Geschöpfe, die an ihren prallen Brüsten hingen. Sie starrten an die Wände oder auf den Boden. Nur eine von ihnen – ein Mädchen mit glänzenden schwarzen Zöpfen – schämte sich, dass der fremde Mann ihre Blöße sah. Sie wandte sich zur Seite, die anderen gingen weiterhin stumpf ihrer Säugungspflicht nach.

Sie durchquerten den Raum und gelangten in den hinteren Teil des Hauses.

Die älteren Kinder mussten arbeiten, denn nach Signora Seccis Meinung konnte man sie gar nicht früh genug an das Schicksal gewöhnen, das der Allweise ihnen auferlegt hatte. Einige standen in der Küche und wuschen in viel zu großen Wannen die Waisenhauswäsche, andere schrubbten die Böden der Eingangshalle, deren Marmor im Lauf der Jahre zerkratzt und blind geworden war. Wieder andere jäteten Unkraut.

Die beiden Kerlchen, die mit Benedetto ihre Matratze geteilt hatten, befanden sich zwischen den Bohnen. Der größere hieß ebenfalls Benedetto, der andere Modesto. Assunta rief sie heran, und sie kamen auf ihren zerbrechlichen Beinen, die in fadenscheinigen Hosen steckten, aus dem Bohnenbeet. Ihre zarte Kinderhaut war von Mücken zerstochen, und sie machten Gesichter, als hätte man sie gerade beim Äpfelstehlen ertappt.

Rossi ging in die Knie und musterte die beiden, was ihre Verlegenheit ins Grenzenlose steigerte. Cecilia sah sie von einem Fuß auf den anderen treten. Besonders der Blondschopf, Benedetto, wusste nicht, wohin mit seinen Blicken. Er zog den Kopf zwischen die Schultern und schnüffelte. Cecilia schätzte beide Jungen auf sechs Jahre, obwohl man das bei Waisenkindern schlecht sagen konnte. Der Hunger hemmte das Wachstum.

»Ich bin wegen Benedetto hier. Eurem Kameraden, der aus dem Fenster gestürzt ist. Warum ist er in das Turmzimmer hinaufgegangen?«

Schulterzucken. Als Assunta verärgert die Augenbrauen zusammenzog, riss Benedetto sich zusammen und gab Antwort: »Weiß ich nicht.« Modesto war zur Salzsäule erstarrt.

»Habt ihr bemerkt, wie er sich auf den Weg ins Turmzimmer gemacht hat?«

»Nein.«

»Wollte er, dass einer von euch mitkommt?«

Benedetto schüttelte den Kopf.

»Gibt es sonst etwas, was ihr uns sagen solltet?«

Modesto schniefte, Benedetto zögerte. Zögerte der Junge tatsächlich? Der Moment war zu schnell vorbei, um sicher sein zu können.

»War euer Freund ein mutiger Kerl?«, mischte Cecilia sich ins Verhör.

Wieder ein Zögern. Dann begann Benedetto plötzlich zu kichern. »Detto sagt, er reitet auf der Ziege.«

»Auf der Ziege? Ihr habt hier eine Ziege?«

»Die von Guido.« Benedetto kratzte sich am Hintern. »Detto traut sich aber nich. Er will sie nich mal füttern. Ich mach das und Francesco und Consolata auch. Aber Detto zieht die Hand weg. Er *sagt* nur, er will reiten. Er ist ein Angsthase.«

»Dein Freund ist tot, Benedetto. Er wird auf keiner Ziege mehr reiten und er wird auch sonst nichts mehr tun. Er ist aus dem Turmfenster gefallen, und wir wollen wissen, wie das geschehen konnte.«

Das Lächeln verschwand. Benedettos Blick glitt in die Ferne, und Cecilia sah Tränen in seinen Augen schwimmen, die er krampfhaft wegblinzelte.

Modesto war jünger oder weniger gescheit. Er grübelte

immer noch über die Ziege. »Die Ziege beißt«, behauptete er. »Detto sagt, sie beißt. Darum will er nich reiten.«

Assunta hob die Hand, und augenblicklich verstummte der Junge. Benedetto hatte Locken, die seidenweich aussahen, obwohl sie bestimmt nicht oft mit Wasser in Berührung kamen. Seine Augen waren groß und meergrün. Er hatte feine Gesichtszüge, und obwohl er in einem Waisenhaus lebte, schien er ein ganz normaler Junge zu sein. Sein Schicksal stimmte Cecilia so unglücklich, dass es beinahe wehtat.

»Wenn euch noch etwas einfällt, sagt ihr Assunta Bescheid«, befahl Rossi. Damit war das Verhör beendet, und es hatte nichts gebracht, außer der Erkenntnis, dass manche Waisenkinder schöne Augen hatten.

»Verzeihung, Signorina«, sagte Assunta, als sie den Weg zurückgingen. »Sie haben heute Morgen das Kontenbuch liegenlassen, als Sie gegangen sind.«

»Ich nehme es nächstes Mal mit.« Cecilia nickte zum Abschied und flüchtete auf die Straße.

3. KAPITEL

Cecilia hatte sich vorgenommen, ein Haushaltsbuch für Dina anzulegen. Rechnen konnte das Mädchen, sie war sicher, dass es auch Freude daran haben würde, Ausgaben zusammenzuzählen und mit Anita Einkäufe zu beraten. Am nächsten Vormittag saßen sie also über dem hübschen Heft mit dem lindgrünen Einband, und sie half ihr, Spalten anzulegen und erste Eintragungen zu machen. Über diesen Arbeiten hörte sie, wie Bruno kam, der dicke, schmutzige Sbirro, der für die öffentliche Ordnung in der Stadt verantwortlich war. Er stapfte hinauf in Rossis Arbeitszimmer. Etwa eine halbe Stunde später verließ er es wieder.

Als sie mit Dina beratschlagte, ob sie etwas in dem kleinen Vorgarten pflanzen wollten – kein Gemüse, Blumen vielleicht – kehrte Bruno mit Guido Bortolin zurück.

Der Waisenhausgärtner bemerkte Cecilia, als er durch die Diele ging, und grüßte höflich.

»Wenn du Blumen mit kleinen Blüten pflanzt, Maiglöckchen vielleicht, dann kannst du sie später pressen und dir ein botanisches Buch anlegen«, schlug Cecilia vor. Sie holte das *Buch des häuslichen Gärtleins* aus der Bibliothek, und sie versanken in Plänen und Zukunftsvisionen.

Guido kehrte etwa eine halbe Stunde später aus Rossis Zimmer zurück. Er war hochrot im Gesicht und grüßte nicht mehr. Wütend knallte er die Haustür hinter sich ins Schloss. »Geh und frage Anita, ob du ihr Kräuter für die Küche aussäen sollst«, ordnete Cecilia an. Sie selbst erklomm die Treppe und klopfte an Rossis Zimmertür.

Der Richter und sein Sbirro befanden sich auf den einan-

der gegenüberliegenden Seiten des Schreibtisches, der eine stehend, der andere sitzend, und starrten einander an. »Ja, komm herein«, brummte Rossi. »Und sage mir nicht, dass ich falsch liege. Ich weiß das selbst.«

Cecilia schloss die Tür.

»Guido Bortolin ist stupid, die halbe Zeit besoffen, er ist klatschsüchtig, aber er hat ein gutmütiges Interesse an der Brut. Er füttert sie mit Obst aus dem kleinen Stück Garten, das er für sich selbst betreiben darf, und teilt mit ihnen seine Ziegenmilch.«

»Rossi! Du hast doch nicht angenommen, dass dieser arme Mann …«

»Ich nehme an, was auf der Hand liegt«, erklärte Rossi verdrossen. »*Guido* war es, der das Opfer, das er prophezeite, gefunden hat. *Er* ist als Erster in das Turmzimmer gestiegen. Also hatte er jede Möglichkeit, Dinge zu vertuschen. Nur … kommt es mir nicht richtig vor. Warum sollte jemand die Bagage mit Obst füttern und anschließend eines der Kinder umbringen? Mir fielen schon ein Dutzend Gründe dafür ein – aber nicht, wenn das Opfer gerade vier Jahre alt gewesen ist.«

Der Giudice wies mit dem Zeigefinger auf seinen schmutzigen Sbirro, der erst nicht wusste, was von ihm erwartet wurde, und dann eilig bestätigte: »Dass Guido den Jungs und den Mädchen Obst schenkt, wissen wir von Genoveffa, die als Amme im Haus arbeitet.«

»Er hat einem der Jungen ein Steckenpferd gebastelt …«

»Hat auch Genoveffa gesagt«, bekräftigte Bruno. Cecilia sah die Zahnlücken und seine schwarzen Zähne, als er sich über die Lippen leckte.

»Er erlaubt ihnen ein Mittagsschläfchen zwischen den Bohnen, wenn niemand zuschaut.« Das hatte Assunta erzählt, die sich darüber geärgert hatte.

»Aus allem, was wir über den Mann wissen, spricht also ein gutes Herz und Anteilnahme am Schicksal der Waisen. Das füllt die eine Seite der Waage.« Rossi hob eine Hand und dann die andere. »Andererseits brachte Guido das Gerücht von Racheles angeblicher Wiederkehr und ihrer Rachsucht auf. Er nannte das Datum, an dem sie morden würde, und fiel damit jedermann auf den Wecker. Und – ganz übel – dieses Datum stellte sich als richtig heraus.«

Bruno nickte so eifrig, dass ihm ein Darmgeräusch entfuhr.

»Dass er die Jungen und Mädchen um sich schart und ihnen Gutes tut, ist übrigens kein Beweis für seine gute Seele«, dozierte Rossi. »Der Menschenfresser lockt die Kinder auch mit Süßem.«

Bruno nickte entschieden. »O ja! Ich kannte jemanden, in Florenz, in der Nähe vom Dom – eine üble Sau, früher mal Priester, der hat sich kleine Jungen ...«

»Ich glaube, das will die Dame nicht wissen.«

»Ich sag's nur.«

Frustriert hob Rossi die Schultern. »War es ein Fehler, dass ich den Burschen habe gehen lassen?«

Rossi musste Giusdicente Lupori melden, dass er in einem Mordfall ermittelte. Er tat es ungern und war entsprechend schlechter Laune, als er heimkehrte. »Was ist hier los?«, fragte er, als er Cecilia und Dina im Vorgarten entdeckte, wo sie Löcher aushoben, um die Zwiebeln zu setzen, die ihnen Mariannas Gärtner überlassen hatte.

»Wir pflanzen ...«

»Im Juni?«

»Es ist spät, aber noch möglich«, erklärte Cecilia. Vor allem aber entband es sie von der Verpflichtung, an einer weiteren Komiteesitzung des Waisenhauses teilzunehmen, die

an diesem Nachmittag stattfand. Meergrüne Augen. Sie wünschte aus tiefstem Herzen, sie hätte diesen Jungen, Benedetto, niemals gesehen. Es war schon vorher schwierig gewesen, das Waisenhaus zu betreten. Nun hatte eines der Kinder ein Gesicht bekommen, und damit konnte sie nicht mehr tun, als würde sie für eine seelenlose Institution sammeln. Seufzend fragte sie: »Was hat der Giusdicente gesagt?«

»Dass ich die kostbaren Kräfte der Giustizia nicht verschwenden soll, indem ich mir den Kopf über den Tod eines Waisenkindes zerbreche und Ammenmärchen hinterherlaufe.«

»Aber er hat …«

»Ammenmärchen! Tut mir weh, dass ich es mir von diesem Mistkerl sagen lassen muss. Wiedergänger sind Hirngespinste, da hat er recht. Und Waisenkinder werden nicht umgebracht, da sie rücksichtsvoll genug sind, von allein dahinzusterben. Das Argument ist widerlich, aber es steht auf soliden Füßen.« Rossi war gekränkt, das merkte Cecilia ihm an. Er bückte sich und nahm eine der Zwiebeln aus dem Korb seiner Tochter. »Du pflanzt also was?«

»Sie blühen rosa, aber man kann sie auch essen, wenn Hungersnot ist«, erklärte Dina mit deutlicher Neigung zum Pragmatischen. Unter ihrem Kleid, das sie hochgezogen hatte, lugten ihre schwarzen Knie hervor.

»Braves Kind«, sagte Rossi. Er tätschelte ihren Kopf, als er sich wieder aufrichtete. Dann zog er Cecilia einige Schritte weiter und meinte: »Wir wurden beide laut, Lupori und ich. Ich will das nicht. Ich versuche, geduldig zu sein. Aber ich kann mir von ihm auch nicht vorschreiben lassen, welche Verbrechen ich zu untersuchen habe. Besonders …« Er hielt inne. »Das im Waisenhaus war *Mord*, Cecilia. Und zwar einer von der üblen Sorte. Was, um aller Barmherzi-

gen willen, geht in jemandem vor, der ein kleines Kind von seinem Strohsack reißt, es in ein Turmzimmer trägt und durch eine halbzerbrochene Scheibe wirft? Was ist das für ein Ungeheuer?«

Marianna ergänzte am Vormittag des folgenden Tages Dinas Beete um eine Blume, die sie selbst vorbeibrachte, und Cecilias Wissen um eine Neuigkeit.
Zunächst wirbelte sie durch das Haus und machte Anita glücklich, indem sie von ihrem schwarzen Panforte probierte. Den Kakao auf den Lippen, lachte und plauderte sie, und Dina setzte sich zu ihren Füßen und ließ sich die Haare zerwühlen. Und dann kam sie auf den eigentlichen Grund ihres Besuches zu sprechen. »Du glaubst es nicht, Cecilia, du wirst es niemals glauben! Aber im Waisenhaus geht ein Gespenst um!«
»O Marianna ...«
»Was für ein Gespenst denn?«, fragte Dina hellhörig.
»Geh und schau, ob Rosina schon ihr Schläfchen beendet hat«, ordnete Cecilia an.
»Aber ...« Als das Mädchen den strengen Blick seiner Gouvernante bemerkte, tummelte es sich schmollend.
»Tut mir leid«, entschuldigte sich Marianna. »Ich hätte nicht vor ihren Ohren davon anfangen sollen. Aber gestern, bei der Komiteesitzung, wurde von nichts anderem geredet. Es ist doch einer der Waisenjungen aus einem Fenster gestürzt. Nun heißt es, eine Frau namens Rachele, die früher einmal in dem Haus wohnte ...«
»Guido! Ich weiß. Der Gärtner hat mir von ihr erzählt. Er sollte aufhören, Gerüchte zu verbreiten.«
»Und dass sie ihr eigenes Kind aus dem Fenster geworfen hat?«
»Weiß ich auch, ja.«

»Und von der Klapper, die oben im Turm auf dem Kissen ...?«

»Ich hab sie mir angesehen. Marianna, Guido muss aufhören, dummes Zeug zu erzählen. Er bringt noch die ganze Stadt durcheinander. Denkst du, die Leute werden für ein Haus spenden, in dem die Toten umgehen?«

»Aber Giudice Rossi fand das dumme Zeug wichtig genug, um sich im Waisenhaus umzusehen, stimmt's?«, meinte Marianna gekränkt. Der Handel mit Neuigkeiten war unter den besseren Damen der Gesellschaft ein akkurat entwickeltes Geschäft. Jede gab ihren Teil und wurde dafür mit sämtlichen Informationen versorgt, die geeignet waren, die Langeweile der Damen zu lindern. Cecilia fühlte sich ertappt.

»Der Giudice war dort, ja. Nur hält er nicht viel von diesen Gespenstergerüchten.«

»Aber es ist *mehr* als ein Gerücht, Liebes. Weil ... eines weißt du offenbar doch noch nicht. Und das ist *wirklich* unheimlich.« Marianna machte eine effektvolle Pause. Unfähig, ihrer Freundin weiter zu grollen, beugte sie sich vor und flüsterte: »Du kennst diese Amme mit den schwarzen Zöpfen? Genoveffa? Das junge Mädchen?«

»Ja, natürlich.«

»Sie hat das Gespenst ebenfalls gesehen!«

»Hat sie nicht!«

»Doch. Und deshalb darf man das, was Guido erzählt, auch nicht einfach abtun. Er ist oft betrunken, das stimmt, aber Genoveffa ... schau sie dir einmal an. Ein Mädchen – nüchtern wie ein Holzklotz. Still und vorsichtig und gescheit, wenn du mich fragst. Die sieht nichts, was nicht da ist. Cecilia ...«

»Ja?«

»Wenn es wirklich stimmt, wenn diese Rachele tatsäch-

lich den kleinen Jungen ermordet hat, der letztens gestorben ist … Was sollen wir denn dann tun? Ich meine, tragen wir nicht die Verantwortung?«

»Nein. Giudice Rossi ist der Richter. Er weiß Bescheid und kümmert sich ja auch schon darum.«

Die junge Frau sah enttäuscht aus. Wahrscheinlich hielt sie Cecilia für eine Langweilerin. Kurz darauf verabschiedete sie sich. »Signora Secci hat übrigens darum gebeten, dass du das Kontenbuch abholst«, sagte sie, als sie ging.

Cecilia ärgerte sich, dass sie das Buch nicht gleich beim letzten Mal mit sich genommen hatte. Widerwillig machte sie sich erneut auf den Weg ins Waisenhaus. Als sie hinter das Haus ging, sah sie Guido in seinem abgetrennten Teil des Gartens graben. Er war beleidigt, sicher weil Rossi ihn verdächtigt hatte, und tat, als bemerke er sie nicht. Das war ihr nur recht. Im Waisenhaus selbst, in der Eingangshalle, herrschte Stille. Wahrscheinlich waren die größeren Kinder irgendwo zur Feldarbeit eingeteilt, um das schmale Budget des Heims aufzubessern.

Und die Säuglinge?

Cecilia zögerte kurz, dann wandte sie sich nach rechts und öffnete mehrere Türen. Waisenhaussäuglinge besaßen natürlich keine Wiegen, aber es gab kleine Holzkisten. Jede war mit winzigen, greisenhaften Geschöpfen belegt, die nichts außer Windeln trugen und schliefen oder matt ins Leere starrten. Unter dem Fenster, auf einer Strohmatte, schnarchte eine Frau. Es war aber nicht Genovetta.

Cecilia schloss die Tür. Das Buch musste im Salon liegen, und dorthin sollte sie gehen. Aber sie wandte sich stattdessen zur Treppe. Die vier Waisenhausammen besaßen ein gemeinsames Zimmer im Dachgeschoss, einen ehemaligen Dienstbotenraum, den Cecilia noch nie betreten hatte. Als

sie vor der Tür mit der blätternden weißen Farbe stand, zögerte sie erneut. Was wollte sie machen, wenn sie Genoveffa fand? Sie fragen, ob sie tatsächlich eine im Garten wandelnde Kindsmörderinnenleiche gesehen hatte?

»Signorina Barghini?«

Cecilia ließ vor Schreck die Klinke fahren. Als sie sich umdrehte, sah sie Assunta, die auf der anderen Seite des Flures in einer offenen Tür stand. Hinter der Schulter der Waisenhausvorsteherin zeichnete sich undeutlich ein hübsch möbliertes Zimmer ab, mit einem silbern aussehenden Kerzenleuchter auf einem Tisch.

»Kann ich Ihnen helfen, Signorina?«

»Ich komme, das Kontenbuch abzuholen.«

Assuntas schönes Gesicht blieb verschlossen. »Signora Lupori war heute Morgen hier. Sie hat es mit sich genommen, Signorina.«

»Aber warum denn das?«

»Ich weiß es nicht, Signorina. Sie sah es bei der letzten Sitzung hier liegen, und heute Morgen kam sie, es zu holen. Ich hoffe …« Die Frau wurde steif, wie immer, wenn etwas sie verunsicherte. »Ich hoffe, ich habe nichts Falsches getan.«

»Nein, nein …« Der Kerzenleuchter auf dem Tischchen hinter Assuntas Schulter wirkte nicht billig, selbst aus der Entfernung konnte man feine Ziselierarbeiten erkennen. Ein Überbleibsel aus dem Villeninventar? Aber das war doch im Laufe der Jahrzehnte längst verkauft worden. Jedenfalls schien Assunta nicht zu wünschen, dass die Besucherin viel von ihrer Behausung zu Gesicht bekam. Sie trat in den Flur und schloss die Tür hinter sich.

»Es scheint neue Gerüchte über die Kindsmöderin zu geben. Rachele. Wissen Sie etwas davon?«

Auf der blassen Haut der Vorsteherin bildeten sich rote

Flecken. Assunta blickte auf ihre Schuhe mit den hübschen Samtschleifen. Als sie den Kopf wieder hob, sagte sie: »Ich habe Guido verboten …«

»Nicht Guido – auch eine der Ammen behauptet, etwas gesehen zu haben.«

»Dann werde ich mit denen ebenfalls sprechen. Sie können sich auf mich verlassen, Signorina.«

Wieder daheim, ließ Cecilia von Goffredo, dem Kaffeehausbesitzer, der Rossis Pferde betreute, ihre weiße Vittoriakutsche anspannen, um das Buch von Silvia zurückzuholen. Sie hätte nicht behaupten können, dass es ihr leichtfiel, das Haus des Giusdicente aufzusuchen. Lupori hatte ihr nie persönlich etwas angetan. Er hasste Rossi, und um ihm eins auszuwischen, hatte er einmal den armen Bruno unter einem Vorwand einkerkern und misshandeln lassen. Aber die Gouvernante, die Rossis Tochter betreute, war bisher ungeschoren davongekommen. Wahrscheinlich, dachte Cecilia, gehört Lupori zu den Männern, die Frauen nur als Dekoration wahrnehmen oder sie schlicht übersehen.

Trotzdem hämmerte ihr Herz, als sie über die holprige Landstraße nach Buggiano ruckelte. Sie beschloss, den Besuch so kurz wie möglich zu halten. Silvia sollte ihr das *Buch des Jüngsten Gerichts* zurückgeben, und fertig. Eine Zeitlang grübelte sie, warum die Frau des Giusdicente die Kladde an sich genommen haben mochte, aber sie konnte sich keinen Grund denken. Es ärgerte sie, obwohl oder gerade weil nichts darin stand, was Silvia nicht hätte erfahren dürfen und mit einer einzigen Frage auch erfahren hätte.

Als sie Borgo a Buggiano, den modernen Marktflecken unterhalb von Buggiano, passiert hatte und in den Weg hinauf zum alten Teil der Stadt einbog, kam ihr ein Bauernkarren entgegen. Der Bauer führte den Ochsen, seine Frau

saß zwischen Hacken und Spaten auf dem Wagen und sang einem Säugling etwas vor. Um den Karren rannten ihre Söhne, die sich mit Gewehren aus Holzstöcken jagten. Cecilias Ärger begann zu verfliegen. Silvia würde ihr mit einer Erklärung – wie auch immer die ausfiel – das Buch zurückgeben, man würde sich höflich voneinander verabschieden, und sie würde diesen Weg zurückfahren und ihn dann auch genießen.

Wenig später lenkte sie die Vittoria durch das mittelalterliche Tor von Buggiano und schließlich, nach etlichen steilen Gassen und engen Kurven bergauf, durch einen weiteren Torbogen in den Schatten eines von Gebäuden umstandenen, gepflasterten Platzes. Gegenüber erhob sich eine Benediktinerabtei aus gelbem Sandstein mit einer Kirche im Geleit. Links standen Wohnhäuser. Zur Rechten die Residenz des Giusdicente.

So wie der Palazzo della Giustizia in Montecatini war auch dieses Justizgebäude ein altmodischer, schäbiger Bau, an dem der Zahn etlicher Jahrhunderte genagt hatte und der Luporis Wunsch nach Prachtentfaltung sicher wenig entgegenkam. War er gezwungen, hier zu wohnen? Vielleicht tröstete ihn die Tatsache, dass er in den Betten bedeutender Vorgänger schlief, über das wenig ansprechende Äußere des Hauses hinweg. Wenn es etwas gab, das Cecilia abstoßender fand als Luporis intrigantes Treiben, dann war es seine Sucht, ein Stühlchen im Kreis der Nobilità einzunehmen. Rossi machte keinen Hehl daraus, dass er aus der Gosse kam. Lupori schämte sich darüber zu Tode.

Pfui, dachte sie. Pfui!

Sie legte den Kopf in den Nacken, schaute zum Himmel hinauf, der ihr fern und substanzlos vorkam, und seufzte. Widerwillig zog sie den Bremshebel.

Der Lakai, der ihr öffnete, war noch jung und gut gekleidet. Er ließ Cecilia mit einer Verbeugung eintreten, hörte sich ihr Anliegen an und bat sie, einen Moment zu warten. Dann machte er Anstalten, eine Treppe hinaufzueilen. Aber eine träge Frauenstimme aus einem der hinteren Zimmer hielt ihn zurück. »Wer ist dort, Peppino?«

Der Diener zögerte.

»Ich habe ihre Stimme gehört. Ich weiß, wer das ist. Bring Signorina Barghini zu mir«, befahl Silvia Lupori im quengelnden Tonfall eines Kindes. Peppino – wie kam der Diener nur zu dieser lächerlichen Verniedlichung seines Namens? – stieg die wenigen Stufen, die er bereits erklommen hatte, wieder herab. Ihm war anzusehen, wie sehr ihm das missfiel.

Er führte Cecilia mit undurchdringlicher Miene in einen kleinen Salon. Sie durchquerten das Zimmer – viel Gold und Violett mit Sitzmöbeln an den Wänden und einem hübschen Parkett – und gelangten durch eine weitere Tür in Silvia Luporis Schlafgemach.

Auch dieser Raum war in Gold und Violett gehalten, lag aber im Dämmerlicht, weil die Bewohnerin an zweien der drei Fenster die Läden vorgeschlagen hatte. Es roch intensiv nach orientalischen Düften, und über sämtlichen Stühlen und selbst auf dem Toilettentisch lagen Kleider verstreut. Silvia lächelte ihrem Gast heiter entgegen. Neben dem Bett, auf dem sie ruhte, stand ein Tischchen mit einer kleinen grünen Flasche und einem Löffel. Stimmte es also, was Marianna über Silvias Opiumkonsum behauptet hatte?

Silvia war Cecilias Blick mit den Augen gefolgt. Sie lachte auf. »Ich lebe im Märchenland, meine Liebe«, erklärte sie mit etwas undeutlicher Stimme. »Keine Missbilligung, wenn ich bitten darf. Dies ist …«, sie nahm das bauchige Fläschchen auf und küsste es, »… meine Märchenkutsche. Ein

wahrhaft königliches Gefährt, das mich nach Wunsch und Willen ins Elysium trägt. Möchten Sie kosten?«

Als Cecilia den Kopf schüttelte, verzog sie das Gesicht und stellte das Fläschchen zurück. »Der gute Dottore Billings. Seine Griesgrämigkeit hat ihn zum Zerberus gemacht, der den armen Seelen den Eingang ins Himmelreich verwehrt. Wie böse von ihm. Geh, Peppino, ich brauche dich nicht mehr. Oh, nimm das Kleid ... nimm *irgendetwas* fort. Meine liebste Cecilia möchte sich setzen.«

»Nein ... nein, Silvia, es ist keineswegs meine Absicht, Ihnen die Zeit ...«

Peppino räumte den violettsamtenen Stuhl neben dem Bett frei, und Cecilia setzte sich.

»Ein Glück, dass Sie gerade jetzt kommen, Liebste. Tacito, mein Pudelkopf, ist ... kleinlich, wenn es um den Zugang zum Elysium geht. Heute ist ein guter Tag. Er hat zu viel zu tun, um mich aufzusuchen. *Bitte* – erzählen Sie mir von Signora Secci. Erheitern Sie mich. Gibt es neuen Klatsch über dieses monströse Flaggschiff auf dem Meer der Eitelkeit? – Oh, wie unhöflich von mir. Möchten Sie ein Glas Wein? Vielleicht *sehr viel* Wein? Geh, Peppino, und hole Flaschen.« Silvia streckte sich und griff nach einem Rosenstrauß, der in einer Vase fast verblüht war. Sie riss die fleckigen Blütenköpfe ab und verstreute sie mit einer eleganten Gebärde über ihrer Seidendecke.

»Silvia, eigentlich bin ich gekommen ...«

»Wie abscheulich. Zweck! Warum muss immer alles einen Zweck haben, liebste Cecilia? Am Ende werden Sie tot sein, und Ihr ganzes Tun auf Erden bestand darin, diesem oder jenem Zweck hinterdrein zu hecheln. Heute werden Sie sich betrinken – das schulde ich Ihnen. Oder noch besser ...«

»Ich bräuchte das Kontenbuch, das Sie mit sich genommen haben.«

Cecilia hörte Peppinos Stimme draußen im Flur und dann eine andere Männerstimme, die etwas fragte. Silvias Miene begann sich zu verfinstern. Erstaunlich flink langte sie nach dem grünen Gefäß und ließ es in der Spalte zwischen ihren Brüsten verschwinden. Sie zog den Stoff ihres Negligés darüber. Dann sank sie mit einem verbissenem Gesichtsausdruck auf ihr Kissen zurück.

Lupori trat so geschwind ein, dass er einen Schuh zur Seite fegte, der im Wege lag. Wild schaute er sich um, sah zunächst seine Frau an, dann die Besucherin, dann die leere Stelle, auf der das Fläschchen gestanden hatte, dann wieder seine Frau. Mit einem Gefühl, als wäre ihr ein zentnerschwerer Stein in den Magen geplumpst, erhob sich Cecilia. Gütiger, wie peinlich, dachte sie, aber das Wort war viel zu kraftlos für die Emotionen, die den Raum durchfluteten.

Kalkweiß vor Wut starrte der Giusdicente seine Frau an. Er hasste sie, und all die mühsam erlernte und geübte Etikette half ihm nicht, dieses vulgäre Gefühl auch nur ansatzweise zu verbergen. Errötend blickte Cecilia zum Fenster. Die Tragödie, die diese Ehe offenbar durchzog, war schlimm genug. Aber niemand, dachte sie, *niemand* sollte Zeuge solcher Szenen sein. Und dann: *Das verzeiht er mir nie.*

Die Sekunden zogen sich. Peppino tat, als hätte er sich in ein Möbelstück verwandelt. Silvia begann kokett zu lächeln und dann zu gähnen. Als Lupori sich schließlich der Besucherin zuwandte, kam es Cecilia vor, als hätte sich ihrer aller Leben verändert. Meins, dachte sie, auf jeden Fall. Sie war Mitwisserin eines Geheimnisses geworden, von dem sie nie hätte erfahren dürfen. Sie war jetzt die Frau, die aus erster Hand wusste, wie es um Silvia Luporis Opiumkonsum und ihre Ehe stand. Ausgerechnet sie – die Vertraute des verhassten Enzo Rossi. All das las sie in Luporis Augen, und

die Wut und der Hass, die ihr aus ihnen entgegenschlugen, nahmen ihr den Atem.

»Silvia hat versehentlich ein Buch aus dem Waisenhaus mitgenommen, das sie mir wiederzugeben wünscht«, versuchte sie stotternd in das Leben zurückzukehren, in dem zivilisierte Menschen zivilisiert miteinander verkehrten.

»Das Kontenbuch des Waisenhauses.«

»Ja.«

»Es liegt oben in meinem Arbeitszimmer.«

Er verzeiht es mir nie.

Aus den Augenwinkeln sah Cecilia, wie Silvia Peppino kokettierend zublinzelte. Lupori bemerkte es auch, und er wusste, dass Cecilia es ebenfalls sah, und auch das würde er ihr nicht verzeihen. »Wenn Sie mir folgen wollen ...« Seine Stimme war tonlos.

Fassungslos sah Cecilia, wie er dem Diener, der ihm die Tür aufhielt, einen Tritt versetzte. Sie stieg hinter dem Mann, dessen Schultern unter dem weißen Seidenhemd wie Gebilde aus Marmor wirkten, die Treppe hinauf. Als sie in den oberen Räumen ankamen, stellte sie wenig verwundert fest, dass in Luporis Arbeitszimmer penible Ordnung herrschte. Auch hier waren die Möbel kostbar und mit Kerzenleuchtern und allerlei Accessoires bestückt, aber das gesamte Arrangement wirkte so perfekt, als wäre jeder Gegenstand nach tiefschürfender Überlegung an seinem Platz festgenagelt worden. Ein Mann, der sein Leben eisern beherrschte. Nur die Frau nicht, die er geheiratet hatte. *Und ich habe es gesehen. Und er wird mir das nicht verzeihen.*

Sie erblickte das *Buch des Jüngsten Gerichts* – den einzigen Gegenstand im Zimmer, der fehl am Platz wirkte. Es lag aufgeschlagen mitten auf der rötlichen Mahagoniplatte. Peppino wollte hinter sich die Tür schließen, doch zu Cecilias Erleichterung schüttelte Lupori den Kopf. Sie streckte

die Hand aus, um das Buch von der Tischplatte zu nehmen – *nur raus hier!* – und schreckte zusammen, als Lupori ihre Finger mit den seinen umschloss. »Es gibt Unregelmäßigkeiten, Signorina.«

»Bitte?«

»Ich habe mir das Buch angeschaut, denn … ich habe Unregelmäßigkeiten festgestellt. *Unregelmäßigkeiten.*« Er starrte sie über die Tischplatte hinweg an und hielt immer noch ihre Hand fest.

»Was bitte …?«, begann sie ungläubig.

»Merkwürdigkeiten, die schwer zu erklären sind. Die Einnahmen und die Ausgaben stimmen nicht mit dem Vermögen überein, welches das Waisenheim besitzt.«

Das denkt er sich aus! Er denkt es sich gerade in diesem Moment aus. Cecilia schüttelte empört den Kopf und zog ihre Hand mit Gewalt zurück.

»Ich befürchte, dieses Buch kann erst dann wieder in das Waisenhaus zurückkehren, wenn sämtliche Zahlen nicht nur von mir, sondern auch von anderer Seite geprüft worden sind.« Lupori begann zu lächeln. Und als wollte er sichergehen, dass seine Besucherin die Drohung auch verstand, fügte er hinzu: »Ihnen als Verantwortlichen für die Gelder, die die armen Geschöpfe am Leben halten, werde ich daher keinen Zugang mehr zu dem Buch gestatten.«

Als Cecilia heimkehrte, wartete in Rossis Speisezimmer Anitas köstlicher Spinat auf die Familie. Draußen schien immer noch die Sonne, und das kleine Zimmer war in jenes besonders weiche Licht getaucht, das nur die Frühsommerabende hervorbringen konnten. Alles duftete nach gerösteten Pinienkernen.

Rossi hatte gute Laune, was daran lag, dass die Kompilationskommission des Granduca beschlossen hatte, die *Carta*

bollata, das Stempelpapier, abzuschaffen. Damit würden den Angeklagten in einem Prozess weniger Kosten entstehen, und das war ein wichtiger Schritt zur Gleichbehandlung der Reichen und der Ärmeren. Cecilia verstand nur die Hälfte von dem, was er erklärte, aber sie sah, wie glücklich er war, und deshalb war sie ebenfalls glücklich. Sie hatte nicht die geringste Lust, ihm mit ihrem Bericht über den Besuch bei den Luporis die Stimmung zu verderben.

Außerdem hatte sie nachgedacht. Ihre Eintragungen im Kontenbuch waren ausnahmslos korrekt. Vielleicht hatte sie das Buch nicht immer mit besonderer Sorgfalt geführt, aber sie hatte die Zahlen nach bestem Wissen und Gewissen eingetragen – genau wie ihre Vorgängerinnen, und deshalb gab es nichts zu beanstanden. Luporis Drohung war ein Versuch gewesen, sie einzuschüchtern, und dass sie diesen Versuch ignorierte, war die beste Art, sich und ihm zu beweisen, dass er keine Macht über sie besaß.

Es wurmte sie immer noch, dass er ihr hatte Angst einjagen können. Sollte er zur Hölle fahren mitsamt seiner schrecklichen Silvia. Auf keinen Fall würde sie zulassen, dass er ihr diesen wunderschönen Abend verdarb.

»Haben wir irgendein Gebäck im Haus?« Rossi grinste über Dinas verdutzte Miene.

»Ja. Schokoladenteufelchen! Und ... alles. Machen wir ein Picknick?« Zapplig sprang das Mädchen von seinem Stuhl.

»Kein Picknick. Wir werden arme Kinderchen besuchen.«

Dina riss die Augen auf, dann sauste sie mit einem Freudenschrei durch die Tür. »Arme Kinderchen?«, fragte Cecilia, als sie zur Küche hinab war.

»Heute einmal arme Kinderchen, ja.« Er strich mit beiden Händen die Locken zurück und reckte sich unternehmungslustig. Wie alt war er eigentlich? Fünfunddreißig? Älter?

Jünger? Die Lachfalten in seinen Augenwinkeln wirkten wie eingekerbt, ansonsten kam er ihr alterslos vor. »Arbeit«, sagte er. »Ein Verhör. Noch immer die Waisenhausgeschichte. Aber ich dachte, wir verbinden das Nützliche mit dem Angenehmen und machen einen kleinen Spaziergang.« Er zwinkerte ihr zu, und sie antwortete mit einem Lächeln. Sie konnten hören, wie Dina unten in der Küche auf Anita und Rosina einredete, um ihnen zu verkünden, dass sie arme Kinderchen beglücken würde.

Eine halbe Stunde später befanden sie sich mit Rosina und dem Mädchen in der Oberstadt, dort, wo in einem Zipfel der bröckligen alten Stadtmauer der Bleichplatz lag. Die Kinderchen gehörten zu Signora Ciampi, einer lauten und schmutzigen Matrone, die im Schuppen eines Kutschenbauers hauste, mit dem sie ein Verhältnis pflegte. Sie besaß fünf Jungen und sechs Mädchen, das kleinste noch in den Windeln, die beiden ältesten erwachsen, nur leider ebenfalls nicht auf dem Pfade der Tugend, wie Rossi Cecilia aufgeräumt erzählt hatte.

Signora Ciampi empfing sie mit sprachgewaltiger Herzlichkeit. Noch nie war jemand auf den Gedanken gekommen, ihrer Familie Gebäck oder sonst etwas zu schenken, und nachdem sie klargestellt hatte, dass sie dafür weder zahlen konnte noch bereit war, ins Armenspital zu ziehen, wie der Padre es wünschte, sah sie gerührt zu, wie die kleinen Wesen, die sie umwuselten, sich von Dina füttern ließen.

»Gib mir auch eins, Herzchen«, bat sie und nuschelte mit Krümeln auf den Lippen: »Duilio kommt allein doch gar nicht zurecht. Der schafft es nicht mal zum Kacken aus dem Bett, ohne dass ich ihm helfe. Ich bin keine, die einen im Dreck steckenlässt, ehrlich. Das sag ich dem Padre und das

sag ich auch jedem anderen. Allein wegen Duilio muss ich bleiben!«

Duilio war der Kutschenbauer, aber er hatte sein Geschäft schon vor Jahren aufgeben müssen, und bis auf einige moderne Räder und rostiges Werkzeug fanden sich in dem Schuppen nur Strohsäcke, auf denen seine Untermieter schliefen, und ein riesiger Stuhl mit Rücken- und Armlehnen, auf dem die Hausfrau residierte.

»Genoveffa?«, meinte Signora Ciampi argwöhnisch, als Rossi sie nach ihrer Ältesten fragte. »Sie ist ein braves Mädchen! Eine gute Seele. Bisschen blöd, denn wer traut einem Kerl, der die Hose runterlässt? Heiraten!, hab ich zu ihr gesagt. Ha! Sie kommen doch nicht wegen dieser alten Sache? Genoveffa arbeitet jetzt im Waisenhaus. Stillt die Kinder. Sie ist anständig geworden, Giudice.«

Der letzte Keks verschwand im Mund eines niedlichen pausbäckigen Kerlchens, das sich an Dinas Knie klammerte. Dina schaute traurig zu ihnen herüber.

»Und wo steckt sie nun?«, wollte Rossi wissen.

»Bei den Waisen, denke ich.«

»Heute ist ihr freier Abend«, erklärte Rossi sanft.

»Dann wird sie wohl ...«

In diesem Moment bog die schwarzbezopfte Amme um die Scheunenwand. Genoveffas Gesicht war erhitzt, und sie knüpfte ein Schürzenband im Rücken fest. Ihre dunklen Augen glitten rasch über die Besucher. Als sie Cecilia erkannte, wurde ihr Blick ängstlich.

»*Buona sera*, Genoveffa«, grüßte Rossi. »Nein, nein, bleib hier. Wie es ausschaut, müssen wir uns ein wenig unterhalten.«

Signora Ciampi winkte ihr beruhigend zu. »Er ist nicht wegen Fulvio da. Und wenn es wegen dem wär, wär's auch gut. Das Kerl heiratet dich *nie*! Hör auf mich.«

Der Gestank in dem Schuppen schien Rossi zu schaffen zu machen. Er lotste Cecilia und die Amme ins Freie, wo Rosina unter ihrem Strohhut glücklich über das Mäuerchen in die Ebene schaute, die hier ein wunderbares Panorama bot. Nach wenigen Schritten drehte er sich um und kam zur Sache. »Es heißt, du hast eine Tote gesehen, die durch den Waisenhausgarten spazierte. Darüber will ich etwas wissen.«

Genoveffa betrachtete ihn argwöhnisch aus den Augenwinkeln. Sie plapperte nicht daher wie ihre Mutter, sondern versuchte aus seinem Tonfall zu hören, worauf er hinauswollte. Umständlich löste sie das Schürzenband, knüpfte es neu und blickte zu ihren Schwestern, die hinüber zum Bleichplatz gelaufen waren, wo sie Dina etwas zeigten, was sich unter einer umgestürzten Waschwanne befand. »Wie meinen Sie das, Giudice?«

»War jemand auf dem Grundstück des Waisenhauses, der dort nichts zu suchen hatte? Rachele?« Der Name kam ihm nur widerwillig über die Lippen.

Genoveffas Augen schlossen sich halb, als würde die untergehende Sonne sie blenden. Cecilia konnte sehen, wie sie abwog. »Alle reden darüber, Giudice, und vielleicht war dort etwas, vielleicht aber auch nicht. Wer kann das sagen? Ich selbst habe jedenfalls nichts gesehen, und ich glaube auch nicht daran, dass tote Frauen aus den Gräbern kommen.«

»Brav von dir«, kommentierte Rossi ironisch.

»Ja, nicht wahr?« Sie lächelte ihn an.

»Sie schwindelt«, sagte Rossi, als sie dem turbulenten Sündenbabel den Rücken kehrten.

»Natürlich. Sie weiß, was der Giudice und das Waisenhauskomitee hören wollen, und will keinen Ärger bekommen. Aber gesehen hat sie trotzdem etwas.«

»Nur spazieren tote Menschen nicht durch Gärten. Gerüchte, Cecilia, haben ein Eigenleben. Gib mir einen Abend Zeit, und morgen hörst du, dass der heilige Matthias unter den Augen der halben Stadt von einem Regenbogen auf Zaccarias Misthaufen rutschte und dort ein Feuerwerk entzündete.«

»Denkst du, Guido würde in Frauenkleider schlüpfen und durch seinen Garten flanieren, um sich wichtigzumachen?«

Rossi brach in Gelächter aus.

»Jedenfalls ist der Junge tot!«, beharrte Cecilia.

»Ja, das ist er.«

Dina, die sich bei Rosina eingehakt hatte, drehte sich um und fragte sie nach einem Tier, das sie unter dem Waschzuber gefunden hatte und das sie jetzt in der Keksschüssel trug. »Links herum«, rief Rossi den beiden zu, und sie bogen gehorsam in die Via Fiesolana ab.

»Links? Was hast du vor?«, fragte Cecilia.

»Ich will dir etwas zeigen.«

»Oh!«

Er führte sie zu einer von Treppen durchzogenen schmalen Gasse neben dem Uhrenturm, die Cecilia noch nie bemerkt hatte. Am Ende des Gässchens öffnete er ein kleines Tor zu einem Grundstück, auf dem sich eine Villa mit ausgebranntem und eingestürztem Dach befand. »Ein Gespensterhaus«, stellte Dina begeistert und ein wenig beunruhigt fest. Rossi winkte ihr weiterzugehen. Hinter der Villa wucherte eine Hecke, und zwischen den Zweigen fanden sie einen fast zugewachsenen Durchgang. »Es geht hier runter!«, brüllte Dina.

Sie kletterten rutschige, brüchige Stufen hinab – und standen plötzlich inmitten eines verwilderten Rosengartens, einer zauberischen Phantasiewelt, in der weiße Marmorsäulen, Mauerbögen und sogar eine kleine steinerne

Bank von stachligen rosafarbenen und gelben Blüten umrankt wurden. Ein süßer, schwerer Duft hing in der Luft.

»Das ist Meliurs Garten«, flüsterte Dina ehrfürchtig.

»Eine Fee«, erläuterte Cecilia und streifte Rossis Ohr, als er sich interessiert zu ihr hinabneigte. »Sie wurde verzaubert und dazu verdammt, hundert Jahre an einem Teppich zu knüpfen, den sie einem Bettler gestohlen hatte. Nur war sie gar nicht der Dieb.«

»Armselige Justiz. Verstehe.«

Auf einem verrosteten Eisentischchen hüpfte ein Stieglitz mit schwarzgelben Flügeln und einem roten Tupfer am Schnabel. Dina hielt ihm auf der Handfläche die letzten Krümel der Schokoladenteufelchen hin, aber er war nicht interessiert. »Cecilia – glauben Sie, dass das der Vogel ist, der Braminor die Nachrichten brachte?«

»Meliurs Liebster«, klärte Cecilia Rossi auf, und laut rief sie: »Vielleicht.« Sie war froh, dass sie Rossi nichts von ihrem Besuch bei Lupori erzählt hatte. Nicht nur der Garten – der ganze Abend war verzaubert. Ihr Herz schmerzte vor Glück. Solche Augenblicke waren ein Geschenk, und um nichts in der Welt wollte sie es sich beschädigen lassen. Sie verdrängte Luporis Fratze aus ihrem Gedächtnis.

»Seht nur ... oh ... oh, das ist schön ...« Dina hatte wieder etwas Wundersames entdeckt. Sie verschwand hinter einer blühenden Berberitze.

Rosina umklammerte Rossis Arm, und über weitere Stufen gelangten sie zu einem Überbleibsel der alten Stadtmauer, die vor zweihundert Jahren Montecatini geschützt hatte. Hinter den Steinen breitete sich das Tal aus, bis hin zum Horizont. Der Abend sank herab. Die Sonne goss Feuer über Wein- und Getreidefelder und Olivenhaine.

Auf dem gegenüberliegenden Hügel lag ein Haus, zu dem eine Pinienallee führte. Sie beobachteten einen Mann mit

seinem Esel, die sich wie ein Scherenschnitt die Allee entlangbewegten. Auch Haus und Bäume waren schwarz und setzten sich klar vom flüssig-goldenen Horizont ab. Dina ließ die Schüssel, aus der etwas Echsenhaftes glitt, ins Gras rutschen und stützte sich mit den Ellbogen auf die Mauer. So standen sie schweigend und warteten, während die Sonne verglühte.

»Bist du glücklich?«, fragte Rossi, als Dina und Rosina sich wieder zur Treppe wandten.

»So glücklich, dass ich kaum dran rühren mag.«

»Dann ist es gut«, sagte er und fasste nach ihrer Hand.

4. KAPITEL

Cecilia fand in der folgenden Nacht nur schwer in den Schlaf. Die Tageshitze hielt sich in der Kammer, aber das war nicht der Grund. Hellwach starrte sie in die Dunkelheit und fragte sich, was mit ihr geschehen war. Sie liebte Enzo Rossi, und er liebte sie. Eigentlich sollte sie glücklich sein. Sie *war* auch glücklich. Er würde ihr in Kürze erneut einen Heiratsantrag machen, so viel hatte sie begriffen, und sie wussten beide, dass sie kein weiteres Mal ablehnen würde.

Und doch mischten sich in ihr Glück schwarze Farben. Cecilia sah Silvia, wie sie sich auf ihrem Bett räkelte. Sie roch das Opium. Und dann war da wieder Lupori – den Blick hasserfüllt auf seine süchtige Frau gerichtet, die ihn der Lächerlichkeit preisgab. Hatte er Angst, dass Cecilia ausplaudern würde, was sie gesehen hatte? Ganz gewiss. Der Mann hatte Rossi auf jede erdenkliche Weise das Leben sauer gemacht. Er war von so erbärmlichem Charakter, dass er gar nicht auf die Idee käme, dass Cecilia zu anständig sein könnte, um ihn bloßzustellen.

Wahrscheinlich nahm er an, dass Rossi und sie sich gerade jetzt vor Lachen über den Pfau bogen, dessen Ehefrau in einer Opiumwelt dahindämmerte und ihn mit dem Diener betrog. Wie musste ihn der Gedanke an die Häme quälen, die die Salons überschwemmen würde, wenn herauskam, was sich in seinem Haus abspielte. Es geht um mehr als Hass, dachte Cecilia beunruhigt. Für Lupori geht es um sein Leben. Eine gesellschaftliche Ächtung könnte rasch auch seiner Karriere ein Ende bereiten.

Sie sah wieder das Buch vor sich. Aber sie hatte keine Eintragungen gefälscht. Das war eine Tatsache. Und dennoch musste sie Rossi Bescheid sagen. Sie hätte es bereits tun sollen – egal, wie zauberhaft der Abend gewesen war.

Schließlich fiel sie in einen unruhigen Traum. Wieder stand sie im Rosengarten. Rossi ... Dina ... nicht Rosina, Rosina war fort ... und sie selbst. Noch einmal ging die Sonne unter, aber der Stieglitz riss sich den Flügel an einem Dorn auf, und Dina weinte. Cecilia bewegte sich im Schlaf, wurde aber nicht richtig wach, nur dass sie glaubte, das Knarren des Fensterladens zu hören, an dem die untere Schraube locker war. Blut und Tränen flossen über die Stufen. Ein schlimmer Traum, den sie verdiente, weil sie ihr Kind umgebracht hatte, indem sie sich schnürte, und Großmutter Bianca war zornig auf sie und warf den Stieglitz über die Mauer.

Sie hätte sich gern in Rossis Arme geflüchtet und tat es auch, aber er war auf eine Weise, die sie nicht begriff, ein anderer geworden, und sein Hemd roch nicht nach ihm selbst, sondern nach Schweiß und ... »Still!« Er zog sie an sich und war dabei viel zu grob. Sie versuchte ihn fortzustoßen, weil sie im Stoff seines stinkenden Hemdes keine Luft mehr bekam. Aber er packte nur fester zu und tat ihr weh.

Er kniff sie in die Arme.

Die Luft wurde knapper ... die Worte lauter. »Halt endlich ... still ... verdammtes ... Weibsbild.«

Vergeblich versuchte sie, sich aufzubäumen. Eine Hand lag auf ihrem Gesicht. Sie bedeckte Nase und Mund, und eine zweite Hand drückte mit der Daunendecke ihre Beine nieder. »Still«, warnte die Stimme erneut. Sie klang fremd und weich und besaß einen deutlich drohenden Unterton.

Still ... still ... Wie denn, wenn sie erstickte? Cecilia riss

sich zusammen und schaffte es – sie wurde ruhiger. Als sie aufhörte, sich zu wehren, strömte Luft durch ihr linkes Nasenloch. Atmen. Ruhig sein.

Einbrecher?

Die Hand, die sich auf ihrer Bettdecke bewegte, machte es ihr endgültig klar. Einbrecher. Jemand war in ihre Wohnung eingedrungen. So etwas geschah. Signora Secci war der Schmuck ihrer Schwiegermutter gestohlen worden. Und nun war man auch zu ihr gekommen, um … zu stehlen?

Ihr wurde eisig und heiß zugleich, als ihr aufging, dass Einbrecher nicht daran interessiert sein konnten, die Hausbewohner zu wecken. Keine Diebe also, sondern … Die Erkenntnis sickerte langsam in ihr Gehirn. Tacito Lupori. Der Giusdicente hatte nicht gezaudert, sondern unverzüglich gehandelt, als ihm klar wurde, in welcher Gefahr er schwebte. Wie hatte sie nur glauben können, dass er alles auf sich beruhen lassen würde? Wie hatte sie so sorglos sein können?

»Bist du ruhig?«

Der Daumennagel neben ihrem Mund bohrte sich in ihre Wange, und sie nickte, soweit es ihr möglich war. Dann löste sich der Griff. Doch der Moment der Erleichterung währte nur kurz. Sie bekam einen Knebel in den Rachen gestopft, der mit einem Tuch hinter ihrem Kopf festgebunden wurde. Atmen, befahl sie sich panisch. Durch die Nase! Langsam, mit tiefen Zügen …

Die Nacht war nicht wirklich schwarz. Nachdem ihre Augen sich an die Dunkelheit gewöhnt hatten, konnte Cecilia die Schemen der Eindringlinge erkennen. Zwei Gestalten bewegten sich in ihrer Schlafkammer. Einer stand in der Tür, der andere ging gerade hinaus. Und dann war da natürlich noch der Mann, der sie hielt. Er zerrte sie aus dem Bett und stellte sie grob auf die Füße.

»Sie ist nackt. Sie muss etwas anziehen.« Der Mann an

der Tür – es war der Kerl mit der weichen Stimme – trat näher. Sie sah, dass er eine Maske trug.

Ich bin nackt ... In Cecilias Angst mischte sich Scham. Sie fühlte ihren Körper starr werden.

»Wie denn?«, murrte der Mann, der sie hielt. Sein Kumpan kehrte zurück – mit Rosina. Die alte Frau starrte Cecilia ungläubig aus ihren Greisinnenaugen an. Ihr runzliges Gesicht wurde von der Hand ihres Peinigers bedeckt. Nur die riesigen Augen waren sichtbar.

»Hol ein Kleid«, befahl der Mann, der Cecilia hielt.

»Wahrscheinlich braucht sie Hilfe beim Anziehen«, flüsterte der Maskierte. Cecilia hörte das Grinsen in seiner Samtstimme. Hände strichen über ihren Körper. Über jede Region ihres Körpers. Ihr ekelte so sehr, dass sie würgte.

»Nun beeil dich schon«, wisperte der Kerl, der Rosina hielt, nervös.

Beeil dich, Peppino, ging es Cecilia durch den Kopf. Dies hier war Luporis Werk. Und die Männer waren seine Kreaturen. Der Mann mit der Samtstimme war sicher Peppino. Sie spürte, wie die Finger an ihr entlangkrabbelten, und fühlte sich schwach und leer. Warme Luft wehte über ihre nackte Haut. »Ich geh schon.« Ein letztes Mal streichelte Peppino – war er es wirklich? – über ihre nackte Brust. Dann huschte er aus ihrem Blickfeld, und die Tür zu ihrer Ankleidekammer quietschte.

Als er zurückkehrte, handelte er forsch und eilig. Zusammen mit seinem Spießgesellen stülpte er ihr ein Kleid über den Kopf, und sie zerrten es an ihr herab, ohne sie loszulassen.

»Und was wird mit der hier?«, fragte der Mann, der immer noch Rosina hielt.

Die Seide des Kleidersaums strich über Cecilias Füße, als man sie an ihrer Freundin vorbei in den Flur zerrte.

»Sie ist alt«, hörte sie Peppino in der Schlafkammer sagen. »Keiner würde sich wundern, wenn sie einen Anfall kriegt, bei solcher Aufregung.«
»Das war aber nicht ...«
»Keiner würde sich wundern«, unterbrach Peppino seinen Kumpan, und samtener hatte die Stimme nie geklungen. Cecilia hörte den Mann, der sie hielt, atmen, sie roch den Schweiß, den er reichlich ausdünstete und der sich mit dem Geruch der Anisbonbons mischte, die Rosina so gern aß.
Einen Anfall?
»Ganz ruhig bleiben«, brummte die Anisstimme in ihr Ohr.
Einen Anfall? Als Cecilia die Ungeheuerlichkeit begriff, die sich hinter dem Wort verbarg, begann sie um sich zu treten. Sie stieß mit den Ellbogen, sie wand sich. O Gott, Rosina ... Es gelang ihr, sich zu drehen. Aber dann war der Maskierte zur Stelle, und sie rissen ihr die Arme wieder auf den Rücken, und das tat so weh, dass sogar durch den Knebel ihr Jaulen zu hören war. Ihr Kopf knallte gegen ein Möbel.
Schwärze ...

Immer noch Schwärze. Und ein grauenhafter Schmerz, der ihr das Gesicht zerriss. Dazu ein Schaukeln, von dem ihr übel wurde.
Sie saß. In ihren Rücken drückte ein Polster. Pferde wieherten. Sie befand sich in einer Kutsche, und es war inzwischen hell geworden. Hinter ihren Lidern, die sie immer noch geschlossen hielt, wartete Tageslicht.
Dies alles geschah nicht. Sie war Cecilia Barghini, Gouvernante im Haushalt eines ehrbaren Richters. Sie war die freundliche Signorina, die für die Kinder im Waisenhaus

Geld sammelte. Eine Dame, die in Montecatini Freundinnen besaß und die bei der respektablen Bankiersfamilie Secci zur Miete wohnte. Sie führte einen züchtigen Haushalt, gemeinsam mit ihrer Gesellschafterin …

Der Wagen war nicht gefedert, und jedes Straßenloch wurde als schmerzhafter Stoß an die Kutschenpassagiere weitergegeben.

Gemeinsam mit Rosina … Cecilia schlug die Augen auf. Herrgott, wie das Licht in den Augen wehtat. Ihr gegenüber saßen zwei Männer. Sie trugen die Uniformen der Sbirri, der Polizisten. Diese Büttel waren nicht besser als das Gesindel, das sie jagten, nach der allgemeinen Meinung. Die beiden sahen übernächtigt aus, einer hatte etwas Blut unterm linken Nasenloch kleben. Sein Gesicht war von Pockennarben übersät, und als sie auf die Hände blickte, sah sie, dass an der linken ein Finger fehlte. Der Stumpf war in einer gekräuselte Narbe zusammengewachsen.

Rosina … »Wo ist meine Gesellschafterin?«, fragte Cecilia.

Ihre Entführer antworteten nicht. Der, dem der Finger fehlte, stand in Luporis Diensten, so viel war sicher. Sie erinnerte sich daran, wie Rossi ihn beschrieben hatte. Der Mann, den der Giusdicente in seine Verhandlungen geschickt hatte. Peppino war verschwunden. Den zweiten Kerl kannte sie nicht.

»Wo ist meine Gesellschafterin?«, wiederholte sie ihre Frage. Die Männer, die jetzt so wortkarg ihr gegenüber auf dem Polster hockten, waren verdorbenes Gesocks. Sie hatten sie aus dem Bett gezerrt und mit ihren schmutzigen Händen betatscht. Aber Rosina hatten sie nichts angetan. Das war unmöglich.

Cecilia blickte durch das kleine Kutschfenster, auf dem der Schmutz unzähliger Reisen klebte. Undeutlich sah sie

Häuser vorbeiziehen. Eines der Kutschräder geriet in ein Straßenloch, und es gab einen Ruck, der sie fast vom Sitz geworfen hätte. Als sie um ihr Gleichgewicht kämpfte, riss erneut ein Schmerz an ihrer linken Gesichtshälfte.

Ihr Blick fiel auf ihre Hände. Sie trug Ketten wie eine Verbrecherin. Auch an den Füßen. Sie fuhr in einer Kutsche auf einer öffentlichen Straße. Sie war also nicht überfallen worden, sondern verhaftet. Lupori hatte ernst gemacht. Er hatte Fakten geschaffen, bevor das Gelächter in den Salons ausbrechen konnte. Der Prankenschlag einer Katze, rasch, ohne Vorwarnung – wie damals bei Rossi. *Zisch.* Es war geschehen, und es war real, und es gab nichts, was sie dagegen tun konnte.

Die Fahrt in der Kutsche dauerte einen ganzen Tag. Als es Abend wurde, brachte man sie in ein lärmendes Gebäude, das aus Höfen, Gängen und Zellen bestand, und stieß sie schließlich in ein leeres Loch auf einen Strohhaufen. Sie zog die Knie an den Leib und verbarg das Gesicht in ihrem Kleid.

Die Nacht ging vorbei und auch der Tag, was Cecilia daran erkannte, dass das Licht, das wie ein Kegel in den Gang hinter den Gittern leuchtete, verblasste. Sie hatte schrecklichen Durst. Kurz bevor es dunkel wurde, betrat der Kerkermeister das Loch.

»Ich ...« Sie hustete ihre raue Kehle frei. »Ich muss mit jemandem sprechen.«

Der Mann antwortete nicht. Er trug eine eiserne, von gelbem Glas geschützte Laterne, und sein Gesicht wirkte in dem seltsamen Licht krank, alt und mürrisch. Umständlich setzte er einen Krug vor ihr ab. »Fraß gibt's morgen.«

»Ich habe keinen Hunger. Hören Sie, das alles hier ist ein

Irrtum. Ich wurde entführt. Wenn Sie ... ich muss jemanden benachrichtigen ...«

Der Wärter tat nicht einmal, als würde er ihr zuhören. Langsam stand Cecilia auf. Erst als sie sich zur vollen Größe erheben wollte, merkte sie, dass die Ketten an ihren Händen mit anderen verbunden waren, die an die Wände führten. Schockiert blickte sie an sich herab. *Ich bin ein Tier. Die legen mich in Eisen wie eine Bestie aus der Menagerie.* Sie zuckte zusammen, als die Gittertür wieder zuschlug. Fassungslos starrte sie immer noch auf die rostigen Ringe, die ihre Hände herabzogen. *Ich bin ein Tier.*

Dann fiel ihr Blick auf den Krug. Sie schämte sich, als sie ihn zu sich zog und allen Anstand und Stolz vergaß und die Flüssigkeit, die darin schwamm, hinunterstürzte. Das Wasser schmeckte schal, kleine Bröckchen, von denen sie nicht einmal ahnte, woraus sie bestehen könnten, schwammen darin. Rattenkot? Sie hatte Ratten umherflitzen sehen. Es war ihr gleich. Der Durst war übermächtig.

So schnell wird man also zum Tier, dachte sie, als der Krug leer war. Sie blickte auf die Gittertür und fühlte sich ein zweites Mal geschändet.

Rossi kam nicht. Auch sonst niemand. Cecilia beobachtete, wie das Licht hinter dem Gitter zu- und wieder abnahm. Sie zitterte. Irgendwann stand sie auf und schob mit dem Fuß das schimmelnde Stroh beiseite, in der Hoffnung, sich dann etwas weniger wie ein Tier zu fühlen. Sie setzte sich auf den kalten Boden und zog wieder die Knie an den Leib. Peppino hatte ihr das blaue Seidenkleid übergezogen – wie lächerlich unpassend. Ihr entschlüpfte ein hysterischer Laut, vor dem sie selbst erschrocken verstummte.

Als der Wächter zum zweiten Mal die Zelle betrat, brachte er einen Napf mit Essen. Den *Fraß*. Er setzte ihn vor

ihr nieder, und sie sah im Schein seiner Fackel Gemüse in einer wässrigen Suppe dümpeln.

Sie hob den Kopf. »Bitte! Ich muss jemandem eine Nachricht senden.«

»Nicht erlaubt.«

»Ich habe Geld!« Wenig elegant formuliert, aber spuck drauf! »Der Mann, den Sie ...«

»Nicht erlaubt.«

»Alles ist erlaubt, wenn man zahlt.«

Sie konnte es kaum fassen, als er kehrtmachte und die Tür wieder ins Schloss zog. War es möglich, dass sie den einzigen Wächter der Nation getroffen hatte, der sich nicht bestechen ließ? »Bitte«, bettelte sie ihm nach. »Man muss nur wissen, dass ich hier bin ...«

Er schlurfte davon. Wütend versetzte sie dem Fraß einen Fußtritt, hielt die Kumme aber entsetzt fest, als das kostbare Nass ins Stroh zu fließen drohte. Die Ratte wieselte aus einer Ecke hervor und schnappte sich etwas Orangefarbenes mit schwarzen Flecken, wohl ein Stückchen Möhre. Cecilia sah ihr zu, wie sie die Beute zu einem Stück Holz trug, das im Stroh lag, und sie dort, misstrauisch die Konkurrenz beäugend, anzuknabbern begann.

Der Fraß sah nicht nur grässlich aus – er stank auch. Trotz des Durstes kostete es sie Überwindung, etwas davon in den Mund zu nehmen. Sie spuckte es nicht wieder aus, sondern schluckte es hinunter. Damit war ihre Willenskraft erschöpft.

Ein weiterer Tag verstrich. Und noch einer. Cecilia gab der Ratte einen Namen. Sie nannte sie Marianna, in der Hoffnung, es mit einem weiblichen Mitglied der Art zu tun zu haben, das ihr außerdem wohlgesinnt war. Sie teilte den *Fraß* mit ihr, und nach und nach wurde das Tier zutraulich.

Schließlich ließ sich Cecilia mit vorsichtigen Bewegungen auf die Knie nieder und beäugte das einzig Lebendige, mit dem sie sich in den Stunden der Angst und Einsamkeit unterhalten konnte. Das Fell ihrer Mitbewohnerin war glänzend, was sie wunderte. Vielleicht hing es damit zusammen, dass der kleine Nager gelegentlich hinaus ins Freie schlüpfte? Brachte das Sonnenlicht sein Fell zum Glänzen?

»Rossi würde kommen, wenn er wüsste, wo ich bin, denkst du nicht?« Tatsächlich, ich rede mit einer Ratte. Cecilia lachte leise und wischte eine Träne fort. Die kleinen schwarzen Augen hingen aufmerksam an ihrem Gesicht.

»Er sucht mich.«

Das Gesicht der Ratte wurde unscharf, während sie sich vorstellte, wie Rossi von Gefängnis zu Gefängnis eilte, aufgewühlt und zornig. Sie fühlte sich ein wenig getröstet, bis ihr klar wurde, dass er sie ebenso gut oder noch eher in einem heimlich geschaufelten Grab vermuten konnte. Rosina hatte ihm sicher erzählt, dass sie von Einbrechern verschleppt worden war. Das war doch keine ordentliche Verhaftung gewesen.

Rosina?

»Rosina lebt«, erklärte Cecilia der Ratte fest. »Niemand bringt eine alte Frau um. Nicht einmal Lupori.« Ihr Herz begann plötzlich zu hämmern. Sie krallte die Hände in die Seide ihres Kleides. Sie saß in einem Kerker, auch das hätte sie vor wenigen Tagen für unmöglich gehalten. Hatten Luporis Schergen es wirklich fertiggebracht, Rosina etwas anzutun?

Etwas kreischte in ihrem Kopf. Sachte ... sachte ... Sie musste sich zusammenreißen. Am besten gar nicht an Rosina denken.

»Es gibt einen Rosengarten, den Rossi liebt«, erzählte sie hastig. »Hättest du gedacht, dass ein Mann wie Rossi sich

für Sonnenuntergänge und Rosen erwärmt? Er tut immer vernünftig. Das ist er aber nicht. Manchmal brüllt er herum, und letztes Jahr hat er sich mit Zaccaria geprügelt. Im Ernst.« Es war wichtig, dass die Ratte blieb. Überlebenswichtig. Cecilia presste die Hände an die Schläfen und starrte das Tier so eindringlich an, als könnte sie es mit ihren Blicken festnageln. »Dass er sich prügelt, liegt an der Gosse, in der er aufgewachsen ist. Sein Vater war ein Gossenmensch, eine so üble Person, wie man sie sich nur denken kann. Rossi hasst ihn. Aber wenn er sich aufregt, dann prügelt er sich genau wie sein Vater.« Sie schob Marianna ein Stück holzigen Kohlrabi hinüber, damit sie weiter zuhörte.

»Weißt du, was erstaunlich ist? Der Granduca schätzt ihn. Er war ärgerlich, als Rossi beschlossen hat, in die Provinz zu gehen, um Bauernstreitigkeiten zu schlichten. Schließlich hat er ihn in Wien studieren lassen. Und er wurde *überaus zornig*, als Rossi ihn letztes Jahr einen Heuchler nannte. Das geschah in aller Privatheit, und eigentlich war es nur ein Murmeln gewesen und für niemandes Ohren bestimmt. Aber es ist herausgekommen, und unser Fürst hat ihn hart bestraft. Und dennoch – darin besteht das wirkliche Wunder – hat er ihn weiter in seiner Kompilationskommission arbeiten lassen. Sie haben einen Narren aneinander gefressen, der Granduca und sein Giudice. Und wenn Rossi ihm erklärt, dass ich niemals die Waisenkinder betrügen würde …«

Cecilia brach ab. Ihre Schultern sanken herab. Bisher war sie immer davon ausgegangen, dass Rossi nicht wusste, wo er nach ihr suchen sollte. Aber was, wenn er selbst außer Gefecht gesetzt war? Warum war ihr dieser Gedanke noch nicht gekommen? Was musste man einem Enzo Rossi zutrauen, dem die Liebste entführt worden war? Vielleicht

war er schnurstracks zu Lupori geritten. Vielleicht hatte der hinterhältige Mistkerl ihn zu einem Angriff provoziert. Und dann war Peppino gekommen ...

»Nicht sehr wahrscheinlich, Marianna. Gar nicht. Er hätte sich doch denken müssen, wie wenig er damit erreicht.« Sie begann wieder zu weinen. Das war wie ein Schnupfen. Es hatte sie nach dem ersten trockenen Tag überfallen, und nun löste sie sich bei jeder Gelegenheit und oft genug ohne Anlass in Tränen auf. Sie wischte über ihr Gesicht und fragte sich, wie sie aussah. Die Wunde an ihrer Wange war verschorft, aber als krustige, daumenbreite Ungeheuerlichkeit deutlich zu ertasten.

In diesem Moment kam der Wärter. Als sie seine Schritte hörte, trocknete sie beschämt das Gesicht mit dem Kleidersaum. Ihr Kerkermeister schloss die Gittertür auf. »Mitkommen«, sagte er und blickte amtlicher denn je. Es war der sechste oder siebte Tag in ihrer kleinen Hölle.

5. KAPITEL

Der Raum, von dem aus das Gefängnis regiert wurde, war kärglich möbliert, peinlich sauber – und an jedem freien Fleck mit Waffen dekoriert. Säbel, krumme und gerade, Flinten, Pistolen ... In einer Ecke stand eine kleine schwarze Kanone.

Der Gefängnisdirektor musterte Cecilia. Sein Schnauzbart stand stramm und glänzte, sein Blick war scharf. Er mochte es nicht, wenn die Gefangenen seine Räume betraten, das war ihm anzusehen. Es juckte ihn in den Fingern, sie wieder hinauszuwerfen. Nur war ihm das verwehrt, weil Lauro di Vita ihn aufgesucht hatte, der Advokat des Granduca, Mitglied in tausend wichtigen Gremien, befreundet mit halb Florenz. Signor di Vita wünschte Signorina Barghini zu sehen – und gegen diesen Jongleur der Macht kam er nicht an.

Und nun?, dachte Cecilia und bemühte sich um Ordnung in ihrem Kopf, in dem sich durch die Einsamkeit und Angst der letzten Tage der Verstand aufgelöst zu haben schien. Was sagte man in solch einer Situation? Wie angenehm, Sie zu sehen, Signor? Was macht die werte Frau Gemahlin? Oder war es angemessener, sich vor die Füße mit den geschmacklosen rosa Samtschnallen zu werfen? Di Vita war nicht gern gekommen, das merkte sie ihm an. Er kannte sie auch kaum. Sein Erscheinen war zweifellos der Tatsache geschuldet, dass er mit Enzo Rossi befreundet war, den er protegiert hatte und den er, wie Cecilia vermutete, auf väterliche Art liebte.

Die Ketten, die man ihr in den ganzen sechs Tagen nicht

abgenommen hatte, zogen sie fast zu Boden. Hilflos starrte sie den alten Mann an.

»Lassen Sie uns allein, Direttore«, befahl di Vita.

Der Schnauzbart ging, di Vita schob Cecilia einen Stuhl heran. Sie setzte sich.

»Eine unangenehme Situation.«

»Ja.«

»Es tut mir leid für Sie.«

»Wo ist Rossi?«, fragte Cecilia.

Di Vita runzelte die Stirn und sah plötzlich traurig aus. Rossi war tot. Oder er saß selbst im Gefängnis, weil er Lupori an die Gurgel gegangen war. Die Angst schwappte Cecilia bis in die Kehle, wo sie sauer brannte.

»Wir wollen ihn vergessen, für einen Moment.«

»Geht es ihm gut?« Cecilia merkte, dass ihre Stimme zitterte.

»Ich sagte ...«

»Nun reden Sie schon.«

Di Vita musterte sie unwirsch. »Es geht ihm *nicht* gut, nein. Aber ich habe zu ihm gesagt, wenn er sich weiter wie ein Tobsüchtiger aufführt und die Leute beleidigt, die sich für ihn einsetzen könnten, rühre ich keinen Finger für Sie. Und das ist mein Ernst. Denn dann ist alles verloren. Hören Sie auf, nach ihm zu fragen!«

»Und Rosina? Was ist mit ihr?«

Ratlos schaute di Vita sie an.

»Die alte Dame, meine Gesellschafterin.«

»Oh!« Sein Gesicht verschloss sich. »Das auch, ja. Aber zunächst: Die Anklage, unter der Sie stehen, lautet auf Veruntreuung von Geldern, die dem Waisenhaus von Montecatini gehören.«

»Ich habe nichts veruntreut.«

»Und das ist ein schwerwiegender Vorwurf. Der aller-

dings mit ein wenig Glück und Geschick durch eine Geldstrafe geahndet werden könnte, wenn es uns nämlich gelänge ...«

»Ist Rosina tot?«

»Meine liebe Signorina Barghini ...« Di Vita seufzte gequält. Seine Perücke verschob sich, als er sich zurücklehnte. »Eines nach dem anderen. Jetzt müssen wir vor allen Dingen ...«

Sie war also tot. Peppino hatte für einen *Anfall* gesorgt. Das hatte sie nicht geträumt. Rosinas faltiges Gesicht tauchte vor Cecilia auf. Ihre Angst. Das ganze Entsetzen der Nacht ...

»Signorina. Wir befinden uns im Krieg. Jetzt ist nicht die rechte Zeit, um die Gefallenen zu trauern.« Di Vita reichte ihr ein Schnupftuch, obwohl sie gar nicht weinte. Oder doch? Warum wurde alles rot, was mit ihrem Gesicht in Berührung kam? Woher stammte das Blut? Ihre Ketten rasselten eisern und irdisch, als sie sich die Nase schnäuzte. Di Vitas Räuspern klang laut. Nur Rosinas Hüte wirbelten im Winde davon.

»Es geht also um dieses Kontenbuch, das ...«

»Luporis Männer haben Rosina umgebracht«, sagte Cecilia.

»Das mag so sein, oder auch nicht. Aber im Moment kann es uns nicht interessieren, denn wir müssen Ihre Verhandlung ...«

»Ich habe nichts veruntreut«, fiel sie ihm ins Wort. »Lupori hat sich das ausgedacht. Es ist eine Lüge.«

Di Vitas Lippen wurden schmal. Er glaubte ihr nicht. Sie las es in seinem Gesicht. Entsetzt knüllte sie das Tuch in ihren Fingern.

»Procuratore Longinelli, der die Anklage vertritt, hat die entsprechenden Seiten mit den falschen Zahlen herausge-

sucht, und der Giudice Criminale, Dottore Amidei, der das Verfahren leiten wird, hat sich davon überzeugt, dass es tatsächlich zu Manipulationen zuungunsten des Waisenhauses gekommen ist. Ich fürchte, es ist sinnlos …«

»Ich war manchmal nachlässig, das stimmt. Ich hätte die Zahlen gründlicher prüfen sollen. Aber ich habe niemals …«

Di Vitas eiserne Miene ließ sie verstummen.

»Wieso hatte Lupori das Kontenbuch zu sich nach Hause geholt?«, fragte Cecilia.

»Weil er dem Waisenheim Geld gespendet hatte. Eine größere Summe, die dem Einkauf von neuen Töpfen dienen sollte. Diese Idee stammte offenbar von seiner Frau, und sein großes Herz hatte ihn bewogen, ihr gefällig und den Waisenkindern gegenüber barmherzig zu sein. Er hat Ihnen das Geld selbst überreicht.«

Cecilia schüttelte den Kopf.

»Aber als er seine Frau auf die Töpfe ansprach, stellte sich heraus, dass die Spende niemals ihr Ziel erreichte.«

»Würde ich so dumm sein, Signor di Vita?«

Der alte Mann musterte sie, als fände er es schwer, das zu beurteilen. »Die Zahlen stimmen nicht, das ist das Faktum, das es zu erklären gilt.«

»Lupori hat sie gefälscht«, sagte Cecilia.

»Nein, ausgeschlossen. Das wäre Giudice Amidei aufgefallen.«

»Wenn er mir Geld gegeben hätte … Seine Frau war Mitglied des Waisenhauskomitees. Es war doch klar, dass solch ein Diebstahl nicht verborgen bleiben würde.«

»Ein kleiner Punkt zu unseren Gunsten, verehrte Signorina Barghini.« Di Vita schaute auf seine faltigen, von Altersflecken übersäten Hände. Dann seufzte er. »Giudice Amidei hat es schwer mit Signora Amidei. Sie ist ein liebenswertes Geschöpf, eine so hingebungsvolle Mutter, wie

man es sich nur wünschen kann, und eine bezaubernde Gastgeberin. Nur steckt leider in ihrem Kopf ein haselnussgroßes Hirn.«

Verständnislos starrte Cecilia ihn an.

»Was bedeutet: Ich glaube nicht, dass man Giudice Amidei von der Existenz weiblicher Voraussicht überzeugen kann. Sie haben gemauschelt und gehofft, damit durchzukommen – das ist seine Überzeugung.«

»Lupori hat mich entführen lassen. Seine Helfershelfer haben Rosina umgebracht!«

»Es wäre gut, Signorina, wenn Sie diesen ... kalten Ton in Ihrer Stimme vermeiden ...«

»Der Mann ist ein Mörder.«

»Wobei Ihre Stimme gegen die der Sbirri und des Giusdicente selbst steht, die sämtlich bezeugen, dass eine ordentliche Verhaftung vorgenommen wurde, zu der der Giusdicente das Recht hatte, die Anordnung zu geben. Ich möchte Sie nicht entmutigen, Signorina, aber ich fürchte ...«

»Worauf läuft es hinaus?«

Di Vita brütete über seinen Gedanken, er nahm sich Zeit dazu, obwohl er sie wahrscheinlich nicht brauchte. Dann lächelte er. »Landesverweis. Aber ...«, begütigend hob er die Hand, »dazu muss es nicht kommen. Ich hoffe ... eine Geldstrafe, wenn es uns gelingt, das ehrenwerte Gericht davon zu überzeugen, dass die verzweifelte Tat einer mittellosen Dame nicht auf ein verbrecherisches Gemüt schließen lässt. Es wäre günstig, wenn Sie liebenswert ...«

»Ich soll eine Diebin sein?«

Draußen wurden Schritte laut. Der Direttore steckte den Kopf durch die Tür. Unwirsch winkte ihm di Vita, sie in Ruhe zu lassen.

»Ich will Rossi sehen«, sagte Cecilia.

»Nein.« Das erste Wort ohne Blumengirlanden. Cecilia

verstand. Der Mentor war nicht bereit, seinen Schützling, seinen widerspenstigen Liebling, in Misskredit zu bringen, indem er dessen bedauerliche Verbindung zu einer Diebin ins Rampenlicht rückte. Gut, damit konnte sie leben, da war sie sogar einer Meinung mit ihm.

»Sagen Sie ihm, dass er Dina fortbringen soll.«

»Bitte?«

Sie stand auf. »Das ist wichtig. Sagen Sie Rossi, er soll Dina fortschaffen. Lupori hasst uns. Und er kennt keine Skrupel. Ich will, dass das Mädchen in Sicherheit ist.«

Nach diesem Gespräch konnte sie endlich schlafen. Traumlos, tief, lange. Als sie erwachte, war es finster in ihrem Loch, selbst Marianna rührte sich nicht. Ihr eigener Atem klang in ihren Ohren wie ein Bellen, und sie roch ihren Unterleib. Es kostete sie Kraft, sich aufzusetzen, aber sie fand es wichtig. Der Gang war um eine Schattierung heller als ihre Zelle. Gut, so konnte sie sich orientieren.

Rosina war also tot.

Kein Anfall, Lupori, du menschenschändendes Schwein. Nicht, solange ich meine Stimme dagegen erheben kann. Cecilia hob ihren Arm und biss hinein. Der Schmerz tat gut. Er drang durch ihren ganzen Körper wie eine scharfe, belebende Medizin. Rosina war tot, aber sie selbst lebte, um zu bezeugen, dass Lupori einen Mord begangen hatte. Und weil sie das wollte, musste sie sich zusammenreißen.

Eine Zeitlang lauschte sie in die Dunkelheit. Ihre Gedanken wirbelten genauso im Wind wie Rosinas Hüte. Einen nach dem anderen fing sie sie ein. Lupori hatte sein Ziel erreicht – er hatte sie ins Gefängnis geschafft. Sie würde vor einem Gericht stehen, und man würde sie anklagen, Gelder veruntreut ...

Wen interessierten Gelder? Der Dreckskerl hatte Rosina

umbringen lassen. Cecilias Wut war heiß und machte sie lebendig. Wann sollte der Prozess stattfinden? Hatte di Vita ihr das erklärt? Noch einmal biss sie in ihren Arm.

Er wird sicher wiederkommen, dachte sie, und dann frage ich ihn.

Aber als mit der Mittagssonne der Wächter die Tür aufschloss, brachte er nicht den Anwalt, sondern Cecilias Großmutter Bianca.

Sie hatten sich seit über einem Jahr nicht mehr gesehen, seit Großmutter ihr eine Affäre mit Rossi vorgeworfen und ihr befohlen hatte heimzukommen. Cecilia hatte nicht gehorcht, und damit war das Band zwischen ihnen zerrissen. Und dabei hätte es bleiben sollen, dachte Cecilia, während sie ihre Großmutter verstohlen musterte.

Die alte Frau schien nicht mehr ganz so aufrecht zu gehen wie vor einem Jahr, aber das mochte an den niedrigen Decken liegen. Ihr Gesicht wirkte schmal, die Figur zerbrechlich. Die juwelenberingte Hand, die den Gehstock hielt, zitterte.

Keine Sentimentalität, dachte Cecilia und zitterte selbst. Großmutter hat mein Kind umgebracht. Wir haben einander nichts mehr zu sagen.

Aber Großmutter offenbar doch. Die alte Frau trat zur Seite und winkte Ariberto heran, ihren Lakaien, der sie ihr Leben lang begleitet hatte und den das letzte Jahr ebenfalls gebeutelt zu haben schien. Als der alte Mann lächelte, sah Cecilia, dass er sämtliche Zähne verloren hatte.

»Leg das Kleid dort ab«, befahl Großmutter ihm. »Ich habe dir etwas zum Anziehen gebracht, Cecilia. Es ist nicht angebracht, sich seine Not anmerken zu lassen. Das gehört sich nicht.«

Zumindest ein klares Wort zur Kleiderordnung.

Großmutter trat näher. »Was ist mit deinem Gesicht?« Cecilia wandte ihren Kopf ins Dunkel, was stolz und kindisch war, aber viel mehr an Möglichkeiten bot ihr das Loch ja nicht.

»Ich wusste, dass es so enden würde!«

Wusstest du nicht, Großmutter. Konntest du gar nicht wissen, denn du hast keine Ahnung von Giusdicente Lupori und seinen Ränkespielen.

Großmutter tat einen Schritt und verrenkte den faltigen Hals, um ihre Enkeltochter in Augenschein nehmen zu können. Es mochte die Kinderperspektive sein, von unten hinauf in das Gesicht der alten Frau, die die Erinnerungen wachrief und Cecilia erneut verletzlich machte. Trost und Geborgenheit bei schlechten Träumen ... raschelnde Seide am Ohr, wenn Großmutter sie an sich zog, um ihr das Lied vom hinkenden Eichhörnchen vorzusingen, bis sie müde wurde ... Cecilia biss sich auf die Lippen und starrte auf das Strohbett, unter dem Marianna ihre Vorräte versteckte.

»Sie will mich nicht anschauen, Ariberto«, klagte Großmutter.

»Der Korb«, erinnerte der alte Mann. Noch mehr Bilder. Ariberto, der sie in der Küche mit Trockenpflaumen gefüttert hatte. Unmöglich, dass sie sich daran erinnerte. Das musste fünfzehn Jahre her sein, kurz nach dem Tod ihrer Eltern, als sie nach Florenz gekommen war, ein heulendes Elend, das mit Süßigkeiten aufgepäppelt werden musste.

»Geht«, sagte Cecilia, und dieses Mal meinte sie es nicht stolz oder böse, sondern als Bitte. Sie saß in einem Loch. Das ertrug man nicht mit Mitleid und sentimentalen Erinnerungen.

»Wasch dich, damit ich mich deiner nicht schämen muss«, ordnete Großmutter an, und mit diesen Worten ging sie tatsächlich.

Cecilia biss in ihren Arm. Niemand würde sich ihretwegen schämen müssen.

Di Vita schien es nicht für nötig zu halten, sie noch einmal aufzusuchen. Das Kontenbuch sprach für ihn eine eindeutige Sprache: Er hatte es mit einer Betrügerin zu tun, und es half ihm nicht weiter, sich ihre kindischen Ausflüchte anzuhören. Aber er sandte ihr ein Billett, um ihr den Prozesstermin mitzuteilen.

Als der Tag kam, wusch Cecilia sich von Kopf bis Fuß mit dem Rosenwasser, das in einer Flasche in Großmutters Korb steckte. Sie zog das Kleid an, das sie ihr gebracht hatte – schlicht dunkelgrün, mit einem weißen Fichu aus Klöppelspitze, das Häuslichkeit und Unschuld demonstrierte, und einer perlenbestickten Knopfleiste, die dezent auf Reichtum verwies. Danke, Großmutter!

Der Giudice Criminale hatte die Gerichtsverhandlung auf neun Uhr festgesetzt. Schon lange vor der Zeit stand Cecilia in ihrem Loch, aufrecht, weil sie ihr Kleid nicht verknittern wollte.

Sie wurde nicht von dem Wächter, den sie kannte, abgeholt, sondern von einem Offizier in einer dunkelblauen Uniform mit Goldlitzen und rotem Kragen, Stulpenstiefeln und einem Degen am Gürtel. Er war jung, nicht viel älter als Cecilia selbst, und benahm sich korrekt und höflich. Als er ihr Handschellen anlegte, und sie dabei kratzte, entschuldigte er sich. Zuvorkommend hielt er ihr die Tür auf und geleitete sie durch die Gänge.

Wie kommen all die Frauen hierher?, fragte sich Cecilia betroffen, als sie an den Zellen vorbeiging, die sie schon früher passiert haben musste, an die sie sich aber nicht im Geringsten erinnern konnte. Es stank entsetzlich, die Zellen waren überfüllt, die Böden mit einer dicken, feuchten

Schmutzschicht überzogen, auf der Insekten krochen und flatterten. Die meisten Frauen waren mit Spinnarbeiten beschäftigt. Einige lagen im Stroh und stöhnten und wälzten sich, andere waren völlig still. Eine, die mit den Händen eine löchrige Decke umklammerte, hatte glasige offene Augen. Vielleicht war sie tot. Hastig ging Cecilia weiter.

»Nein, hier entlang«, korrigierte der schmucke Offizier, und sie mussten warten, dass man ihnen eine Seitentür aufschloss. Mehrere Stimmen riefen Cecilia »Viel Glück!« hinterdrein, was vielleicht hämisch gemeint war, denn die Frauen brachen in Gelächter aus.

»Und hier hindurch.« Mit unerschütterlicher Höflichkeit hielt der Offizier ihr auch die nächste Tür auf.

Cecilia tat einen Schritt – und blieb schockiert stehen. Sie war in Florenz. Sie erkannte sogar die Straße, in der sie sich befand. Ein Gässchen, ganz in der Nähe des Fort Belvedere. *Gütiger Gott, ich bin daheim und stehe da und trage Ketten.* Die Verlegenheit schoss ihr wie Feuer in die Wangen. Ihr war, als würde jedermann sie anstarren, was aber nicht stimmte. Die Leute, die das Gässchen bevölkerten, hatten es eilig. Und wahrscheinlich waren sie es gewohnt, dass hier Gesindel herein- und hinausgeführt wurde.

Es herrschte der übliche Vormittagsverkehr. Hausfrauen und Dienstmädchen hasteten mit Körben vorüber oder tratschten miteinander, vollbeladene Bauernkarren rumpelten in Richtung Markt, zwei Hunde balgten sich, ein Drehorgelspieler schob seinen Wagen, Wäsche flatterte auf den Leinen, die über die Straße gespannt waren. Ein junges Mädchen, das auf einem schmalen hölzernen Klapptisch Blumen verkaufte, starrte Cecilia tatsächlich an. »Ist sie das, Baldassare?«

Cecilias Begleiter nickte und zwinkerte der Blumenverkäuferin gutmütig zu. Sie war hübsch, mit langen schwar-

zen Flechten und einer kecken roten Haube auf dem Kopf. »Lass sie nicht entkommen.« Ein harmloser Scherz, den die Ketten und die Tatsache, dass zwei weitere Bewaffnete zu Cecilia traten, herausforderten.

Ein Mann auf der gegenüberliegenden Straßenseite musterte die Gefangene ebenfalls. Er trug eine geflickte Hose und eine an den Ellbogen gestopfte Jacke aus kariertem Stoff und grinste Cecilia so vertraulich an, dass sie sich empört abgewandt hätte, wenn die Männer, die sie bewachten, solch eine Bewegung erlaubt hätten.

Im nächsten Moment versperrte eine Sänfte den Blick auf den Fremden.

»Wenn Sie einsteigen würden …« Baldassares vorbildliche Erziehung brachte ihn dazu, sie am Ellbogen zu fassen, um ihr mit den schweren Ketten beim Einsteigen zu helfen. Danke. Eine neue Flut roter Verlegenheit überschwemmte ihr Gesicht. *Bitte, lieber Gott, mache, dass niemand vorbeikommt, den ich kenne. Bitte das nicht!*

Die Sänfte war ein öffentliches Gefährt und entsprechend schmutzig. Es roch, als hätte sich vor kurzem jemand darin übergeben. Cecilia ließ sich steif auf dem Sitz nieder, bemüht, so wenig wie möglich von dem Stoff zu berühren, der die Kissen und das Rückenpolster bedeckte.

Baldassare schloss die Tür. Aber im selben Moment riss jemand auf der Straßenseite den fleckigen Samtvorhang beiseite, der die Kutschenpassagiere vor neugierigen Blicken schützen sollte.

»Auf ein Wort, Signorina Barghini – ist es wahr, dass Sie Waisenkinder bestehlen?«

Entsetzt starrte Cecilia den Mann in der karierten Jacke an. Er grinste spöttisch und streckte die Hand durch das Fenster. Frech tätschelte er ihre Wange. Sie spürte, wie ihr übel wurde, aber da wurde der Kerl schon zurückgerissen.

»Es reicht, wenn ihr Schmierfinken in den Gerichtssälen herumlungert!« Baldassares kräftige Stimme.

»Aber du liest die Gazette morgen auch, Camerata!«

»Ich lese deinen Dreck überhaupt nicht.«

Der Gazzettiere blieb lachend zurück, als die Sänfte angehoben und fortgetragen wurde.

Cecilia widerstand dem Drang, sich nun doch in die Polster sinken zu lassen. Es war Krieg, und die nächste Schlacht stand bevor. Und sie wollte verdammt sein, wenn sie zu winseln begann.

Der Gerichtssaal war nicht zu vergleichen mit dem schäbigen Teatro dei Risorti in Montecatini. Der Raum war hoch, mit einer weißen Stuckdecke versehen, in die strenge Ornamentmotive eingearbeitet waren. Vorn stand ein wuchtiger Richtertisch, links davon zwei weitere Tische, wahrscheinlich für den Ankläger und den Schreiber. Außerdem Bänke für die Geschworenen. Das Publikum tummelte sich im hinteren Teil des Raumes. Eine zischelnde Masse, die gemeinsam den Atem anzuhalten schien, als die Verbrecherin den Raum betrat.

Cecilia dachte an Großmutter und richtete sich auf. Sie hörte aus dem Raunen einzelne Worte: *Gieriges Pack ... Gaunerin ... scheißreich und trotzdem ... Aber sieh sie dir an – der haben sie schon im Gefängnis die Hucke versohlt!*

Irgendwie war di Vita neben sie geraten. »Es wird rasch vorüber sein«, flüsterte er. »Alles ist mit Amidei besprochen.« Er wies auf einen Stuhl, und sie nahm Platz. Ihre Ketten lasteten schwer in ihrem Schoß. Trotzdem: Haltung. In diesem Moment war sie Großmutter zutiefst dankbar für das Kleid.

Die Menge verstummte. Der Giudice Criminale betrat den Raum. Cosimo Amidei war jünger, als Cecilia gedacht

hatte. Etwa in Rossis Alter. Die Allongeperücke saß akkurat über seinem Bulldoggengesicht. Dann kam der Ankläger, dessen Namen sie vergessen hatte. Und schon waren sie mitten in der Verhandlung.

Amidei verlas die Anklageschrift. Das Kontenbuch ... das Waisenhaus ...

»Versuchen Sie, ein wenig zerknirscht auszusehen, Signorina«, flüsterte di Vita hinter seiner Hand, und sie bemühte sich zu gehorchen. Es gelang ihr auch. Bis sie Tacito Lupori entdeckte, der auf der vordersten Bank Platz genommen hatte. Er hatte ein Rosensträußchen in das Knopfloch seines nagelneuen Justaucorps gesteckt und trug blitzblanke schwarze Schnallenschuhe unter den weißen Seidenstrümpfen. Großspurig lächelte er ihr zu, und sie erstickte fast vor Angst, Empörung und Wut.

»Signorina!«, wisperte di Vita gequält.

»... handelt es sich um ein besonders schändliches Vergehen, da es die Ärmsten der Armen schädigt: die Waisen, die Gott uns zur Fürsorge anvertraut hat.« Giudice Amidei klopfte auf den Tisch, und Cecilia riss sich zusammen. Sie merkte, dass der Richter sie ins Auge gefasst hatte, und es war offensichtlich, dass sie ihn anwiderte. Sie bemühte sich um den von di Vita geforderten zerknirschten Blick, aber vergebens. Ihre Züge waren wie festgefroren. Lupori machte sich über sie lustig, und Rosinas Hüte wirbelten im Wind ...

Der Procuratore, dessen Namen Cecilia vergessen hatte – ein alter Mann mit einem daumengroßen Leberfleck auf der Wange – stand auf, den Blick auf seine Notizen gerichtet, und verkündete, wie die ruchlose Tat, die man hier verhandelte, vermutlich zustande gekommen sei. War jetzt der richtige Zeitpunkt, um zu protestieren?

Da bemerkte Cecilia Rossi. Er stand hinten im Saal neben

der Tür, die Hände in den Hosentaschen versenkt, und hörte konzentriert zu. Seiner Miene war kein Gefühl anzumerken.

»… besagte Cecilia Barghini nutzte sodann die Gelegenheit, die ihr die besondere Verantwortung in ihrer Aufgabe als Mitglied des Waisenhauskomitees von Montecatini bot, indem sie Zahlen fälschte und richtige Zahlen fälschlich addierte …«

Offenbar hatte di Vita dafür gesorgt, dass sein Schützling nicht im Zeugenregister auftauchte, denn sonst hätte er ebenfalls vorn auf der Bank sitzen müssen. An seiner Stelle entdeckte Cecilia Signora Secci, die wohl als ihre Vermieterin und als Komiteevorsitzende über ihren Ruf aussagen sollte. Was sie dachte, war ihr nicht anzusehen. Hinter ihr hatten die beiden Sbirri Platz genommen. Der, dem der Finger fehlte, grinste sich eins. Sah er sie durch die Kleider hindurch wieder nackt? Mörder!, schrie es in Cecilia, während der Schweiß ihrer Hände die Ketten nass machte und ihre Gesichtszüge abermals entgleisten.

Der Procuratore las Zahlen vor, einzelne Posten, Summen … niemand hörte ihm zu. Amidei hatte die Schlampereien ja bereits überprüft und für empörend befunden. Ich bin verurteilt, dachte Cecilia. Und Rossi weiß es und di Vita weiß es und jeder weiß es, und hoffentlich ist es bald vorbei.

Nun wurde Lupori vor den Richtertisch gerufen. Man musste Rossi gut kennen, um die Falten zu deuten, die sich in seine Mundwinkel gruben.

Der Giusdicente gab mit leiser, hochmütiger Stimme Auskunft. Ja, er hatte Geld gespendet, für neue Töpfe, das er selbst der Signorina zu treuen Händen anvertraut hatte. Und natürlich hatte er sich gewundert, als sich der Segen der Gabe nicht zeigen wollte, wie seine Gattin, die ebenfalls zum Komitee des Waisenhauses gehörte, ihm berichtete.

»Er lügt«, sagte Cecilia halblaut. Amidei warf ihr einen ärgerlichen Blick zu, und di Vita legte schwer die Hand auf ihren Arm.

»Also musste ich zu dem Schluss kommen, dass etwas mit der Kontenführung des Waisenhauses nicht stimmt. Ich sah mich in der Pflicht zu überprüfen, wie die Inkorrektheiten zustande gekommen waren – und war natürlich aufs höchste entsetzt, als ich herausfand, dass eine der Damen, die das Waisenhaus protegieren, sich an den armen Kindern bereicherte. Zweifellos geschah das aus Geldgier, denn der Hang besagter Dame zur Verschwendung ist in der kleinen Gemeinde hinlänglich bekannt«, half Lupori geflissentlich mit einem Motiv aus.

Di Vita meldete sich zu Wort. Er empörte sich gemessen darüber, dass man Signorina Barghini bei Nacht und Nebel entführt und tagelang eingekerkert hatte, ehe man sie mit ihrem Verteidiger sprechen ließ, und dass sie heute zum ersten Mal seit ihrer Verhaftung einen Richter sah.

Lupori blickte gerade so irritiert, dass man ihm die Überraschung abnehmen musste. »Verzeihung, aber … Auch wenn Signorina Barghini durch die Ereignisse zweifellos überrumpelt wurde – ich kann nicht glauben, dass sie vollständig vergessen hat, wie sie zu mir geführt wurde, um eine Erklärung für die Verhaftung zu erhalten und sich im vorgeschriebenen Rahmen zu rechtfertigen. Die Männer dort, die geschickt wurden, die Verhaftung vorzunehmen, werden das bestätigen.« Seine beiden Sbirri nickten. Und Amidei, der in seinen Akten blätterte, kaute gereizt auf der Unterlippe.

»Das ist gelogen«, sagte Cecilia laut. Wieder landete di Vitas Hand auf ihrem Arm. »Und Rosina Rastelli wurde ermordet.« *Fahrt alle zur Hölle. Ich will das aussprechen. Es war kein Anfall.*

Di Vita übertönte sie, in der Stimme die Geduld und das Lächeln eines alten Mannes, der das Leben kennt. Weiberlaunen, Weibernerven, Weiberschwächen …

Rossi stand immer noch neben der Tür, die Hände fest in den Hosentaschen.

»Es ist mir äußerst unangenehm«, setzte Lupori an, als di Vita mit seinen umständlichen Beschwichtigungen fertig war, »aber ich fürchte, es gibt einen weiteren Umstand, der hier zur Sprache kommen sollte. Leider habe ich selbst erst heute Morgen davon Kenntnis erlangt und hatte daher keine Zeit, das Gericht zu informieren. Um es kurz zu machen – ich habe in meiner Herberge Besuch von einem Mann bekommen, der sich scheut, selbst hier aufzutreten, dem aber sein Gewissen keine Ruhe lässt, nachdem er von diesem Prozess erfahren hat.«

Amidei legte die Hand auf die Akten. »Was für ein Mann?«

Cecilia sah, wie sich di Vita neben ihr nervös an die Nase fasste.

»Ein von seinem Gewissen gequälter Mensch, der hätte längst offenbaren müssen, was er über die Angeklagte weiß. Ich habe ihm das auch auseinandergesetzt. Er hat seine Pflichten als Bürger schändlich verletzt. Doch offenbar schwindet bei den Männern, die mit Signorina Barghini zusammentreffen, das Gefühl für Recht und Gottesfurcht. Nur so kann ich es mir erklären, wie dieser …«

»Um wen handelt es sich denn nun?«, fragte Amidei ungeduldig.

»Der Herr, von dem ich spreche, war eine Zeitlang mit Signorina Barghini verlobt. Sie brach dieses Verlöbnis zugunsten einer … zweifellos von Hilfsbereitschaft getragenen Verbindung zu einem der Richter meines Bezirks …«

Ironie troff aus der Stimme des Giusdicente.

Amidei schaute zu Rossi. Ihm war anzusehen, was er dachte. Er hielt seinen Kollegen für einen Idioten, einen bedauernswerten Kerl, der sich von einer hübschen Frau um den Finger wickeln ließ. Und das hatte er nun davon. Der Richter seufzte. »Und was hatte dieser Mensch zu berichten?«

»Es geht um einen neuen Vorwurf. Einen, der, wie ich fürchte, noch schwerer wiegt.«

Es wurde still in dem Raum. Cecilia spürte, wie die Menschen ihre Blicke auf sie richteten. Alle schienen gemeinsam den Atem anzuhalten.

»*Infanticidium*«, sagte Lupori leise. »Kindsmord.«

Sie befanden sich wieder im Zimmer des Gefängnisdirektors. Griesgrämig hatte der Richter einer Vertagung des Prozesses zugestimmt. Kindsmord – das änderte alles. Es ging nicht mehr um Betrug, sondern um ein Kapitalverbrechen. Die Gesetze garantierten dem Angeklagten, dass sein Verteidiger genügend Zeit bekam, sämtliche Vorwürfe zu überprüfen. Und nun saßen sie zu dritt um den Tisch.

Rossi hatte sich dieses Mal nicht abschütteln lassen. Er hatte den Stuhl des Direttore in Besitz genommen und studierte fassungslos die schriftliche Erklärung, die Lupori dem Richter gereicht hatte. »Der Mistkerl will sich rächen«, sagte er mit einer Stimme, als hätte er eine schlimme Erkältung.

Mit *Mistkerl* meinte er dieses Mal nicht Lupori – obwohl der zweifellos an der Intrige mitgesponnen hatte –, sondern Augusto Inconti. Der gutmütige, der niederträchtige Augusto, mit dem Cecilia bis vor zwei Jahren verlobt gewesen war, dem sie kurz vor der Hochzeit die Verlobung aufgekündigt hatte – *und das hatte nicht das Geringste mit Rossi zu tun gehabt!* – und der sie seitdem von ganzem Herzen verabscheute.

»Lauro – ich habe ihn kennengelernt. Der Kerl ist verrückt vor Hass. Nimm ihn in die Mangel, damit das deutlich wird.«

»Dass Inconti gekränkt ist, wird ihm jedermann nachsehen«, erklärte di Vita vernünftig. »Man bräuchte handfeste Beweise ...«

Rossi schlug mit der Faust auf den Tisch.

»Mäßige dich!«, fuhr di Vita ihn scharf an.

»Der Dreckskerl hat von dem Prozess erfahren, und er nutzt die Gelegenheit, um ihr doch noch eins auszuwischen. Herrgott, das ist doch augenfällig.«

»O ja. Und es wird der Signorina enorm helfen, wenn gerade *du* dich zu ihrem Verteidiger aufschwingst. Sieh dich an. Der Mann, bei dem sie lebt: echauffiert, völlig außer Fassung, das Herz auf der Stirn klebend ... Lupori hat das doch gerade sehr hübsch beschrieben ...«

»Pass auf, was du sagst.«

»Ich sage, was ich für notwendig ...«

Es klopfte. Di Vita stand auf, um den Direttore oder wer auch immer störte, mit einem Fußtritt hinauszuwerfen. Doch dann verneigte er sich. Großmutter Bianca humpelte ins Zimmer, eine gebückte alte Frau mit einem eleganten Hut auf dem Kopf. Hinter ihr keuchend Ariberto. Großmutter sah blass aus. Sie pochte mit ihrem Gehstock auf den Boden und wartete darauf, dass di Vita ihr einen Stuhl bereitstellte.

»Die Zeit ist gekommen für die Wahrheit«, erklärte sie, als sie endlich auf dem Polster saß. Mit hochmütigem Gesicht trug sie vor, was Rossi bereits wusste und was di Vita mit schmalen, skeptischen Lippen zur Kenntnis nahm. Dass ihre Enkeltochter – Opfer eines zwielichtigen Theaterdichters – schwanger gewesen war. So weit stimmten die ungeheuerlichen Vorwürfe. Aber sie hatte kein lebendes Kind

geboren. Weit vor der Zeit hatte sich Bianca selbst als liebende Großmutter in der Pflicht gesehen, ihr zur Seite zu stehen. »Es gibt Zeiten, da hilft nur entschlossenes Handeln.«

Sie verspürt immer noch keine Schuld, dachte Cecilia und vergaß ihre Ketten und die beiden Männer, während sie die alte Frau anstarrte.

»Ich habe Cecilia durch ihre Zofe hart schnüren lassen.«

Und nie darüber nachgedacht, dass etwas Lebendiges erstickt? Immer noch nicht der leiseste Anflug eines schlechten Gewissens? Du bist ein Scheusal, Großmutter. Begreifst du das denn nicht? Du hast mein Kind umgebracht.

»Wer weiß davon?«, fragte di Vita professionell.

»Selbstverständlich nur ich selbst. Und natürlich die Zofe, der ich heftige Vorwürfe machen musste, weil sie Cecilia nicht aufmerksam genug ...«

»Eine Zofe«, unterbrach di Vita sie trocken, »die schweigen wird, weil sie sonst selbst vor dem Richtertisch landet. Und auch Sie selbst, Verehrteste ...«

»Ich habe meinen Entschluss gefasst. Ich werde vor das Gericht treten und die Wahrheit offenbaren: Dass meine Enkeltochter nämlich nicht begriffen hatte, was ihr geschah. Dass ich selbst es war, die handelte, wenn auch mit schwerem Herzen.«

»Niemand wird ihr glauben. Sie ist die Großmutter«, sagte Rossi und fuhr sich mit den Händen durch die Haare. Er war verzweifelt und schaffte es nicht mehr, das zu verbergen.

Di Vita nickte bedrückt. »Zum Glück gibt es keine Todesstrafe mehr – dem Himmel und der Kompilationskommission sei Dank. Wir werden ein Gnadengesuch an den Granduca richten ...«

»Hör auf. Das Zuchthaus bringt den Menschen auch

ohne Todesstrafe um.« Rossi biss sich auf die Zunge. Er schaute Cecilia über den Tisch hinweg an, und sie hätte ihn gern getröstet und die Verzweiflung aus seinem Gesicht gestreichelt. Sie redeten über ihren Kopf hinweg. Sie stritten. Aber natürlich fanden sie keine Lösung. Kindsmord.

Am Ende war Cecilia froh, als der Wärter kam und sie wieder in ihre Zelle führte.

6. KAPITEL

𝒢iudice Amidei hatte di Vita vier Tage zugestanden, um die Verteidigung seiner Schutzbefohlenen vorzubereiten. Die Zeit verging schleppend, und irgendwann verschwammen die Stunden zu einem grauen Brei, in dem sich Cecilias Überlegungen verloren und ihr Kampfesmut starb. Es gab keine Hoffnung mehr. Tacito Lupori hatte sie mit seiner Skrupellosigkeit besiegt. Sie waren zu arglos gewesen. Nicht Rossi, denn der hatte ja fortziehen wollen, aber Cecilia. Sie hatte sich eingebildet, dem blümchentragenden Intriganten gewachsen zu sein, und nun musste sie dafür büßen.

Immer wieder strich sie mit der Hand über ihren Bauch. Sie hoffte sehr, dass di Vita Großmutter davon abbringen konnte, sich vor dem Gericht zu demütigen, aber sie glaubte nicht daran. Großmutter war so starrköpfig wie der Mann, dem sie ihre Enkeltochter entreißen wollte. Zwei Kampfhähne, umkreist von einer johlenden Zuschauerschar. Cecilia nahm sich vor, nicht zu weinen. Weiter zu denken brachte sie nicht fertig.

Es war wieder Baldassare, der sie aus ihrer Zelle holte. Stumpf ließ sie sich von ihm durch das Gefängnis führen, begleitet von den hämischen Bemerkungen der Gefangenen, dem Huschen der Ratten und dem Gestank. Bald würde sie hier leben. Jahr um Jahr, wahrscheinlich für den Rest ihres nicht allzu langen Lebens. Neben Rosinas Hüten flatterten ihre eigenen im Wind.

Auf der Straße vor dem Gefängnistor herrschte dasselbe Gedränge wie beim letzten Mal. Baldassare grüßte seine Blu-

menverkäuferin, die ihm zum Dank eine Kusshand zuwarf, woraufhin ihr ein Blumenstrauß aus den Armen rutschte.

»Es gibt heute keine Sänfte«, erklärte er, als Cecilia sich umschaute. Kindsmörderinnen besaßen offenbar weniger Privilegien als Betrügerinnen, ob sie nun aus gutem Haus stammten oder nicht. Dafür wurde sie dieses Mal von drei Bewaffneten eskortiert, einer vorn, zwei hinten, Baldassare ging direkt neben ihr.

Diese Eskorte, die sie zunächst beschämte, erwies sich bald als wahres Glück, denn plötzlich tauchten wieder Gazzettieri auf, Zeitungsschmierfinken, die in ihrem Unglück offenbar ein Mittel sahen, ihre Auflage zu steigern.

»Signorina, ein Wort zur grausigen Tat ...«

»Cecilia, du Schöne, gab es weitere Kinderchen?« Die letzte gemeine Frage kam von einem Mann, der selbst aussah, als hätte das Gesetz ein Recht auf ihn. Sein Auge war mit einem Schwert- oder Messerhieb ausgeschlagen worden und seine Kleidung so dreckig, dass sie wahrscheinlich Heerscharen von Läusen beherbergte.

Baldassare griff zu seiner Pistole, was aber weder den Einäugigen noch seine Kollegen sonderlich beeindruckte. Wer würde bei dem Gedränge, das momentan auf der Straße herrschte, auch schießen?

Überhaupt, dieses Gedränge. Sie hatten bereits ein Stück Weg zurückgelegt und näherten sich dem Ufer des Arno, aber sie kamen kaum voran. Überall wimmelte es von Leuten, die in kleinen Grüppchen zusammenstanden oder schlendernd die Straße verstopften. Am Ende der Gasse tauchte ein Platz auf – die Piazza Santa Felicita –, auf dem eine Prozession mit einem riesigen Kreuz dahinmarschierte. Sie feiern den Tag des heiligen Giovanni, dachte Cecilia benommen, natürlich. Daher das Fest. Daher die Leute. Sie sehnte sich nach der Ruhe ihrer Zelle.

Baldassare an ihrer Seite begann zu fluchen. Wahrscheinlich sorgte er sich, dass er die Gefangene zu spät beim Gericht abliefern würde. Er hieb ungestüm dem Einäugigen, der immer noch neben ihnen lief und feixte, den Lauf seiner Pistole auf den Arm. Aber er konnte nicht kräftig genug ausholen, und der Mann lachte nur.

Eine lumpige Frau griff nach Cecilias Kleid und blinzelte ihr zu. Entnervt schubste Baldassare sie in den Schmutz.

»Teufel auch, die Kindsmörderin wird hofiert, die brave Frau gestoßen«, entrüstete sich der Einäugige und bekam Beifall aus der Umgebung. Ein dicker Kerl in einer Mönchskutte bimmelte mit einem Glöckchen. Ein anderer fuchtelte mit einer Pappmaske vor Baldassares Nase herum.

Wütend fegte der Offizier die Maske beiseite und legte die Hand um Cecilias Schultern. »Diavolo …!«, begann er zu schimpfen – und lag im nächsten Moment selbst im Gassendreck. Entsetzt blieb Cecilia stehen.

Doch sie wurde sofort weitergerissen. Plötzlich fand sie sich von bartstoppligen Männergesichtern umgeben, die sie energisch vorwärtsdrängten. Vor ihrem Gesicht wankte der Rücken des Einäugigen. Der Mönch war an ihrer Seite und zerrte an ihrem Arm. Er schrie etwas, was sie nicht verstand, und lachte über die fluchenden Soldaten, die ihnen nicht folgen konnte, weil sich die Reihen vor den Flüchtigen öffneten, vor den Verfolgern aber sofort wieder schlossen. Das Volk von Florenz wusste, wem seine Sympathien galten. Im Zweifelsfall immer den Geschundenen.

Cecilia stolperte, doch der Mönch hielt sie, und sie stießen und drängelten weiter voran. Eine Frau mit reichlich Schminke im Gesicht grinste Cecilia an.

Dann war die Jagd plötzlich zu Ende. Sie liefen um eine Ecke, eine Haustür wurde aufgerissen, und Cecilia fand sich in einem Flur wieder. Muffige Kühle umfing sie.

Die Tür knallte ins Schloss, und der Straßenlärm ebbte ab. Die Leute, die sie mit sich gezogen hatten, waren verschwunden.

Dafür tauchten andere auf. Wieder fasste jemand nach ihrem Arm, es ging über Treppenwinkel hinab, in denen es stockduster war, dann durch einen etwas helleren Kellerraum voller Gerümpel, und schließlich stieß man sie auf die Knie und schob sie durch eine winzige Maueröffnung in einen weiteren Raum, wo man sie sofort wieder auf die Füße riss.

»Rasch!«

Dieses Verlies besaß ein kleines vergittertes Fensterchen zum Arno. Unterhalb des Fensters dümpelte graues, schmutziges Wasser vorbei. Es war so dunkel in dem Zimmerchen, dass Cecilia wenig erkennen konnte, aber das Wasser wurde von Licht beschienen, und sie sah, dass ein Holzeimer zwischen Schaum und Spänen trieb.

»Rasch, Cecilia. Du musst dich beeilen.«

Der Fluss stank fürchterlich.

»Cecilia!« Plötzlich stand Rossi vor ihr. Er umschloss ihr Gesicht mit den Händen, holte Luft und lächelte sie an. »Dies hier ist eine Flucht, meine Süße. Wir machen uns davon. Wir reißen aus, verstehst du? Und damit uns das gelingt, musst du dich verkleiden.«

Cecilia starrte auf die rote Hose, die er ihr entgegenhielt. Sie hob den Kopf. »Er hat Rosina umgebracht.«

»Ja, er ist der schlimmste Mist auf Gottes Acker, und du wirst mir alles erzählen. Aber jetzt komm! Komm, mein Herz.«

»Das Gefängnis setzt ihnen zu«, meinte ein zweiter Mann, der jetzt näher trat. »Besonders wenn sie es nicht gewohnt sind. Sicher, dass sie nicht verrückt geworden ist?«

Er hatte schwarze Augenbrauen, die über der Nase zusammengewachsen waren.

»Blödsinn.«

»Sie hat den Blick. Will nichts sagen, aber ich hab's gesehen, ein Dutzend ...«

»Red nicht, sondern hilf mir!«, unterbrach ihn mit einem dumpfen Grollen in der Stimme. Er begann an ihren Ketten zu hantieren und fluchte, weil der Dietrich, mit dem er sie bearbeitete, keine Wirkung zeigte. Sein Helfer brachte eine Axt, die mehrere Male auf die Kettenglieder niederfuhr.

Ein Kopf wurde unten durch das Mauerloch gesteckt. »Ihr seid zu laut.«

»Ja«, schnauzte Rossi. Ein Knall und noch einer, und die Kette fiel zu Boden.

Rossi trat einen Schritt auf Cecelia zu, nestelte an den Knöpfen ihres Kleides – und hielt bestürzt inne, als sie zu schreien begann. Seine Hände sanken herab. Sie wollte aufhören zu schreien, aber sie konnte nicht, bis er sie in die Arme nahm und an sich drückte. Und selbst da erstickte er die Laute nur, die sie ausstieß.

»Ich bin es, Enzo«, hörte sie ihn flüstern. »Bitte Liebste – es muss gehen. Du wirst wieder heil und ganz, ich schwöre es dir. Aber du musst dich umziehen. Wir haben nur diese Gelegenheit.«

»Rossi?« Sie krallte ihre Finger in sein Hemd und rang verzweifelt um Beherrschung. Sie musste leise sein, natürlich. Nur besaß sie keinen Einfluss darauf. Ihr Stimme tat, was sie wollte. Besonders wenn jemand ihr Kleid berührte. Besonders ...

»Gut, gut ... Wir drehen uns um, dieser Mann und ich. Wir schauen fort, und du ziehst dir die Hose allein an. Schaffst du das?« Sie kehrten ihr wirklich den Rücken

zu, alle beide. Cecilia starrte auf den roten Stoff in ihren Händen.

»Beeil dich.«

Ja. Sie zog das Kleid über die Brust und die Hüften, ließ es fallen und stieg in die Hosenbeine. Sorgsam achtete sie darauf, dass ihr kein Laut mehr entschlüpfte. Nun noch das Hemd. Es war ebenfalls rot, passte aber in der Farbe nicht zur Hose. Beides biss sich, das sah sie trotz des Dämmerlichts. Und die Knöpfe waren ein Sammelsurium aus Holz und Horn. »Ich bin nicht verrückt«, sagte sie leise.

Als Rossi sich umdrehte, hielt er eine Schere in der Hand. Was nun? Cecilia konnte das Schreien unterdrücken, nicht aber ihr Zittern. Ihre Zähne klapperten gegeneinander wie Kastagnetten, als Rossi ihr durch die Haare fuhr. Der fremde Mann, der ungeduldig von einem Fuß auf den anderen trat, fasste in einen Topf und begann, ihr Gesicht vorsichtig mit Paste zu beschmieren.

»Hübsch, mein Engel«, meinte Rossi und lächelte, während er ritsch, ratsch in ihre Locken schnitt. Sie fielen wie Rauschgold zu Boden. »Nicht weinen. Sonst gibt es ein Geschmiere.«

Sie konnten sich kein Geschmiere erlauben. Sie befanden sich auf der Flucht. Klar. Cecilia presste die Zähne so heftig gegeneinander, dass ihre Kiefer schmerzten.

»Das Mädel sieht viel zu erschrocken aus. Du kriegst sie nicht raus«, meinte der Mann mit der Paste.

»Ich kriege sie raus!«

Dann standen sie wieder auf der Straße. Die Sonne brannte, und die Menschen lärmten, und eine Frau schrie ihre Kinder an.

»Du machst das gut«, sagte Rossi. Er war ebenfalls verkleidet. Er trug eine weite, lange, reichlich schmutzige Ar-

beitshose und einen Kittel darüber, und seine Haare hingen ihm ums Gesicht, als hätte er sie noch nie im Leben gekämmt. Ein waschechter Handwerker.

»Nicht stolpern und nicht weinen und nicht bibbern ...«

»Wir wollen aus der Stadt?«, fragte Cecilia. Er sollte sehen, dass sie nicht verrückt geworden war, und sich beruhigen.

»Genau, mein Herz. Und ... bitte, die Hände in die Hosentaschen. Du hast Striemen um die Handgelenke.«

Gehorsam versenkte Cecilia ihre Hände im Stoff.

»Und jetzt komm. Wir feiern das Fest des heiligen Giovanni. Genau das ist übrigens dein Name, wenn dich jemand fragt. Giovanni.«

Er legte den Arm um sie wie zuvor Baldassare, und schon wieder waren sie im Getümmel. Es ging durch einige Straßen und zu einem Holztisch vor einer Schenke, in der ein Fass für die Eiligen angestochen worden war.

»Trink, Giovanni.«

Er setzte ihr eine Flasche an den Mund und nötigte sie zu einigen Schlucken, die scharf wie Säure schmeckten, aber von denen ihr rasch leichter ums Herz wurde. Sie hörte auf zu zittern, und auch der Drang zu schreien ließ nach. Nur ein wenig übel war ihr. Auf der Bank gegenüber schäkerte ein Mädchen mit seinem Liebsten. Sie küssten einander und taten das auf eine äußerst unanständige und interessante Weise, an der ihre Zungen beteiligt waren. Rossi nötigte Cecilia einen weiteren Schluck aus der Flasche auf. Sie trank und starrte auf das Pärchen. »Glaubst du ...«

»Dass der Bursche dir gleich eine kleben wird? Ja! Hör auf, sie mit den Augen aufzufressen. Siehst du den Bären dahinten?«

Cecilia schaute gehorsam zu dem Tier mit dem zerzausten braunen Fell, das aussah wie von Motten angenagt. Der Bärenführer zog an seinem Nasenring, und es vollführte

tapsige Bewegungen, die bekreischt und bejohlt wurden. Nein, das mochte sie sich nicht ansehen. Der arme Bär. Sie hasste Ketten. Aber der Schwertschlucker, der sich ganz in seiner Nähe ein Messer in den Rachen schob, gefiel ihr.

»Trink, Giovanni.«

»Mach ich ja.« Das scharfe Gesöff brannte im Magen und in der Kehle, aber es machte sie leicht und fröhlich. Sie hatte keine Angst mehr. Sie war nicht nur frei und auf der Flucht – sie war plötzlich restlos glücklich. Am liebsten hätte sie sich noch einmal die Sache mit dem Küssen angeschaut, aber das Pärchen war leider verschwunden.

»Jetzt geht's weiter, kleiner Bruder. Nein, ich glaube, du brauchst nichts mehr davon.« Rossi nahm ihr die Flasche fort, was sie schade fand.

Sie schlenderten gemeinsam durch die Menge und sahen den Seiltänzern zu. Bisweilen, wenn Soldaten auftauchten, fuhr er ihr gönnerhaft durch die Haare, und dann gab er ihr doch wieder von seinem Gesöff.

Irgendwann setzte sie sich rittlings auf eine Bank, teils weil ihr schwindlig war, teils, weil sie es genoss, die Beine spreizen zu können. Das musste man weitersagen. Wie herrlich es sich in Männerhosen lebte. *Glaub mir, Marianna, das ist wie nackt, nur nicht so schutzlos. Es fühlt sich sogar sicherer an als ein Kleid. Wahrscheinlich kann man in Hosen fliegen.*

Schließlich wurde es dunkel, und Rossi sorgte sich, weil sie viel betrunkener war, als er beabsichtigt hatte.

»Bin isch gar nich«, protestierte Cecilia und wollte ihn küssen, wie das Pärchen sich geküsst hatte, aber er schob sie hastig von sich. Schade. Stattdessen begann er mit den Wachen vor dem dunklen Tor zu plaudern, hinter dem die toskanischen Felder begannen.

»Er verträgt nichts, aber er glaubt's mir nicht. Unsere

Mutter wird mich verprügeln«, knurrte Rossi. Welche Mutter? Cecilia hielt den Mund, weil sie sich vage zu erinnern meinte, dass er ihr das aufgetragen hatte. Sie vertrug wirklich nichts. Das herrliche Gesöff kam in einem Sturzbach wieder aus ihrem Rachen, und der Mann am Tor, der sie eben noch so misstrauisch beäugt hatte, fuhr zurück und fluchte und hieb ihr seinen Gewehrkolben auf den Rücken, was wehtat. Sie heulte aber nicht, weil Rossi das ebenfalls verboten hatte.

Dann waren sie unter dem Sternenhimmel, und es wurde stiller, und sie wanderten, und der Boden wogte unter ihnen, bis sie zwischen mähenden Schafen in einem wunderbar gesund stinkenden Pferch auf herrlich weichem Stroh zur Ruhe kamen.

Als sie wieder aufwachte, hatte sie das Kopfweh ihres Lebens. Sie hätte heulen können und übergab sich ein weiteres Mal, und sie hasste es, dass sie sich dafür aufrichten musste. Dann heulte sie wirklich. Als sie aus dem Pferch ins Freie kroch, blendete sie eine lichtweiße Sonne.

Ich bin frei … frei … frei … freifrei …

Vergebens wartete sie auf ein Echo in ihrem Herzen. Sie war frei. Der Kerker lag hinter ihr. Rossi hatte die Mauern für sie niedergerissen. Aber sie verspürte nicht den leisesten Funken Erleichterung. Während sie sich in den roten Hosen auf die Fersen hockte und das Gesicht auf die Knie presste, begriff sie, dass sie überhaupt nichts hinter sich gelassen hatte. Sie saß immer noch in einem Loch. Im Loch ihrer eigenen Angst, die sie so heftig am Wickel hatte, dass sie am ganzen Körper zitterte. Alles tat ihr weh. Es war, als hätte sie in jedem Glied Muskelkater. Sie wollte zur Maus werden und in der Erde verschwinden. Sie wollte aufhören zu existieren. Oder wenigstens zu fühlen.

Rossi kam aus einem Gebüsch und nahm sie in die Arme. Er murmelte etwas, aber er war selbst zu erschöpft, um sie beruhigen zu können. Schließlich kramte er in seinem Schultersack und schnitt ihr noch einmal die Haare. »Du bist ein hübscher Bengel, Giovanni«, sagte er, während sie in der Sonne auf dem Boden saß und zusah, wie weitere Locken zu Boden fielen. Als er fertig war, betrachtete er sie lange. »Wir haben noch ein ganzes Stück Weg vor uns.«
»Ich bin müde.«
»Ich weiß, Cecilia, aber wir sind zu dicht an der Stadt.«
»Sie suchen uns.«
»Wie die Teufel.«
»Ich schaff das nicht.«
»Doch. Du schaffst alles.« Er zog sie auf die Füße und hob seinen Sack auf.

Sie marschierten durch einen Wald, der kein Ende zu nehmen schien. Bald war klar, dass Cecilia wesentlich langsamer lief als ihr Begleiter. Nicht nur ihre kürzeren Beine, auch das Gefängnis und die lange Zeit, in der sie sich kaum hatte bewegen können, machten sich schmerzhaft bemerkbar. Sie schlichen förmlich dahin, und Cecilia spürte, wie nervös Rossi dadurch wurde. Wann immer sie Stimmen oder Pferdegetrappel hörten, zog er sie ins nächste Gebüsch. Und auch wenn er lächelte, wusste sie, dass sie eine Last war.

»Ich bin eine Last«, sagte sie, als sie wieder einmal in einem Graben lagen, weil ein Reiter vorbeidonnerte.

»Eine, die ich wollte«, erwiderte er und zerrte sie erschrocken zurück ins Laub, als ein zweiter Reiter dem ersten folgte.

Zu Tode erschöpft schliefen sie abends in einem Wäldchen neben einem gurgelnden Bach ein.

Im Morgengrauen wurde Cecilia von einem Alptraum heimgesucht – wie so häufig in letzter Zeit. Sie fuhr daraus auf, und im Zusammenfließen von Traum und Wirklichkeit sah sie über sich Peppinos Gesicht, das sich ihr näherte, und sie fühlte wieder seine Hände. Entsetzt begann sie zu kreischen.

Die Hände gehörten nicht Peppino, sondern Rossi, natürlich. Sie sah sein besorgtes Gesicht und begriff, dass er ihr die Hand auf den Mund gelegt hatte, um sie daran zu hindern, mit ihrem Geschrei jemanden aufzuschrecken. Sie hätte erleichtert sein sollen, aber der Traum, an deren Inhalt sie sich kaum erinnerte, war noch zu nah. Angstvoll rückte sie zur Seite, als Rossi sich neben sie setzte, und sie zuckte zurück, als er nach ihrer Hand griff.

Es brach ihr das Herz, als sie sah, wie er zu verstehen suchte, was los war. Überhastet begann sie zu reden. »Weiß Gott, ich sollte nicht träumen. Du Armer! Box mich, wenn ich Lärm mache. Das Gefängnis ... ich träume von Ratten ...«

»Cecilia ...«

»Aber es geht mir gut«, versicherte sie ihm und zog die Enden des Hemdkragens über ihrem Hals zusammen.

Er nickte. Sie wusste nicht, was er sich in diesem Moment vorstellte, aber er war nicht dumm. Man hatte sie nachts aus ihrem Bett entführt. Sicher dachte er sich sein Teil. Möglicherweise hatte er Bilder vor Augen, die abstoßend waren und sie in all ihrer Erbärmlichkeit zeigten. Heute schrecke ich vor ihm zurück, morgen er vor mir, dachte Cecilia niedergeschlagen. Sie waren geflohen – und saßen längst in der nächsten Falle.

»Wir gehen nach Prato«, erklärte er nach einer Weile.

»Warum Prato?«

»Weil der Fisch sich am besten im Schwarm versteckt.

Wir müssen unter Leute. Und Prato ist riesig.« Er sah aus, als hätte er die ganze Nacht kein Auge zugetan. Offenbar war er in den Büschen gewesen, denn er trug Johannisbeeren in seiner Mütze. Als er ihre begehrlichen Blicke sah, reichte er sie ihr. Gierig schlang sie die Beeren hinunter.

»Ich habe Dina zu Leandro Cardini gebracht.«

»Oh – das ist gut«, erwiderte sie mit vollem Mund. Sie hatte, seit sie aus dem Kerker war, nicht ein einziges Mal an das Mädchen gedacht, ging ihr plötzlich auf. Beschämt hielt sie inne. »Wie lange wird er sie bei sich behalten?«

»Solange es dauert.«

»Dann ist sie in Sicherheit?«

Rossi nickte.

Giudice Cardini, Rossis Kollege, der in Monsummano richtete, hatte feine Manieren und das Herz des heiligen Martin, der seinen Mantel mit dem Bettler teilte. Cecilia mochte ihn. Sehr sogar. »Ich bin froh, dass Dina dort ist.«

Es regnete ein bisschen, und die Tropfen rollten über einen Kratzer auf Rossis Wange, den er sich beim Beerenpflücken geholt hatte. Cecilia wischte die klebrigen Hände an ihrer roten Hose ab und strich über die Wunde. »Wann gehst du denn zurück nach Montecatini?«, fragte sie.

Er schüttelte den Kopf. »Nicht wichtig.« Erschöpft streckte er sich in den Blättern aus, die den Boden bedeckten. Sie kroch auf Knien zu ihm und drängte sich an ihn. Es tat gut, sein Herz schlagen zu fühlen und die Wärme seines Körpers zu spüren.

»Es ist nicht wichtig, dass du kein Richter mehr bist?«

»Nein.«

Er log sie an. Ihm war das Leben ebenso unter den Händen zerbrochen wie ihr.

7. KAPITEL

Die Straße, die sie suchten, befand sich in einem heruntergekommenen Viertel. Das Mauerwerk schaute unter dem abgeplatzten Putz der Häuser heraus wie schwärende Wunden, und kaum ein Fenster besaß eine Verglasung. An den Läden schienen sich die Rabauken des Viertels ausgetobt zu haben. Halbnackte Kinder jagten mit Flüchen, für die mancher Giudice sie ins Loch gesteckt hätte, durch die Gassen, und niemand rief sie zur Ordnung.

Zwei Jungen, sicher nicht älter als zehn, übten dreist und ohne Heimlichkeit, einander in die Taschen zu greifen, wobei sie ein einbeiniger Mann mit geschlitzten Ohren überwachte. Eine Dirne hatte einen Fuß auf einem Fass abgestellt und den Rock bis zu den Schenkeln hochgezogen. Bekümmert musterte sie einen Riss im Strumpf. Dicht bei ihrem Fuß schwamm ein Hundehaufen in der Gossenrinne.

Das ist also die Zuflucht, die wir uns ausgesucht haben, dachte Cecilia.

Rossi blieb vor einem Haus stehen, das früher einmal das Wohnhaus eines wohlhabenden Handwerkers gewesen sein mochte, inzwischen aber wie der Rest des Viertels sämtlichen Glanz verloren hatte. Das Fundament hatte sich gesenkt, so dass das Gebäude sich schief ans Nachbarhaus lehnte. Durch die Löcher im Dach flatterten Tauben. Er legte den Kopf in den Nacken und ließ den Blick über die Fassade gleiten. Beiläufig gab er einem Mädchen, das ihm zu nahe kam, einen Patsch auf die Hand, was die kleine Diebin mit einem Grinsen quittierte, als hätte sie ihn falsch ein-

geschätzt und wüsste nun, dass man besser nicht an seinem Gürtel fummelte.

Er klopfte. Ein Mal ... zwei Mal ... ein Dutzend Mal ...

»Schert euch!«, brüllte eine weibliche Stimme aus den Tiefen des Hauses.

»Und dir auch einen guten Abend, Tante Liccia«, rief Rossi zurück. »Mach auf, oder ich komme von hinten rein!«

Totenstille.

Das war also seine Tante – eine der beiden –, bei der sie unterkriechen wollten. Die Freude musste ihr die Stimme verschlagen haben. Es war kein Laut mehr zu hören. Cecilia setzte sich rittlings auf ein Mäuerchen neben der Haustür und wartete. Es kam ihr seltsam vor, dass Rossi Tanten besaß. Er hatte sie nie zuvor erwähnt.

Etwas polterte hinter der Tür. Jemand namens Cora – sicher die andere Tante – wurde angeschnauzt, gefälligst aufzumachen. Cora antwortete mit sanftmütiger Stimme und einer Bemerkung, die Cecilia nicht verstand und die sich auf Schafe bezog. Gleich darauf wurde die Tür aufgezogen, und Cecilia sprang hastig wieder auf die Füße.

Cora war klein, kräftig, mit einem mageren Gesicht und dichten pechschwarzen Haaren, die ihr wie eine Matte um den Kopf standen. »Ja, das ist er«, rief sie über die Schulter. »Ganz sicher, Liccia. Dem Heiligenmaler sein Sohn.«

Nachdem Cora die Gäste ausgiebig gemustert hatte, gab sie den Blick auf eine zweite Frau frei, die in einem eigenartigen Gefährt saß, einem riesigen Stuhl, der auf eine Schubkarre mit ebenso riesigen Rädern genagelt worden war. Liccia war die dickste Frau, die Cecilia je gesehen hatte. Das Körperfett quoll über die Lehnen wie die Falten eines königlichen Gewandes über einen Thron, und ihre Augen waren so tief im Gesicht versunken, dass sie wie Rosinen in einem Pudding wirkten.

»Verschwinde«, sagte Tante Liccia und schlug mit der Faust auf ihr Knie. »Ich kann dich nicht leiden.«

»Ich weiß.« Rossi zog Cecilia in das Zimmer hinein, in dem es von Fliegen wimmelte, und schloss die Tür hinter sich. Ein Tisch mit wackligen Schemeln und einer Bank bildete das gesamte Mobiliar des Raums. Auf der Tischplatte lagen ungefärbte Säcke, Garnrollen und Scheren. Er setzte sich auf die Bank und stützte den Kopf auf die Hände.

»Hast du Dreck in den Ohren? Ich will, dass du gehst!«, schnauzte Tante Liccia.

Rossi nickte und sagte: »Das kann ich nicht.«

»Das kannst du doch, wenn ich dir nämlich eine Ladung Schrot in den Hintern jage!«

Er blickte auf Cecilia. Wieder fiel ihr auf, wie müde er aussah. Unter seinen Augen lagen rußschwarze Schatten, und der Knick seiner Nase war schärfer geworden. Ihr Herz wurde weich vor Mitleid. Mit einer knappen Bewegung der Hand erklärte er: »Mein Bruder Giovanni.«

»Du hast keinen Bruder, Rotzkerl.«

Cora, die konzentriert an ihrem Daumennagel kaute, nuschelte durch die Zähne: »Da hat sie recht, Junge.«

»Und wag es nicht, deine Mutter zu beleidigen«, fauchte Liccia. »Es reicht, dass der Mistkerl, den du deinen Vater nennst, sie schlecht gemacht hat.« Zornig nahm sie Cecilia ins Visier. »Bist du ein Bastard vom Heiligenmaler? Hat Bartolomeo Rossi sich nach Nicoletta was anderes ins Bett gezogen? Hurt wie ein Tier, der feine Mann! Schaff die beiden Lumpen raus, Cora. Das erleb ich noch, dass Enzo mir den Bastard seines mistigen Vaters ...«

»Ich brauche eine Unterkunft«, sagte Rossi.

»Such sie dir in der Hölle!«

Cora nahm den Daumen vom Mund und trat zu Cecilia.

Sie bog ihr Kinn mit der Hand nach oben. »Ein hübsches Bengelchen, meiner Treu.«

»Red keinen Quatsch, Cora. Hol die Flinte ...«

»Nur schade, das mit dem Schmiss. Der hat dir das Gesicht verhunzt.« Cora fuhr über die Schramme auf Cecilias Wange und nickte begütigend, als diese zurückzuckte. Ihr Blick senkte sich und blieb auf Cecilias Hemd haften. Einen Moment stutzte sie, die schwarzen Brauen unter der schwarzen Haarmatte zogen sich zusammen. Dann brach sie in ein Gelächter aus, das klang, als klapperten Kiesel in einer Blechschüssel. »Einen *Bruder* hast du, Enzo? Ein schöner Bruder! Einen schönen Bruder schleppt uns Nicolettas Junge an. Liccia, ich fress mir selbst die Füße ab, wenn die beiden nicht bis zum Hals in der Kacke stecken.«

»Bis zum Kinn, Tante Cora. Und vielleicht schon drüber«, sagte Rossi, und zum ersten Mal, seit Cecilia mit ihm aus Florenz fort war, stand die Verzweiflung offen in seinem Gesicht. Er versuchte zu lächeln, aber er sah dabei aus, als hätte man einen Stöpsel gezogen und alle Kraft der vergangenen Tage liefe aus ihm heraus.

»Ich jag ihm Schrot in den Hintern«, versicherte Tante Liccia. Sie drehte an den Rädern ihres Schubkarrensitzes und schaffte es, das Gefährt zu wenden und aus dem Raum zu rollen.

»Hast du ihr ein Kind gemacht, Junge?«, wollte Cora wissen, den Blick immer noch voller Neugierde auf Cecilias Busen gerichtet.

»Er heißt Giovanni, Tante Cora. Denkst du, du könntest ihn hier für ein Weilchen unterbringen, wenn ich verschwinde?«

»Dass du dem Dreckskerl aber auch wie aus dem Gesicht geschnitten bist!«, bedauerte Cora, während sie ihre Auf-

merksamkeit wieder dem Neffen widmete. »Das verträgt Liccia nicht. Muss man verstehen. Sie hat an Nicoletta gehangen wie 'ne Ente am Kücken. Und dein Vater hat sie übel behandelt. Nicht nur Nicoletta – auch Liccia.«

»Tante Cora ...«

»Ich steck dein Mädel oben in die Kammer von Eletta. Die ist letzten Monat weg mit 'm Feuerfresser. Sie kann tagsüber an den Leichensäcken nähen ... Wir machen die Leichensäcke für die Stadt, Kindchen«, erklärte Cora knapp in Cecilias Richtung. »Zwei Dutzend die Woche, und bald das Doppelte, wenn Gastone, das Schweinegesicht ... na, ist nicht wichtig. Du kannst Säcke nähen, und abends kannst du Wein ausschenken, wenn wir unten ...«

»Ich will nichts wissen von *unten*«, sagte Rossi und klang plötzlich stur.

»Is 'n gutes Geschäft und tut niemand ...«

»Ich will davon nichts wissen. Kein *unten*!«

Tante Cora trat zu ihm und kniff ihn zärtlich in die Wange. »Dass du aussiehst wie der Heiligenmaler, kannste nich ändern, Junge. Aber mach nich auf 'n Advokat mit 'm Heiligenschein. Sonst nimmt sie doch noch die Flinte, die Liccia. Verstehste?«

Als sie oben in Elettas Zimmer waren, holte Rossi sich das Kissen von dem muffigen Bett, legte sich auf den Boden und schlief ein.

Schön!, dachte Cecilia. Sie hätte es ihm gern nachgetan, aber sie fand keine Ruhe. Also wanderte sie im Zimmer umher, schaute durch das kleine Fenster, das auf einen mit Kutschen- und Karrenrädern vollgestellten Hinterhof ging, und versuchte nachzudenken, wobei aber nicht viel herauskam.

Sie war nicht mehr ganz so verstört wie an den ersten

Tagen ihrer Flucht, aber unruhig. In ihren Gliedern saßen Ameisen, die sie zwickten, wenn sie schlafen oder sich auch nur setzen wollte. Überall konnte jemand lauern. Jeder, den sie trafen, war ein möglicher Verräter. Keine Tür bot Sicherheit. Die Tanten zum Beispiel – wenn Liccia wirklich so wütend war, wie es den Anschein hatte, war sie vielleicht gerade jetzt auf dem Weg zu den Sbirri. Warum machte Rossi sich darüber keine Sorgen?

Er muss verzweifelt sein, dachte sie, wenn er Liccia und Cora als letzte Zuflucht betrachtet. Sie wusste nicht viel von seiner Kindheit. Sein Vater hatte in der Hungersnot vor zwanzig Jahren Rossis kleinen Bruder verhungern lassen, um die Milch zu sparen – von dieser üblen Geschichte hatte er ihr erzählt. Und sie nahm an, dass die zahlreichen Striemen, die auf seinem Rücken vernarbt und im Laufe der Jahre auseinandergewachsen waren, ebenfalls von seinem Vater stammten. Was sich sonst in der Familie zugetragen haben mochte – besonders zwischen Liccia und Rossis Vater –, davon hatte sie keine Ahnung.

Rossi schnarchte.

Als es dämmerte, kam Tante Cora herauf, lotste Cecilia mäuschenleise die Treppe hinab und gab ihr einen Schlag Hühnchenrisotto in eine Schüssel. »Denn satt wird man hier«, sagte sie und tätschelte Cecilias struppige Haare. »Wie heißt du, Engelchen?«

»Giovanni«, erwiderte Cecilia mit vollem Mund.

Tante Cora lächelte und knabberte wieder am Daumennagel. Als Cecilia satt war – ein himmlisches Gefühl im Magen, auch wenn es ein wenig drückte! – verschwand ihre Gastgeberin in dem Zimmer, das hinter dem Raum mit dem Tisch und den Schemeln lag, und kehrte mit einer weißen Leinenbinde zurück.

»Runter mit dem Hemd«, befahl sie, und dann zeigte sie

Cecilia, wie aus einer Frau ein passabler Mann wurde, indem sie ihr den Busen platt an den Körper schnürte. »Sei froh, dass da nich so viel blüht und gedeiht, Giovanni.« Sie entzündete eine Tranlampe, denn inzwischen wurde es dunkel. »Hörst du, wie es rappelt?«, wollte sie wissen.

Schon eine geraume Weile hatte Cecilia unter ihren Füßen Stimmen vernommen und Geräusche, als würden Stühle gerückt.

»Rossi ziert sich, wenn es um unser Geschäft geht. Aber das da unten – das is das Hühnchenrisotto, wenn man so sagen will. Leichensäcke bringen nicht viel, und ein Risotto muss Körnchen um Körnchen verdient werden. Und da is uns gleich, was der Herr Nasehoch sich auf die Brust geheftet hat.« Sie schnitt eine Grimasse unter ihrer schwarzen Haarmatte. »Na, dann komm mal mit ins Paradies, Engelchen.«

Der Raum war riesig, er musste den gesamten Kellerbereich des Hauses umfassen. Der Boden war mit unzähligen Lagen von Teppichen belegt, die Wände geschmückt mit blank gescheuerten Kerzenleuchtern und Bildern, auf denen vor allem Trinkgelage zu sehen waren. Um ein Dutzend runde Tische saßen Männer. Sie würfelten, sie hielten Karten in den Händen. Die meisten von ihnen waren gut gekleidet, einige gar kostbar. Und fast alle waren jung.

»Siehst du das Bild von den Kannibalinnen?«, fragte Tante Cora und blickte ans andere Ende des Raumes, wo über einer Chaiselongue ein Gemälde hing, auf dem nackte Indianerinnen damit beschäftigt waren, den Leichnam eines Gefangenen auszuweiden. Ein riesiger Topf stand auf einem gemalten Feuer – die Farbe passte sich hübsch an das Rot der Teppiche an – und zeigte, welchem Zweck das grausige Tun diente.

»Der Tisch unter den Kannibalinnen, das is der Pharaotisch«, erläuterte Tante Cora und stieß Cecilia den Ellbogen in die Seite, um sich ihre Aufmerksamkeit zu sichern. »Die meisten hier spielen Piquet oder Komet oder Lotto oder würfeln, aber Pharao ist die Königin der Spiele, das musst du dir merken. Liccia hält selbst die Bank. Sie is den Gästen Garantie, dass nich getrickst wird. Liccia hat nämlich Ehre. Und jeder, der hier reinkommt, hat auch eine. Gibt ja genug Gelichter, das sich die Spielschulden durchs Denunziantendrittel wieder reinholen will. Aber wer hier sitzt, is sauber.«

Tante Liccia hatte den Neuankömmling bemerkt und runzelte die Stirn.

»*Va banque!*«, rief ein junger Bursche, der bei ihr am Tisch saß, und verschob mit konzentrierter Miene golden glänzende Münzen. Tante Liccia vergaß den ärgerlichen Neuzugang. Sie schob die Lippen vor und beobachtete den Fluss der Münzen.

»Hier, Giovanni. Na komm, Söhnchen.« Cora trat an eine zerkratzte Rosenholzkommode, die mit Flaschen und Gläsern bestückt war, und drückte Cecilia ein Tablett in die Hand. »Ein Glas von dem Roten für jeden, der neu reinkommt. Für alles Weitere zahlen sie einen Julio, und das sofort, weil sie es sonst nämlich vergessen, über dem Spiel und dem Suff, die Braven.«

»Einen Julio«, echote Cecilia gehorsam.

»Sei nett zu ihnen. Jeder is 'n Körnchen im Risotto, wenn du mir folgen kannst.«

Cecilia servierte also den Gästen, die kommentarlos in die Börsen griffen, ohne ihre Karten aus den Augen zu lassen. Niemand schenkte ihr Aufmerksamkeit. Das Leben in Hosen unter Gesindel gestaltete sich erstaunlich einfach.

Leider machte Rossi ihm viel zu rasch ein Ende. Er tauchte in der Tür auf, verursachte einen Trubel, weil die Gäste wohl einen Angriff der Sbirri vermuteten, und zog Cecilia, nachdem Tante Liccia ihm erklärt hatte, wohin er sich scheren solle, hinaus in den Hof mit den Kutschenrädern. »Bist du des Teufels, Cecilia Barghini?«, fauchte er sie an.

Hitzig gab sie zurück: »Ich trage Hosen, ich bin nicht des Teufels. Ich mache, was ich will.«

Ein zwergenhafter Mann, der die Tür bewachte, die von der Straße in den Hof führte, warf ihnen misstrauische Blicke zu. Rossi durchmaß den Hof, stieß sich an einem Rad, fluchte und kehrte zu Cecilia zurück. »Es gibt kein *unten* mehr. Und du machst keineswegs, was du willst«, erklärte er zähneknirschend, aber leiser. »*Unten* bedeutet, wenn man erwischt wird, dreitägiges Einsitzen, im günstigsten Fall. Aber ...«

»*Unten* ist ihr Risotto.«

»... wenn man es professionell betreibt, auch Stadtverweis. Und natürlich Prügel. Willst du dir Hiebe am Pranger einfangen? Herrgott, wohin schlitterst du?« Er packte sie am Arm und zerrte sie hinauf in Elettas Zimmer. Sie brachte nicht mehr die Kraft auf, dagegen zu protestieren, obwohl sie Hosen trug. *Einsitzen* war ein anderes Wort für Hölle. *Einsitzen* jagte ihr genügend Angst ein, um jeden Widerstand zu brechen. Aber was er ihr anschließend vortrug, über Vernunft und wo er sie – *nicht hier, ich lasse mir schon etwas einfallen!* – wie ein Möbel deponieren wollte, während er die Dinge regelte, das ging zu weit.

»Ich habe im Gefängnis gesessen«, zischte sie ihn an, »in einem Loch mit einer Ratte, der ich mein Essen gegeben habe, weil ich dachte, ich werde verrückt, wenn sie mich im Stich lässt. Da gab's keine Damen mehr, kein *Ist es genehm, verehrte Signorina?* Da habe ich gehungert, und es war

dunkel und ich hab mir den Arm blutig gebissen, und das war alles *ich*. Und dann hat mir Amidei, möge Gott den Lackel verdammen, *den Mund verboten*.«

Sie konnte in der Dunkelheit nicht sehen, ob er sie verstand. Peppino hat *mich* angefasst, *mich*, dachte sie, und Scham und Ungläubigkeit ließen sie wieder zittern. Sie fuhr über den Stoff ihrer Hose, als wäre sie aus Eisen gehämmert, eine Rüstung, ein verdammtes magisches Vlies oder wie immer man es nennen wollte. Niemand würde ihr diese Hose wieder fortnehmen. Niemand würde ihr mehr sagen, was sie zu tun hatte.

»O Gott, Cecilia ...«

»Ich will herausfinden, wer das *Buch des Jüngsten Gerichts* gefälscht hat«, sagte sie leise.

Sie hörte ihn atmen.

»Weil *ich* es nämlich nicht gewesen bin. Und Lupori offenbar auch nicht. Ich will mein Leben zurück.«

Eine Zeitlang war es still im Zimmer. Cecilia sah, dass Rossi zum Fenster trat. »Ja«, sagte er schließlich ebenso leise wie zuvor sie selbst. »Das Buch ist der Punkt, an dem wir ansetzen müssen. Amidei hält dich des Kindesmords für schuldig, aber nicht, weil die Beweise überzeugend wären, denn das sind sie nicht. Der Belastungszeuge ist wütend, weil du ihn mit der aufgelösten Verlobung blamiert hast. Das hätte Amidei bedenken müssen. Niemand traut einem Denunzianten, der Grund zur Rache hat. Da lag sein Fehler. Er war nicht bereit, das zu bedenken.«

»Mistkerl!«

»Nein, kein Mistkerl, Amidei ist ein guter Mann. Aber es gibt das Buch, in dem er schwarz auf weiß den Beweis der Unterschlagung vor sich hatte, was nicht gerade ein Prädikat für deinen Charakter ausstellte. Er wusste, dass mich deine Verhaftung aufregte, und ich tat ihm leid, was ihm

auch nicht recht sein konnte, denn ein guter Richter hält sich frei von Gefühlen. Es ist kompliziert. Und dann hat er auch noch von deiner Großmutter Geld zugeschickt bekommen.«

»Großmutter wollte ihn bestechen?«, fragte Cecilia, plötzlich mit Wärme im Herzen.

»Leider. Etwas Schlimmeres hätte ihr kaum einfallen können. Amidei ist anständig. Und er hatte nun drei Gründe, streng zu sein.«

»Mistkerl.«

Rossi kam und setzte sich neben sie auf die Bettkante. Unter dem Fenster hörten sie die leise Stimme eines Mannes, der wohl den Zwerg um Einlass in Tante Liccias Spielhölle bat.

»Wir könnten Großmutter um Geld bitten«, schlug Cecilia vor. Dann wären sie nicht mehr auf die Tanten angewiesen.

»Brauchen wir nicht. Wir haben welches.«

»Wieso?«

»Renato Secci hat mein Vermögen transferiert, bevor Lupori die Hand darauflegen konnte.«

Was auch immer das bedeutete. Aber es tat gut zu wissen, dass es Menschen gab, die zu ihnen standen. »Ich hätte nicht gedacht, dass ausgerechnet Secci für uns in die Bresche springen würde.«

»Er ist ein mutiger Mann. Ein bisschen träge und sicher nicht der Assessore, den ich mir selbst ausgesucht hätte. Aber ... mutig«, sagte Rossi. »Und loyal. *Signora* Secci ist ebenfalls loyal. Sie ist mit der Absicht nach Florenz gereist, deinen Leumund wie eine Löwin zu verteidigen.«

»Sie kann mich nicht leiden.«

»Sie ist zu mir gekommen, um mir ihre Unterstützung zuzusichern. Sie hält dich für ehrlich. Und ... im Ernst, ich

glaube, sie kann dich sehr wohl leiden. Zu schade, dass di Vita sie nicht in den Zeugenstand gerufen hat.«

Wieder schwiegen sie. Der Zwerg begann leise zu singen. Er hatte eine Kastratenstimme von einiger Schönheit, und sein Lied handelte von der Liebe. Signora Secci hatte ihr also helfen wollen. Cecilia spürte, wie das Eis um ihr Herz ein weiteres Stück schmolz.

»Du hast recht. Wir müssen beweisen, dass du das Geld der Waisenkinder nicht unterschlagen hast«, sagte Rossi. »Das könnte Amidei bereits überzeugen, dass er es nicht mit einer abgefeimten Übeltäterin zu tun hat. Zumindest würde sein Blick wieder klarer werden. Wir müssen herausfinden, wer für die Fälschungen verantwortlich ist.«

Vor Cecilias innerem Auge tauchte ein Bild auf: ein fein ziselierter, silbern aussehender Kerzenständer hinter einem schönen Rücken in einem überraschend reich möblierten Zimmer. Sie zögerte. Es tat weh, zu Unrecht beschuldigt zu werden. Und es fiel ihr schwer, ebenfalls jemanden zu beschuldigen, ohne dass sie einen Beweis in Händen hielt. Trotzdem sprach sie den Namen aus. »Assunta«, sagte sie.

Er war dagegen, dass sie ihn begleitete, aber sie gab nicht nach. »Ich habe Hosen an!«

»Ja, und es bestürzt mich, welche Konfusion das in deinem Kopf anrichtet«, murrte Rossi aufgebracht. Dennoch ließ er sie mit sich kommen. Ehe sie aufbrechen konnten, mussten sie allerdings einige Tage warten, weil er eine deutliche Vorstellung davon besaß, wann die intensive Suche nach der entflohenen Cecilia Barghini nachlassen würde. An einem Montagmorgen – mit Tante Liccias Verwünschungen im Rücken und Tante Coras Käse im Sack – verließen sie Prato.

Sie waren fünf Tage unterwegs, denn sie wagten es nicht,

Pferde zu mieten. »Niemals in eine Poststation. Da können wir uns auch gleich beim Gericht melden«, knurrte Rossi, als sie es vorschlug, und er kannte sich schließlich aus.

Am Abend des fünften Tages erreichten sie ihr Heimatstädtchen. Es war nach einigen bewölkten Perioden wieder heiß geworden. Sie blickten vom Tal nach Montecatini Alto hinauf und sahen die Gebäude oben in der Sonne glänzen.

»Und wenn Lupori uns erwartet?«, fragte Cecilia. Sie merkte, wie die Ameisen wieder zu krabbeln begannen. Der Uhrenturm, die Spitze des Kirchturms von San Pietro Apostolo … Die gerade überwundene Angst kehrte wie mit einem Paukenschlag zurück, und einen Moment lang wurde der Drang davonzulaufen fast übermächtig. Heftig biss sie sich auf die Lippe. Sie trug Hosen, sie würde tun, was getan werden musste. Auch Rossi war jetzt hellwach und führte sie durch Gesträuch und Gestrüpp, die sie noch niemals zuvor betreten hatte.

Die Verführung, eines der Häuser anzusteuern, war riesig. Signora Secci wollte meinen Ruf verteidigen, dachte Cecilia, immer noch gerührt. Unter ihren gelben Kleidern musste ein romantisches und gutmütiges Herz schlagen. Wahrscheinlich würde sie sie einlassen. Cecilia nahm auch an, dass Zaccaria ihnen Unterschlupf gewähren würde. Er hing an Rossi, bei allem Streit. Dottore Billings, der englische Arzt, der das Irrenasyl leitete, würde ihnen ebenfalls beistehen. Ich besitze Freunde, dachte sie, und wieder war es, als schmelze ein Teil des Eises, in dem ihr Herz gefroren war.

Aber Rossi weigerte sich, irgendjemandes Hilfe in Anspruch zu nehmen. »Der Schlamassel, in dem wir stecken, ist zwar riesig, aber es reicht, wenn wir allein darin herumplanschen«, meinte er und fand mit derselben traumwandlerischen Sicherheit, die ihnen bisher jeden Abend ein Dach

über dem Kopf beschert hatte, eine kleine Höhle. Sie konnten in ihre felsige Unterkunft für die Nacht nur kriechen, und es stank gotteslästerlich nach Schwefel – wahrscheinlich aus unterirdischen Quellen –, aber der Sichtschutz, den das Steinloch bot, und damit das Gefühl der Sicherheit, war ein Gnadengeschenk. Cecilia kroch an Rossis Seite, und es tat gut, seinen Arm unter dem Nacken zu fühlen. »Bin ich dir zu schwer?«, fragte sie.

Er lachte leise und zog sie ein Stück näher zu sich heran. Sie wärmten einander, und es war völlig gleichgültig, was Großmutter Bianca oder sonst irgendjemand davon halten würde. Es gab keine Etikette mehr. Man musste auch die Vorteile in all dem Unglück sehen.

Als er am frühen Morgen aufstand und sich die Schuhe schnürte, wollte er, dass sie in der Höhle blieb.

»Nein!«

»Zwei sind leichter zu erwischen als einer. Sei vernünftig.«

Hitzig fauchte sie: »Es ist vor allem *mein* Ruf ... *mein* Leben, das auf dem Spiel steht.«

»Und du trägst Hosen?«

»So ist es. Genau!«

»Das Nächste, was wir kaufen, ist ein Kleid!«, knurrte er, aber er gab nach.

Als sie über etliche krumme Wege und ein Nachbargrundstück auf das Gelände des Waisenhauses gelangt waren, stand die Sonne schon hoch am Himmel. Cecilia zeigte Rossi die entlegene Stelle, wo die Kindsmörderin von ihrem Vater verflucht und begraben worden war, und dort, neben dem grauen Stein, zog er sie ins Gras, das inzwischen so hoch war, dass es über ihnen zusammenschlug.

»Wollen wir nicht zu Assunta?«

»Gleich.«

Sie drehte den Kopf, um die Inschrift auf dem Grabstein zu lesen. Genau in dieser Jahreszeit, unter der gleichen heiteren Sonne, war die Kindesmörderin beerdigt worden.

»Guido hat das arme Bengelchen nicht aus dem Fenster gestürzt. Er ist den Kindern ehrlich zugetan«, sagte sie. »Man wird schnell verleumdet.«

Rossi schloss die Augen. »Ist doch seltsam«, meinte er.

»Was?«

»Ich habe die Akten meiner Vorgänger gelesen – vierzig Jahre zurück. Niemals ist darin das Waisenhaus erwähnt worden. Und nun geschehen dort gleich zwei Verbrechen.«

»Das ist in der Tat seltsam.«

»Ich zerbreche mir seit Florenz den Kopf darüber – aber ich kann mir keinen Reim darauf machen.« Er knurrte unzufrieden. »Man darf die Kinder nicht aus den Augen verlieren. Sie sind ein Angelpunkt in dieser ganzen unglückseligen Geschichte. Ich hab's im Gefühl.«

Schuldbewusst dachte Cecilia, dass sie genau das getan hatte – die Kinder vergessen. Wenn Guido auch dieses Mal recht behielt und Rachele tatsächlich wiederkäme ... Die armen Kleinen, ja. Aber sie brachte nicht die Kraft auf, sich darüber Sorgen zu machen. Ich bin nicht Jesus, dachte sie. Ich komme selbst kaum zurecht.

Eine Weile blieben sie im Gras liegen, träge von der Sonne und unwillig, den Moment, der mit einem Mal kostbar erschien, zu beenden. In der Ferne hörten sie die Waisenkinder, die auch an diesem Tag wieder im Garten arbeiteten. Guido kommandierte sie, und einmal ließ sich Assunta vernehmen, die aber nach wenigen schrillen Befehlen wieder verschwand.

»Ich bin sicher, dass *sie* die Betrügerin ist«, sagte Cecilia leise und mit kaum verhohlener Wut.

Sie hatten darüber ausgiebig diskutiert. Assunta hatte die

Ausgaben kontrolliert, Cecilia die Spenden. Sie waren die Einzigen, die einen Nutzen davon gehabt hätten, die Zahlen zu präparieren. Die eine zahlte in die Kasse ein, die andere nahm das Geld wieder heraus. »Warum hat Amidei sie nicht in Verdacht gehabt?«

»Weil das Geld, das Lupori dir angeblich anvertraut hat – nicht *ihr*, sondern *dir* –, nicht ins Buch eingetragen worden war.«

»Stimmt, natürlich.«

Rossi erhob sich vorsichtig und ließ den Blick zum Haus hinüberschweifen. Dann beugte er sich über sie. Sie sah ihn lächeln, und eine Welle des Glücks überschwemmte sie. *Ich liebe diesen Mann, ich liebe ihn … ich liebe ihn … ich liebe ihn …* Sie strich ihm eine Haarsträhne aus dem Gesicht, und wieder schmolz ein wenig Eis. Wenn die Zeiten besser geworden sind, werden wir darüber sprechen, dachte sie.

Sein Lächeln vertiefte sich. »Man nennt es *im Ausguck sitzen*, Cecilia«, flüsterte er.

»Was?«

»Ein Wort aus der Ganovensprache. Wir machen es wie die Murmeltiere. Ich gehe hinein, und du behältst das Gelände im Auge. Wenn du etwas Verdächtiges bemerkst, dann pfeifst du.«

»Rossi …«

»Ich selbst werde versuchen, Assunta weichzuklopfen. Sie ist durch eine harte Schule gegangen, es wird also ein Stück Arbeit sein, sie zum Reden zu bringen. Aber ich war einmal ihr Giudice, und das hilft vielleicht. Wenn du allerdings neben mir stehst, in lächerlichen roten Hosen …«

»Ich kann nicht pfeifen.«

»Nichts ist vollkommen.«

»Und wenn …«

»Wenn Gefahr droht, pfeift das Murmeltier oder es pfeift

nicht. Aber auf jeden Fall verschwindet es. Das ist die Regel, wie sie unter Ganoven gilt. Auch für Träger von Hosen.« Er beugte sich noch dichter über sie, und seine Lippen berührten ihre Stirn. Dann machte er sich auf den Weg.

Er blieb länger fort, als sie erwartet hatte. Die Sonne begann zu stechen, die Luft wurde stickig, und die Blumendüfte legten sich wie Staub auf die Sinne. Das Murmeltier schaute sich die Augen aus, mit steifem Nacken, weil es im Gras verborgen bleiben musste und dennoch alles sehen wollte. In einiger Entfernung schlenderte Guido vorbei, und Cecilia hörte ihn mit den Kindern reden. Er schien ihnen eine Pause einzuräumen, denn es ertönte gedämpfter Jubel.

Ein guter Mann, doch, das ist er, dachte sie. Und gleich darauf, mit schlechtem Gewissen: Es war nicht genug, sich um das Geld zu kümmern. Sie hätte den Kindern ihre Aufmerksamkeit schenken müssen. Jedem einzelnen. Ob Gott über solche Dinge richtete? Ob er die heimsuchte, die es sich leichtmachten? Ob er sie gerade jetzt für ihre Sünden zahlen ließ? Ich *habe* es mir leichtgemacht, dachte sie. Aber *er* sorgt auch nicht gut für seine Waisen.

Und dann geschah, womit sie niemals gerechnet hätte: Die Kinder, eben noch am Schuften und nun mit einem Stündchen freier Zeit gesegnet, legten sich nicht etwa in schattige Ecken, um zu schlafen, sondern begannen zu spielen. Nicht alle, aber einige der älteren Jungen. Mit aufgekratzten, wenn auch gedämpften Rufen drangen sie in den verwilderten Bereich des Gartens ein. Sie hatten einen Ball bei sich, den ihnen vielleicht der gutmütige Guido überlassen hatte, und spielten Abwerfen. Das hohe Gras war ein guter Ort, sich zu verstecken und all die Dinge zu tun, die einen Waisenbuben für einige Minuten zum Helden machten.

Der Ball fiel neben Cecilia ins Gras, und natürlich entdeckte man sie. So groß war das Areal ja nicht. Sie lächelte in die mageren kindlichen Gesichter, die sich über sie beugten. Benedetto mit den meergrünen Augen stand ein wenig abseits. Er schaute zu, wie einer seiner Kameraden vorsichtig den Ball aufklaubte. Seine Knie waren aufgeschürft, und die blonden Locken hingen klitschnass an seinem Kopf.

»Ihr könnt weiterspielen«, sagte Cecilia. »Aber … psst.« Die Kinder starrten sie an. Vorsichtig schaute sie sich nach Guido um, doch der Gärtner schien das Päuschen wirklich zum Ausruhen zu nutzen. »Wer gewinnt?«, wollte sie wissen.

Über Benedettos Gesicht glitt ein Lächeln, das sich aber im selben Moment wieder verlor. Er schaute über Cecilia hinweg zum Haus. Mechanisch drehte sie ebenfalls den Kopf.

Huschte dort jemand? Sie kniff die Augen zusammen, um besser sehen zu können. Vor dem schäbigen gelben Hintergrund der Villenmauer bewegte sich ein bunter Fleck. Und *huschen* war genau der richtige Ausdruck. Ein Mann rüttelte verstohlen an einer Kellertür. Er wollte sich offenbar ins Waisenhaus schleichen. Aber nun bemerkte er die Kinderschar, und Cecilia sah, wie er zu ihnen herüberstarrte.

Der Gazzettiere.

Einer der Jungen rief etwas.

Der Gazzettiere aus Florenz. Der Mann, der in die Sänfte gefasst und der sie mit unflätigen Bemerkungen beleidigt hatte, als sie auf dem Weg zum Gericht …

Cecilia blinzelte gegen die Sonne. Der Mann verharrte noch immer vor der Tür, doch jetzt erblickte sie nur noch einen Schemen, einen dunklen Fleck vor einem hellen Hintergrund.

Die Kinder warfen sich den Ball zu und rannten davon. Nur ein großer Junge mit hängenden Schultern blieb bei ihr zurück. Er grinste über die schmutzigen Wangen, und sie hatte den Eindruck, dass er schwachsinnig war.

»Kennst du den Mann dort drüben beim Haus?«, fragte Cecilia.

Er schüttelte den Kopf.

»Kannst du pfeifen?«

Es dauerte, ehe Rossi auf die Warnung reagierte. Nach bester Gesindelmanier sondierte er das Feld, bevor er ins Freie flitzte, aber der Mann an der Kellertür, der Gazzettiere, war bereits verschwunden, und als Rossi mit Cecilia auf der anderen Seite des Zaunes ankam, wusste sie nicht, was sie sagen sollte.

»Ich habe jemanden gesehen«, keuchte sie. »Er ... der Mann ... trug eine Jacke.«

»Was?«

»Ich weiß nicht. Ein Mann in einer ... außerordentlich abscheulichen karierten Jacke. Er hatte auf mich gewartet, als ich in Florenz zur Verhandlung geführt wurde. Ein ... ein unflätiger Kerl ... Er hat gerade versucht, über den Keller ins Waisenhaus zu kommen.«

Rossi schwieg. Er musste auch nichts sagen. Sie wusste selbst, dass sie dummes Zeug redete. Der Fremde war kaum zu erkennen gewesen. Sein Gesicht im Sonnenschein verschwommen. Sie hatte nichts gesehen, bis auf die bunte Jacke oder vielleicht eine Weste oder was auch immer. Möglicherweise hatte es sich bei dem Mann um Guido gehandelt, der etwas aus dem Keller holen wollte. Ich bin hysterisch, dachte sie. Ich verliere Stück für Stück meinen Verstand, und in Wirklichkeit wird gar nichts besser. Vielleicht bin ich längst verrückt. »Es tut mir leid.«

»Die Gazzettieri verkaufen ihre Seele für einen handfesten Skandal, Cecilia – aber sie reisen nicht in die Provinz, um zu sehen, ob sich dort eventuell eine entflohene Delinquentin einfindet. Das wäre eine so kolossale Zeit- und Geldverschwendung …«

»Ich weiß«, sagte Cecilia. Wie dumm von ihr.

»Aber dort war ein Mann?«

»Guido wahrscheinlich. Es tut mir leid.« Die Sonne brannte auf ihre Gesichter, und wenn es Rossi ähnlich ging wie ihr, dann war er zutiefst niedergeschlagen. »Hast du etwas von Assunta erfahren?«

»Sie war nicht in ihrem Zimmer.«

Ein Reinfall also, auf voller Linie.

»Aber ich«, sagte Rossi.

»Bitte?«

»*Ich* war in ihrem Zimmer. Donnerwetter, ja. Nicht viel Kostbares, aber genug, um das Weib verdächtig zu machen. Assunta besitzt Möbel, und zumindest der Kerzenhalter ist tatsächlich aus Silber. Den hätte sie mit legalen Mitteln niemals erwerben können. Nicht, wenn sie tausend Jahre ihren Lohn gespart hätte. Ich denke, sie hat alles aus dem Bestand der Villa zusammengeplündert. Wobei mir nicht ganz klar ist, wieso überhaupt noch etwas zum Plündern …«

»Im Turm gab es doch das Zimmer, das sie im alten Zustand belassen haben. Vielleicht hat sie die Sachen von dort. Oder sie hat weitere Räume entdeckt, in die Signora Secci und ihre Vorgängerinnen niemals einen Schritt getan haben.«

Reichte das aus, um Cecilia Barghinis guten Leumund in Giudice Amideis Augen wiederherzustellen? Der Hinweis, dass die Waisenhausvorsteherin raffgierig war und stahl? Vermutlich nicht. Cecilia seufzte. »Und nun?«

»Müssen wir überlegen, wen wir als Ersten ins Verderben stürzen wollen«, sagte Rossi. »Zaccaria oder Leandro Cardini?«

8. KAPITEL

Sie betraten Zaccarias Bauernhof verstohlen durch eine kleine abgelegene Pforte, wie es sich für Gesindel gehörte. Der Garten von Fausta, Zaccarias resoluter Ehefrau, lag ordentlich geharkt und frei von Unkraut vor dem mit grünen Holzlatten eingezäunten Hühnerhof. Schnurgerade Wege teilten die Beete, in denen Bohnen, Tomaten, Kohl, Salat und Gewürze wuchsen. Mehrere Dutzend weiße Hühner scharrten auf der anderen Seite der grünen Bretterwand. Am Ende des Gartens befand sich ein Stall. Ein leises, melodisches Pfeifen, begleitet von einem metallenen Kratzen, drang durch die glaslosen Fenster.

Cecilia und Rossi blieben in der Tür stehen und sahen schweigend zu, wie Rossis Assessore – inmitten von Schweine- und Kuhpferchen auf einem kleinen Schemel sitzend – ein Sensenblatt von den winzigen Spuren Rost befreite, die nur sein liebevolles Auge entdecken konnte. Seine Rückenmuskeln bewegten sich im Rhythmus des Liedes. Er arbeitete langsam und gefühlvoll. Ein Mann, völlig versunken in seine Arbeit.

Bis er den Schemel warf.

Rossi duckte sich, Cecilia nicht. Der Schemel war mehr in seine Richtung geflogen, und so wurde Cecilia nur von einem absplitternden Bein getroffen, das allerdings heftig. Benommen fand sie sich auf dem Boden wieder, während Zaccaria sich die Haare raufte und nach seiner Frau brüllte, Rossi etwas gegen ihre Wange drückte und das Vieh aufgeregt im Stroh scharrte.

»*Cacca!* Ich sehe zwei Schatten an der Wand, ich denke,

es sind wieder diese Mistkerle, das Schweinepack ... Fausta, wo bleibst du! Verzeihen Sie, Signorina! Es ist nicht so schlimm, nicht wahr? Sie können mich verstehen?«

Fausta rückte mit einem Bratspieß und in Begleitung eines Knechtes an, der entschieden erleichtert wirkte, als er sah, dass er seine Tapferkeit nicht unter Beweis stellen musste.

Nachdem sie in Faustas Küche um den soliden, tausendmal gescheuerten Eichentisch saßen, mit Wein in irdenen Krügen vor sich und dem Duft angebratener Zwiebeln in der Nase, begann Zaccaria zu erklären: Giusdicente Lupori, der Drecksack, hatte sein Gesindel auf den Hof geschickt, als herauskam, dass Giudice Rossi die verehrte Signorina befreit hatte und mit ihr auf und davon war. »Ich habe ihm gesagt, ins Gesicht hinein, es wäre mir eine Ehre, dem Giudice Rossi Unterschlupf zu gewähren, nur dass er leider nicht gekommen ist – habe ich das gesagt, Fausta? Und genauso habe ich es auch gemeint.«

»Besonnen wie immer«, meinte Rossi. Cecilia lächelte, trotz des kolossalen Kopfwehs, das das Schemelbein hinterlassen hatte.

»Ich war noch nie besonnen, Enzo. Ich hab mich auch nicht als Assessore wählen lassen, weil ich besonnen sein wollte.«

Fausta warf Fleischstückchen zu den Zwiebeln. Es zischte und begann zu duften.

»Die Kerle haben mir nicht geglaubt und alles auf den Kopf gestellt. Sie haben Sachen kaputtgemacht – deswegen habe ich mich beschwert, in Florenz, mit einem Brief an den Granduca. Renato Secci hat ihn aufgesetzt, auch wenn er sich nichts davon verspricht.«

»Du weißt nicht, wann du den Kopf einziehen musst«, meinte Rossi.

»Dem Secci ist der Lump auch aufs Dach gerückt. Hat seine Kontenbücher inspizieren lassen. Wollte konfiszieren, was Giudice Rossi an Vermögen besitzt. Kam aber zu spät. Der hatte sich nämlich bereits alles auszahlen lassen.«

»Na, so ein Fuchs.«

»Ja, das hat Secci auch gesagt und dem süßholzraspelnden Drecksack dabei hoffentlich ins Gesicht gelacht …«

»… weil er Wert darauf legt, ebenfalls in Schwierigkeiten zu kommen?«

»Ich mag's nicht, wenn du so redest«, sagte Zaccaria. »Das gibt den Kerlen die Macht. Sie sehen, wie die Leute den Schwanz einziehen, und das treibt sie zur nächsten Sauerei.« Seine Zähne schimmerten im dichten schwarzen Bart wie ein Haifischgebiss. »Warum bist du gekommen?«

»Nur um zu sehen …«

»Es schickt sich nicht, wenn die Signorina in Hosen rumläuft, Enzo«, sagte Fausta. Sie warf gehackte Knoblauchzehen in die Pfanne, wischte die Hände an der Schürze ab und drehte sich zu ihnen herum. »Du lässt sie hier, was immer du vorhast. Sie ist mager geworden wie 'ne Katze. Sie … kriegt den Blick nicht von der Tür, wenn du verstehst, was ich meine.«

Cecilia wollte protestieren, aber Fausta ließ sie nicht zu Wort kommen.

»Ich vergesse nicht, wer den Mörder meiner Schwester gejagt hat. Und auch, wenn du damals kein Urteil über das Ungeheuer sprechen konntest, hat es doch gebüßt. Du bleibst hier, solange es nötig ist, und deine Signorina auch. Basta.«

Zaccaria bekam feuchte Augen vor Stolz, und sein Grinsen reichte von einem Ohr zum anderen, als er zustimmend nickte.

»Nur zwei oder drei Tage, und nur Signorina Barghini«,

sagte Rossi. »Ich selbst brauche ein Pferd.« Sie fragten ihn nicht, wohin er wolle, und er sagte es ihnen auch nicht.

Sobald es dämmerte, ritt er los. Dieses Mal ließ er sich durch die Hosen nicht überzeugen. Cecilia war eine schlechte Reiterin und »Du hältst mich auf!« kein Argument, sondern ein reines Faktum.

Fausta kletterte mit Cecilia über eine Leiter auf den Heuboden, der sich über dem Viehstall befand. »Alles haben sie zerrupft und zerrissen«, sagte die Bäuerin bitter und ließ ihre Lampe über die gelbgrünen Wellen schweifen, die einmal ordentlich geschnürte Heuballen gewesen waren und nun wie ein windgepeitschtes Meer den Bretterboden bedeckten. »Aber sie wissen nicht, wie man ein Versteck findet.«

In der Ecke des Heubodens hatte man nur die obersten Bündel herabgezerrt. Eindeutig zu erkennen, dass sich hier niemand verstecken konnte. Aber als Fausta und Cecilia den Boden freigelegt hatten, kam eine Falltür zum Vorschein.

»Zaccarias Vater hat gewildert – ist nun lange her und war eine böse Geschichte, die damit zu tun hatte, dass man ihn kleinkriegen wollte. Er war wie Zaccaria, hat sich von niemandem den Mund verbieten lassen und sein Recht durchgesetzt, auch gegen die Grundherren. Ein guter Mann. Aber essen musste er auch, und da hat er diesen Keller eingerichtet, für das gewilderte Vieh.« Cecilia hörte Fausta lächeln, als sie weitersprach. »Ganze Generationen von guten Männern, meiner Treu.«

Unter der Falltür befand sich in einer schmalen gemauerten Zwischenwand eine Leiter, und über die Leiter gelangte man in ein fensterloses unterirdisches Gelass. Faustas Lampenlicht fiel auf ein breites Bett, auf gepökelten Schinken an

der Decke und Weizensäcke und Fässer an den Wänden. Das Bett war mit Decken überhäuft.

»Wenn sie einmal über dich hergefallen sind, wirst du vorsichtig«, kommentierte Fausta Cecilias Verblüffung. »Keiner hier im Ort, der Verstand hat, glaubt, dass Sie die Waisenkinder betrogen haben, Signorina, wenn ich das sagen darf. Aber trotzdem hat man Sie in den Kerker geworfen und wollte Sie verurteilen. Die Zeiten sind schlecht, wenn Leute wie Tacito Lupori an der Macht sind.«

Cecilia setzte sich auf das Bett, das eine harte Matratze hatte und nach Heu duftete. »Was sagen die Leute, wie Rosina zu Tode gekommen ist?«

»Die alte Frau, die bei Ihnen gewohnt hat? Sie hat einen Anfall bekommen, heißt es. Man hat sie am Morgen tot in ihrem Bett gefunden. Ein Mädchen, das für den Giudice kocht, diese Anita. Sie ist schreiend durch die Stadt gerannt.«

»Ah ja«, sagte Cecilia.

Fausta ließ sich neben sie plumpsen. Schweigend starrten sie auf den Boden, der so sauber gekehrt war wie Faustas gesamter Besitz.

»Ich würde gern ihr Grab sehen«, sagte Cecilia.

Faustas Lampe mit dem grünen Glas warf phantastische Schatten auf den Weg, als sie zum Friedhof hinaufgingen. »Alle, die mit Enzo in Verbindung standen, ziehen nun den Kopf ein«, erzählte sie, während sie das Tor öffnete. »Der Dicke, Enzos Sbirro, ist auch fort.« Kritisch meinte sie: »Ich habe allerdings nie verstanden, was der Giudice an diesem Burschen findet – er kam mir vor wie ein Gauner, um's mal auszusprechen.«

»Er hat auch sein Schicksal«, sagte Cecilia. Ihr Herz verkrampfte sich, als sie die Grabsteine und die weiß schimmernde Fläche mit den Wandgräbern sah. Rosinas Hüte

wirbelten durch die Nacht wie fröhliche kleine Schwalben auf einem Kinderbild.

»Hier.« Fausta wies ihr den Weg. »Signora Secci hat darauf bestanden, dass die alte Frau ein anständiges Grab bekommt – nicht in einem Sack, sondern mit Sarg. Dieses junge Ding, Marianna Bossi, hat es mit Blumen bepflanzt. Und wenn sie es nicht getan hätte, dann hätte ich es getan. Nicht weinen, Herzchen …«

Rosina war neben einem Kind begraben worden, das das Schicksal ebenfalls vorzeitig aus dem Leben gerissen hatte.

Cecilia kniete vor dem Grab der alten Frau, aber ihr fiel kein Gebet ein. *Und vergib ihr ihre Sünden?* Rosina hatte nicht gesündigt, sie war so arglos wie ein kleines Kind gewesen.

Fausta war zum Brunnen gegangen, um ihr Gelegenheit zum Trauern zu geben. Sie lehnte an dem Mäuerchen – ein Fels in der Dunkelheit. Eine Freundin, dachte Cecilia. Rossi ist klüger als ich. Er weiß, wem er vertrauen kann. Ungelenk stand sie auf. Ihre Hose war an den Knien nass geworden, weil jemand die Blumen auf Rosinas Grab und den Boden darum vor kurzem gegossen hatte. Langsam ging sie zum Brunnen hinüber. Fausta nahm die Hände vom Bauch und blickte ihr entgegen.

»Sie sind zu dritt zu mir gekommen«, sagte Cecilia, als sie sie erreicht hatte. »Mitten in der Nacht. Sie haben mich aus dem Schlaf gerissen.« Sie lehnte sich ebenfalls gegen das Mauerwerk, aber so, dass sie die Bäuerin nicht anschauen musste. »Sie haben mich aus dem Bett gezerrt. Zwei von ihnen waren Sbirri, aber einer nicht. Er hatte das Kommando. Er hat mich angefasst.«

Fausta spuckte aus. Sie schwiegen. Das Licht der Lampe, die zwischen ihnen auf dem Brunnenrand stand, zog einen Falter an, und die Flamme glühte auf, als er verbrannte.

»Ich nenne den Mann Peppino.«

»Warum?«, fragte Fausta.

»Weil ich denke, es könnte sich bei ihm um einen Lakaien handeln, der in Luporis Diensten steht. Ein junger Bursche. Signora Lupori ruft ihn so.«

»Etwa Giuseppe Cavalli?« Fausta lachte auf, schlug aber sofort die Hand vor den Mund. »*Scusi*, Signorina, aber … meinen Sie tatsächlich Giuseppe? Der der verehrten Signora das Bett versüßt? Oder auch nicht«, schränkte sie ein. »Das hört sich anders an, je nachdem, wie viel er gesoffen hat. Sie müssen entschuldigen, Kindchen …«

»Ich entschuldige alles, Fausta, wenn Sie mir nur sagen, warum Sie der Gedanke so erheitert, dass es Giuseppe gewesen sein könnte, der mich angefasst …«

»Ich bin nicht erheitert – nicht bei einer so bösen Sache.«

»Er heißt Giuseppe Cavalli?«

»Und er ist der Cousin von Maura Usai, und die ist mit Rildo Ricci verheiratet, und der ist wieder ein Schwager von Zaccaria. Giuseppe sieht aus wie ein Adonis oder wie dieser Götterkerl heißt. Aber er hat den Verstand einer Schnake und den Mumm eines Schnakeneis. Seit Jahren will er fort von seiner verhassten Signora und dem noch mehr verhassten Signor, aber er traut sich nicht. Er spuckt große Töne, wenn ihm der *Vermiglio* den Kopf erhitzt, aber wenn er wieder nüchtern ist, zieht er den Schwanz ein – Sie verstehen die Sprache der einfachen Leute? Giuseppe überfällt niemanden, und wenn er dabei wäre, dann würde er hinten stehen und sich vor Angst in die Hose pissen. War der Peppino jener Nacht so einer, Signorina?«

»Nein«, gab Cecilia zu.

»Aber es fällt Ihnen schwer, mir zu glauben.« Fausta verschob mit der Spitze ihres derben Schuhs das Laub, das sich vor dem Brunnen gesammelt hatte. »Es ist schlimm, wenn

einen jemand anfasst. Für Männer ist die Liebe wie Kacken, sie haben kein zarteres Gefühl. Aber Frauen tragen eine Last mit sich rum, wenn man sie ... anfasst. Ich weiß das, Signorina. Ich weiß das wohl.«

»Und Rosina ist tot.«

Wieder starrten sie in die Nacht hinaus, die mild und freundlich schien, weil sie die Weinhänge zum Leuchten brachte und die Luft mit dem Konzert der Nachtigallen füllte.

»Wenn ich diesen Peppino noch einmal sehen würde, wenn ich ihn sprechen hören könnte – dann wüsste ich Bescheid«, sagte Cecilia.

»Sind Sie da sicher?«

»Ja.«

Es war Samstag, und samstags trafen sich bei Rildo Ricci die Verwandten und Freunde, um zu kegeln. Rildos Vater hatte einen Hof besessen, aber Rildo, als jüngster Sohn, hatte in die Stadt gewollt und war bei einem Rotgießer in die Lehre gegangen. Nach dem Tod des Meisters hatte er dessen Witwe Maura und die Werkstatt übernommen, was ihm zum Glück gereichte, besonders Maura, meinte Fausta mit viel Sympathie für die Rotgießerin.

Hinter der Werkstatt hatte Rildo einen Schuppen errichtet und dort aus Bohlen eine Kegelbahn gebaut. Die Kegel hatte er selbst geschnitzt und mit roter Farbe angemalt, weil das seine Glücksfarbe war. Frauen waren bei der samstäglichen Geselligkeit allerdings nicht erwünscht, was vielleicht damit zusammenhing, dass um Geld gekegelt wurde, vielleicht aber auch mit dem billigen Wein, dem die Männer zusprachen und der sie rauflustig machte.

»Aber Maura wird dafür sorgen, dass wir trotzdem einen Blick in den Schuppen werfen können«, sagte Fausta.

Ihre Verwandte hatte die besten Jahre bereits hinter sich. Sie humpelte an einer Krücke und musterte Cecilia so misstrauisch wie jemand, den auch rote Hosen und festgebundene Busen nicht täuschen können. »Wer ist der Junge?«

Die Bäuerin nannte ihr den Namen – *nicht Guido, Giovanni!*, aber was tat's–, und Maura erklärte sich bereit, den Bengel einen Blick in die Scheune werfen zu lassen. »Wenn ich auch nicht weiß, was du dir davon versprichst, Fausta. Soll er saufen lernen?«

Und wenn Peppino doch der Mann ist, der mich angefasst hat?, dachte Cecilia. Die Binde und das rote Hemd darüber waren nassgeschwitzt, als sie den beiden Frauen durch eine Waschküche in einen Garten folgte und von dort über einen schmalen, von Brombeeren überrankten Weg hinter die Kegelscheune.

Überraschenderweise befand sich in der Scheunenwand ein Loch, das jemand sorgfältig mit einem Messer aus dem Holz geschabt hatte. Verzweigte Brombeerranken tarnten es von außen, von innen schien es unsichtbar zu sein, obwohl man einen guten Blick auf das Männerkränzchen hatte, das sich zum Kegelspielen zusammenfand. Fausta schaute zuerst. Sie schüttelte den Kopf. Dann machte sie das Loch für Cecilia frei und verwickelte Maura in ein Schwätzchen. Cecilia begann die einzelnen Ecken der Scheune nach Peppino abzusuchen. Sie sah dicke und dünne Männer, viele ältere und drei oder vier junge. Von einigen konnte sie leider nur Beine erkennen, weil sie erhöht auf einer Art Galerie saßen.

Feuer ...

Einer der Männer, der ihr den Rücken kehrte, konnte Peppino sein, der Figur nach zu urteilen. Er stand am Ende der Bahn und stellte die Kegel wieder auf.

Feuer ... Der Ruf zog sich leise, fast durchsichtig, wie ein Spinnfaden durch die Nacht. Cecilia horchte auf.

Feuer ...

Zunächst eine einzelne menschliche Stimme, panisch, hell, weit entfernt – und dann mehrere. Cecilia vergaß das Loch und den jungen Mann. Entsetzt drehte sie sich zu Fausta und der Rotgießerin um.

Das Feuer brannte im nördlichen Teil der Stadt. »Bei San Pietro!«, brüllte ein Kerl in einem geblümten Schlafrock, der ihnen entgegenkam und an sämtliche Türen trommelte.

Aus den Häusern strömten die Bewohner. Feuer ging jedermann etwas an. Die Häuser standen Mauer an Mauer, vieles war aus Holz. Pest und Feuer ... die Geißeln Gottes, die ohne Unterschied zuschlugen. Frauen scheuchten ihre Kinder in Richtung der Stadttore, andere reihten sich unter die Männer ein, die mit Eimern, Ästen, Seilen und Stangen in die immer engeren Gässchen drängten, die hinauf zur Kirche führten.

Und zum Waisenhaus, dachte Cecilia, die sich mit der Menge treiben ließ. Warum bildete sie sich ein, dass es um das Waisenhaus ging? Hatte der Mann nicht *San Pietro* gerufen?

Feuer ...

Und jetzt doch: *Waisenhaus ...* Sie hatte es geahnt ... gewusst!

»Welchen Tag haben wir heute? Fausta, warte!« Sie umkrallte den Ärmel der Bäuerin.

»Was?«

»Welchen Tag? Welches Datum?«

Die Frau schüttelte den Kopf. Natürlich. Sie lebte nach Jahreszeiten und Kirchentagen. Plötzlich flammte oben in der Straße etwas auf. Brandgeruch stieg in die Luft. Es knisterte und knallte, und eine Flamme leckte so hoch in den Nachthimmel, als wollte die Hölle das Paradies brandschatzen.

Ein Mann in einem Nachthemd, dessen Zipfel er in die Hose gestopft hatte, drängelte an Cecilia vorbei und stieß sie fast zu Boden. Er trug über dem Hemd eine Lederschürze und auf dem Kopf einen Helm mit Nackenschutz – vermutlich gehörte er zu dem halben Dutzend Handwerkern, die neben ihrer Arbeit als Feuerknechte fungierten und dafür einen kleinen Obulus bekamen. Ab und zu tauchte Faustas Kopf in der wogenden Menge auf.

»*Feuer*…«, brüllte es aus dem Inferno.

Rachele, dachte Cecilia.

Sie hatte das Waisenhaus erreicht. Flammen schlugen aus den Fenstern. Glutlöcher in gelben Wänden. *Gott, lass es weniger schlimm sein, als es aussieht! Es sind doch deine Kindlein…*

Die Brandfenster befanden sich allesamt im oberen Stockwerk. Cecilia bekam eine Stange in den Magen gerammt, als einer der Feuerknechte Anlauf nahm. Die Männer schickten sich an, das Haus zu stürmen. Auf ihren Körpern spiegelte sich der Feuerschein wider. Am schlimmsten wüteten die Flammen in dem Zimmer über dem Boudoir. Dort schlafen die älteren Kinder, dachte Cecilia. Ihr Gehirn arbeitete langsam, als hätte der Schock Steinchen ins Räderwerk geworfen.

»Die Kinder schlafen oben«, schrie sie den Männern zu. Sie drängte sich an einem Fuhrwerk vorbei, das aus unerfindlichen Gründen die halbe Gasse versperrte. Damit hatte sie die letzte Barriere zwischen dem brennenden Haus und der Gasse hinter sich gelassen. Niemand hielt sie auf. Entsetztes Greinen füllte die Nacht. Säuglingsgebrüll. Feuer war also das Mittel, um die Waisen aus ihrer Lethargie zu wecken.

Und Säuglingsgebrüll war das Mittel, um die inzwischen verstummte Masse vor dem Haus aufzustacheln. Die Feuer-

knechte hatten mit ihren Äxten und Stangen eine Tür aufgebrochen. Nun drängte ein Menschenpulk zum Loch und riss Cecilia mit sich. Sie stand in der Eingangshalle. Ein hustender Mann, der unter seinem Feuerhelm fast verschwand, stürzte mit Säuglingen an ihr vorbei, die er wie Kleiderbündel an den Leinenhemdchen hielt.

Die Treppe ins obere Stockwerk brannte. Noch nicht die unteren Stufen, aber von oben leckten die Flammen.

Benedetto ... Cecilia packte einen der Männer am Arm, um ihn auf die Kinder im oberen Stockwerk aufmerksam zu machen, aber er riss sich los. Er sah, wo es Leben zu retten gab, keine Zeit für Schwafeleien. Rauchschwaden wälzten sich die Stufen herab und ließen die Retter husten.

Hinter dem Säuglingszimmer, durch eine kleine Tür zu erreichen, befand sich der Dienstbotenaufgang. Der Rauch war beißend. Cecilia tastete sich zwischen den Bettenkästchen hindurch. Als sie die Treppe hinaufstürmte – sie griff automatisch nach Kleiderfalten, aber zumindest mit Röcken und Unterröcken musste sie sich nicht abgeben –, waren die Wände von roten tanzenden Feuerschatten bedeckt. Eine Frau stürzte ihr entgegen, eine Amme, mit aufgerissenen Augen.

»Die Kinder!«, brüllte Cecilia, doch die Frau taumelte an ihr vorbei, ohne zu reagieren. Mit jeder Stufe wurde die Luft heißer. Oben im Flur schien sie zu kochen. Cecilia hustete und schlug die Arme vors Gesicht.

Benedetto ...

Ein dunkler Haufen lag auf dem Boden, Kleider und eine schwarze Haube – eine weitere Amme. Cecilia trat nach ihr, doch die Frau rührte sich nicht. Ihr Rocksaum brannte. Die Hitze wurde unerträglich. Fort ... raus hier ... Die glühenden Schwaden atmeten sich wie pure Flammen ...

Benedetto ... Cecilia merkte, dass sie weinte.

Sie stolperte die Treppe hinab, kehrte aber nicht ins Zimmer der Säuglinge zurück, sondern taumelte ans nächste Fenster, packte einen Schemel, schlug ihn gegen die Scheiben und sog gierig die kühle Nachtluft ein. Ihr Rücken glühte, als stünde sie direkt vor einem Kaminfeuer.

Die frische Luft klärte ihre Gedanken. Fahrig wischte sie mit dem Schemel die Scherben aus der Rahmung. Sie weinte immer noch, aber ihr wurde klar, dass sie machtlos war. Niemand konnte mehr zu den Kindern vordringen. Rachele hatte ihr Werk vollendet. Gott, der die Menschen strafte, weil sie die Waisen übervorteilten, hatte ungerührt zugesehen, wie eine Wiedergängerin sich an den wehrlosen Wesen im oberen Schlafraum vergriff. Er hatte keinen Engel geschickt. Er hatte die Hexe nicht mit einem Blitz zu Boden geschleudert. Er hatte nicht einmal das Flammenmeer geteilt, um seiner armseligen, verheulten Dienerin den Weg zu den Kindern frei zu machen. So war das mit Gott und den Waisen …

Und dann sah Cecilia sie. Draußen im Garten vor der Jasminhecke, die wie eine schwarze Theaterkulisse wirkte, lief eine weiße Gestalt. Den Kopf umhüllte eine voluminöse Kapuze, die feinen Stoffe blähten sich wie die Schleier einer ägyptischen Tänzerin …

Schockiert und unfähig, sich zu rühren, starrte Cecilia auf das unwirkliche Bild.

Die Füße des Wesens bewegten sich über den ebenfalls schwarzen Boden. Eine trippelnde Tänzerin. Rachele drehte sich, schaute zum Haus hinüber, hob die Arme … Ein Windstoß trug sie weiter …

Cecilia schrie auf, als ein glutheißer Pfeil ihren nackten Hals streifte. Die Erstarrung fiel von ihr ab. Unwichtig alles da draußen. Das Feuer leckte nach ihr. Sie musste fort …

Vom Schmerz getrieben kletterte sie über die Scherben, die

im Fensterrahmen zurückgeblieben waren, und fiel in das weiche Gras. Sie rannte einige Schritte ... und hielt erneut inne.

Zitternd schaute sie sich um. Die weiße Frau war fort.

Aber sie hatte sie gesehen. Es gab sie wirklich ... Rachele ... Und sie war tatsächlich zurückgekehrt. An dem Tag, an dem der Leibhaftige ihr das Kreuz durch das Ohr ins Gehirn gestoßen hatte. Guido hatte recht behalten. Cecilia blickte auf ihre Hände, die rot und schmierig von Blut waren. Sie zuckte zusammen, als eine weitere Fensterscheibe barst. Die Flammen wüteten jetzt im gesamten Obergeschoss der Villa.

Stumpf sah sie zu, wie die Feuerknechte und ihre Helfer nun auch den hinteren Teil des Geländes zu erobern begannen. Hier war die Gefahr nicht ganz so groß, es gab keine angrenzenden Gebäude. Die Männer hielten unschlüssig die langen Stangen mit den Feuerhaken in der Hand, aber es hatte keinen Sinn, das Dach zum Einsturz zu bringen. Die Mauern waren solide, das Feuer tobte im Innern. Sie besprachen sich laut und aufgeregt. Das Gras war feucht ... ein Glück, ein Geschenk des Himmels.

Niemand achtete auf den rot behosten jungen Mann, der benommen durch den Garten irrte.

Ich habe sie gesehen, dachte Cecilia. Und dann, ungläubig, unwillig und immer noch zutiefst erschüttert: Sie ist wirklich zurückgekommen.

Plötzlich hörte sie Rufe, erst erstaunt, dann beifällig. Die Feuerknechte verloren ihr Interesse an dem Brand. Denn aus dem hintersten Teil des Gartens, dort wo der Flieder blühte und das Grab lag, näherte sich eine menschliche Karawane. Sie wurde von Guido geführt. Von dem unübertrefflichen Guido, der gelassen und liebevoll eine kleine Schar Buben mit geschwärzten Gesichtern zu ihnen brachte. Einer

der Junge trug helles Haar wie einen Glorienschein um den rußigen Kopf.

»Hoch mit Ihnen! Signorina … haben Sie den Verstand verloren!« Das wunderbare Bild verschwand hinter Faustas massiger Gestalt. Die Bäuerin zerrte sie auf die Füße.

»Ich habe sie gesehen, Fausta. Diese Rachele. Ich hab gesehen …«

Die Frau hörte nicht zu, bis sie am Rand des Gartens standen, dort, wohin der Feuerschein nicht reichte und wo sich niemand mehr aufhielt. Cecilia sah, wie Guido auf die Feuerknechte einsprach. Der kleine Benedetto und seine Freunde starrten mit riesigen Augen zu den Fenstern hinauf, die ihnen fast zur Todesfalle geworden waren. Cecilia merkte, dass sie vor Erleichterung schluchzte.

Fausta zeigte zur Straße, die seitlich am Waisenhaus entlangführte. »Siehst du ihn? Da ist er. Schau hin!«

Tacito Lupori. Der Giusdicente. Einen Moment lang setzten die Gedanken in Cecilias Kopf aus. Es war, als verlangsamte sich die Zeit. In ihren Beinen zuckte es, es drängte sie mit jeder Faser ihres Körpers fortzulaufen. In den Geruch des brennenden Holzes mischte sich der säuerliche Gestank des Kerkers von Florenz.

»Komm!« Fausta wollte sie fortziehen, aber sie stand wie angenagelt. Lupori saß auf einem Pferd, trotz seiner Krankheit. Er scheuchte die Männer und Frauen mit weit ausholenden Gesten hierhin und dorthin. »Wieso ist er hier?«

»Er ist doch der Giusdicente! Nun mach schon.« Fausta zerrte an ihrem Hemdsärmel.

»Aber wie konnte er so schnell benachrichtigt werden? Und hierherreiten? Von Buggiano ist es eine halbe Stunde.«

»Weiß ich doch nicht«, schnappte Fausta. »Aber ich weiß, was er machen wird, wenn er dich erkennt, mit deinem hellen Haar. Na ja, hell ist's nicht mehr«, meinte sie erleichtert,

als sie Cecilia musterte. Ihr mochte aufgehen, dass niemand in dem schmächtigen Jüngling mit den verrußten Haaren die ehemalige Signorina Barghini erkennen würde, denn sie wurde ruhiger. Mit einem Räuspern deutete sie in eine andere Richtung. »Dort drüben. Der Junge, der mit der Axt herumfuchtelt, weil er keine Ahnung hat, wie er sich nützlich machen soll, obwohl er's gern täte – das ist Giuseppe Cavalli. Nun schau schon hin, wo sich's gerade ergibt. War er's, der dich …?«

Cecilia starrte auf den jungen Mann, der die Axt vor den Knien baumeln ließ und unschlüssig hierhin und dorthin schaute.

»Das ist Giuseppe Cavalli«, wiederholte Fausta überflüssigerweise.

Ja, es war der Mann, der ihr bei Lupori die Tür geöffnet hatte; der Adonis, den Silvia Lupori umgarnte und gleichzeitig verspottete und den der Giusdicente verachtete. Ratlos grinste er einen der Feuerknechte an, der ihm die Axt wieder abnahm.

»Nein«, sagte Cecilia. »Der war es nicht. Der hat mich nicht berührt.«

9. KAPITEL

Rossi hatte den Feuerschein über Montecatini Alto erblickt, als er sich der Stadt näherte, aber im Gegensatz zu Cecilia war er vorsichtig gewesen und hatte einen Bogen um den Brand und den Ort gemacht. Er ritt in Zaccarias Hof ein, kurz nachdem die Sonne aufgegangen war.

»Ihr habt die Stadt betreten?«, fragte er bestürzt, während Fausta Käse für ihn schnitt und gleichzeitig berichtete.

»Die Signorina kümmert sich um ihre Angelegenheiten. Und genau das muss der Mensch tun, wenn er überleben will«, erklärte Fausta, die sich persönlich attackiert fühlte, kühl.

Rossi steckte ein Stück Käse in den Mund.

»Assunta ist tot«, sagte Cecilia.

Zaccaria, der völlig übermüdet auf dem Stuhl Rossi gegenüber hing, sah sich genötigt, die Ereignisse zu schildern. Das Feuer, die wundersame Rettung der Kinder. Besonders die der älteren durch Guido, der todesmutig in das Haus gelaufen war, als er das Feuer bemerkte.

»Todesmutig.« Rossis Echo klang sarkastisch.

»Und er sagt …« Zaccaria legte die Pranken um den Weinbecher, den Fausta ihm hingestellt hatte. »Er sagt, es hat so kommen müssen.«

Cecilia nickte. »Weil gestern der achtundzwanzigste Juni war.«

Rossi starrte sie an, und Zaccaria wedelte ihr mit der Hand zu, damit sie es erklärte.

»Gestern war der achtundzwanzigste Juni. Der Tag, an dem der Leibhaftige der Kindesmörderin Rachele, wie die

Leute sagen, ein heiliges Kreuz in den Kopf stieß. Deshalb ist sie gestern zurückgekehrt.« In der Stadt wurde über nichts anderes mehr gesprochen. Denn Cecilia war nicht die Einzige gewesen, die die weiße Frau durch den Garten hatte laufen sehen. Einige der Feuerwächter konnten ihre Anwesenheit bezeugen. Und Guido ebenfalls. Racheles Auftauchen rief noch größeres Entsetzen hervor als der Brand selbst. Cecilia zuckte zusammen, als Rossi mit der Faust auf den Tisch hieb. Aber was sollte man von jemandem erwarten, der jahrelang in der Kompilationskommission des Granduca dafür gekämpft hatte, dass Malefizverbrechen aus dem Katalog der Straftaten verschwanden?

»Wer hat dieses Datum in Umlauf gebracht. Guido?«

»Klar«, sagte Zaccaria. »Und jetzt wollen alle von ihm wissen, was es mit dieser Rachele und den toten Kindern auf sich hat.«

»Wieso ist Assunta tot?«

»Sie und eine Amme.« Zaccaria schilderte, wie man die beiden gefunden hatte. Die Amme hatte oben bei der Treppe gelegen, wo sie, wie man vermutete, an den giftigen Feuerdämpfen erstickt war. »Und Assunta in dem Zimmer, in dem die größeren Kinder lebten. Tja«, sagte er und zog die Brauen hoch. »Frag mich, wie sie gestorben ist.«

»Wie wär's, wenn du's mir einfach sagst?«

»Durch ein Kreuz, das ihr in den Kopf gestoßen wurde«, meinte der Bauer bedächtig.

»Mach mich verrückt!«

»Und doch ist es genau so gewesen. Die Frau war halb verbrannt, aber das Kreuz nicht. Das steckte in ihrem Schädel.«

Einen Moment herrschte Stille. »Und die Kinder?«

»Der Gärtner sagt, Assunta hat die Jungen an diesem Abend aus ihrer Schlafkammer geholt und in ein anderes

Zimmer gebracht. In das untere Turmzimmer – deshalb konnte er sie überhaupt retten. In ihrer Schlafkammer wären sie verloren gewesen, denn dort ist das Feuer ausgebrochen. Aber Assunta ...«

»Sie hat die Kinder noch vor dem Feuer umquartiert?«

Zaccaria nickte. Er nahm den letzten Schluck aus seinem Becher und hielt ihn Fausta zum Nachfüllen hin. »Was sie dazu getrieben hat, wird man wohl nie erfahren. Eine Ahnung vielleicht, ein geheimes Wissen ... Jedenfalls hat sie ihnen jeden Laut verboten. Sie ist hinausgegangen. Dann brach plötzlich das Feuer aus ...«

»Und?«

»Guido hat nicht schlafen können. Er wusste ja, dass der Jahrestag vor der Tür stand, an dem die Kindsmörderin in die Hölle gefahren ist.«

»Und?«

»Als er den ersten Flammenschein gesehen hat, ist er sofort todesmutig ...«

»Das hast du schon gesagt!«

»Langweilst du dich?«, fragte der Bauer beleidigt.

»Todesmutig!«

»Ein Feuer ist ein Feuer. Und da war ja auch noch Rachele. Andere hätten sich versteckt.« Zaccaria spuckte auf den Fußboden, wofür Fausta ihm einen Klaps gegen den Hinterkopf gab.

»Guido hat die Kinder also aus dem Turmzimmer geholt. Warum sind sie nicht allein herausgelaufen?«

»Es sind Waisenkinder«, sagte Fausta. »Im Waisenhaus lernt man nicht, etwas von sich aus zu tun.«

»Woher wusste Guido ...?«

»Er hat zuerst in ihr Zimmer geschaut«, sagte Zaccaria. »Als er sie dort nicht gefunden hat, ist es ihm gekommen, dass sie bestimmt im Turm sind ...«

»Wäre auch *mein* erster Gedanke gewesen!«

Zaccaria schüttelte den Kopf. »Was hast du gegen den Mann? Er hat sie gerettet.«

»Und Assunta lag tot in dem Zimmer, in das er als Erstes ging. Mit einem Kreuz …«

»… durch das Ohr in den Kopf gestoßen. Ja.«

Cecilia sah Benedetto vor sich, der neben dem Gärtner lief, und fühlte wieder den Schauer der Erleichterung. Sie hasste das, was Rossi andeutete. Rachele war *tatsächlich* im Garten gewesen. Guido hatte sie also nicht erfunden. Sie brachte diesen Einwand laut vor, und Rossi funkelte sie an.

»Warum hat der Mann die großen Kinder rausgeholt, aber nicht die anderen?«, blaffte er.

»Wahrscheinlich waren da schon die Feuerknechte zur Stelle«, vermutete Zaccaria.

»Ich wünschte … ich wünschte *wirklich*, ich könnte ihn verhören.«

Fausta löste die Kette, an der ihr Kochtopf hing, um sie zwei Zahn höher wieder einzuhaken. Es roch nach geschmortem Geflügel und Nelkengewürz. Sie band ihre Schürze ab. »Da ist dann noch etwas«, meinte sie und setzte sich ebenfalls an den Tisch. »Die Leute sagen, Rachele war schön. Und Assunta war auch schön. Und nun sterben sie beide auf gleiche Weise. Und beide waren ja … nun, die eine war wirklich die Mutter im Haus, die andere im Grunde das Gleiche, weil sie die Kinder großgezogen hat.«

»Ach ja?«, fragte Rossi ironisch.

»Ich sage nur, was man sich erzählt. Das Wort Wiedergänger wird getuschelt.« Fausta goss Wein nach.

»*Assunta* soll Racheles Wiedergängerin gewesen sein?«

»Einer meint so und einer so.«

Hufgetrappel erklang. Jemand kam von draußen in den gepflasterten Hof geritten. Zaccaria stürzte zum Fenster,

winkte aber sofort beruhigend ab. Cecilia sah, wie Rossi sich mit beiden Händen die Augen rieb.

»Ich würde gern wissen, was Lupori dazu sagt, der ja nun offenbar die Ermittlungen leitet.«

»Dass die Gemeinde geistlichen Rat einholen muss, wie dem Treiben der Hexe auf christliche Weise ein Ende zu machen ist«, sagte Zaccaria. Er sah zu, wie der Giudice aufstand. »Was hast du vor?«

»Schlafen gehen – wenn du mich nicht rauswirfst.«

»Ich werf dich nicht raus.«

Fausta nickte beifällig. »Ja, geht beide schlafen. Du auch, Cecilia. Ihr seht aus wie tot. Aber … fass sie nicht an.«

Rossi hielt sekundenlang in der Bewegung inne.

»Schon gut«, sagte die Bäuerin. »Ich will nur sicher sein.«

Nach etlichen Stunden traumlosen Schlafes weckte Rossi Cecilia. Auf dem Boden ihrer Geheimkammer stand eine Öllampe, die gemächlich brannte und kleine Rauchfahnen in die Luft steigen ließ. Die Decken, auf denen Rossi geschlafen hatte, lagen unordentlich daneben. »Wir werden gehen.«

»Ohne Gruß? Wie Gesindel?«

»Genau so, ja. Wir sind eine Gefahr für Fausta und Zaccaria, wir dürfen sie nicht ausnutzen. Alles gut mit dir?«

Sie nickte.

Rossi kam zum Bett, ging vor ihr in die Hocke und zog ihr die Hände vom Gesicht. »Das mit dem Feuer war leichtsinnig, Cecilia. Und … ich halt's nicht aus, wenn dir etwas passiert. Das ist es. Du musst vorsichtig sein. Versprich mir das.«

»Ich *bin* vorsichtig. Dafür brauche ich nichts zu versprechen.«

»Ich heirate dich und sperr dich ein.«

Sie lächelte in sein müdes Gesicht. »Du hast ja gar kein Haus, in das du mich einsperren könntest.«

»Das ist wahr.« Er schaute auf ihre Hände, die er immer noch mit den seinen umschlossen hielt. Dann erhob er sich und warf die Decken auf die Matratze. Anschließend kletterte er auf die Leiter und stemmte die Falltür auf. Dazu brauchte er Kraft, denn Zaccaria hatte die Heuballen wieder auf die Bretter gerollt. Oben auf dem Boden nahm er sich Zeit, die Ballen, die er in Unordnung gebracht hatte, an ihren Platz zurückzubefördern. Obwohl er versuchte, leise zu arbeiten, muhte das Vieh.

Schließlich standen sie im Hof. Es war tiefste Nacht, sie mussten länger geschlafen haben, als Cecilia gedacht hatte. Der Hof lag still, und in keinem der kleinen Fenster brannte Licht. Nur ein weißes Katzenjunges schlich in einsamen Geschäften um die Stallecke.

»Und nun?«, fragte Cecilia.

»Ich habe Pferde besorgt. Wir müssen beweglicher sein.«

»Wohin reiten wir?«

»Zu Cardini. Er wollte einen Versuch unternehmen, Amidei davon zu überzeugen, dass Assunta hinter den Betrügereien stecken könnte.«

»Glaubst du, dass er das schafft?«, fragte Cecilia mit neuer Hoffnung.

»Nein. Und jetzt, wo sie tot ist, schon gar nicht.«

»Hast du Dina getroffen?«

Er schüttelte den Kopf und öffnete die Pforte, die aus Faustas Garten hinausführte. »Je weniger sie uns sieht – je weniger *irgendjemand* uns sieht – umso besser. Wir sind eine Gefahr für alle, die zu uns gehören«, wiederholte er. Er ging voraus in den Wald, wo er die Pferde in einer verlassenen Köhlerkate abgestellt hatte – zwei dunkle Ungetüme zwischen rußschwarzen Ruinenwänden. Das Dach der

Hütte war eingestürzt, und Mondlicht fiel auf ihre glänzenden Felle.

»Glaubst du, dass Assunta die Wiedergängerin von Rachele ist?«, fragte Cecilia, während er einen Sattel auflegte.

»Nein.« Ein Ruck hier, ein zweiter Ruck da – der Sattel saß fest. Rossi drehte sich zu Cecilia um und nahm sie bei den Schultern. »Wenn es Wiedergänger gäbe – und es gibt sie nicht, ich wünschte, das ließe sich per Gesetz in den Köpfen verankern –, dann kehrten sie aus dem Grab zurück, in das man sie gelegt hat, und zwar in dem Zustand, in dem man sie beerdigt hat. Sie würden nicht als Kinder neu geboren. Auch im Aberglauben steckt Methode – das ist es, was ich sagen will. Da Assunta keinem Grab entstiegen, sondern im Waisenhaus aufgewachsen ist … Also?« Er sah aus, als hätte er ihr ebenfalls gern einen Klaps gegen den Kopf gegeben wie Fausta ihrem Zaccaria.

»Auf jeden Fall ist Rachele durch den Garten gelaufen. Ich habe sie gesehen, du kannst es mir nicht ausreden.«

Rossi schüttelte den Kopf und half ihr aufs Pferd. In den vergangenen Monaten war Cecilia einige Male mit Marianna geritten, aber das Tier, auf dem sie sich jetzt befand, kam ihr riesig vor. Außerdem saß sie in einem Männersattel, was ungewohnt war und … unanständig. Der Stoff der Hose war so dünn, dass sie die Muskeln des Tieres durch den Stoff fühlte. So lebte man also als Mann? Entschlossen nahm sie die Zügel auf. Als sie wenig später die Straße erreichten, zögerte Rossi. Dann schlug er den Weg Richtung Stadt ein.

»Was hast du vor?«, fragte sie.

»Wir brauchen geistlichen Rat.«

Eine knappe halbe Stunde später pochten sie an die Tür der Pfarrwohnung von San Pietro Apostolo, der Hauptkirche des Ortes, die einen Steinwurf entfernt vom niedergebrannten

Waisenhaus lag. Die Luft war immer noch vom Geruch des verkohlten Gemäuers erfüllt, und in der Gassenrinne hatten sich Rußflocken gesammelt.

Auf ihr Pochen blieb es still, wenn man davon absah, dass leise ein Hund jaulte. Der Mond beschien die alte Burganlage neben der Kirche. Die Efeuranken sahen aus wie ein grünschwarzes trauriges Gesicht auf der Mauer.

»Macht er das mit Absicht?«

»Was?«, fragte Cecilia.

»Nicht aufwachen.«

»Nein.«

Rossi spähte zur Kirche hinüber, die wie ein riesiger schwarzer Vogel über das Nest des kleinen Pfarrhauses wachte. In diesem Moment knarrte der Riegel auf der anderen Seite der Tür. Padre Ambrogio, der junge Priester der Stadt, streckte sein Gesicht durch den Türspalt. Er blinzelte kurzsichtig in die Nacht.

»Tu mir leid, wenn ich störe, Padre. Ich muss einen Blick in das Kirchenbuch werfen.«

»Giudice Rossi!«

Cecilia blickte beunruhigt über ihre Schulter die Gasse hinauf und hinab, aber alles lag in rechtschaffenem Schlaf.

»Wenn Sie so freundlich wären, mich einzulassen. Ich brauche nur zwei, drei Minuten …«

»Dann kommen Sie schon.« Der Padre stöhnte leise, als sie sein Haus betraten. Sein Haar steckte unter einer Nachtmütze, die Füße in abgewetzten Pantoffeln. Umständlich hantierte er mit der Lampe. Die Kerze, die er schließlich daran entzündete, trug er in ein kleines muffiges Gemach, offenbar sein Arbeitszimmer, denn auf einem Tisch lag eine Bibel und daneben ein halbbeschriebenes Blatt Papier. Irgendwo in einem der hinteren Zimmer jaulte immer noch der Hund.

»Sie sollten mich nicht in diese Verlegenheit bringen, Giudice Rossi. Es hängen Aufrufe in der Stadt, dass anzuzeigen ist, wenn jemand Sie ... Verzeihung, Signorina Barghini. Mir ist natürlich klar, dass Sie den armen Kindern niemals etwas fortgenommen hätten.«

Man erkannte sie also auch in einem dämmrigen Zimmer und in Hosen. Cecilia seufzte. Der Hund begann zu bellen.

»Er ist ein freundliches Tier«, murmelte der Padre, der ein dickes, in grünes Leder gebundenes Buch herbeischleppte. »Nur leider nicht sehr mutig. Ich habe ihn als Welpen aufgegriffen und wusste nicht, dass er so groß ... Was hoffen Sie denn, in dem Kirchenbuch zu finden, Giudice?«

Rossi schlug die Seiten auf. Muffiger Schimmelgeruch stieg in die Luft. Padre Ambrogio blickte ihm neugierig über die Schulter. »Es geht um das Feuer im Waisenhaus und um diese Hexe, nicht wahr?«

Rossi brummte etwas.

»Eines zumindest kann man sich von dem ganzen Unglück erhoffen: Die Menschen werden ihr Herz wieder der Mutter Kirche zuwenden. So ist es immer, wenn nach Zeiten scheinbarer Ruhe das Böse seine Fratze zeigt. Ohne einen äußeren Anstoß widersetzen die Menschen sich dem Glauben.« Der Geistliche sah hoffnungslos jung aus, als er das Verhalten seiner Schäfchen kritisierte. Er war ja auch noch jung. Gerade eben dem Priesterseminar entwachsen. Das Alter, in dem man Welpen auflas, ohne sich Gedanken über die Zukunft zu machen.

Altklug psalmodierte er: »Die modischen Strömungen versuchen, das Göttliche mit Hilfe des staubkorngroßen Verstandes der Menschen zu deuten. Das ist Hochmut. Leider ist der Mensch so geartet, dass er sein Haupt erst dann in Demut neigt, wenn die Erde bebt. Er braucht die strafende Hand des Herrn, um zu erkennen ...«

»Der neunundzwanzigste Mai im Jahre des Herrn 1716«, murmelte Rossi, der den Finger auf eine Zeile mitten im Buch gelegt hatte. »Rachele hat ihr Kind am neunundzwanzigsten Mai umgebracht. Und sie selbst starb tatsächlich am achtundzwanzigsten Juni. Ist Guido, der Waisenhausgärtner in der letzten Zeit bei Ihnen gewesen, Padre? Hat er nach dem Buch gefragt?«

»Er kann doch gar nicht lesen, Giudice.«

»Er hätte Sie bitten können, ihm diese Daten herauszusuchen.«

»Das hat er aber nicht getan«, gab Ambrogio zur Antwort und fuhr ohne Atempause fort: »Sie sind ein Gläubiger, Giudice Rossi.«

»Ich bin *kein* Ungläubiger«, widersprach ihm sein Besucher und beugte sich wieder über das Kirchenbuch.

»Ein *Gläubiger*, habe ich gesagt. Sie glauben den Demagogen des Leibhaftigen, die das Wirken des Bösen verneinen, und zwar ohne auf die Beweise zu achten, die seine Existenz bezeugen. Ein Weib in Leichenkleidern streifte durch den Garten des Waisenhauses. Das weiß inzwischen die ganze Stadt, denn sie wurde von vielen gesehen. Ein Kindlein wurde auf dieselbe Weise wie das unschuldige Kind der Hexe ermordet. Die Leiterin des Hauses – ebenfalls tot, mit einem Kreuz im Schädel, und auch das ist genau wie bei der Hexe. Das Treiben des Bösen findet unter Ihren Augen statt, Giudice. Es versucht nicht einmal, sich zu tarnen. Alles ist offensichtlich. Doch der Leibhaftige weist hierhin und dorthin mit dem Finger, und Sie folgen seinen lächerlichen Winkelzügen wie ein Kind.«

»Tue ich das?«

Der Priester nickte. Er war jung und offenbar von einer heiligen Glut erfüllt, die er direkt aus seinem Priesterseminar nach Montecatini getragen hatte. Cecilia hatte Respekt

vor ihm. Nicht viele trauten es sich, Rossi ein Kind zu schimpfen.

»Und sonst hatte niemand dieses Buch in den Händen?«

»Aber nein. Ich hole es zu den Kindstaufen heraus und … ja, zur Hochzeit von Giacinto und Anna Ugoni, am Sonntag vor zwei Wochen. Glauben Sie mir: Sie zweifeln zu Unrecht. Außer mir hat keine Seele …« Der junge Priester verstummte. »Nun …« Er zögerte plötzlich. »Ein wenig seltsam ist es schon, dass Sie danach fragen.«

Rossi merkte auf.

»Weil bei mir eingebrochen wurde.«

»Wann?«

»Ich besitze nichts Wertvolles, und ich hätte gedacht, das müsste jedermann klar sein. Die Kostbarkeiten, die ich mein Eigen nennen darf, bestehen aus erbaulicher Lektüre …«

»Gewiss«, sagte Rossi leise. »Wann? Und was ist geschehen?«

»Ein schreckhafter Dieb. Francesco – das ist der Hund, ich habe ihn nach dem heiligen Francesco benannt – Francesco hat ihn entdeckt und angesprungen, nur um mit ihm zu spielen, er ist ja noch jung, aber das hat dem Kerl wohl Angst eingejagt. Ich hätte ihn beinahe aufgefordert, mit mir meine kärgliche Abendmahlzeit zu teilen … Vor fünf Tagen etwa. Er befand sich hier, gerade an der Stelle, an der Sie stehen, Signorina. Ich habe Francesco zurückgerufen, und da ist der Bursche zum Fenster hinaus – so wie er auch durch das Fenster hereingelangt sein muss. Seltsam war nur … das Kirchenbuch lag aufgeschlagen auf dem Tisch.«

»Wo Sie es vergessen haben könnten?«

Unwillig schüttelte den junge Mann den Kopf. »Ich halte auf Ordnung.« Das stimmte, sein Zimmer war ungemütlich, aber akkurat aufgeräumt bis hin zu den Schreibfedern,

die dem Zustand ihrer Abnutzung folgend nebeneinander auf einem viereckigen Holztablett lagen.

»Ein Unbekannter also? Wie sah der Mann aus?«

»Ich sagte: Er war zu Tode erschrocken«, murmelte Padre Ambrogio, der es nicht fertigbrachte, auf eine exakte Frage eine exakte Antwort zu geben. »Aber in Wirklichkeit – ich habe ein Kreuz geschlagen, Giudice, als er sich entfernte.« Die letzten Worte sagte er, als wollte er sich entschuldigen. »Er war eine beunruhigende Gestalt.«

»Inwiefern?«

»Er ... er trug eine hässliche Jacke.«

Über den Dächern von Monsummano lag der rötliche Schimmer der aufgehenden Sonne, kitschig wie von einer höheren Tochter in der Malstunde angefertigt. In dem Haus mit dem Olivengarten am Ende der Stadt wartete hoffentlich Cardini – mit guten oder schlechten Nachrichten. Aber da nicht auszuschließen war, dass man sie hier, so dicht bei Montecatini, erkannte, mussten sie warten, bis es wieder dunkel wurde.

Wenn Cecilia Rossi gewesen wäre, hätte sie die Zeit zum Schlafen genutzt, doch sie konnte nicht, sie war zu unruhig. Außerdem machte dieser Wechsel – einmal tagsüber schlafen, dann wieder nachts – ihr zu schaffen. Sie hatte fast ständig Kopfweh. Müßig zupfte sie Blütenblätter von Blütenköpfen. Einmal ging sie und führte die Pferde zu einem Bach in der Nähe. Als sie zurückkehrte, saß Rossi im Gras. Er gähnte. Cecilia setzte sich zu ihm, und eine Weile blickten sie schweigend auf das Städtchen hinab. Cecilia dachte an Dina, die ihr mehr fehlte, als sie vermutet hätte. In solchen Momenten hätte sie Lupori gern mit eigener Hand erwürgt.

»Wir haben nicht viel«, sagte Rossi und zog einen Grashalm durch die Finger. »Zeugen, die eine Gestalt in weißer

Kleidung durch den Garten des Waisenhauses laufen sahen. Auch am Abend des Brandes, was den Verdacht aufkommen lässt, es könnte sich bei dieser Person um den Brandstifter handeln.«

»Die Brandstifterin.«

»Kannst du das beschwören?«

»Dass ich eine Frau gesehen habe?« Cecilia schaute auf seine Hände, die schmal und knochig und sonnengebräunt waren und immer noch den Grashalm glattzupften. »Nein.« Wenn ein Mann sich in Kleider hüllte und den Kopf bedeckte, sah er von Ferne aus wie eine Frau.

»Wir haben außerdem einen Burschen, der ein verdächtiges Interesse am Kirchenbuch zeigte. Leider einen Unbekannten. Warum konnte es nicht Guido sein? Oder Lupori, obwohl ich nicht zu viel verlangen will. Ich mag keine Unbekannten.«

»Was für ein Interesse sollte Lupori am Waisenhaus haben?«

»Warum hat er sich das Waisenhausbuch besorgt?«

Da steckten sie wieder an derselben Stelle fest. Cecilia zog die Knie an und legte ihren Kopf darauf. »Gehen wir davon aus, dass Assunta das Geld unterschlagen hat, das in den Büchern des Waisenhauses fehlt?«

»Ja.«

»Vielleicht hat Silvia Lupori etwas bemerkt und ihrem Mann davon erzählt. Ihm wird klar, dass er dir damit eins auswischen kann ...« Ja, das war eine plausible Hypothese. *Giudice Rossi, unter Ihren Augen wird gestohlen und betrogen – ich muss mich wundern. Verstehen Sie nichts von Ihrer Arbeit?* »Dann hat er mich gesehen. Ich hatte ihn in Verlegenheit gebracht, er befürchtete, dass ich ihn im Valdinievole-Tal unmöglich machen würde, und da kam ihm der geniale Einfall, anstelle von Assunta die Gouvernante

des Giudice des Diebstahls zu bezichtigen.« So konnte es gewesen sein. Lupori hatte seinen niederträchtigen Plan in dem Moment ersonnen, in dem sie vor ihm in seinem Zimmer stand, darauf hätte sie schwören können.

Rossi warf den Halm fort. »Wer hat Assunta ermordet?«

»Auch Lupori – er wollte sie daran hindern zu gestehen, dass sie es selbst war, die die Gelder gestohlen ...«

»Cecilia«, sagte Rossi nachsichtig.

»Na gut. Dann ... hat eben beides nichts miteinander zu tun. Assuntas Betrug auf der einen Seite. Auf der anderen die Morde. Das klingt sowieso vernünftiger. Rachele ...« Sie hob die Hand, als er protestieren wollte. »Ich werde nicht mit dir darüber streiten. Du bist ein Gläubiger der Aufklärung, Padre Ambrogio hat recht. Was du nicht verstehst, das gibt es nicht. Und das – verzeih mir – finde nun wieder *ich* unvernünftig. Was wissen wir schon vom Walten des Bösen? Man hätte die vielen armen Frauen nicht verbrennen dürfen, die als Hexen galten. Die ganze Welt hatte ein paar Jahrhunderte lang den Verstand verloren – das gebe ich zu. Aber dass die Inquisitoren sich verrannten, dass sie *meist* unrecht hatten, bedeutet nicht, dass man all ihre Erkenntnisse vom Tisch fegen kann. Eines ist so falsch wie das andere.«

Rossi zog seine Jacke aus und legte sie um ihre Schultern. »Darf ich auf das Waisenhaus zurückkommen?«

»Wir *reden* vom Waisenhaus.«

»Sicher.« Er lächelte sie an. »Also – die Person mit der hässlichen Jacke, die der Padre gesehen hat, war ein Mann. Würden die Morde im Waisenhaus auf Racheles Konto gehen – ich habe Bauchweh, wenn ich es ausspreche – wie erklärst du dir den Einbruch im Pfarrhaus?«

»Der Dieb hatte es eben doch nur auf irgendwelche Reichtümer abgesehen.«

»Auf Ambrogios Sammlung stumpfer Federn? Nein, Cecilia – er wollte das Kirchenbuch. Der Padre war überzeugt davon, und wir werden uns seiner Meinung anschließen, bis wir sie widerlegen können. Er wird uns doch nicht frech belogen haben? Cecilia, halte mich davon ab, unseren braven Priester für einen Kindsmörder zu halten.«

Sie lachte – und verstummte sofort wieder. »Der Mörder ist also ein Fremder, der im Kirchenbuch … Er wollte nachlesen, wann er den Brand legen musste, um Assunta umbringen und die Schuld dafür auf Rachele schieben zu können? Rossi – das ist verrückt.«

»Es ist nicht verrückt, sondern hundsgemein schlau. Und es hat funktioniert. Lupori ruft bereits die heilige Mutter Kirche zu Hilfe. Hör zu, Cecilia: Zwei Menschen sind tot – Assunta und dieser kleine Bengel, Benedetto Molinelli. Wer auch immer sie ermordet hat – er malt Ranken und Blumen aufs Bild, um dahinter diese nackten Fakten zu verbergen. Wenn Assunta gestorben sein sollte, weil sie zu viel wusste, dann müssen wir unser Augenmerk auf Benedetto Molinelli richten.«

»Hast du das noch nicht?«

»Zaccaria sagt, der Junge stammt aus einer bettelarmen Imkerfamilie, die ihn beim Waisenhaus abgelegt hat, weil sie keine Lust oder keine Möglichkeit hatte, ihn durchzufüttern. Angeblich weiß das jeder, außer die Leute vom Waisenhaus und der Giudice, der Idiot, der keine Ahnung hat, was in seinem Bezirk vor sich geht. Wenn das mit den Imkern stimmt – woran ich nicht zweifle –, dann stehen wir vor einer Mauer. Wer sollte ein Interesse daran haben, ein bedeutungsloses Kind mit solch einem Aufwand zu ermorden?«

»Er ist nicht bedeutungslos«, sagte Cecilia. Sie musste an Dina denken und an ihr eigenes totes Kind und an den

meeräugigen Waisenjungen.»Er hat geatmet, er hat gelacht und geträumt und wollte auf einer Ziege reiten.«

»Du hast recht.«

»Er hatte sogar einen Namen. Er hieß Benedetto.«

»Ich meinte es nicht so.«

Die Sonne war über die Stadt hinweggewandert, sie hatte ihren höchsten Punkt erreicht. Cecilia starrte hinein, dann schloss sie geblendet die Augen. Einen Moment lang sah sie Sterne glitzern. Sie spürte, wie Rossi den Arm um ihre Schulter legte und sie an sich heranzog. Leise sagte er:»Ich vergesse ihn nicht, Cecilia. Das schwöre ich dir. Wir werden gejagt und wir müssen uns hüten. Aber was den Jungen angeht, sind wir die Jäger.«

In der Nacht klopften sie an Giudice Cardinis Tür. Er öffnete selbst, und als er sie erkannte, brachte er sie in seinen Olivengarten, der von einer hohen weißen Mauer umgeben war und grün und grau im Mondschein schlief. Liebeswürdig zeigte er ihnen sein kleines Paradies und erklärte, welche Olivensorten er bevorzugte: die *Olive del Mulino* und die *Trillo*. Er würde sie im November ernten, wenn die Früchte reif waren. Im Oktober schmeckten sie oft noch bitter, erst der November verlieh ihnen den fruchtigen Geschmack.

Sie erreichten eine Bank, und er bat sie, sich zu setzen – ein schlanker Mann von freundlichem Aussehen, in einer grauen Kniehose, deren Farbe exakt auf die seiner geblümten, grau-weinroten Weste abgestimmt war. Trotz der späten Stunde kräuselte sich unter seinem Hals ein blütenweißes Jabot. Leandro Cardini war ein wohlhabender Mann, der sich dem Richterberuf aus Neigung widmete, wie Rossi Cecilia einmal erklärt hatte. Seine Familie besaß seit Jahrhunderten Ländereien in der Toskana, und daher kam es

wohl, dass seine exzellenten Manieren so selbstverständlich wirkten wie der Überschwang, mit dem er seine Trillos pries.

Er beugte sich über Cecilias Hand und hauchte einen Kuss darüber. Dabei verlor er kein einziges Wort über ihre verschandelte Frisur und die roten Hosen, die wie eine speckige Haut auf ihr saßen, und seine Wiedersehensfreude war so aufrichtig, als hegte er nicht den geringsten Zweifel an ihrem Charakter. Er hegte keinen Zweifel. Für Giudice Cardini war sie immer noch eine Dame. Und dafür liebte sie ihn.

»... sind Sie hoffentlich wohlauf?«

»O ja. Wohlauf. Gewiss. Und ich danke Ihnen tausendmal, dass Sie sich um Dina kümmern ...«

Cardini winkte lachend ab und machte Cecilia auf einen Zitronenbaum aufmerksam, den er zwischen die Oliven hatte pflanzen lassen. Die unreifen Früchte leuchteten gelblich grün in den Blättern. Er erntete auch die Zitronen, aber im Grunde war es mehr eine Frage der Ästhetik. Er mochte das Farbenspiel.

Cecilia verbarg ihre Ungeduld. Und war froh, als er endlich auf das Wesentliche zu sprechen kam.

Giudice Amidei hatte sich grün und blau geärgert, als er von Cecilias spektakulärer Flucht erfuhr. Nicht ihret-, sondern Rossis wegen. Er hatte Tod und Teufel in Bewegung gesetzt, um die beiden wieder einzufangen. »Er ist immer noch wütend«, sagte Cardini zu Rossi und erklärte auch gleich, was mit *Tod und Teufel* gemeint war: Soldaten, die die Pferdestationen und Wirtshäuser aufsuchten ... besondere Instruktionen für die Wächter an den Stadttoren ... Belohnungen in ungewöhnlicher Höhe ... Hausdurchsuchungen – nein, nicht bei ihm selbst, aber bei anderen Leuten, bei Cecilias Großmutter zum Beispiel.

»Auch bei einigen Freunden in Montecatini«, sagte Rossi, und Cardini nickte. »Und all das hat er in Baldassare Averanis Hand gegeben«, schloss er.

»Wer ist das?«, wollte Rossi wissen.

»Der Offizier, dem die Signorina durch die Finger geschlüpft ist. Der ist übrigens auch wütend. Er ist nur knapp der Degradierung entkommen. Und dazu schmerzen blaue Flecken auf seiner Eitelkeit, was noch schlimmer sein könnte. Der Mann ist jung.« Die beiden lächelten, vielleicht, weil sie an ihre eigene Jugend dachten.

»Du hast mit Amidei persönlich gesprochen?«

»Ja. Er spuckte Gift und Galle, als ich versuchte, ein gutes Wort für dich einzulegen. Ihr wart miteinander befreundet, nicht wahr? Wahrscheinlich nimmt er dir deinen idiotischen Streich – das ist ein Zitat, ich wiederhol's nur – deshalb so übel. Er weigerte sich, mich ins Vertrauen zu ziehen, was seine Pläne angeht. Und die Sache mit Assunta hält er für einen traurigen Versuch, die Schuld auf eine schutzlose Frau abzuwälzen. Am Ende hat er mich hinausgeworfen.«

Rossi brummte etwas. Er stützte die Arme auf die Unterschenkel und starrte auf den Boden. »Ich nehme die Kröte mit.«

»Bitte?«

»Dina. Man muss befürchten, dass Amidei dich jetzt ebenfalls beobachten lässt.«

»Es wurmt mich, aber ... ja, das könnte sein.« Cardini pflückte eine gelbe Rosenblüte und reichte sie Cecilia. Die Rose duftete stark, eines der Blütenblätter segelte zu Boden.

»Wenn nicht Amidei Ihr Haus im Auge behält, dann Lupori«, sagte Cecilia. Und das war schlimmer. Als sie sich vorstellte, was er mit Dina anstellen könnte – ein Waisenhaus ... ein Kloster ... er könnte sie sogar irgendwo mittel-

los aussetzen, selbst das traute sie ihm zu –, traten ihr Tränen in die Augen.

Cardini tätschelte ihr brüderlich den Rücken. »Ich weiß nicht, woran es liegt ... Niemand kann das parfümierte Schweinchen ausstehen, und trotzdem frisst es sich ein Machtpolster an, dass es platzen müsste. Lupori will Montecatini unter seine Fuchtel bekommen ... schon gehört? Vielleicht hat er den Auditore Fiscale bereits überzeugt, dass er die Kapazitäten besitzt, zwei Gerichte zu betreuen.« Er lächelte, aber sein Blick schweifte zu dem kleinen Teil der Straße, der von ihrem Platz aus zu sehen war.

»Rachele hat ein weiteres Datum«, sagte Rossi.

Cecilia merkte, wie sie steif wurde.

»Der Padre«, erklärte Rossi leise, »der vor sechsundsechzig Jahren die Kirchenbücher führte, hat uns den Gefallen getan – nein, keinen Gefallen, es ist eher eine Crux –, den Tag zu notieren, an dem Rachele begraben wurde. In ihrem Garten, mit einem Fluch des Vaters über dem Sarg. Während es gewitterte. Ich hätte es dir sagen sollen, Cecilia, aber ich wollte ...«

»Schon gut.«

»Es ist ein Spiel mit unseren Nerven.«

Kein Spiel, dachte sie und sah die weiße Gestalt vor der schwarzen Hecke laufen, die sich nach dem Fenster umschaute, in dem Assunta mit einem Kreuz im Schädel verbrannte. »Wann?«, fragte sie.

»Am vierzehnten Juli.«

10. KAPITEL

Sie zwängten sich durch eine Mauer aus Berberitzen, die mit ihren Dornenranken nach ihnen griffen. Cecilia war unbeholfen, weil sie sich immer wieder die Oberarme rieb, um sich zu wärmen, und deshalb blieb sie ständig hängen. »Es ist kalt«, sagte sie, während sie etwas Klebriges von ihrem Handrücken am Hosenboden abwischte.

»Es ist *nicht* kalt«, widersprach Rossi.

Eine Stunde war vergangen, seit sie Dina bei Marianna abgeliefert hatten. Cecilias Freundin war die Freundlichkeit selbst gewesen, trotz der vorgerückten Stunde und der Ungeheuerlichkeit, um die man sie bat. Sie hatte das schrecklich müde Mädchen in ihr eigenes Bett gepackt und Cecilia geschworen, es wie ihren Augapfel zu hüten.

Einfach schlafen lassen reicht.

Ja, Rossi, ja.

Aber dann hatte Dina zu weinen begonnen und wollte sie nicht gehen lassen.

Verflucht, Mädchen, mach keine Scherereien.

Ja, Rossi. Nun halt doch endlich den Mund. Cecilia hatte Dina geküsst und zugedeckt. Und nun waren sie wieder unterwegs.

Es war der dreizehnte Juli – die Nacht vor dem Tag, an dem Rachele vor sechsundsechzig Jahren in ihrem Grab auf der Wiese des Waisenhauses verscharrt worden war. Und sie wollten zu Stella Farinis Haus. Signora Farini war eine unscheinbare junge Frau, die Cecilia aus dem Waisenhauskomitee kannte. Sie kurierte in den Badehäusern von Montecatini Terme ein Darmleiden aus und hatte sich, wohl aus

Langeweile, entschlossen, in das Komitee einzutreten. Eigentlich ein netter Mensch. Sie hatte die Säuglingsdecken in den Waisenhausbetten bestickt und dafür von Signora Secci einen Rüffel geerntet.

Leider konnte Cecilia sich kaum an sie erinnern. Was einigermaßen ungerecht war, denn Stella war der einzige Mensch, der sich in der Stunde der Not, als die Kinder nach dem Feuer auf der Straße landeten, bereit erklärt hatte, jemanden bei sich aufzunehmen. Nicht einmal Marianna mit dem großen Herzen war auf den Gedanken gekommen, ein verlaustes Kind in ihre Wohnung zu bitten, aber Stella hatte Benedetto mit den grünen Augen und seinen kleinen Freund zu sich geholt.

»Und warum denkst du, dass gerade bei ihr der nächste Mord stattfinden wird?«, hatte Rossi gefragt.

»Weil Benedetto ein besonderer Junge ist.«

Das hatte Rossi nicht eingeleuchtet.

»Der kleine Molinelli, der aus dem Fenster gestürzt wurde, hieß auch Benedetto«, hatte Cecilia ihn erinnert, und auch darüber hatte er den Kopf geschüttelt. Er wäre zu dem verfallenen Bauernhof von Isodora Bonari gegangen, die die restlichen Waisenkinder gegen ein horrendes Entgelt bei sich unterschlüpfen ließ. Aber Cecilia hatte auf ihrer Meinung beharrt. *Weil Benedetto grüne Augen hat und aussieht wie das Kind, das ich vielleicht geboren hätte, wenn Großmutter mich nicht hätte schnüren lassen. Weil er der Einzige ist, an dem mir etwas liegt ... * Aber das brauchte nicht einmal Rossi zu wissen.

Die Dornen blieben zurück, und sie huschten an unverputztem, weiß schimmerndem Mauerwerk vorbei, dann an Schubkarren und an Fässern. Der Granduca hatte beschlossen, die heilkräftigen Schwefelquellen für ein Kurbad zu nutzen, und viele der alten Häuser waren von Rohbauten,

Gerüsten und Stein- und Sandbergen umgeben. So auch das Grundstück der Wohnung, die Stella sich gemietet hatte. Bald erreichten sie einen Lattenzaun und gleich darauf eine Stelle, an der sich die Latten gegeneinander verschieben ließen. Im nächsten Moment befanden sie sich in Stellas Garten.

Sie hatten das Grundstück an einer abgelegenen Ecke betreten, hinter einem grün bemalten Gartenhäuschen, das früher einmal für Kaffee- und Kartenpartien gedient haben mochte, inzwischen aber zu einem Schuppen verkommen war. Die Fenster, die jede der acht Holzwände durchbrachen, waren blind von Schmutz. Efeu überwucherte den Zaun und den Boden. »Hier ist es gut«, sagte Rossi und schob einige Ranken mit dem Fuß beiseite, so dass sie sitzen konnten.

Cecilia suchte mit den Augen das Wohnhaus, das auf der anderen Seite des Gartens lag. Die Farbe der Hauswände konnte sie in der Dunkelheit nicht erkennen, aber es besaß einen Balkon und eine Terrasse voller Kübelpflanzen. Über die Terrasse war nachträglich ein Dach gebaut worden, das auf klassizistischen Säulen ruhte – wohl um dem alten Gemäuer etwas modernen Glanz zu verleihen. Doch das Ergebnis war niederdrückend. Oben pausbäckige Putten und blätterndes Sturmgold, unten strenge Kapitelle. Eine hässliche Chimäre, für die man den Architekten in den Kerker hätte werfen sollen.

Marianna hatte ihnen erzählt, dass das Haus einem alten Herrn gehörte, der seit dem Tod seiner Frau allein lebte und die untere Etage vermietete. Meist an wechselnde Sommergäste. Seit dem vergangenen Herbst an Stella Farini.

Man schrieb also den dreizehnten Juli und vielleicht schon den vierzehnten, den Tag der Beerdigung. Am Himmel irrte der eingedrückte Mond durch schwarze Wolkenberge, und in den Baumkronen schrien gefiederte Jäger.

»Hoffentlich!«, murmelte Rossi.
»Bitte?«
»Hoffentlich kommt der Mistkerl.« Er setzte sich ächzend bequemer. »Weißt du, was dumm war, Cecilia? Ich hätte mich ausführlicher mit diesen beiden Kerlchen hier befassen müssen. Sie waren mit dem ermordeten Jungen befreundet. Aber als ich sie verhörte, stand Assunta daneben. Wer weiß, was sie mir sonst alles erzählt hätten? Assunta wurde beseitigt, und ich denke, es geschah, um ihr den Mund zu verschließen. Vielleicht wissen die Jungen auch was. Vielleicht hat der Mörder Angst, dass sie dieses Wissen ausplaudern könnten.«

»Deshalb hast du dich überreden lassen, hierher zu kommen?«

»Ja.«

»Nicht wegen der Wiedergängerin?«

Er griff ihr in die Haare und zerzauste sie.

»Und nun? Willst du die Jungs noch einmal ausfragen?«

»Nein. Das Ganze ist zu lange her. Sogar erwachsene Zeugen werden unzuverlässig, wenn ein Ereignis länger zurückliegt. Die Kinder haben inzwischen so viel gehört, dass sie sich alles Mögliche zusammenphantasieren. Was ich hoffe, ist, dass der Mörder anders denkt. Alles sehr vage«, knurrte er unzufrieden.

Cecilia rutschte näher zu ihm heran. Sie schaute erneut zu den Fenstern. Oben war es dunkel. Der Hausbesitzer schien bereits zu schlafen. Unten brannte eine kleine Lampe, die gleichmäßiges, warmes Licht spendete. Vielleicht Stella Farini, die nicht zur Ruhe kam? Oder war eines der Kinder krank? Cecilia spürte einen Stich der Eifersucht, als sie sich vorstellte, wie Stella sich über den kleinen Benedetto beugte, um ihm die fieberne Stirn zu kühlen. So ein Blödsinn! »Ich werde verrückt, Rossi.«

»Du wirst nicht verrückt.«

Schließlich erlosch das Licht. Die Stunden verstrichen, Cecilia nickte ein. Sie erwachte bei Morgengrauen und stand auf, um ihr Blut wieder in Bewegung zu bringen. Das Haus sah im Tageslicht noch hässlicher aus als bei Nacht. Dieser unglaublich monströse Balkon mit den Putten, die sich über das Geländer beugten!

»Bleib unten. Man kann dich sehen«, sagte Rossi, und sie ließ sich rasch wieder zu Boden sinken.

Der Vormittag verstrich ereignislos. Am Nachmittag erschien Stellas Kopf hinter einem der Fenster. Kurz darauf kamen die Jungen auf der Terrasse, aber sie kehrten sofort wieder ins Haus zurück.

»Sollten wir nicht doch versuchen, mit ihnen zu reden?«, flüsterte Cecilia.

Er schüttelte den Kopf. »Wir warten auf den Mörder.«

»Auf die Mörderin.«

»Oder das.«

Die Jungen verbrachten den Rest des Tages in der Wohnung. Und schließlich wurde es Abend. Und Nacht. Sie verließen den Garten, als San Pietro das Mitternachtsgeläute anstimmte. Nichts war geschehen. Auch nicht auf dem Hof von Signora Bonari, wie Marianna ihnen später erzählte. Rachele hatte aufgehört zu morden.

Ihr größtes Problem war nun Dina. Sie konnten sie nicht in Montecatini lassen. »Zu dicht unter Luporis Augen«, meinte Rossi, und Cecilia stimmte ihm zu. Also kehrten sie alle drei nach Prato zurück, denn von allen Orten, die sie kannten, war das immer noch der sicherste.

Sie nutzten die Abendstunden, um in die Stadt zu gelangen – da war das Gedränge vor den Toren am größten, weil die Leute ihre Tagesgeschäfte erledigt hatten und nach

Hause wollten. Die Bauern hinaus zu ihren Gehöften, die Kaufleute, die Reisenden und die Ausflügler in die städtischen Gassen. Unbehelligt ritten sie durch den Tortunnel. Die beiden Wächter, die einen Karren mit Hühnerkäfigen untersuchten, beachteten sie kaum. Vielleicht wegen Dina. Ein schlafendes Mädchen in den Armen seines Vaters – das war ein Bild der Unschuld.

Der Ärger begann erst, als sie das Haus der Tanten betraten.

»Raus! Auf der Stelle raus hier«, brüllte Liccia, die in ihrem Stuhl auf der Karre saß und aus einem Dämmerschlaf auffuhr, als die Tür quietschte. Sie wand sich wie ein Krake, suchte die Flinte, fand sie nicht und stieß Wörter aus, die so vulgär waren, dass Cecilia ihren Sinn nicht einmal erahnen konnte. Tante Cora eilte erschrocken die Treppe herauf.

»Der Heiligenmaler is zurückgekommen! Ich vergess mich. Schmeiß ihn raus, Cora, oder ich vergess mich. Ich bring ihn um!« Liccia steuerte ihr Gefährt zum Tisch, auf dem ein Messer lag. Sie schien immer noch halb im Schlaf zu sein.

Aufgebracht packte Rossi sie bei den Armen. »Ich *bin nicht* der Heiligenmaler!«, schrie er sie an.

»Aber sein Sohn – und das ist dasselbe, du Scheißer. Dies ist *mein* Haus und nicht dein dreckiges Loch. Du hast hier nichts zu sagen. Raus aus meinem …«

Cora erblickte Dina. Wie vom Donner gerührt blieb sie stehen. »Gütige Mutter Gottes!«

»… aus meinem Haus! Und nimm deine dreckigen Hände von mir!« Liccia schluchzte vor Wut und Aufregung.

Cora tat einige Schritte und nahm geistesabwesend das Messer an sich. »Schau doch mal«, sagte sie, den Blick immer noch auf Dina geheftet, die ihrerseits fassungslos auf die wutbebende Masse auf der Karre starrte.

Rossi ließ seine Tante los und hob ergeben die Arme.

»Schau doch mal«, wiederholte Cora. »Liccia, nun schau doch!«

»Wahahaaas?« Der zornexplodierende Laut erstarb, als Cora Dina vor den Stuhl ihrer Schwester schob. Liccia hatte um sich schlagen wollen, jetzt sanken die fleischwallenden Arme herab. Ihre Augen wurden groß wie Murmeln.

Dina errötete und knickste.

»Sieh dir das an, Liccia. Ich meine, das ist doch …«

Liccia führte die Hand zum Mund. Die Decke rutschte dabei von ihrem Schoß. In der Gasse schnatterte eine Gans, und jemand pfiff falsch und fröhlich einen Marsch.

»… Nicoletta.«

Ein Ruck ging durch den massigen Körper. Liccia wendete ihre Karre und schob sich selbst aus dem Zimmer, indem sie die Räder drehte. Als die Tür hinter ihr zuklappte, kniete Cora vor Dina nieder und nahm ihr schmales Äffchengesicht zwischen die Hände. Tränen traten in ihre Augen.

»Wahrhaftig, ja. Du hast sogar Nicolettas Zacken in der Augenbraue, Herzchen. Was hat uns Gott da angetan …« Sie fuhr die Zacke mit der Fingerspitze nach und wischte sich dann erschüttert mit dem Handrücken über die Nase.

»Ich heiße Dina«, sagte Dina vorsichtig.

»Natürlich, mein Engel, natürlich. Und hoffentlich magst du Tomaten mit Basilikum?«

Dina nickte.

»Dann lass uns essen. Herrgott, das bringt Liccia um oder macht sie wieder lebendig.«

Minuten später saßen sie um den Tisch und aßen heißhungrig, was Tante Cora in ihrer gesprungenen Schüssel servierte. Nicht nur Tomaten, sondern auch Schmorgemüse und einen Rest kalten Stockfisch.

»Ich muss nach Liccia sehen«, sagte Cora, als sie sich

überzeugt hatte, dass ihre Gäste ordentlich zulangten. Es dauerte eine Weile, ehe sie zurückkehrte. Rossi hatte mittlerweile die leere Schüssel in die Küche getragen, und Dina war auf Cecilias Schoß gekrochen, obwohl sie eigentlich schon viel zu groß dafür war.

»Ich hab Liccia gut zugeredet«, erklärte Rossis Tante. »Sie sagt, das Mädelchen kann bleiben. Giovanni auch. Aber der Heiligenmalermistkerl soll verschwinden, hat sie gesagt. Tut mir leid, Enzo, aber sie meint das ernst, auch wenn's nicht gerecht ist, denn du kannst ja nichts dafür, wie's dein Vater mit Frauen getrieben hat.«

»Ist der Heiligenmaler mein Großvater?«, fragte Dina. Cora nickte.

»Und warum ist Tante Liccia böse auf ihn?«

Zärtlich verwuschelte Cora ihre Haare. »Musst du nicht verstehen, Herzchen. Schlag's dir aus dem Kopf. Denk gar nicht mehr dran. Kriegst auch so noch genug zum Weinen.«

Cecilia saß auf dem Stuhl in Elettas Zimmer. Rossi war gegangen, und Dina schlief in dem großen Bett, erschöpft von den Abenteuern des Tages, vollgestopft mit Schmorgemüse und überwältigt davon, dass sie zwei richtige Tanten besaß. Sie war von Tante Cora begeistert, aber sie mochte auch Tante Liccia gern, was Cecilia ein wenig beunruhigte.

Im Haus herrschte Stille. Es war, als gäbe es weder den Spielsalon, in dem sich wieder Dutzende Leichtfüße um ihr Geld brachten, noch die Tanten. Selbst der Zwerg mochte in dieser Nacht nicht singen. Cecilia stand auf und nahm einen kleinen Spiegel von der Wand, der der Vorbewohnerin vielleicht zum Schminken gedient hatte, bevor sie mit dem Feuerschlucker durchgebrannt war. Sie strich über die Wölbung auf ihrer Wange. Sehen konnte sie nichts. Der Mond spendete kaum Helligkeit.

Leise ging sie mit dem Spiegel in die Küche hinab. Dort brannte das Küchenfeuer, das niemals gelöscht wurde, und sie kniete nieder und nahm den Gluthalter von den Flammen. Sie drehte den Spiegel, bis er sich im richtigen Winkel befand.

Die Wunde, die sie bei ihrer Verhaftung erlitten hatte, befand sich im letzten Stadium des Verheilens. Fast schon eine Narbe, wenn auch mit rötlichem Schimmer. Sie zog sich von ihrem Augenwinkel in einem gezackten Bogen zum Ohrläppchen hinab und war so breit wie ein Löffelgriff. Vorsichtig zeichnete Cecilia die schrumplige Haut mit dem Finger nach. Die Farbe würde im Lauf der Jahre verblassen, nahm sie an, aber die Wölbung würde bleiben.

Meins, dachte sie.

Lange Zeit starrte sie auf das ihr fremd gewordene Gesicht, als könnte das Spiegelbild ihr verraten, wozu sie geworden war. Nicht zu einer Schönheit jedenfalls. Wie konnte man so etwas ansehen, ohne zurückzuzucken? Wie hatte Großmutter das gekonnt? Cardini? Marianna?

Worin lag der Reiz, dieses Gesicht zu küssen?

Schließlich kehrte sie zu praktischeren Überlegungen zurück. Die Narbe reichte offenbar nicht einmal im Verein mit Hosen und einem hässlichen Haarschnitt, um sie unkenntlich zu machen. Sie nahm sich vor, Cora zu bitten, ihr die Haare schwarz zu färben. Vielleicht konnte man auch die blasse Haut – Erbe ihrer deutschen Mutter – dunkel bekommen …

Meins, dachte sie und starrte auf die Narbe.

Als Rossi sie am Abend des folgenden Tages abholte, war er einen Moment lang sprachlos. Ein schwarzhaariger Bursche stand vor ihm, den die Natur – und Tante Cora – mit einer fleckigen braunen Haut versehen hatte und der zudem von

einer Narbe entstellt wurde, die breiter und dunkler und abgrundtief hässlich geworden war. Durch Coras Künste sah sie jetzt aus, als würde sie bis zum Mund reichen.

»Gut«, sagte er, als er die Sprache wiederfand. Er bat Cora darum, zusammen mit dem Zwerg die Pferde aus der Stadt zu bringen. Fußgänger fielen weniger auf.

»Aber man hat uns doch nicht beachtet, als wir hereingeritten sind«, meinte Cecilia.

»Und wir sind zu gescheit, um uns auf unser Glück zu verlassen«, erwiderte er. Auf seinen Wunsch verließen sie Prato dieses Mal nacheinander. Sie ritten die ganze Nacht hindurch, und das Sitzbad im kalten Eichenrindenwasser, zu dem Tante Cora Cecilia genötigt hatte, zeigte Wirkung: Ihre vom Reiten wunden Schenkel hatten aufgehört zu brennen.

»Stella Farini ist kein Mensch, der Scherereien macht«, sagte Cecilia, während sie bei ihrer Morgenrast schwindlig vor Müdigkeit Tante Coras Käse hinunterwürgte. »Sie wird uns mit den Jungen sprechen lassen, wenn wir sie überrumpeln. Aber ich weiß nicht, was sie anschließend tun wird. Wahrscheinlich jemandem ihr Herz ...«

»Ich will nicht zu Signora Farini«, sagte Rossi.

»Nein?«

Er half ihr auf die Füße und schüttete den Napf aus, der ihnen zum Trinken des Quellwassers gedient hatte. »Wir müssen anders ansetzen. Dort, wo alles seinen Ausgang genommen hat. Gewiss ist, dass Benedetto Molinelli aus dem Fenster geworfen wurde.« Er hielt inne. »Verrenne ich mich?«

»Wie meinst du das?«

Er verstaute den Napf in der Pferdetasche und half ihr hinauf auf den Rücken ihres Tieres. Als sie nach den Zügeln greifen wollte, hielt er ihre Hände fest. Er dachte einen Moment nach, bevor er zu sprechen begann. »Wir brauchen ei-

nen Beweis, dass du das Waisenhaus nicht betrogen hast, Cecilia. Und was tun wir? Wir suchen einen Mörder. In meinem Kopf scheint sich das miteinander zu verbinden. Aber die Wahrheit ist: Obwohl beide Verbrechen mit dem Waisenhaus zu tun haben, gibt keinen Beleg dafür, dass sie zusammenhängen. Möglicherweise vergeuden wir unsere Kräfte.«

»Assunta ist tot und das Waisenhaus niedergebrannt. Es gibt nichts mehr, womit wir meine Unschuld beweisen könnten, oder?«

Rossi lächelte schmerzlich.

»Assunta hat die Eintragungen im Buch gefälscht, Assunta wurde ermordet. Vielleicht hilft es doch, den Mörder zu finden. Vielleicht hatte sie einen Komplizen … vielleicht einen Mitwisser bei den Fälschungen, der sie umbrachte, als … aus welchen Gründen auch immer.«

»Und der zuvor Benedetto Molinelli aus dem Fenster warf?«

»Alles dreht sich um das Waisenhaus«, sagte Cecilia. »Es hat keinen Sinn mehr, die Dinge voneinander zu trennen. Und Reden bringt uns erst recht nicht weiter.«

Sie erreichten die Hügel von Montecatini Alto eine Stunde später. Allerdings brauchten sie die Stadt dieses Mal nicht zu betreten. Die Familie Molinelli wohnte in einem Häuschen jenseits der Mauern.

»Carlo Molinelli ist kein angenehmer Mensch – nur damit du vorgewarnt bist«, sagte Rossi, als er im Staub eines sandigen Abhangs die Pferde festband. »Das Haus, in dem er wohnt, hat er durch die Heirat mit seiner Frau bekommen. Eine Bruchbude, aber das Einzige, was er besitzt, und seitdem es ihm gehört, führt er sich auf wie ein König. Er stand mal vor meinem Tisch, weil er einen Rechenmacher

betrogen hatte. Er ist ein unangenehmer Mensch«, wiederholte er.

Es gab nicht viele Leute, die Rossi als unangenehm bezeichnete.

Sie stiegen durch feuchtes Gras. Die Wiesen waren ein rotes Mohnblütenmeer, das lebenshungrig dem erwachenden Morgen entgegenwogte. Vereinzelt zogen Vogelschwärme über den Himmel. Schließlich tauchte ein Gehöft unter ihnen auf – ein kleines Wohnhaus und mehrere krumm und schief zusammengeschusterte Arbeitsschuppen. In einem eingezäunten Gelände neben dem äußersten Schuppen reihten sich die Bienenkörbe. Je näher sie der Imkerei kamen, desto mehr Bienen summten auf den Mohnblüten. Zwischen den Schuppen tauchte ein Hund auf, der kurz bellte.

»Komm, lass dir helfen.« Rossi streckte die Hand aus, um sie über einen steilen Hang zu führen. Aber ein narbengesichtiger Bengel brauchte keine Päppelei. Sie schnitt ihm eine Grimasse und sprang über das Hindernis.

»Benedetto hatte niemanden, der ihn liebte oder hasste«, fuhr Rossi mit einem halben Grinsen fort. »Es gab kein Erbe, und wenn er etwas wusste, das für jemanden hätte gefährlich sein können, dann hätte man ihn trotzdem nicht ermorden müssen, weil niemand einem Vierjährigen zuhört. Falls er überhaupt sprechen konnte … Man darf gar nicht drüber nachdenken … Diese verdammten Findelhäuser …«

Die Tür des heruntergekommenen Hauses öffnete sich, und ein Mann trat heraus. Ein Hüne mit einem schwarzen Vollbart, der bis zum Gürtel wucherte und den größten Teil seines Gesichts verdeckte.

»Das ist er«, sagte Rossi.

»Warte.« Cecilia blieb stehen. »Was, wenn es so war: Die arme Signora Molinelli, die hübsch ist und außerdem un-

glücklich mit ihrem schwarzen Teufel, wird von Tacito Lupori entdeckt. Sie beginnen eine ...«

»Ja?« Rossi wandte das Gesicht ab, aber sie sah, dass er lachte.

»... eine Affäre. Warum nicht? Ich wette, dass Silvia ihren Mann nicht zu sich ins Bett lässt. Signora Molinelli wird schwanger und entbindet. Sie bringt das Kind auf Luporis Drängen ins Waisenhaus. Aber nun hat sie sich anders besonnen. Sie ... sie will ihn erpressen ...«

»Mit dem Bankert? Was gäbe es für Beweise, dass Lupori der Vater ist? Und selbst wenn es die Beweise gäbe, warum sollte Lupori den Jungen umbringen? Warum sollte es ihn überhaupt scheren, dass er einen Bastard gezeugt hat?«

»Weil Silvia ihm deswegen die Hölle heißmachen würde. Und ... das Kind sah ihm ähnlich – das ist der Beweis, den er fürchtet.« Cecilia schwieg nachdenklich.

»Ich hab den toten Benedetto gesehen, verehrte Signorina Barghini. Keinerlei Ähnlichkeit mit dem Giusdicente. Und auch sonst: Lupori lässt sich nicht mit einer Signora Molinelli ein. Er geht mit Titeln und Ämtern ins Bett, nicht mit Menschen.«

»Wer weiß!«

Sie gingen weiter, erreichten einen breiteren Weg, dem sie einige Minuten lang folgten, und dann waren sie bei der Imkerei. Von dem Mann war nichts mehr zu sehen. Der Hund war ebenfalls verschwunden. Dafür hörten sie Kinderlärm aus dem Inneren des Hauses. Eine Frauenstimme rief die Bande zur Ordnung, aber offenbar mit wenig Erfolg, denn das Kreischen hielt unvermindert an.

»Silvia!« Cecilia drehte sich erneut zu Rossi. »Sie hat erfahren, dass ihr Mann Vater eines Bastards ist. Sie erträgt diese Kränkung nicht, und deshalb bringt sie das arme Wesen um.«

»Silvia Lupori?«

»Hast du nicht gehört, was Arthur Billings erklärt hat? Dieses Opium mag ein gutes Beruhigungsmittel sein, aber es gibt Fälle, in denen die Nutzer ... irr wurden. Silvia ist nicht *völlig* irr, aber sie ist auch nicht ... Ich teile dir nur meine Gedanken mit!«

»Und ich behalte sie im Kopf«, versicherte Rossi.

»Wir sollen ein Kind ausgesetzt haben?«, wiederholte Signor Molinelli in aller Ruhe. Dann bückte er sich, hob einen Bottich auf und warf ihn gegen die Wand. Die Haut unter seinem schwarzen Bart färbte sich feuerrot, und Signora Molinelli starrte entsetzt auf das gesplitterte Holz, das zu Boden krachte. Sie war eine dürre, ziemlich große Frau, deren Gesicht von Leberflecken übersät war.

Cecilias Theorien brachen in sich zusammen. Keine leidenschaftliche Affäre zwischen Lupori und diesem hässlichen, verängstigten Geschöpf. Und auch keine zwischen ihm und einer der Töchter. Die Kinder – Cecilia zählte sieben – waren allesamt jünger als zehn Jahre. Die Arme, sie muss jedes Jahr schwanger gewesen sein, dachte sie, und die beiden dort sind sicher Zwillinge, und die da vielleicht auch. Entgeistert starrte sie auf den Bauch der Imkerin, der sich unter der schmutzigen Schürze bereits wieder wölbte.

»Der kleine Benedetto war also nicht dein Kind?« Rossi, dem fliegende Bottiche nichts ausmachten, blickte sich in der Hütte um.

»Und wer darf mich das fragen?«, wollte der Schwarze mit leiser, böser Stimme wissen. »Ham wir nich 'n neuen Giudice? Wird *der* hier nicht sogar gesucht?«

Die Frau schlug die Hand vor den Mund, während Rossi zu dem Regal trat, in dem das wenige Geschirr der Familie

aufbewahrt wurde. Holzteller, zwei zerbeulte Töpfe, ein gläserner grüner Krug, der wie ein Fremdkörper zwischen dem ärmlichen Hausrat wirkte. Er betrachtete alles. Dann drehte er sich zu den Kindern um, die verschüchtert neben dem Strohbett standen, das der Familie als Lager diente.

»Wie heißt du?«, fragte er die Älteste.

»Costante.« Furchtsam starrte das Mädchen zum Vater.

»Und du?«

Die Kleinen trugen hübsche, ungewöhnliche Namen. Cecilia sah die Mutter plötzlich in einem neuem Licht. Ungeliebte Kinder, gefräßige Blagen, mit denen man das wenige Brot teilen musste, das man lieber selbst essen würde, nannte man Maria oder Anna, aber nicht Costante.

»Der Himmel muss dich ins Herz geschlossen haben, Molinelli. Jedes Jahr neuen Nachwuchs«, sagte Rossi. Er stieß die Tür in den Hof auf und blickte in den Garten.

»Ich werd den Sbirro holen«, drohte Molinelli mit kaum hörbarer Stimme.

»Sicher, ja, das kannst du.« Rossi nahm den Garten ausgiebig in Augenschein. Dann bückte er sich plötzlich zu dem jüngsten Kind – einem Buben, der so gewaltig schielte, dass es unmöglich war zu entscheiden, wen oder was er anblickte. »Wie alt bist du, Cristoforo?«

Der Junge konnte mit der Frage nichts anfangen. »Fünf«, flüsterte es aus den Reihen der Schwestern.

Und nach ihm war Benedetto geboren worden, den sie vor der Tür des Waisenhauses abgelegt hatten. Und im Jahr darauf? Und im folgenden? Cecilia schätzte das Alter der Kinder. Cristoforo war in jedem Fall das zuletzt geborene. Sie starrte wieder auf den Bauch seiner Mutter.

Rossi trat ins Freie hinaus. Der Imker folgte ihm wie ein riesenhafter Affe. Die Finger an seinen Pranken, auf denen die gleichen schwarzen Haare wie im Gesicht wuchsen, be-

wegten sich. »Du hast hier nichts zu suchen, Verbrecher. Verschwinde, bevor's was setzt.«

Rossi tat, als hörte er nichts. Den Blick auf den Boden gerichtet, schritt er die Bohnenbeete ab, die die Hausfrau angelegt hatte. Dann fasste er die Randbeete ins Auge, und schließlich ging er zum Gesträuch, in dem sich der Misthaufen und die Jauchegrube befanden. Dort traf er auf den Hund. Das Tier schnupperte an seinen Beinen, aber als der Teufel sich bewegte, zog es den Schwanz ein und lief jaulend davon.

Rossi drehte sich zu Molinelli um. »Was denkst du? Was würde ich finden, wenn ich anfinge, dieses Grundstück umzugraben?«

»Meine Faust in deiner Fresse«, sagte der Imker tonlos.

Die beiden Männer maßen einander mit Blicken. Sie waren etwa gleich groß, nur dass der Teufel massiger gebaut und natürlich muskulöser war als Rossi, der seine Zeit hinter dem Schreibtisch und dem Richtertisch verbracht hatte. Aus den Augenwinkeln sah Cecilia, wie die Frau des Teufels an ihren Nägeln knabberte. Sie waren bis auf die Nagelhaut heruntergebissen.

Schließlich nickte Rossi und drängte sich an dem schwarzen Mann vorbei, als hätte er plötzlich das Interesse verloren. Vor der Frau blieb er stehen. »Vergessen Sie nicht, Signora Molinelli, die Geburt des Kindes, das gerade in Ihnen wächst, beim Pfarrer anzuzeigen. Kinder sind Geschenke Gottes. Im Himmel werden Listen geführt. Aber man hat auch hier unten ein Auge auf sie. *Ich* habe ein Auge auf sie.«

Als sie später den Weg wieder hinaufkletterten, meinte er resigniert: »Also keine Liebschaft und kein Grund, den abgelegten Benedetto, den sie nicht mehr füttern mussten, umzubringen.«

»Glaubst du wirklich, dass sie ihre eigenen Kinder ermordet haben?«

»Sie haben!«, versicherte er bitter. »Und leider ist nicht einmal das Bürschchen, das die Signora ins Waisenhaus in Sicherheit bringen wollte, davongekommen.« Wütend trat er einen Ast beiseite. Als sie die Pferde erreichten, drehte sich er zu ihr um. Sein Ärger schien auf den letzten Metern verflogen zu sein, denn sein Gesicht war weich, und er fuhr mit den Fingern über die Narbe auf ihrer Wange. »Alles gut?«

»Ja. Sie macht mir nichts aus«, sagte Cecilia. »Sie heilt.«

»Ich meinte nicht die Wunde.« Er ließ sich von dem Pferd beschnuppern, dann band er die Zügel von den Zweigen. »Irgendwann lässt du die Haare wieder wachsen und steigst aus den Hosen, nicht wahr?«

»Natürlich.« Sie wollte in den Sattel hinauf, aber er hielt sie fest und drehte sie, so dass er sie ansehen konnte.

»Mein Vater hat von keiner Frau die Finger gelassen«, sagte er, während die Sonne helle Strähnen in sein Haar warf und eine Biene ihn umsirrte. »Das war ein so großer Kummer für meine Mutter, dass sogar *ich* mich daran erinnere. Ich glaube, dass Liccia ihn zu Recht hasst. Es hat einen großen Streit gegeben, als sie das letzte Mal bei uns gewesen ist, und dann ist sie für immer gegangen, und nicht einmal die Liebe zu meiner Mutter konnte sie zurückbringen.«

»Lebt dein Vater noch?«

»Das ist mir egal«, sagte Rossi. »Aber ich will, dass du weißt, dass ich dich niemals ... anfassen würde. Ich bin nicht wie mein Vater.«

»Du machst dir über die sonderbarsten Dinge Sorgen«, sagte sie.

11. KAPITEL

Sie waren zurück in Prato. Cecilia in Liccias Haus und Rossi in einer Herberge, in welcher, das wusste sie nicht. Dina küsste sie stürmisch bei ihrer Rückkehr, und dann schlief Cecilia sich im Bett der durchgebrannten Eletta aus. Am nächsten Morgen führte sie mit dem Mädchen ein tiefschürfendes Gespräch über Tante Liccias Möglichkeiten, wieder laufen zu können, wenn diese zur Zeit des Heilands gelebt hätte. Dina neigte zu der Ansicht, dass Liccia trotz ihrer Flüche Gnade vor Gottes Augen gefunden hätte, weil sie Cecilia und ihr *Einlass in die Herberge* gegeben hatte und weil sie ein Bild der heiligen Tekusa, wie sie von den Heiden dahingemordet wurde, in ihrer Kammer hängen hatte. Sie schien sich im Haus der Tanten wohl zu fühlen. Vor allem aber war sie selig, weil Cecilia so rasch zurückgekehrt war.

»Ich habe immer Angst, dass Sie nicht wiederkommen«, vertraute sie Cecilia an.

»Werde ich aber.«

»Und wenn man Sie wieder ins Gefängnis bringt?«

»Ich passe gut auf.«

»Und wenn doch?«

»Manchmal hilft nur mutig sein«, sagte Cecilia. »Mutig sein und weitermachen.«

Dina nickte. Man konnte sehen, wie die Worte in ihr arbeiteten, dann strahlte sie und lief davon.

Der Tag verstrich, aber Rossi ließ sich nicht blicken. Als es Abend wurde, ging Cecilia hinab in den Spielsalon und half Tante Cora, die Gäste zu bedienen. Ein Glas Rotwein umsonst, für jedes weitere einen Julio – sie hatte alles noch

im Kopf. Tante Liccia thronte am Pharaotisch, und als das Häuflein Münzen vor ihrem Platz größer wurde, schenkte sie Cecilia sogar ein Lächeln.

Irgendwann lugte Dina herein, in der Hoffnung, beim Bedienen helfen zu dürfen, was sie offenbar in den vergangenen Nächten bereits gemacht hatte. Aber das ging zu weit. Cecilia scheuchte sie ins obere Geschoss zurück. »Und warum dürfen Sie?«, fragte Dina gekränkt. Weil ich Gesindel geworden bin, dachte Cecilia. Laut sagte sie: »Kinder fragen nicht, Kinder gehorchen.« Sie war sicher, dass Dina ihr eine Grimasse schnitt, nachdem sie die Kammertür geschlossen hatte.

Als sie wieder in den Spielsalon zurückkehrte, war es beinahe Mitternacht. Die Stühle hatten sich gefüllt. Sogar auf der Chaiselongue unter den Kannibalinnen saßen Spieler und bemühten sich, die Karten nicht von den Knien rutschen zu lassen. Tante Cora verteilte kleine, mit Likör übergossene Zuccottostückchen an die Gäste. Cecilia füllte das Tablett mit frischen Gläsern. Sie gähnte verstohlen. Niemand schenkte ihr Aufmerksamkeit. Sie war der Junge mit der hässlichen Narbe, der hierhin und dorthin schlenderte. Als sie einem Kartenspieler über die Schulter sah, knuffte Cora sie in die Seite. »Darfste nich machen. Sieht sonst so aus, als geht die Reise hier auf krummen Pfaden.«

Natürlich.

Einer der wenigen älteren Männer, die im Licht der Lampen mit den roten Schirmen die Karten studierten, schubste Cecilia zur Seite, als sie ihm ein neues Glas Wein anbot. *Kein Grund, gekränkt zu sein. Jungs werden herumgeschubst*, dachte Cecilia und fühlte sich trotzdem brüskiert. Der Mann knirschte mit den Zähnen und warf die Spielkarten auf den Tisch.

»Hey, Giovanni!« Plötzlich tauchte Tante Cora an Ceci-

lias Seite auf. Sie fegte die Karten zusammen und gab sie dem Ärgerlichen mit einem Lächeln zurück. »Komm doch mal mit.« Die Miene unter der schwarzen Haarmatte war gleichmütig, aber es kam Cecilia vor, als hätte ihre Stimme einen seltsamen Unterton. Rossis Tante schob sie scheinbar absichtslos in Richtung einer Tür, die halb unter einem Vorhang verborgen war. »Ab nach oben, und lass dich heute nicht mehr blicken.« Ein kurzes Zwinkern, und schon stand Cecilia jenseits der Tür in der Finsternis. Sie starrte in die Dunkelheit. Tante Cora hatte beunruhigt gewirkt. Hatte sie wirklich? Oder hatte sie nicht? Verdammtes Gesindelleben, dachte Cecilia, halb müde, halb beunruhigt. Wie hielten die armen Lumpen diese Unsicherheit bloß aus?

Sie tastete mit den Füßen über den Boden, fand die Treppe und nach einigem Herumirren durch dunkle Zimmer auch die nächste, die hinauf in die Schlafkammer führte. Mit zittrigen Händen kleidete sie sich aus und kuschelte sich neben Dina ins Bett.

Auch ihr letzter Gedanke vor dem Einschlafen galt noch der Frage, warum Cora sie aus dem Spielsalon geschickt hatte.

»Na, weil du wie 'n Gespenst ausgesehen hast«, brummelte Rossis Tante, als sie sich tags darauf bei einem späten Frühstück trafen. »Jeder Mensch muss mal schlafen.«

»Bockmist«, knurrte Cecilia, nachdem sie sich überzeugt hatte, dass Dina mit den beiden Katzen beschäftigt war, die Cora zum Mäusefangen hielt.

Cora schüttelte den Kopf, aber Tante Liccia, die in ihrem Schubkarrenstuhl einen fetttriefenden Entenflügel abknabberte, nickte anerkennend. »Ein Kerl war da«, sagte sie. »Wir dachten erst, er ist ein Schnüffelschwein, was in unserer Sprache heißt – ein Sbirro. Also ist der Zwerg ihm nach.

Aber der Bursche wohnt in einer Schenke. Ist also von außerhalb. Die Schnüffelschweine hausen alle in einer Baracke im Westturmviertel.«

»Was hättet ihr getan, wenn er ein Schnüffelschwein …? O Gütiger, Ihr hättet ihn doch nicht …?«

Cora grinste nachsichtig. »Hat zu viel Phantasie, unser Giovanni. Wir hätten ein paar Tage geschlossen und auf harmlos gemacht. Das da unten lässt sich in einer Stunde in 'n Nähraum für Leichensäcke verwandeln. Wer hätt uns was nachweisen sollen? Und wer glaubt einem Sbirro? Die Dreckskerle können sich doch nicht mal selbst merken, auf welcher Seite vom Gesetz sie stehen.«

»Er ist also kein Schnüffelschwein, aber er ist auch kein Spieler. Dafür fehlt ihm die Gier in den Augen«, sagte Tante Liccia. »Was also wollte er hier? Das haben wir uns gefragt, und deshalb fanden wir, dass du lieber in deiner Kammer verschwinden sollst.«

Cecilia merkte, wie ihr Herz schneller schlug. Sie stützte die Hände auf die Tischplatte und fragte bang: »War er jung? Feines Aussehen und ein schwarzer Schnurrbart über der Oberlippe? Zackig wie ein Offizier?«

Tante Liccia schüttelte den Kopf. »Um die vierzig, würde ich sagen. Fein?« Sie lachte meckernd, ihr Kinn schwabbelte.

Erleichtert lehnte Cecilia sich zurück. Nicht Baldassare also. Alles andere interessierte sie nicht.

»Komm, Dina, hilf mir.« Tante Liccia wischte die fettigen Finger am Kleid ab und begann ihre Karre zu wenden. Sie verschwand mit dem Mädchen durch die Tür, und Cora räumte die Holzlöffel in die Schüssel.

»Jedenfalls bleibst du unsichtbar, Giovanni, für die nächsten Tage, und die Kleine auch. Bis das Schnüffelschwein von dannen ist«, ordnete sie an.

»Weißt du, wo Rossi wohnt?«

Cora trug die Schüssel die Treppe hinab. »Du bleibst im Haus«, rief sie. »Du gehst auch nicht zu Enzo, klar? Keiner legt Spuren.« Einen Moment waren nur ihre Schritte auf den Stufen zu hören. Dann sprach sie mit erhobener Stimme weiter. »Du verstehst noch nicht viel vom Leben, Giovanni, deshalb erklär ich's dir. Wir ham 'n bisschen was gehört, über dich und Rossi, und so wie's aussieht, steckt ihr wirklich bis zum Hals in der Kacke. Keine Sorge, den Leuten in Prato geht das am Latz vorbei. Wen schert hier schon Florenz? Aber wir müssen trotzdem vorsichtig sein. Das isses.«

Sie wussten nun also Bescheid. Cecilia wischte bedrückt die Krümel auf dem Tisch zusammen. »Wenn man uns hier erwischt, dann könnte das noch übler für euch enden, als wenn man den Spielsalon entdeckt. Dina und ich sollten verschwinden.«

Zu ihrer Überraschung lachte Cora hell auf. »Geht nicht, Süße«, rief sie aus der Küche herauf, »denn da ist Tante Liccia vor. Du weißt ja nicht, wie sehr die Kleine Nicoletta gleicht. Liccia hat mit dem Mädel ihr Schwesterchen wieder, wenn du mich verstehst. Und wenn man ihr das nehmen will, wird sie zur Wildsau. 'ne Wildsau haut und beißt alles nieder, wenn du ihr an die Ferkel gehst. Und so ist Liccia. Nur mit der Ruhe. Ihr beide bleibt unsichtbar, dann wird der Schnüffler schon wieder verschwinden.«

»Und wenn sie das Haus durchsuchen?«

»Hätten sie schon getan, wenn sie's wollten.«

»Vielleicht kommen sie aber noch.« Cecilia stand auf und stieg die Stufen hinab, wo sie Cora vor dem schmutzigen Geschirr fand. »Vielleicht haben die Leute vom Granduca herausgefunden, dass Rossi euer Neffe ist, und der Schnüffler hat das Terrain sondiert.«

»Und nichts gefunden, außer einem hässlichen Bengel.«

»Und trotzdem könnten sie noch kommen.«

»Was willst du, Herzchen?« Cora seufzte, als sie die Schüssel, die sie schrubbte, niedersinken ließ und sich Cecilia zuwandte. »Ihr steckt in der Klemme, du und Enzo und die Kleine. Ich tu nich so, als würd ich euch den Hals retten, wenn ich meinen dafür in die Schlinge stecken müsste. Aber noch ist es nicht so weit. Einige von unseren Gästen sind ... aus nützlichen Kreisen, und wir würden erfahren, wenn etwas Größeres im Busche ist. Der Kerl – und jetzt rede ich wieder vom Schnüffler – is kein Sbirro, und er is auch kein Hiesiger. Er hat auch mit keinem von den Hiesigen Kontakt aufgenommen. Und das muss uns reichen. Sicherheit bis ans Ende der Leiter gibt's nicht. Aber ...« Sie zögerte, nahm die Schüssel wieder auf und ließ sie zurück ins Spülwasser sinken. »Du solltest doch wissen – dieser Schnüffler is 'n übler Kerl. Ich hab 'n Blick für so was. Dem sitzt was hinter den Augen ... wie dem Heiligenmaler, wenn du mich verstehst. Wenn er also wirklich was mit dir zu tun haben sollte, dann hüt dich vor ihm.«

Cecilia hätte sich sehr gern gehütet. Aber sie war anderer Meinung als Cora. Wenn ihnen jemand auf den Fersen war, dann nutzte es nichts, zu erstarren wie eine Maus vor der Katze. Sie musste Rossi von dem Kerl berichten und mit ihm beratschlagen, was zu tun war. Also lieh sie sich aus Coras Kammer einen Strohhut und aus einer Kiste in der Diele eine zerschlissene braune Männerjacke, deren Schöße ihr bis in die Kniekehlen hingen. Nach einem kritischen Blick in den Spiegel machte sie sich auf den Weg.

Es war nicht ganz einfach, Rossi zu finden. Sie wollte in den Herbergen nicht nach ihm fragen, um zu vermeiden, dass sich später jemand an den Burschen erinnerte, der jemanden gesucht hatte. Stattdessen ging sie in die Ställe. Ein

narbiger Fremder in einer zerlumpten Jacke wurde dort nicht gern gesehen. Einmal bewarf man sie mit einem hölzernen Tränkeimer, der sie zum Glück verfehlte, einmal schimpfte man sie einen Dieb und wollte sie verprügeln. Sie war stolz darauf, dass sie jedes Mal entwischte, und sie hätte gern gewusst, was Großmutter zu ihrer Courage gesagt hätte. Cecilia grinste, als sie daran dachte. *Ich bin Gesindel. Und einem Teil von mir fängt das an zu gefallen. Es macht stolz, wenn man zurechtkommt.*

Sie musste acht Herbergen durchforsten, und dass sie Rossis Pferd fand, war mehr Glück als Geschick, denn die Tür zum Stall befand sich in dieser Gastwirtschaft im Innenhof, und der war von Mägden besetzt, die Bettwäsche kochten. Aber er besaß ein Fenster zur Gasse, und durch dieses Loch hatte Rossis Gaul seinen Kopf gezwängt. Überglücklich kraulte sie ihm die Mähne.

Sie fand den Giudice in einer winzigen Kammer, zu der sie gelangte, indem sie jede Tür eines endlosen Flures öffnete und schloss und wie eine Kakerlake in Ecken und Winkel huschte, sobald sich Schritte näherten. Aber als sie ihn entdeckte, erlosch ihr Hochgefühl schlagartig. Er lag auf einer dünnen Strohmatratze, und der ganze Raum roch nach Krankheit. Er kehrte ihr den Rücken zu, und es dauerte einen Moment, ehe er begriff, dass jemand das Zimmer betreten hatte, und sich umdrehte. Sein Gesicht war aschgrau, die Augen verquollen.

Sie stürzte zu ihm und kniete auf dem Boden nieder.

»Finger weg«, murmelte er. Er sah aus, als hätte sie ihn aus einem Fiebertraum gerissen und als wäre er nicht ganz sicher, ob sie nicht Bestandteil des Traums war. Plötzlich sprang er auf, drückte sie zur Seite und wankte in den Flur hinaus, wo er durch ein niedriges Türchen in einem Gemach verschwand, in dem es ebenfalls stank und wo Fliegen summten.

»Was machst du nur?«, fragte sie, als er zurückkehrte und sich wieder auf die Strohmatratze fallen ließ. Sie fühlte seine Stirn, die heiß war, und blickte sich hilflos um. »Ich hole einen Bader.«

»Das tust du nicht.«

»Du …«

»Verdorbenes Fleisch. Ist schon so gut wie vorbei«, murmelte er.

Sie blickte sich um. Ein Krug mit Wasser stand neben der Matratze. Sonst nichts. »Männer denken immer, sie kommen allein zurecht«, sagte sie und fühlte, wie sie zornig wurde.

»Ich *komme* zurecht.«

»Halt den Mund.« Sie wedelte mit der Hand, stand auf und nahm das zerlöcherte Tuch vom Fenster, mit dem Rossi die Helligkeit draußen halten wollte. Die frische Luft war eine Wohltat. *Doch* den Bader holen? Ihr war selbst schlecht. Von dem Geruch nach Krankheit und vor allem vor Angst. Menschen starben. An Darmerkrankungen besonders schnell. Ihr traten Tränen in die Augen, die sie unauffällig fortwischte.

»Ich bin ein Tuchhändler auf der Durchreise«, sagte Rossi. »Ich kenne hier niemanden. Wer niemanden kennt, sollte keinen Besuch bekommen. Cecilia …«

»Und wenn dich der Wirt hinauswirft?«

»Tut er nicht. Wie wir sehen. Was ist los?«

»Nichts.«

»Und wirklich?«

Sie drehte sich um. War seine Haut ein wenig rosiger geworden? Sie kehrte an die Matratze zurück und suchte in seinem Gesicht nach Anzeichen von Auszehrung oder Genesung. Ihre Angst machte sie nicht hellsichtig, sondern blind. Sie fand, dass er schrecklich abgemagert und hohl-

wangig war. Wieder wollte sie nach seiner Stirn fühlen, aber er hielt ihre Hand fest. »Also?«

»Man sucht uns.«

»Wer?« Als sie ihm von dem Schnüffler erzählte, verfinsterte sich seine Miene. »Das ist nicht gut.«

Sie nickte. »Wir müssen die Stadt verlassen. Gleich, was Cora sagt. Aber ohne Dina. Das Mädchen fällt nicht auf, sie ist ein Kind. Und sie hat schließlich nichts verbrochen. Wir lassen sie hier, bis … alles wieder in Ordnung gekommen ist. Nur können wir nicht sofort fort. Nicht, solange du in diesem Zustand bist.«

Er starrte an die gegenüberliegende Lehmputzwand, an der der Schmutz der letzten Jahrzehnte klebte. Eine Schürze hing an einem Nagel.

»Wenn du stirbst, kratze ich dir die Augen aus.«

Ein Lächeln flackerte über sein Gesicht. Wenn er lächelte, sah er nicht mehr ganz so krank aus. »Kannst du mir helfen? Ich muss einen Moment hinaus.«

Also stützte sie ihn. Sie tasteten sich an dem krüppligen Geländer die Treppe hinunter, schlichen an der Küche vorbei, aus der es entsetzlich roch, und betraten durch eine niedrige Tür den Hof, in dem sich der Hausbrunnen befand. »Kein Mensch dürfte dieses Wasser trinken«, sagte Rossi mit einem Blick auf die Jauchegrube, die fast unmittelbar neben dem Brunnen trübe schillerte. Er setzte sich auf den gemauerten Rand, mit dem Rücken zum Brunnenloch. »Noch einen Tag, vielleicht zwei, dann bin ich wieder beisammen. Nein, komm mir nicht nahe. Ich stinke.«

»Tust du, stimmt.«

Er lachte leise. Dann sagte er: »Heirate mich.«

»Was?«

Fliegen summten auf, als er sich mit knallrotem Gesicht hochstemmte, um sich bequemer zu setzen. »Es ist ein guter

Zeitpunkt. Nicht um zu heiraten, sondern um die Frage zu diskutieren. *O diav…!*« Er ächzte, als ihn ein neuer Krampf durchlief. »Ich erwürge das Ferkel von Koch. Nein, bleib mir vom Leib, Cecilia, und hör mir zu. Wir sitzen im Dreck, und es ist fraglich, ob wir wieder hinausfinden. Das ist ein Jammer, aber es bietet auch Möglichkeiten. Wir müssen uns nämlich nicht mehr darum scheren – jetzt rede ich von der Heirat –, wem sie nützt oder schadet … was die Leute sagen … was wir einander schulden oder nicht … Ich hatte Zeit, darüber nachzudenken. Hörst du mir zu?«

»Das tue ich.«

Er nickte, rot vor Fieber. »Alles ist auf einen einzigen Punkt zusammengeschrumpft. Auf den, der zählt. Was ich meine ist, ich habe dich wegen der Heirat ja bereits gefragt …«

»Zwei Mal.«

»Und du hast mir beide Male eins auf die Nase gegeben, weil du kein Mitleid wolltest und dies und das, und dagegen ließ sich leider gar nichts sagen, jedenfalls nicht von einem wie mir, der sich schwertut …«

»Du willst mich tatsächlich heiraten?«

»Das hab ich gerade gesagt, nicht wahr? Sollte ich dir zuwider sein … Du hast mich geküsst, immerhin.«

Sie nickte.

»Rede ich dummes Zeug?«

»Wann denn?«, fragte sie. »Ich meine – heiraten.«

Er schwieg und studierte ihr Gesicht. »Sobald ich spüre, dass ich mich länger als eine Stunde vom Abort trennen kann.«

»Dann komme ich morgen wieder.«

»Du kommst *nicht* wieder. Ich werde mich bei dir melden.«

Sie drückte einen Kuss auf ihre Fingerspitzen und legte

ihn auf seiner Stirn ab. Gott im Himmel, dachte sie. Und dann: Alles ist richtig. Und dann: Warum fühle ich nichts, wenn alles richtig ist? Warum kann ich mich nicht freuen?

Er brauchte vier Tage, ehe er sich so weit erholt hatte, dass er ihr eine Nachricht schicken konnte. Ein kleiner Junge brachte Cecilia ein Billett, das aus dem Fetzen eines Zeitungsrandes bestand. Ein Datum – es war der Tag, den sie gerade hatten – und eine Uhrzeit nach Sonnenuntergang. Dazu der Name einer Kirche. Und schließlich zwei Worte. *Ad libitum …*

Und wenn es ein Fehler ist? Sie schaute in den kleinen Spiegel in ihrer Kammer und betastete mit dem Finger ihre Narbe. Es war Rossi, den sie heiraten würde. Sie liebte ihn. Es gab keinen Grund zu zweifeln. Sie versuchte zu lächeln, doch die Gesichtszüge entglitten ihr.

Tante Cora lieh ihr ein Kleid, denn Cecilia wollte unbedingt im Kleid heiraten. Es war ihr zu kurz, und Tante Cora nähte eine Spitze daran. Dann flocht sie aus blauen und rosafarbenen Blumen einen Kranz, der Cecilias kurze schwarze Locken in eine Blumenwiese verwandelte. Tante Liccia überraschte die Braut mit Tränen. Sie kam ins Zimmer, als Cora den Kranz auf den Haaren feststeckte. »Also doch!«, schimpfte sie und öffnete die Schleusen, und sie ließ sich nicht trösten, sondern fluchte gotteslästerlich und schwor, dass sie keinen Schritt in die Kirche tun werde, in der ein unschuldiges Mädchen ins Heiligenmalerpack hineinheiratete.

Dina wusch in einer Schüssel den Saum ihres eigenes Kleidchens aus und reinigte die Fingernägel und fand sich hübsch so, und das war sie auch. Cecilia küsste sie innig. Sie flocht ihr ebenfalls Blumen ins Haar. Dass sie Dinas Mutter werden würde, war in jedem Fall wunderbar. Das Mäd-

chen tanzte durch die Zimmer und sang die französischen Lieder, die Cecilia ihr beigebracht hatte, und sprühte vor Glück.

Es wurde dunkel. Sie verspäteten sich, weil Cora sie trotz ihrer Stadtkenntnisse zunächst in die falsche Kirche führte. Die richtige befand sich in dem Viertel, das das Gesindel für sich erobert hatte, und damit hatte Rossi überlegt gewählt, denn hier würden sie in ihren zerschlissenen Mänteln und Kapuzen nicht auffallen.

»Eigentlich bräuchten wir eine Kutsche«, meinte Dina kritisch. »Und Blumenregen.«

Es gab aber weder Kutsche noch Blumenregen, und die Kirche entpuppte sich als fledermausverseuchtes Gemäuer mit einem nackten Altar und einem Christus am Kreuz, dem ein gotteslästerliches Geschöpf eine Mütze über die Dornenkrone gestülpt hatte. Rossi trat aus der einzigen Seitenkapelle, die das Gotteshäuschen besaß. Er hatte sich rasiert, und im Licht der Kerze, die er trug, wirkte er noch magerer als sonst. Wie ein Galeerensträfling. Die Zukunft vorausgenommen?, fragte sich Cecilia düster und strich über seine Wange. Sie hatte einen Stein im Magen. *Was tue ich hier? Warum ist Großmutter nicht an meiner Seite? Warum nicht meine Freundinnen?* Zwischen ihr und Rossi – zwischen ihr und der ganzen Welt – stand eine unsichtbare Mauer. Sie fühlte sich leblos und kalt.

Doch, Worte erreichten sie. »Ich war mir nicht sicher, ob du kommst«, gestand Rossi.

»Wir hatten keine Kutsche«, mäkelte Dina.

Cora stellte sich auf die Zehenspitzen und gab ihrem Neffen einen Schmatz direkt auf den Mund und noch einen, der vielleicht den von Liccia oder seiner Mutter ersetzen sollte. Fledermäuse segelten über ihren Köpfen, und aus einer Ecke kroch eine Gans und schnatterte, dass es im Kirchlein

hallte. Die Gans gehörte zu einem Bettler, der ihnen freundlich Glück wünschte.

»Willst du's?«, sagte Rossi.

»Aber ich bin doch hier.«

Er ging davon, um den Priester zu holen. Padre Stefano war ein ernsthafter Mann, der Cecilia genau ins Auge fasste und ihr etliche Fragen stellte, ehe er sich bereitfand, sie zu trauen. »Also dann«, sagte er schließlich. Die Gans strich zutraulich um seine Beine.

»Nein, warten Sie, noch einen Moment...« Rossi zog Cecilia in die Seitenkapelle, in der auf einem Altar unter dem Bild des mit Pfeilen gespickten heiligen Sebastian eine einsame weiße Wachskerze brannte. »Warum bist du hier, Cecilia?«

»Wir wollen heiraten.«

Er schüttelte den Kopf. »*Ich* will *dich* heiraten, und das ist der Grund, warum *ich* hier bin. Aber warum bist *du* hier? Es gibt Dinge, die darf man nicht einfach geschehen lassen.«

Der heilige Sebastian lugte über Rossis Schulter, als interessierte ihn die Antwort. Cecilia hörte, wie Padre Stefano im Kirchenschiff Dina die Bedeutung der Rosenkranzgebete erklärte. Sie merkte, dass sie etwas in den Händen trug. Einen Blumenstrauß. Leuchtend blaue Blüten mit gelben Sternen in der Mitte. Hatte Rossi ihr den geschenkt? Sie legte ihn behutsam neben sich auf dem Boden ab und schaute auf den Mann, der sie heiraten wollte und der nun wartete, dass sie etwas sagte.

Mit eiskalten Händen umfasste sie sein Gesicht. Sie drehte es ein wenig. Im Grunde war es zu dunkel, um viel zu erkennen, bis auf das Leuchten seiner Pupillen und die scharfen Kanten seines Kinns.

»Nun?« Er wurde verlegen unter ihrer Musterung. Und dann meinte sie durch die unsichtbare Mauer hindurch

doch wieder etwas zu sehen. Rossi, wie er hinter dem Richtertisch saß und die Not des Kerzenziehers gegen die des Witwers und seiner Kinder abwog. Seine Ernsthaftigkeit, mit der er in die schwarzen Kladden schrieb, erfüllt von der Hoffnung, dass es eine Zukunft geben könnte, in der den Menschen nach ihren Taten und Beweggründen geschah, und nach nichts anderem. Sie sah seinen Ärger, als er von den Männern hörte, die Zaccarias Haus überfallen hatten. Sie hörte ihn über den Kuss lachen, den die Irre aus Arthurs Asyl ihm auf die Wange gedrückt hatte. Sie sah, dass er sie liebte.

Behutsam legte sie die Arme um ihn und küsste ihn. Es gab keine Mauer mehr, die sie daran gehindert hätte. Nun war es wirklich gut.

»Der Padre hat Cecilias Namen falsch ausgesprochen«, krittelte Dina, als sie vor der Kirchentür standen. Es hatte zu nieseln begonnen, und der Boden dampfte von der Hitze, die der Tag zurückgelassen hatte.

»Aber sonst hat er's schön feierlich gemacht, und das is nicht selbstverständlich, denn hier sind auch die Priester oft besoffen. Du hast ihn gut ausgewählt«, lobte Cora ihren Neffen.

Vor allem aber hatte er ihre Namen bis auf den letzten Buchstaben korrekt ins Kirchenbuch eingetragen, das hatte Rossi überprüft, und daher waren sie vor Gott und der Welt verheiratet. Cecilia küsste ihren Ehemann mitten auf dem Platz unter den Blicken ihrer neuen Familie und einiger Bettler, die im Schatten der Kirchenmauern hausten und aus dem Schlaf aufgeschreckt waren. Einer von ihnen spendete enthusiastischen Beifall, und sie lachte und übte ihr frisch erworbenes Recht erneut aus.

Rossi lachte ebenfalls. Dann legte er den Arm fest um

ihre Schulter und wollte wissen, ob der Mann, der Cora verdächtig vorgekommen war, noch einmal wiedergekehrt sei.

Sie gingen einige Schritte.

»Zwei Mal«, sagte Cora. »Aber er hat unsere Engelchen nicht mehr zu Gesicht bekommen, und beim zweiten Mal hat Liccia ihm mit der Flinte die Meinung geblasen.«

»Das war nicht klug«, sagte Rossi.

»Deine Tante Liccia wird auch nicht wegen ihrer Klugheit gerühmt, sondern wegen ihres Mutes«, belehrte Cora ihn. »Nichts für ungut.«

»Wie sah der Mann aus?«

Cora überlegte und gab dann eine so präzise Beschreibung, dass Rossis Richteraugen ein weiteres Mal an diesem Tag Grund zum Leuchten bekamen. Unter anderem hatte er eine karierte Jacke getragen.

Das hatte sie zuvor nicht erwähnt. »Eine karierte Jacke?«, vergewisserte sich Cecilia.

Cora nickte. »Hässlich. Nichts, was man in dieser Gegend mag. Wer zieht karierte Jacken an? Außerdem war sie zerlumpt. Und …«

»Ja?«, fragte Rossi.

Wieder überlegte die treffliche Cora ausgiebig, bevor sie sprach. »Ich hätte nicht sagen können, aus welcher Gegend er kommt – das isses. Und dafür hab ich ein Gespür, sozusagen ein Talent, so wie Liccia für ihre Flinte. Du sagst einen Satz, und ich sage dir, wo deine Wiege stand.«

»Wo stand meine Wiege?«, wollte Dina wissen.

»Bei deiner Mamma in der Schlafstube, Süße. Der Mistkerl hatte einen Akzent, wie wenn er aus einer Gegend käm, aus der ich noch nie jemanden hab sprechen hören. Weich, wie verschmierte Hundekacke. Ich kenn jeden italienischen Akzent. Ich glaube, er ist Ausländer.«

»Oder er hatte eine Mutter aus Genua und einen Vater aus Modena?«

»So was hör ich auch.« Cora gab ihrem Neffen für die skeptische Bemerkung eine Kopfnuss. Ein seltsamer Akzent. Italienisch, aber doch nicht italienisch. Weich, als würden sich die Worte verwischen. Cecilia merkte, wie ihr Rücken steif wurde unter Rossis Hand.

Rossi spürte es auch. »Denkst du dasselbe wie ich?«

»Was denkst du denn?«

»Er ist der Mann, der bei unserem Padre Ambrogio einbrechen wollte.«

Nein. Sie hatte vielmehr an einen Gazzettiere gedacht, der eine karierte Jacke getragen und sie unflätig vor dem Florentiner Gefängnis angesprochen hatte. Vor allem aber an den Mann, der sie berührt hatte. *Sie muss sich anziehen … indem wir ihr helfen …* Weiche Laute, die ineinanderliefen wie … verschmierte Hundekacke. Cecilia fröstelte. Sie merkte, wie Rossi ihr Gesicht erforschte, was ihr unangenehm war. Sie hatte gerade erst geheiratet. Es war doch nicht möglich, dass dieser verdammte Mistkerl sich gerade in diesem Moment in ihr Leben mischte. Sie liebte. Sie wollte sich umarmen lassen und vergessen, dass darin etwas Ekelhaftes liegen könnte.

»Das ergibt alles keinen Sinn«, sagte sie. Und das stimmte ja auch. Nichts, was ihr jetzt durch den Kopf geisterte, passte zusammen. Der Gazzettiere suchte sie bestimmt nicht, weil sich ein Artikel, der mit so viel Mühe und Zeitaufwand erkauft wurde, gar nicht lohnte, wie Rossi ganz richtig bemerkt hatte. Und die Stimme … was waren Stimmen? Außerdem beschäftigte Lupori keine Gazzettieri. Tante Cora erzählte, dass der Mann, der ihr Haus besucht hatte, einen merkwürdigen Akzent besaß, und schon drehte sie durch. Die weibliche Nerven, hätte Arthur Billings gesagt.

Sie küssten sich ein letztes Mal im Nieselregen in der dunklen Gasse, in der die Katzen miauten und Dina altkluge Bemerkungen machte, und dann trennten sie sich.

»Eine Hochzeit, aber kein Ehebett. Er ist kein Mann«, urteilte Tante Liccia am nächsten Morgen. Man sah, dass Rossis Enthaltsamkeit sie wurmte. Sie hatte prophezeit, dass der Heiligenmalerspross ihr Mädelchen – Cecilia war über Nacht ebenfalls zu ihrem Mädelchen avanciert – nur vor den Altar gebeten hatte, weil er sie in sein Bett locken wollte. Und wahrscheinlich war der Padre gar kein Padre gewesen, sondern nur ein Lump, dem er einige Münzen in die Hand gedrückt hatte. »Und jetzt ist er auf und davon«, grollte sie nicht ganz logisch.

Ihr Misstrauen wuchs ins Riesenhafte, als Rossi weder an diesem Tag noch am nächsten nach seiner Ehefrau schaute. Dann kam er aber doch, und das gefiel ihr ebenfalls nicht. »Verkrümel dich!«

»Ich muss für einige Tage fort«, sagte Rossi, aber weder seine Eile noch Liccias Ärger konnten ihn daran hindern, seine Ehefrau erneut zu küssen. »Keine Zeit, alles zu erklären. Ich will nur nicht, dass du dich sorgst. Ich brauche zwei oder drei Tage ... vielleicht auch mehr, ich weiß es nicht. Aber in einer Woche bin ich zurück, das ist ein Versprechen.«

»Willst du mit den Kindern reden? Mit Benedetto?«

»Nein.«

»Was hast du dann vor?«

»Ich bin glücklich. Ich bin nahezu lächerlich glücklich«, sagte er und küsste sie ein weiteres Mal. Und im nächsten Moment war er schon wieder draußen. Cecilia blickte ihm durch das Fenster nach. Er will es mir nicht sagen, also ist es gefährlich, dachte sie. Eine andere Möglichkeit fiel ihr nicht

ein. Sie spürte, wie der Kuss auf ihren Lippen gefror und ihr Herz zu schmerzen begann.

»Da siehst du's. Auf und davon«, schimpfte Tante Liccia, die auf die Tür starrte, hinter der ihr Neffe verschwunden war.

»Ich muss auch fort«, sagte Cecilia.

»Ihm hinterdrein?«

Cecilia lächelte, als sie sich umdrehte und neben der Schubkarre niederkniete. »Er ist nicht wie sein Vater. Ich wünschte, du würdest ihn einmal anschauen, als wäre er der Sohn von jemand anderem.«

Liccia spuckte auf den Boden.

»Ich muss etwas herausfinden, Tante Liccia. Er versteht nicht, dass es wichtig ist, und ich fürchte, das ist ein großer Fehler. Aber da ich nun Hosen trage, warte ich nicht mehr darauf, dass andere die Scherben kleben, in die mein Leben zerfallen ist. Auch nicht Rossi. Zu warten … befördert die Angst.«

Liccia spuckte erneut. Sie runzelte die Stirn. Dann legte sie Cecilia die Hand auf den Kopf und murmelte etwas, was möglicherweise eine Art mütterlichen Segen darstellte. Cecilia unterdrückte ihre Tränen und gab der Tante einen Kuss.

12. KAPITEL

Ihr Weg durch das bergige und dann hüglige Land von Prato nach Montecatini beruhigte sie. Sie kannte den Namen des Pferdes nicht, mit dem Liccia und Cora normalerweise das Tuch für ihre Leichensäcke transportierten, also nannte sie es *mein Lieber*. Sie klopfte ihm ab und zu die Mähne und war stolz darauf, dass es ihr gehorchte. Überhaupt: Die Tatsache, dass sie selbst die Pausen bestimmte und entschied, ob sie die breiten Karrenwege oder die einsamen Waldpfade nehmen und wo sie anhalten wollte, um ein Stück Brot zu kaufen, machte, dass sie sich stark fühlte. Man wird zum Mann, indem man handelt wie ein Mann, dachte sie. Das ist das ganze, billige Geheimnis.

Ab und zu überlegte sie, was Rossi gerade unternehmen mochte, aber sie konnte nichts ändern, gleich, was es war, und so drängte sie diese Sorge in den hintersten Winkel ihres Kopfes. Immer eine Schwierigkeit nach der anderen angehen – noch ein Entschluss, der stark machte. Der heiße Sommerwind wehte ihr ins Gesicht, und sie schwor sich, dass sie sich auch als Cecilia Rossi, gleich, was das Leben brächte, nie wieder ins Bockshorn jagen lassen würde.

Als sie Montecatini erreicht hatte, versteckte sie zunächst ihr Pferd in einem Wäldchen, dann ging sie forschen Schritts zum Pfuhl der Sünde, wo Signora Ciampi immer noch inmitten ihrer Kinderschar auf dem Stuhl residierte, nur dass an diesem Sommertag auch der Kutschenbauer bei ihr war. Er lag – glatzköpfig und zahnlos – auf einer alten Pferdedecke im Gras, hielt liebevoll eine Weinflasche im Arm und genoss die Sonne. Signora Ciampi erzählte Cecilia

zutraulich, dass Genoveffa, das starrköpfige Kälbchen, zu Fulvio Robertino gezogen war, der ihr das Geld abknöpfte, das sie mittlerweile als Magd bei Signora Renzo verdiente.

Cecilia erfragte den Weg zu Fulvios Haus, und dann hieß es wieder abwarten – dieses Mal inmitten eines Maisfeldes, denn Fulvio wohnte vor der Stadtmauer. Zunächst saß sie zwischen Käfern, dann auf einem fortgeworfenen Kleiderfetzen. Sie sah Fulvio heimkommen, mit einer Sense auf dem Rücken und einem blutigen Sack in der Hand.

Genoveffa tauchte erst auf, als die Sonne die Ziegenherde auf dem gegenüberliegenden Berg berührte. Das Mädchen sah müde aus und schleppte sich krumm dahin. Aber als sie sich der Hütte näherte, in der sie mit Fulvio lebte, richtete sie sich auf und fuhr mit den Händen durch die schwarzen Haarsträhnen. Sie nahm sich sogar noch Zeit, in dem Regenwasserfass neben der Tür ihre Hände und ihr Gesicht zu waschen.

Cecilia überzeugte sich, dass die Straße menschenleer war, dann erhob sie sich und folgte ihr. Offenbar hörte man ihr Klopfen in der Hütte nicht, denn als sie die Tür aufdrückte, wühlte Fulvio gerade im Mieder seiner Liebsten. »Ich muss dich sprechen, Genoveffa«, sagte Cecilia und blickte auf den festgestampften Lehmboden, wo ein gewilderter Hase aus dem blutigen Sack lugte.

Fulvio ließ einen Fluch hören. Er zog – mit einiger Mühe – die Hände aus dem Mieder, stand auf und schob Hasen und Sack mit dem Fuß beiseite. »Verschwinde, Lauser.« Sein Gesicht war von Abendlicht gerötet, die Lippen eine scharfe Linie. Er tänzelte. Dann tat er einen Schritt auf Cecilia zu.

Sie riss das Messer aus der Gürteltasche und sah mit Genugtuung, wie in seinem Blick Erschrecken aufflackerte. Der Mann zögerte und wich langsam zurück, den Blick auf

die Klinge gerichtet. Sie las in seinem Gesicht, wie er unsicher abzuschätzen versuchte, was er von dem Kerl, der ihm nur bis zur Schulter reichte, befürchten müsse. Alles, dachte Cecilia und merkte, wie ihr schwüle Hitze den Nacken hinaufkroch. Fulvio war ein armes Luder. Keiner wie Lupori oder der Mann, der Rosina erstickt hatte. Nur ein Wilderer und ungeschickter Busentatscher. Aber wenn er ihr näher kam ... Einen Moment lang fühlte sie wieder die Hände, die über ihren nackten Körper glitten ... Komm besser nicht, dachte sie.

Genoveffa hatte einen schärferen Blick als ihr Liebster. »Signorina«, flüsterte sie. Und dann: »Fulvio, lass den Unsinn! Es ist eine Dame. Geh hinaus, wir müssen miteinander sprechen.«

Der Mann wischte mit der Hand über die Nase. Das Denken dauerte bei ihm lange. »Eine Dame? Seh ich aber nicht.«

Als Genoveffa ihm zärtlich zunickte, machte er sich davon. Obwohl er doppelt so alt wie seine Liebste ist, ist doch er das Kind und sie die Erwachsene, dachte Cecilia. Sie steckte das Messer in die Gürteltasche zurück. Selbstsicher zog sie die schwarzhaarige Frau an den Tisch, der mitten im Raum stand und mit einem Wiesenblumenstrauß geschmückt war. »Setzen wir uns. Ich komme nicht, um dir Scherereien zu machen – das im Voraus. Aber es gibt einige Dinge, die ich wissen muss.« Sie zögerte kurz, dann legte sie eine Münze auf den Tisch. Damit war hoffentlich klar, dass es um ein Geschäft ging. Und um Schweigen. »Ich bin wegen Guido und wegen Rachele hier.«

Genoveffa starrte auf das Kupferstück.

»Du kannst offen sprechen. Ich will nur die Wahrheit hören. Dann bin ich wieder verschwunden. Alles bleibt unter uns. Du siehst ja, Signorina Barghini gibt es gar nicht mehr.«

»Ich verstehe.« Genoveffas Blick wurde von dem Julio angezogen wie von einem Magnet. Gier funkelte in ihren Augen.

»Wollte Guido sich nur ...«

Gewaltsam riss das Mädchen den Blick von der Münze los.

»... sich nur wichtigmachen?«, fragte Cecilia.

»Wie meinen Sie das?«

»Es ist schwer, sich vorzustellen, dass Tote durch Gärten und Häuser geistern. Aberglauben, sagt Giudice Rossi dazu. Er fragt sich, ob Guido etwas mit dem Tod des kleinen Molinelli zu tun hat. Vielleicht war es ein Unglück. Und dann ist der Gärtner in weiße Kleider geschlüpft, damit ihm niemand auf die Spur kommt. Er hat Feuer gelegt ...«

Als Genoveffa begriff, worauf sie hinauswollte, begann sie mit einem leisen, kollernden Geräusch zu lachen. »Wie kann es ein Unglück sein, wenn ein Kind durch ein Fenster geworfen wird? Guido *liebt* die Kinder, Signorina.« Anders als die Damen des Komitees, die sich von den armen Geschöpfen Gebäck reichen ließen und sie ansonsten mieden. Das wollte die Amme sagen, und sie hatte damit ja auch nicht unrecht.

»Du bist klug, Genoveffa, das weiß ich wohl. Und deshalb will ich deine Meinung hören und alles, was du dir gedacht hast. Was hat es auf sich mit dieser Rachele?«

»Sie ist durch den Garten gegangen. Das hab ich selbst gesehen. Und ich hab Angst gekriegt, weil ... es nicht geheuer war. Ich habe mich gefürchtet.«

»Natürlich« sagte Cecilia. Sie wollte, dass es skeptisch klang, und wie sie gehofft hatte, ärgerte sich Genoveffa darüber und versuchte, sie zu überzeugen.

»Es war hinten bei dem Grab. Wir – die beiden anderen Ammen und ich – haben Gemüse geputzt. Am Fenster, weil

es schon fast dunkel war und Assunta keine Kerzen erlaubte. *Ich habe die Tote gesehen.* Nerina und Eva haben sie auch gesehen. Es war nicht Guido, denn der bewegt sich wie ein Trampel, nicht wie diese ... Es war eine Dame, die dort entlangschwebte, Signorina. Das merkt man am Gang. *Ich kann so nicht gehen, und Guido würde es schon gar nicht hinkriegen.*«

Cecilia dachte an die Gestalt zurück, die sie selbst während des Brandes gesehen hatte. Das Wesen war ... geschwebt. Genoveffa hatte recht. Außerdem war Guido während des Brandes bei den Jungen gewesen. Besaß er eine Komplizin? Sie versuchte sich eine Dame vorzustellen, die einem Gärtner dabei half, Geistergeschichten in die Welt zu setzen. Unmöglich. Der Gärtner war unschuldig.

»Was genau habt ihr gesehen?«

Genoveffa überlegte. Sie lenkte ihren Blick zurück in die Erinnerung. »Sie trug helle Kleider. Weiße vielleicht, obgleich es auch möglich ist, dass sie gelb waren. Ich dachte einen Moment, sie sind gelb. Aber Tote werden in weißen Kleidern begraben, nicht wahr? Ich habe es Assunta gesagt, aber sie wurde ärgerlich und wollte nicht, dass darüber gesprochen wird. Sie hat gesagt, dass die Damen fortbleiben würden, wenn das Waisenhaus in Verruf kommt.«

»Könnte es sein, dass Assunta selbst ...?«

Genoveffa schüttelte heftig den Kopf, und sie hatte natürlich recht. Assunta war bereits tot gewesen, als Cecilia die weiße Frau während des Brandes gesehen hatte. »Wie oft ist sie euch erschienen?«

»Drei oder vier Male.«

»Und deshalb hast du gekündigt?«

»Nein.« Genoveffa bedeckte das Gesicht mit den Händen, nahm sie aber gleich wieder fort.

In der Ferne erklangen laute Geräusche. Fulvio schien

sich entschlossen zu haben, Holz zu hacken. Das er bestimmt ebenfalls aus den Wäldern gestohlen hatte. Wen kümmerte es.

»War Assunta die Geliebte des Giusdicente?« Eine Eingebung. Benedetto war in Wirklichkeit das Kind Assuntas und Luporis gewesen, und als Assunta ihren verflossenen Geliebten erpressen wollte, brachte er das Kind um. Sie drohte ihm, alles preiszugeben, und musste ebenfalls sterben. *Warum will ich dem Mann unbedingt eine Geliebte anhängen?*

Genoveffa lachte. »Signorina – welcher Mann würde ein Geschöpf aus Eis in sein Bett nehmen?« Das klang deutlich herablassend. Durch Genoveffas Adern floss Feuer, und deshalb hatte sie ja auch ihr Prachtstück Fulvio ergattert.

»Weißt du etwas darüber, wie Benedetto Molinelli ums Leben gekommen ist?«

Krach ... klack ... Draußen splitterte das Holz.

In Genoveffas Augen war ein neuer Ausdruck getreten, noch vorsichtiger als zuvor. Noch ängstlicher.

»Nun?«

Der Atem der jungen Frau roch nach Pflaumen, als sie sich vorbeugte. Sie flüsterte: »Es liegt mir auf dem Herzen, Signorina. Wie ein Mühlenstein. Nachts träume ich davon, ich wache auf, und Fulvio weiß nicht, wie er mich trösten soll. Ich hätte mutig sein müssen wie Guido. Ich hätte Assunta davon erzählen sollen. Vielleicht hätte sie etwas unternommen und den Jungen geschützt. Sie hat die Kinder vor dem Brand gerettet, nicht wahr? Sie war kalt wie Eis, aber sie hat doch ihr Leben für sie gegeben. Das geht mir durch den Kopf. Sie war mutig, Guido war mutig, aber ich nicht.«

Die Worte schienen in Cecilias Hals zu klemmen, als sie fragte: »Was ist geschehen?«

Genoveffa wischte Tränen aus ihren Augen. Sie stand auf, ging zum Fenster und rief hinaus: »Gib acht auf dich, Fulvio.«

Der Mann lachte und brüllte etwas von einem Gimpelchen, offenbar ein Scherz zwischen den beiden, den nur sie selbst verstanden. Genoveffa kehrte zu ihrem Gast zurück. Sie faltete die Hände auf der Tischplatte. »Die tote Frau ist eines Nachts in das Haus gekommen. Ich habe Schritte gehört und dachte, eines der Kinder ist aufgestanden. Das ist ihnen verboten, aber wenn sie klein sind, verstehen sie es noch nicht. Wir müssen streng mit ihnen sein, damit sie es lernen, hat Assunta gesagt. Wenn sie es jetzt nicht lernen, sind sie ungehorsam bis zum Galgen. Also bin ich gegangen.«

Cecilia nickte.

Die Amme drückte die beiden Daumen gegeneinander, bis die Kuppen weiß wurden. »Ich bin also zum Schlafraum hinüber. Und da habe ich die tote Frau gesehen. Sie hat sich über die Matratze gebeugt, auf der die beiden Benedettos und der kleine Modesto schliefen. Sie hat den Jungen *herausgesucht*, Signorina, aus all den Kindern. Zwei Tage vor seinem Tod. Sie ist zwischen den Betten umhergegangen und hat jedes einzelne angeschaut. Aber erst an Benedettos Strohlager ist sie stehen geblieben. Sie hat die Decke von seinem Gesicht gezogen … und … Sie hat ihn herausgesucht, verstehen Sie? In dieser Nacht, zwei Tage bevor sie ihn umbrachte.« Genoveffa war jetzt sehr blass. »Sie trug ein gelbes Spielzeugpferd in der Hand. Das hat sie neben dem Bett niedergelegt.«

»Warum ein Spielzeugpferd?«

»Wie soll ich das wissen, Signorina?«

»Und deshalb bist du fort?«

Die junge Frau schüttelte den Kopf. »Ich brauchte ja das

Geld. Hunger ist schlimmer als Furcht. Aber dann ist sie noch einmal gekommen. In der Nacht, als es brannte ...«

Nervös starrten sie einander an. Der Pflaumengeruch mischte sich mit dem des Blutes vom toten Hasen.

»Ich habe sie auch durch den Garten gehen sehen«, sagte Cecilia.

Genoveffa nickte. »Dann verstehen Sie mich, Signorina. Ich glaube, sie wird niemals Ruhe geben. Auch nicht jetzt, wo das Waisenhaus niedergebrannt ist. Sie wird die Kinder verfolgen und es immer schlimmer treiben. Das ist der Grund, warum ich nachts aus dem Schlaf hochfahre. Sie ist aus der Hölle wiedergekehrt, und niemand kann sie zurückhalten. Gott stehe den armen Würmern bei.«

Gott stehe dem armen Benedetto bei, dachte Cecilia, als sie die Hütte verließ. Sie kehrte zu dem Platz im Wald zurück, wo sie ihr Pferd angebunden hatte. Meergrüne Kinderaugen lugten durch die Blätter und blickten sie aus einer Wasserpfütze an, die sich vom letzten Regenguss gehalten hatte. Padre Ambrogio hatte also recht: Das Universum gestaltete sich komplizierter, als die Menschen es im Taumel der neuen Ideen der Aufklärung wahrhaben wollten. Die Seelen der Toten lebten weiter mit den gleichen Leidenschaften und Gelüsten, die sie auf Erden umgetrieben hatten. Und wenn ihre Begierde mächtig genug war, die Wand zu durchschlagen, dann kehrten sie zurück. Wenn Rossi es doch nur einsähe! Zum ersten Mal war sie froh, dass Lupori die Ermittlungen leitete und sich sofort an die Kirche um Hilfe gewandt hatte.

Sie legte die Arme um den Hals ihres Pferdes und ließ sich sein leises Schnauben in ihrem Nacken gefallen. Ihr war klar, was sie als Nächstes tun musste. Nicht, dass es ihr gefiel. Dina, die Tanten, die Möglichkeit, dass Rossi wieder

heimgekehrt war – all das lockte. Sie wäre liebend gern auf der Stelle nach Prato zurückgekehrt. Aber als sie den Kopf hob, blitzten immer noch die grünen Augen oben in den Baumkronen.

Ihre alte Wohnung roch nach dem Kampfer der verstorbenen Signora Secci. Es war schon merkwürdig, wie dieser Geruch sich hielt. Als hätte auch Cecilias tote Vorbewohnerin Mühe, sich aus ihrem Leben zu lösen. Cecilia holte ihren Ersatzschlüssel aus einer dunklen Ritze, schloss auf und trat durch die Tür in die Diele. An der Wand befand sich der große, von bronzenen Kamelen gesäumte Spiegel. Sie starrte sich an: Ein junger Mann mit brauner Haut und schwarzen Haaren und einem Narbenwulst. Oder, wenn man genau hinschaute: Eine entflohene Angeklagte. Eine Frau mit einem Messer im Gürtel. Nutznießerin eines verbotenen Spielsalons. Signora Rossi.

Ist nicht das Schlechteste, dachte sie und tastete nach der Klinge. Mit Widerwillen schaute sie auf die Tür zur Schlafkammer. Dort, auf der Schwelle, hatte Rosina in ihren letzten Minuten gestanden und sie angestarrt. Ihr Herz krampfte sich zusammen. Dort hatte man sie selbst angefasst.

Sie gab sich einen Ruck und öffnete die Tür. Auf ihrer Kommode faulten einige Apfelreste. Du hast mich also hier erwartet, Lupori Schweinekerl, du oder dein Mörder, dachte sie mit einer Grimasse, weil sie diese billige Falle vermieden hatte und nun doch ihr Heim betrat, ohne dass er davon wusste.

Sie holte eine schlichte dunkelrote Robe aus dem Kleiderzimmerchen, musste im Spiegel feststellen, dass sie weder zur neuen Haut- noch zur Haarfarbe passte, und fand sich schließlich in einem elfenbeinfarbenen Gewand mit

gerüschtem, hohem Sommerkragen wieder, unter einem Sommerhut, dessen breiter Rand ihre Gesichtszüge verbarg, wenn sie den Kopf neigte. Als sie ihre Wohnung wieder verlassen wollte, zögerte sie. Dann ging sie zu ihrer Bettkommode und holte die kleine Pistole heraus, die Rossi ihr vor Jahresfrist geschenkt hatte. Sie versenkte sie neben ihrer Männerkleidung in der kleinen Tasche, die sie gepackt hatte.

Das Haus, in dem Stella Farini wohnte, erhob sich groß und hässlich in den Sommerhimmel. Vor der Eingangstür stand eine mit roten Rosen bepflanzte Blumenschale, aber die Farbe der Blumen passte nicht zur Tür – so wie bei diesem Haus gar nichts zusammenpasste. Auch hier lugte ein barocker Engel um eine Säule.
»Wer ist dort?« Die Stimme der Wohnungsinhaberin klang unsicher.
»Ich bin es – Signorina Barghini.«
»Oh!« Dem Ausruf folgte ein Moment des Schweigens. Zweifellos überlegte Stella, was davon zu halten war, wenn eine entflohene Zuchthäuslerin bei ihr zu einem Besuch anklopfte. Wir kennen uns doch, insistierte Cecilia still. Sie wissen, wie ich bin. Wir haben uns einige Male sehr freundlich miteinander unterhalten. Und haben Sie nicht gehört, was Signora Secci über mich denkt?
»Signorina Barghini? Sind Sie das wirklich?«, vergewisserte sich das zarte Stimmchen.
»Aber natürlich.«
Endlich scharrte der Riegel. Stellas Gesicht erschien im Türspalt. Die junge Frau lächelte zaghaft. »Ich wusste nicht … Entschuldigen Sie. Ich lebe ja ganz allein, da ist man vorsichtig, nicht wahr? Wenn Sie doch bitte hereinkommen wollen.« Sie öffnete die Tür bis zum Anschlag.

»Ich … Ach, du liebes bisschen … Meine Güte, ich habe … Meine *Güte*!« Verlegen zog sie einen Dreispitz herab, der keck auf ihrer Frisur thronte.

Sie sieht aus wie ein Mädchen, das der Gouvernante entkommen ist, dachte Cecilia und verkniff sich ein Lächeln.

»Kommen Sie doch herein, Signorina Barghini.«

Die Wohnung, die Stella angemietet hatte, war klein und bestand nur aus einem Salon und einem angrenzenden Schlafraum. Ausreichend Platz für eine Dame, die kuren wollte. Zu wenig, um zwei Kinder zu beherbergen, die mit einer Horde Zinnsoldaten eine Schlacht ausfochten.

Benedetto und sein Kamerad – der Name des Jungen fiel Cecilia gerade nicht ein – knieten auf dem Dielenboden, von blauen, grünen und gelben Kriegern umgeben, die Gesichter unglücklich verzogen in der Ahnung, dass man sie ihres Märchenreiches alsbald berauben würde. Cecilia lächelte, um sie zu beruhigen.

Die Jungen hatten ihre Armeen zwischen einer Chaiselongue und einem Sekretär aufgestellt. Stella musste gar nicht erst schuldbewusst einen kleinen blauen Reiter auf der Chaiselongue ablegen, um erkennen zu lassen, dass sie einen Teil der Soldaten anführte. »Die Jungen lieben es … Ich meine … Es gibt ja auch sonst nichts zu tun … Diese Kuren sind so langweilig, nicht wahr?« Sie schob mit der Fußspitze einen Holzsäbel unter die Chaiselongue.

»Zu Tode langweilig«, stimmte Cecilia ihr herzlich zu. »Wer wird denn die Schlacht gewinnen?«

Benedettos Augen leuchteten auf, und Cecilia erlaubte es sich, einen Moment in die Hocke zu gehen und sich von den meergrünen Augen erläutern zu lassen, warum die gelben Soldaten einen strategischen Vorteil besaßen. »Wir würfeln. Wer eine Sechs würfelt, darf einen Kavallerist bewegen, und wer eine Eins würfelt, einen Infa … In …«

»Infanteristen«, half Stella aus. Die Gelben waren im Vorteil, Stella würde demnächst die weiße Fahne schwenken müssen. Die grünen Krieger hielten wacker ihre Stellung um ein Stuhlbein.

»Hinterhalt erlaubt?«, fragte Cecilia.

Die Jungen wussten nicht, was ein Hinterhalt war. Das Leuchten in Benedettos Augen erlosch. Er starrte Cecilia misstrauisch an. Waisenhausart. Waisenkinder durften kein Glück erleben. Wenn es doch geschah, dann hatten sie es sich gestohlen. Das war das, was Leute wie Signora Secci und Assunta ihnen beibrachten. Ein heftiger und ungerechter Widerwille gegen die beiden Frauen packte Cecilia. Und zugleich Mitleid, weil Benedetto und sein Kamerad bald wieder in ihr Elend zurückkehren mussten. »Können wir einen Moment ungestört miteinander sprechen?«, fragte sie Stella.

Die Hausherrin brachte es nicht übers Herz, die Jungen hinauszuscheuchen. Stattdessen bat sie Cecilia in die Schlafkammer, wo sie ihr den einzigen Stuhl anbot und selbst auf der Kante des mit Kissen vollgestopften Bettes Platz nahm. Eine Locke hing in ihre Stirn, ein ausgesprochen niedliches Kringellöckchen. »Die Kinder bringen so viel ... Fröhlichkeit ins Haus«, meinte sie verlegen.

»Wie lange werden Sie sie denn hierbehalten?«

Stella blickte zum Fenster. »Ich weiß nicht. Ich meine – es wird wahrscheinlich dauern, bis Signora Secci eine neue Unterkunft für die Waisen gefunden hat, nicht wahr?«

Sie hörten die Jungen durch die Tür rumoren. Die beiden hatten ihr Spiel wiederaufgenommen. Sie können lachen, dachte Cecilia. In den Kerlchen musste eine besondere Kraft stecken. Oder Stella hatte in den vergangenen Tagen ein Wunder vollbracht. »Können Sie sie nicht einfach behalten?«, fragte sie impulsiv.

Sie sah nur wenig vom Profil der jungen Frau, aber sie bemerkte, wie ein Schatten über die zarten Züge flog. »Das würde Signor Farini nicht dulden. Ich habe mir das selbst schon überlegt. Sie sind ja so … herzerwärmend. Kinder, meine ich. Gerade diese beiden. Und Signor Farini und ich können leider keine Kinder … Was Signor Farini sehr bedauert …« Ihr Blick verlor sich auf der gegenüberliegenden Wand, wo ein Wasserfleck zwischen Wand und Decke schwarzgepunkteten Schimmel nährte. »Aber er würde es nicht erlauben. Ich fürchte, er würde gewiss nicht … Er mag keine …«

»Keine Waisenhausbälgerchen?« Cecilia meinte es scherzhaft, doch Stella schaute sie so unglücklich an, dass sie rasch einlenkte. »Es ist bedrückend, wie wir von ihnen denken, denn am Ende werden wir ja doch alle vom selben Herrgott auf die Erde geschickt.«

»Ihre Haut ist dunkel geworden.«

Cecilia brauchte einen Moment, um den Themenwechsel nachzuvollziehen. »Ich fürchte, ich war unvorsichtig bei meinen Spaziergängen.«

Die junge Frau starrte sie an. Offenbar fiel ihr zum ersten Mal die seltsame Frisur auf, die so vollständig unter dem Strohhut verschwand, als wäre die Trägerin kahl. Und die Narbe. Stella räusperte sich. »Einige sagen, Signora Secci möchte das Haus oben beim Bleichplatz kaufen. Aber es müsste doch erst hergerichtet werden, damit die Kinder darin wohnen können, nicht wahr? Wenn es überhaupt stimmt.«

»Ganz sicher.«

»So lange werden die Kinder auf alle Fälle bei mir bleiben.«

Cecilia nickte langsam. »Darf ich offen zu Ihnen sprechen, liebe Stella?«

»Aber ja.«

»Sicher fragen Sie sich, warum ich hier bei Ihnen auftauche. Doch, doch ... Ich zweifle nicht, dass Sie gehört haben, was ... was man mir vorwirft. Ich war mir nicht einmal sicher, ob Sie mich einlassen würden.«

Stella nickte, als wäre ihr all das gleichgültig.

»Wir kennen uns ja kaum.«

Wieder ein Nicken. Es *war* ihr gleichgültig.

»Ich bin wegen der Jungen gekommen. Wegen Benedetto und seinem Freund.«

Jetzt weiteten sich die Kinderaugen. Stella schaute sie aufmerksam – und mit keimender Sorge – an. »Was ist mit ihnen?«

»Es besteht Anlass zu der Befürchtung, dass die beiden in Gefahr schweben könnten.«

Benedetto jubelte auf. Sein Freund – er hieß Modesto, fiel Cecilia plötzlich wieder ein – gab einen erbosten Schrei von sich.

»In Gefahr?«, hauchte Stella. Geistesabwesend griff sie nach einer Puppe in einem Seidenkleid, auf deren Holzköpfchen rosa Wangen und rosa Lippen gemalt waren.

»Ich will Sie nicht erschrecken«, sagte Cecilia. »Aber so wie es aussieht ... Sie haben doch sicher von dieser Kindsmörderin gehört – Rachele.«

»Die das Waisenhaus angezündet haben soll?«

»Richtig. Im ersten Moment habe ich darüber gelächelt. Und Sie gewiss auch. Aber wie es scheint, hat Genoveffa – eine Amme aus dem Waisenhaus – diese Frau mit eigenen Augen gesehen. Und um es kurz zu machen – ich selbst sah sie ebenfalls. Tatsächlich glaube ich, dass der Junge, der aus dem Fenster des Waisenhausturms stürzte ... Haben Sie auch davon gehört?«

Stella nickte.

»Wir können mit einiger Wahrscheinlichkeit annehmen, dass er das erste Opfer jener Harpyie wurde.«

Stella hatte ihr mit wachsendem Erschrecken gelauscht. Jetzt spiegelte sich in ihrem Gesicht blankes Entsetzen.

»Und es gibt Beweise, dass die Leiterin des Waisenhauses ermordet wurde, bevor sie verbrannte. Rachele hat also bereits zwei Menschen ums Leben gebracht. Sogar drei, wenn man die Amme, die bei dem Feuer ums Leben kam, mitzählt.«

Die Puppe glitt aus Stellas Händen und rutschte an den Bahnen ihres Kleides zu Boden.

»Es tut mir leid, dass ich Sie erschreckt habe«, sagte Cecilia, während sie die Puppe wieder aufhob und auf das Bett zurücklegte. »Das wollte ich wahrhaftig nicht. Für Sie selbst besteht auch keine Gefahr, denn dieses unselige Geschöpf scheint es nur auf die Bewohner des Waisenhauses …«

»Man muss die Kinder beschützen.«

»Gewiss, obwohl ja noch nicht einmal sicher ist, ob Benedetto und Modesto tatsächlich bedroht …«

»*Ich* werde sie beschützen.« Stellas Blick, der fassungslos durch das Zimmer geirrt war, kehrte zu Cecilia zurück. »Ich werde sie beschützen, Signorina Barghini!«

Cecilia war beeindruckt. So viel Mut hatte sie dieser kindlichen Frau nicht zugetraut. »Vielleicht habe ich auch übertrieben. Es mag sein, dass der Spuk schon wieder ein Ende hat, denn das Haus der Toten ist ja niedergebrannt.«

»Ich habe mich immer gewundert, wie dieses kleine Kind es fertiggebracht hat, auf den Turm zu kommen. Die Klinken im Waisenhaus saßen hoch und ließen sich schwer bewegen.«

»Das stimmt.« Cecilia wunderte sich, dass sie selbst daran nicht gedacht hatte.

Nervös stand Stella auf und ging zum Fenster. »Was tue ich? Was *kann* ich tun? Fortziehen? Aber wie soll ich die Kinder mit mir nehmen? Ich müsste Signor Farini davon in Kenntnis setzen ...« Das ist unmöglich, las Cecilia aus ihrer aufgelösten Miene.

»Gewiss wäre es übertrieben, Reißaus zu nehmen, Stella. Wie gesagt, alles sind nur Vermutungen. Vielleicht gibt Rachele ja Ruhe, nun, nachdem sie das Haus, in dem sie ihre Morde beging, vernichtet hat. Ich dachte nur – aus Gründen der Vorsicht, Sie verstehen? –, dass es gut wäre, wenn Sie jemanden an der Seite hätten, der Sie nötigenfalls beschützen könnte. Einen Mann. Jemanden mit einer Waffe.« *Helfen Waffen gegen Wiedergänger? Wäre nicht ein Priester angebrachter? Jemand, der der Kreatur ein Kreuz entgegenhielt?*

Ein Priester wäre zweifellos nützlicher, dachte Cecilia. Es war allerdings kaum vorstellbar, dass man Padre Ambrogio dazu bewegen könnte, in die Wohnung einer Dame zu ziehen. Immerhin war den Waisenjungen bisher nichts geschehen. Vielleicht hatte Rachele in ihr Grab zurückkehren müssen, nachdem der Schauplatz ihrer mörderischen Taten vernichtet war? Bestimmt gab es auch für Tote Gesetze, an die sie sich halten mussten.

Cecilia hörte Rossis Lachen ...

»Sind Sie sicher, dass Sie die Gefahr auf sich nehmen wollen, Stella?«

Die junge Frau nickte nachdrücklich. Ihr Blick war klar und entschlossen.

»Ich könnte den Sbirro von Giudice Rossi bitten, ein Weilchen auf Sie achtzugeben«, sagte Cecilia. »Er ist ein beherzter Mann.«

»Er könnte im Gartenhäuschen schlafen.«

»Ja«, stimmte Cecilia erleichtert zu. »Und wenn Sie es er-

lauben – ich würde gern noch einmal mit den Jungen sprechen.«

Benedetto und Modesto wussten nichts. Sie hatten in der schicksalhaften Nacht neben Benedetto Molinelli geschlafen, aber nicht einmal mitbekommen, dass er aufgestanden war – das hatten sie schon einmal erklärt. Und wieder musste Cecilia ihnen in einem zermürbenden Gespräch jedes Wort aus der Nase ziehen. Sie revidierte ihren Eindruck, dass Benedetto und sein Freund ungewöhnlich gescheit sein könnten. Als sie die beiden wegen des Feuers fragte, verstummten sie vollends. Cecilia gab auf.

Das gelbe Pferdchen sah sie erst, als sie schon fast in der Tür stand, um zu gehen. Es lugte halb unter der Chaiselongue hervor. Cecilia machte kehrt, hob das Spielzeug auf und hielt es Benedetto unter die Nase. »Und das? Woher habt ihr das?«

Schweigen.

»Wer hat euch das gegeben, Benedetto?«

Ein hilfesuchender Blick zu Stella, die ratlos zurückschaute. »Sie hatten es bei sich, als sie kamen«, sagte die junge Frau.

»Benedetto?«

Der Junge murmelte etwas, und Cecilia wies ihn an, lauter zu sprechen.

»Es lag in unserem Bett. Es lag einfach da«, flüsterte er.

Bruno aufzutreiben dauerte den gesamten folgenden Tag. Cecilia musste Zaccaria in seinem Viehstall aufsuchen, um zu erfahren, dass der Sbirro in einem Unterstand für Lastkähne untergekrochen war, der seine Funktion verloren hatte, seit die Sümpfe trockengelegt wurden.

»Dem armen Burschen sitzt so viel Angst in den Kno-

chen ... Genau weiß ja keiner, was Lupori mit ihm angestellt hat, letztes Jahr, als er ihn eingelocht hatte, erinnern Sie sich, Signorina? Jedenfalls ist er auf und davon, als er gehört hat, dass Rossi nicht heimkehren würde. Wie geht es ihm eigentlich? Ich meine Rossi.«

»Gut. Er hat geheiratet.«

Einen Moment glotzte Zaccaria. Dann begriff er. Er begann übers ganze Gesicht zu strahlen und gratulierte überschwänglich. »Ich habe das schon lange kommen sehen. Verdammt, der Bursche war wirklich schüchtern. Das eine oder andere Mal wollte ich ihn schon in den Hintern treten. Aber jetzt hat er's geschafft. Na, da wird Fausta staunen«, sagte er und überließ sie sich selbst, um seiner Frau die Neuigkeiten zu erzählen.

Bruno gratulierte nicht. Er fürchtete sich viel zu sehr, um auf Belanglosigkeiten wie eine Zeremonie vor einem Priester einzugehen. Sein Unterschlupf lag einsam. Cecilia hatte sich zwei Stunden durch eine schwüle grüne Auenwildnis schlagen müssen, ehe sie den Sbirro fand, und ihr waren in dieser Zeit nicht mehr als einige Hasen und Fasane begegnet. Trotzdem musterte er mit ängstlichen Blicken das Dickicht und nötigte Cecilia rasch in seinen Unterschlupf.

Der Schuppen für die Kähne war aus schwarzen Baumstämmen gebaut, eine kleine Halle, die sich in erstaunlich gutem Zustand befand. Nur dass die niedrige Decke von Spinnennetzen eingewoben war, so dass sie glitzerte wie die kopfüber gedrehte Oberfläche eines Sees bei stürmischem Wetter.

Bruno hatte sein Domizil in einem Nebenraum des Schuppens eingerichtet, in dem früher die Schiffer gekocht und geschlafen hatten. Mehrere Hängematten baumelten

vom Dachgebälk. Eine davon beherbergte Brunos Habseligkeiten, eine andere seine Decken. Eine dritte einen Stuhl – der Himmel mochte wissen, warum. Auf dem primitiven gemauerten Herd stand eine Pfanne voller Fischstücke und klebriger Kräuter.

Cecilia ließ sich nicht lange bitten und schlang hungrig den Fisch hinunter, während sie mit vollem Mund ihr Anliegen erklärte.

Der Sbirro kratzte sich den speckigen Hals. »Und was tu ich dann, ich meine …?«

»Es wird reichen, wenn Sie zur Stelle sind, Bruno. Einfach dort sein. Rachele fürchtet das Licht der Öffentlichkeit.« Cecilia wischte sich den Mund mit dem Ärmel sauber. Sie und der dicke Mann starrten einander an, im Bewusstsein, dass sie beide keine Ahnung hatten, was eine Wiedergängerin fürchtete und wie man ihr im Zweifelsfall beikommen konnte. Assunta war mit einem Kreuz im Schädel gestorben. Wenn tatsächlich Rachele sie umgebracht hatte, dann musste man ihr neben der Brutalität ein gerüttelt Maß an Kraft zugestehen.

»Ich werde Padre Ambrogio um Weihwasser bitten. Aber die Pistole nehme ich auch mit«, beschloss Bruno.

»Auf jeden Fall. Alles.«

»Ich frag den Padre wegen Wiedergängern aus. Er muss ja Bescheid wissen über so was, wo er doch ein Mann der Kirche ist.«

»Ganz sicher.«

»Aber er ist noch verdammt jung.«

»Leider.«

»Signora … kommt … Ich meine, kommt Giudice Rossi nach Montecatini zurück?«

Cecilia zögerte. Sie brauchte es kaum fertig, das hoffnungsvolle Gesicht zu enttäuschen. »Damit ist nicht zu

rechnen, Bruno. Aber wenn er ein neues Zuhause gefunden hat, dann wird es darin einen Platz für Sie geben. Das verspreche ich Ihnen.«

Bruno nickte.

13. KAPITEL

Als Cecilia nach Prato zurückkehrte, war Rossi immer noch fort. Sie musste zwei weitere Tage auf ihn warten, fünfzig Stunden, für die sie ihm grollte, weil ihr die Sorgen auf den Magen schlugen.

»Das war ein Ritt!«, sagte er, als er zur Tür hereinkam, an einem Abend, der nach vielen heißen Tagen gewittrig war und an dem die Mücken Krieg anzettelten und Fliegenschwärme Kleckse auf Tante Coras Esstisch fabrizierten. »Ist Tante Liccia beschäftigt?« Er wartete die Antwort nicht ab, sondern nahm Cecilia das Kleid aus der Hand, an dem sie gerade den Saum ausbesserte, und zog sie auf die Straße hinaus.

Er war glücklich, das sah sie ihm an, und ihr Magenweh verschwand. Sie bahnten sich ihren Weg durch arbeitsmüde Scholaren, erschöpfte Hausfrauen und einige betrunkene Totengräber in Richtung Piazza Duomo. Kurz vor dem Dom schob er sie zu einem Gartentor, das Bestandteil einer übermannshohen, soliden Bruchsteinmauer war. Erstaunlicherweise ließ es sich ohne Schwierigkeiten öffnen. Als er es hinter ihnen wieder schloss, klemmte er die Klinke mit einem Ast fest.

Zum Garten gehörte eine rosa gestrichene Villa, deren Fensterläden sämtlich geschlossen waren. Über den Bänken lagen zerschlissene Laken, das Unkraut hatte die Gartenwege erobert. Offenbar waren die Bewohner seit längerem verreist.

»Es macht dir nichts aus?«, fragte Cecilia mit einem Blick auf die Fenster.

»Es gibt sehr viel, was mir etwas ausmacht, Signora Rossi. Einbrechen in fremde Gärten gehört unbedingt dazu. Aber was sollen wir tun?«

Der hintere Teil des Gartens war mit Obstbäumen bepflanzt, zwischen denen Gras und wilde Blumen wuchsen. Rossi zog Cecilia zu einer der Bänke dort und ließ sich neben ihr auf die Steinplatte fallen. Über ihren Köpfen hingen gelb-rote, reife Pfirsiche in flirrend grünem Blätterwerk. Darüber sahen sie die Wolken, die hier noch weiß waren. Zum Horizont hin verwandelten sie sich allerdings in schwarze Wölfe, die einander über den Himmel jagten. Aufatmend streifte er den Leinensack ab, den er über der Schulter trug.

»Schon bereut?« Er lächelte, aber sie spürte seine Unsicherheit. Stürmisch nahm sie ihn in die Arme und küsste ihn. Im nächsten Moment lagen sie im Gras. Er nestelte an ihren Bändern, und sie half ihm aus Jacke und Hemd und streichelte seinen nackten Rücken, und was sie dann taten, inmitten von Gras und bunten Blumenköpfen und kleinen piksenden Steinen, war weder peinlich noch schmerzlich, sondern einfach nur wundervoll. Ein paar wenige ungeladene Erinnerungen drängten in Cecilias Kopf, aber es war, als spürte Rossi, wann er innehalten und wann er besonders vorsichtig sein musste. Und schließlich ergriffen sämtliche bösen Bilder unter Rossis ungestümen Versuchen, sie an den seltsamsten Stellen ihres Körpers zu küssen, die Flucht. Sie lachten beide, als er den Knopf ihres Hemdes abriss, und Cecilia schimpfte nach guter Ehefrauenart, als sie die Rippen unter seiner Haut fühlte. Dann sagten sie eine Weile gar nichts mehr.

In Rossis Sack befand sich eine Decke, und als das Gewitter endlich losbrach, krochen sie darunter. Der Garten wurde nur von wenigen Tropfen heimgesucht, obwohl inzwischen

auch hier der Himmel finster war. Sie froren nicht einmal. Die Blitze zuckten in einer anderen Welt. Kalt wurde es Cecilia erst, als Rossi zu erzählen begann.

»Ich habe Giudice Amidei mit einer Pistole bedroht«, sagte er, während er sie an sich drückte, als könnte sie ihm sonst verlorengehen.

»Das ist schlecht.«

»Ja.« Seine Finger massierten gedankenverloren ihren Nacken. »Es ist passiert, als ich das Waisenhausbuch gestohlen habe. Das war nämlich der Grund, warum ich nach Florenz gegangen bin. Mit dem Buch hat alles angefangen. Und ich fand es falsch, dass wir uns vom Wesentlichen ablenken lassen.«

»Du hast es tatsächlich bekommen?«

Er nickte und klopfte mit der Hand auf den Sack, der von der Bank ins Gras gerollt war. Einige Tropfen fielen, und er reckte sich und gab seinem Schatz einen Schubs, der ihn unter die Steinplatte beförderte.

Cecilia seufzte. Sie ließ ihre Finger über seinen straffen Bauch gleiten, der samtig-haarig und von Muskeln durchzogen war.

»Assunta ...«, begann er. Ihr Ehemann besaß eine Narbe auf der linken Brust, die aussah wie ein Seepferdchen. »Assunta bekam Geld aus zweifelhaften Quellen. Um genau zu sein ...«

»Ich will nicht an Assunta denken. An gar nichts Scheußliches. Dies ist meine Nacht und deine«, sagte Cecilia und begann ihn erneut zu kraulen.

»Aber ...«

Sie wusste inzwischen, was ihm gefiel, und sie nutzte dieses Wissen schamlos aus. Der Regen wurde stärker und wusch ihre Sorgen fort.

»Du machst mich verrückt«, sagte ihr Gatte heiser. »Und

es ist wirklich schrecklich, wie du mich mit meinen Neuigkeiten zappeln lässt.«

»Na, so was.« Sie beugte sich über ihn und küsste einen Tropfen von seinem Kinn.

Es wurde Morgen, ehe er dazu kam, ihr zu erklären, was er in dem Buch gefunden hatte. »Die erste Merkwürdigkeit: Assunta hat im Frühjahr vor sechs Jahren zwei Scudi für einen Findling namens Benedetto erhalten. Nur ein einziges Mal, dann nicht wieder. Aber in den nächsten Monaten wurden Zahlen im Buch gelöscht und überschrieben. Ich nehme also an, es ist noch öfter Geld geflossen. Und irgendwann hat sie es vielleicht gar nicht mehr eingetragen.«

»Aber sie hat das Geld nicht für Benedetto Molinelli bekommen.«

»Nein, denn den gab es damals noch gar nicht – und außerdem war er niemandem auch nur einen Dinar wert. Es muss dieses andere Kerlchen gewesen sein, das jetzt bei Stella Farini wohnt.«

»Das *wusste* ich!«

»Du wusstest es nicht, Cecilia. Du hast dir nur gewünscht, dass dieser Junge etwas Besonderes ist, weil er hübscher aussieht als die anderen.«

»Warum hat das niemand bemerkt?«

»Was?«

»Dass gelöscht und überschrieben wurde?«

»Euer Waisenhauskomitee ...«

»Ich meine Amidei.«

»Für ihn war dieser Zeitraum nicht von Belang. Er hatte keinen Grund, Jahre zurückzublättern. Im Ernst – man kann es ihm nicht vorwerfen.«

»Ich finde schon, dass man kann – wenn man einen Men-

schen in einem feuchten Gemäuer voller Ratten vergraben will«, sagte sie bitter.

Rossi blickte besorgt zum Himmel, der sich immer noch nicht lichten wollte. Er zog seine Jacke zu sich und bestand darauf, sie Cecilia um die Schultern zu wickeln. »Assunta hat versucht, den Jungen zu retten. Sie wusste, dass er in Gefahr war. Und ich vermute, sie wusste auch, wer ihn zu ermorden versuchte«, spekulierte er.

»Sie hatte Angst um ihre Geldquelle?«

»Ich weiß nicht, was im Kopf dieser Frau vor sich ging. Vielleicht hat er ihr auch leidgetan. Vielleicht war es von allem ein bisschen. Der Mörder hat es jedenfalls mit der Angst zu tun bekommen und beschlossen, sie und Benedetto auf einen Schlag umzubringen.«

»Jemand, der den Jungen nicht vom Sehen kannte und daher beim ersten Mal das falsche Kind erwischte.«

»Gut. Sind wir uns so weit einig? Dass der kleine Molinelli ein Fehlgriff war? Ein Opfer der Tatsache, dass er den falschen Namen trug? Beim zweiten Mal wollte der Mörder sichergehen.«

»Vielleicht deshalb der Einbruch beim Padre?«

Rossi drehte sich auf die Seite, um sie anzusehen. »Herrgott – wer legt ein Feuer, in dem Dutzende von Kindern verbrennen sollen, nur um ein einziges zu töten?«

»Lupori«, sagte Cecilia rau. Und nun scheuchte er die Kirche auf und … und all das Gerede um die Wiedergängerin … von einem mordenden Gespenst … Sie kam sich mit einem Mal entsetzlich lächerlich vor. Bruno würde seine Pistole brauchen, sonst nichts.

»Lupori ist ein Heimlichtuer«, erklärte Rossi nüchtern. »Dass er den kleinen Molinelli aus einem Fenster wirft, traue ich ihm zu. Aber ein Brand? Ein Ereignis, das die gesamte Stadt aufscheucht? Das passt nicht zu ihm, Cecilia.«

Ein Regentropfen platschte in eine Kuhle bei seinem Schlüsselbein und perlte über die braune Haut. Sie strich ihn fort. Dann erzählte sie von ihrem Besuch bei Stella und was sie unternommen hatte. »Was ist?«, fragte sie. »Ich kann deine Gedanken nicht lesen.«

»Eine Frau ist durch den Garten des Waisenhauses gelaufen, während es brannte. Nicht Lupori, nicht der Mann, der beim Padre einbrach – eine *Frau*. Was, verdammt ...«

»Doch Rachele?« Cecilia beugte sich vor und legte die Hand auf seinen Mund, damit er ihr nicht widersprechen konnte. Sie dachte sorgfältig nach, bevor sie ihren nächsten Gedanken äußerte. »Wenn die Fälschungen im Buch nichts mit den Morden zu tun haben, wenn Assunta zwar Geld unterschlug, aber all unsere anderen Annahmen falsch sind – muss es dann nicht doch Rachele gewesen sein, die Benedetto Molinelli und Assunta umbrachte?«

In diesem Moment brach der Regenguss über sie herein.

»Ihm nachgelaufen!«, fauchte Rossi fassungslos, als sie wenig später ordentlich bekleidet ins Haus der Tanten zurückgekehrt waren. Er packte seine Tochter bei den Schultern. »Geht das nicht in deinen Kopf? Wir spielen nicht. Wir stecken in einer verdammten Gefahr. Du kannst nicht einfach einem Kerl nachlaufen ...«

»Ich war ja vorsichtig«, fiel Dina ihm beleidigt ins Wort.

»Vorsichtig!« Er drückte ihre Schultern, und Tante Cora, die Totensäcke nähte, warf einen besorgten Blick auf Liccia. Die dicke Frau thronte in ihrer Schubkarre und ließ den Blick nicht von ihrem Neffen, dem Schlurian, der Cecilia mit seinen schmutzigen Händen begrapscht hatte und sich nicht scheute, das arme Ding nun bei den Tanten abzuladen, worauf er zweifellos endgültig das Weite suchen würde, der Hurenbock, der gottverdammte, der Sohn seines Va-

ters. Und nun – man wusste kaum, welches Verbrechen verabscheuungswürdiger war – fiel er auch noch über seine Tochter her.

Sie begann nach der Flinte zu suchen, aber Cora hatte die Waffe wohlweislich nebenan in dem Kabäuschen mit den Schinken und Leberwürsten deponiert, in das die Karre nicht hineinpasste.

Cecilia schob die Schüssel mit den Zwiebeln beiseite, aus denen sie die fauligen gesammelt hatte, als sie noch hoffte, Rossi und seine Tante könnten sich miteinander versöhnen. Das war gewesen, bevor Dina in die Küche gekommen war und verkündet hatte, dass sie wisse, wo die Wohnung des Saukerls lag. Der Saukerl war der Bursche mit der hässlichen karierten Jacke. Sie hatte ihn am Abend zuvor draußen herumlungern sehen und war ihm gefolgt. Bis in den Hof des Gasthauses, in dem er abgestiegen war. Dort hatte sie durch die Fenster gespäht und gesehen, wie er seine Stiefel mit Spucke und einem alten Lappen putzte.

»Geh, Rossi.« Cecilia schob ihren Gatten durch die Flure hinaus in den Hinterhof, in dem die Wagenräder herumstanden.

»Sie meint es gut. Das weiß ich auch. – Komm, lass mich. Ich kann allein laufen. Ich wollte sie nicht *umbringen*. Dieses Gör muss nur begreifen …«

»Ich weiß.«

Er nickte erschöpft und ließ sich auf den Treppenstufen nieder. In einem der Nachbarhöfe schlachtete man offenbar ein Schwein. Sein panisches Quieken erfüllte die Luft. »Wer ist das, Cecilia? Der Mann, der bei Padre Ambrogio eingebrochen hat, hat sich offenbar an unsere Fersen geheftet. Warum?«

»Ich weiß es nicht«, sagte Cecilia. *Einer, vor dem man sich hüten muss*, hatte Tante Cora gemeint. Sie fröstelte

trotz der Hitze. Und wünschte von Herzen, das arme Schwein würde erlöst.

»Er kennt uns offenbar. Er weiß, wo wir uns aufhalten. Warum alarmiert er nicht die Sbirri? Auf unsere Köpfe ist eine Belohnung ausgesetzt. Wenn er nicht der heilige Martin ist, der seine schützenden Flügel über uns ausbreiten möchte – was erhofft er sich, das ihm mehr einbringt als der ausgelobte Judaslohn?«

»Er war beim Waisenhaus, als du Assunta aufgesucht hast«, sagte Cecilia. »Erinnerst du dich? Der Mann, der ins Haus hineinwollte … Ich bin fast sicher.«

Rossi zog sie zu sich auf die Stufen und legte den Arm um sie. »Ich muss mich um ihn kümmern, Liebste. Und hätte das schon viel früher tun sollen. Er ist das Verbindungsglied. Frag mich nicht, in welcher Kette. Aber wir sollten aufhören, uns zu ärgern. Womöglich entpuppt sich dieser Bursche sogar als Glücksfall. Wir haben den ersten wirklichen Angriffspunkt gefunden.«

Dina durfte nicht mehr aus dem Haus. Sie musste unter Cecilias Aufsicht Puppenkleider nähen, für eine Puppe, die Tante Cora in einer vergessenen Truhe gefunden hatte. Erst protestierte sie, aber als Cecilia ihr heftig über den Mund fuhr, wurde sie stumm.

Es gab ein kleines Drama, als Tante Liccia hinzukam und sich herausstellte, dass die Puppe einmal Rossis Mutter gehört hatte. Liccia küsste das Spielzeug und Dina im Wechsel und versicherte dem Mädchen, dass es keine Angst mehr haben müsse vor dem Schweinehund.

»Er ist ihr Vater«, erinnerte Cecilia sanft.

»Der Sohn vom Teufel ist der Teufel!«

»Und außerdem ist er mein Ehemann.«

Tante Liccia schob die Puppe zwischen ihre Brüste und

ließ sich wütend von Dina hinausfahren. Draußen schimpfte sie mit Cora, und diese ließ sich trotz ihrer Lammsgeduld dazu hinreißen, dem Zwerg, der jetzt sämtliche Türen bewachen musste – Tag und Nacht – eine Ohrfeige zu verpassen, weil er eingeschlafen war. Sie waren alle übernervös. Der Mann mit der hässlichen Jacke machte ihnen zu schaffen.

»Ist Liccia verrückt?«, fragte Cecilia Cora, als sie gemeinsam Teig für die Brote der kommenden Woche kneteten.

»Liccia ist Liccia«, erwiderte Cora mürrisch.

Rossi kehrte – ungeduldig erwartet – am Abend zurück. Er kam durch den Hof geschlichen. »Ich bringe Dina nach Pistoia«, verkündete er zur Begrüßung. Dann küsste er Cecilia, bis die Tanten erschienen. Es war noch zu früh für den Spielsalon, aber sie hatten sich beide bereits feingemacht. Tante Liccia ging dieses Mal auf ihren eigenen Beinen, was Cecilia überraschte, da sie immer gedacht hatte, die alte Frau wäre gelähmt. Doch nun humpelte sie ächzend zu der Tür, hinter der die Treppe zur Küche lag.

»Dina kann bei Fiamma bleiben«, sagte Rossi, und Cecilia erinnerte sich an die Schokoladenverkäuferin, die dem erbarmungswürdigen Giudice Zuflucht gewährt hatte, in seiner Richterzeit in Pistoia, als er und seine Frau einander das Leben zur Hölle gemacht hatten. Fiamma war eine glückliche Lösung. Niemand brachte sie mit Rossi in Verbindung, denn ihre Beziehung war still und diskret verlaufen. Es war gar keine Beziehung gewesen. Nur eine Freundschaft, wie es sie zwischen Männern und Frauen selten gab. Vielleicht würde die Schokolade, die Fiamma kochte, Dina an Anita erinnern. Auch das wäre gut.

»Brich dir nicht den Hals, Liccia Macchini! Was machst du denn da unten? Die Flinte ist woanders«, rief Cora gereizt die Treppe hinab. Einen Moment zögerte sie, dann ver-

sperrte sie die Tür, indem sie einen Stuhl unter die Klinke klemmte. »Ich hab die Tür verschlossen. Du kannst nicht wieder rauf«, brüllte sie, besann sich aber im selben Moment anders und nahm den Stuhl wieder fort. »Was ist denn nun mit diesem Kerl?«, fuhr sie Rossi an.

»Ich habe die Herberge gefunden und war in seinem Zimmer.«

Cora nahm den Stuhl und setzte sich zu ihnen an den Tisch.

»Auf seiner Matratze lag die verdammte Jacke – wenigstens glaube ich, dass es die Jacke ist, von der ihr die ganze Zeit redet. Sie war aus unterschiedlichen Stoffen zusammengeschustert. Meiner Meinung nach stammen die meisten Flicken aus Teppichen ...«

»Wer trägt eine Jacke aus Teppichen?«, fragte Cecilia verwundert.

»Keine Ahnung. Stimmt vielleicht auch gar nicht. Ich bin kein Schneider. Jedenfalls ...«

»Nun red nicht wie ein Wasserfall. Hast du mit ihm gesprochen?«, unterbrach ihn Cora.

»Er war fort. Ich habe drei Stunden gewartet. Länger ging beim besten Willen ...«

Coras Frustration entlud sich in einem lauten Fluch.

»Aber ich habe etwas gefunden. In seinem Mantelsack.« Er machte eine eindrucksvolle Pause. »Eine Medaille.«

»Ein Medaillon!«, verbesserte Cecilia.

»Nein, wie ich sagte: eine Medaille.«

»Und?«, fragte Cecilia, während sie mit einem Ohr nervös zur Kellertreppe horchte.

»Habt ihr schon einmal von den Bow-Street-Runners gehört?«

Sie starrten ihn an.

»Die Engländer haben in London eine Polizeitruppe ins

Leben gerufen. Männer, die durch die Straßen patrouillieren, anstatt auf der Wachstube zu sitzen und zu warten, dass Verbrechen angezeigt werden. Eine gute Idee, äußerst erfolgreich«, gab Rossi neidlos zu. »Diese Leute bringen ein Journal heraus, mit Steckbriefen, Polizeiberichten und Angaben über Belohnungen, um die Bevölkerung an der Aufklärung der Verbrechen zu beteiligen. Und es wirkt. Die Londoner Straßen sind spürbar sicherer geworden.«

»Das kann nicht sein, ich meine, dass mir ein englischer Sbirro folgt«, sagte Cecilia. »Es ergibt noch weniger Sinn als sonst irgendetwas. Ich bin nie in England gewesen.«

Etwas polterte unter ihren Füßen. Nicht Tante Liccia, das hätte sich gewaltiger anhören müssen. Vielleicht hatte sie die Flinte gefunden, und sie war ihr zu Boden gefallen.

»Ganz recht, es ergibt keinen Sinn«, sagte Rossi.

Cecilia stand auf und stieg die Kellertreppe hinab. An den Wänden des dumpfen Gelasses mit der Gewölbedecke hingen Töpfe und Pfannen. Im Kamin brannte das Herdfeuer, und auf den Backsteinen davor stand schmutziges Geschirr, das sie noch spülen wollte. Der Geruch des Gemüses vom Abendessen füllte die Luft. Die dicke Frau lehnte keuchend vor der Tür der Weinkammer.

»Lass das doch, Tante Liccia«, sagte Cecilia und nahm ihr das Fleischbeil ab, das sie mit dem Stiel voran in ihren Gürtel gesteckt hatte. Liccia fletschte verzweifelt die Zähne. Verdammtes Heiligenmalerpack! Ihr rollten die Tränen über das Gesicht.

»Was machst du nur. Denk nach, Tante Liccia! Du kannst doch nicht den Sohn prügeln, wenn du den Vater meinst. Ist das gerecht? Hätte Nicoletta gewollt, dass du ihren kleinen Enzo … Was war das?«

Oben an der Haustür hatte es gepocht.

»Der Apfel fällt nich weit vom Stamm«, schrie Liccia bo-

ckig. »Und ein Schwein scheißt keine Rosen.« Sie griff erstaunlich flink an Cecilia vorbei, um das Beil zurückzuerobern.

Es pochte erneut. Gleich darauf ertönte eine laute Stimme: »Öffnen! Sofort aufmachen.«

»Der Heiligenmaler war auch erst nett zu Nicoletta, bis … Wer redet denn da?«

Entgeistert starrten die beiden Frauen einander an. Über Liccias Kopf hingen gefädelte Trockenbohnen, die sich auf ihr Gesicht legten, als sie es ruckartig zur Treppe wandte.

»Jaja«, hörten sie Tante Cora über ihrem Kopf grummeln. »Ich komme schon. Einen Augenblick … jaja … Hier wohnt eine alte Frau, wenn es beliebt …«

Der Ankömmling, dessen Fußtritte sie über sich hörten, als er ins Zimmer trat, sprach höflich und leise, aber er tat es mit so scharfen Silben, dass sie im Keller jedes Wort verstanden. »Wir reden gar nicht drum herum, Signora. Wo haben Sie die beiden Verbrecher versteckt?«

Liccia schob die gefädelten Bohnen beiseite. In ihren alterstrüben Augen begann es zu flirren. Eine kurze Irritation – und mit einem Mal kehrte der Verstand in ihren Kopf zurück. Es war, als hätte er nur eben kurz zu einem anderen Fenster hinausgeschaut. »Sbirri!«, erkläre sie nüchtern.

»Baldassare.«

Liccia nickte, obwohl sie mit dem Namen nichts anfangen konnte. In ihrer Brust brodelte es von dem Schleim, den sie nicht abhusten konnte. »Pass auf, Mädel. Du musst rauf! Dahin, los, rasch …« Sie deutete mit der fetten Hand auf einen freien Platz zwischen den Weinregalen. Als Cecilia sie ratlos anstarrte, ging sie – federleicht und nahezu ohne ein Geräusch – die wenigen Schritte und drückte mit dem Handballen gegen eine Stelle neben dem Regal. Scharniere quietschen. Ein Spalt tat sich in der Wand auf.

»Es ist nicht nötig, dass es zu einem Unglück kommt«, hörten sie Baldassare mit derselben höflichen Stimme sagen, mit der er Cecilia vor Wochen aus dem Kerker geleitet hatte.

»Das will ich doch hoffen«, gab Tante Cora biestig zurück. »Ich weiß gar nich, was Sie hier wollen. Hier wohnen anständige Leute. Haben uns nie was zuschulden…«

Tante Liccia schob eine geheime Tür auf. Dahinter wurde eine Brettstiege aus dunklem Holz sichtbar. Sie war so steil wie eine Leiter, reichte aber nur über wenige Stufen. »Hol Dina, verschließ dabei alles, was du öffnest, und komm zurück. – Hast du keine Beine?« Die Stimme der alten Frau zitterte vor Panik.

Rasch erklomm Cecilia auf Zehenspitzen die Stufen. Die Stiege führte zu einer weiteren Tür, die sich wiederum zum Spielsalon öffnete. Noch war keine Seele zu sehen, die Karten harrten in Liccias Holzkiste mit dem bunten Harlekin ihrer Bestimmung. Für einen arglosen Betrachter wirkte das Zimmer wie … wie ein Spielsalon. Cecilia zog die Schuhe aus. War Baldassare allein gekommen oder durchschwärmten inzwischen Dutzende von Büttern das Haus?

Sie hörte, als sie durch die Flure eilte, erneut die Stimme des Offiziers, konnte dieses Mal aber nicht verstehen, was er sagte. Dina lag auf dem Bett und kratzte gerade mit dem Finger ein Loch in den Putz der Kammerwand, als Cecilia das Zimmer betrat. Cecilia riss sie auf die Füße, und das Kind folgte ihr, zu erschrocken, um Fragen zu stellen.

Es ging durch dieselben Winkel, Gänge und Treppen wieder abwärts. Jede Tür wurde sorgfältig geschlossen, bis sie zurück im Keller waren. Nicht in der Küche und auch nicht bei den Weinflaschen, sondern in einem geheimen Gelass hinter den Weinregalen, das die Tanten sich offenbar einge-

richtet hatten, um einer Razzia zu entgehen, sollte ihr Spielsalon unglückseligerweise auffliegen.

Der Raum war finster und eng, Cecilia presste Dinas Kopf gegen ihr Hemd.

Sie hörten über ihren Köpfen die schweren Tritte von Tante Liccia, die sich am Geländer die Treppe hinaufzog. »Was soll das? Was ist hier denn los?«, nölte sie mit ihrer feindseligen Altweiberstimme, die sie sonst für Rossi reserviert hatte. Baldassare bellte einen Befehl. Und plötzlich trampelten Stiefel durch das ganze Haus. Stimmen brüllten, Türen wurden auf- und zugeschlagen.

»Ich weiß, dass er hier ist. Ich habe den Burschen mit eigenen Augen durch diese Tür gehen sehen«, donnerte der Offizier. Die Treppenstufen vibrierten, als Tante Liccia etwas – vielleicht das Beil – die Stufen herabwarf. »Sein Vater war Pack!«, erklärte die alte Frau hilfsbereit.

Dina versuchte sich zu bewegen, aber Cecilia hielt sie fest an sich gedrückt. Eine Zeitlang war es ruhig.

»Nichts gefunden«, tönte schließlich eine heisere, tiefe Stimme – wohl die eines der Männer, die das Haus durchsucht hatten.

»Wo ist er hin?« Das war Baldassare – aufs höchste gereizt.

»Wer?«, piepste Cora.

»Bring mich nicht auf die Palme, du alte Hexe!«

Liccia gab ein kicherndes Geräusch von sich. Es klang … gemein. Es klang so niederträchtig, dass Cecilia ein Schauder über den Rücken lief und ihre Hände wie von selbst zu Dinas Ohren glitten. Ihr Herz klopfte stürmisch. »Du suchst Enzo Rossi, ja?«, hörte sie Liccias Stimme. »Woher soll unsereins wohl wissen, wo sich der feine Mensch rumtreibt? Aber ich würde denken, wenn er hier war, dann ist er wohl die hintere Stiege rauf und dann durch das Zimmer

am Ende des Ganges und durch das Fenster und über das Schuppendach. Das ist nämlich der einzige Weg raus, weil der Hof abgeschlossen ist. Und wenn du nicht schnell bist, Sbirro, wird er dir entwischen, und Teufel – das tät mir leid, auch wenn ich euch ranziges Rattenzeug nicht leiden kann.«

Offenbar glaubte Baldassare Tante Liccia, vielleicht weil er den Hass in den Rosinenaugen funkeln sah. Jedenfalls befahl er: »Zwei hinauf ins Zimmer und drei in die Gasse.«

»Liccia, Liccia«, brummelte Cora vorwurfsvoll. Eine Zeitlang hörte Cecilia nichts als das Rauschen des Blutes in ihren eigenen Ohren. Sie fühlte, wie Dina in ihren Armen steif wurde, und streichelte ihr Haar. Plötzlich ertönte Rossis Stimme. »Rüber, dorthin«, befahl er heiser.

Baldassare lachte unangenehm. »Ah, Giudice. Welch eine Freude. Und wie ... töricht, die Pistole auf einen Offizier des Granduca zu richten. Das wird sich nicht günstig auswirken.«

»Sei kein Idiot«, erwiderte Rossi kühl. »Ich trag das nicht zur Zierde.«

Cecilia schloss die Augen. So musste er auch mit Amidei, seinem alten Freund und Kollegen, gesprochen haben. Wohin glitt er ab, der Mann, der das Recht über alles liebte? Er benahm sich, als hätte er die Gosse, in der er geboren war, niemals verlassen. Diese Stunde würde ihm nachhängen, das wusste sie. Sie hätte weinen mögen, und das hatte nichts mehr mit ihrer brenzligen Lage zu tun.

Über ihnen bewegten sich Schritte.

»Es ist ein Fehler«, bemerkte Baldassare eisig. »Sie selbst könnten vielleicht entkommen. Aber die alten Frauen hier ... Sie haben Ihnen Unterschlupf gewährt. Auch das ist ein Verbrechen. Man wird sich mit den Damen unterhalten. Nicht nur ich. Die Sbirri vor Ort ... Sie verstehen ...«

»Die alten Frauen haben einem Neffen auf der Durchreise Gastfreundschaft gewährt, ohne zu wissen, dass er etwas auf dem Kerbholz hat.«

Baldassare lachte erheitert.

»Fahr in den sumpfigsten Schlund der Hölle«, knurrte Tante Liccia ihren Neffen an. »Und grüß deinen Vater von mir.«

Wieder trat Stille ein, als würden Argumente abgewogen. Dann langsame Schritte, die zu einer Stelle direkt über ihren Köpfen führte.

»Und nun?«, fragte Baldassare kühl.

»Meine Tanten wussten wirklich nicht, dass ich gesucht wurde. Wäre ich so dumm gewesen, ihnen das zu sagen? Sie können das nicht glauben. Aber natürlich will ich nicht …« Rossi verstummte kurz. »Mein Vorschlag: Sie lassen die beiden in Ruhe, Sie vergessen dieses Haus. Und ich lege die Waffe auf den Tisch. Ich lege sie hierhin. Niemand soll zu Schaden kommen … Gut so?«

»Wir fangen an, uns zu verstehen. Es bliebe nur noch die Frage, wo sich Signorina Barghini …«

»Sie ist nicht hier!«

»Nehmen Sie die Pistole«, befahl Baldassare, und jemand, wahrscheinlich einer seiner Männer, bewegte sich zu der Stelle, die sich über ihren Köpfen befand. Ein Stuhlbein scharrte, als er gegen das Möbel stieß.

»Sie ist feuerbereit, Luogotenente«, erklärte der Mann.

»Was auch sonst!« Rossis müde Stimme.

Dann hörten sie wieder Tante Liccia. »Der Heiligenmalermistkerl hat die beiden aus der Stadt gebracht. Schon heute früh. Sie warten im Wald auf ihn, bei der Kreuzung, wo früher der Galgen war und wo heute nichts mehr ist, nur die Straße. Und ein Bohnenfeld. Eine Reihe Zwiebeln, eine Reihe Bohnen. Macht die Ernte besser«, erklärte Liccia. »Im

Wald ist 'ne Hütte. War'n früher Wilddiebe drin, da sind sie untergekrochen.« Und dann: »Auch Pack. Eins wie das andere.«

»Vielleicht stimmt es. Wir haben jedenfalls niemanden gefunden«, meldete der Mann, der direkt über ihren Köpfen stand. »Und aus dem Fenster hätte eine Frau es nicht geschafft, nach meiner Meinung.«

»Das war nicht nett, Liccia«, sagte Rossi leise.

Cecilia stellte sich vor, dass seine Tante vor ihm ausspuckte. In jedem Fall musste der Glanz des Hasses in ihren Augen überzeugend sein, denn Baldassare befahl seinen Männern herauszufinden, wo sich das Galgenfeld befand. Dann hörten sie, wie Rossi abgeführt wurde.

14. KAPITEL

»Es ist meine Schuld«, flüsterte Dina, als Baldassare und seine Männer endlich das Haus verlassen hatten und sie die Tür zur Küche öffneten. Cecilia fand keine Zeit, darauf einzugehen, denn Tante Cora scheuchte sie über einen Weg, den der Heiligenmalermistkerl nicht gekannt und den die Soldaten nicht gefunden hatten und der durch einen Schuppen führte, in ein Nachbarhaus und von dort durch zwei weitere Häuser zu Olinda, die geizig wie die Sünde war, aber ein gutes Herz besaß, und als sich zehn Scudi mit einem Appell an ebendieses gute Herz verbanden, fand sie sich bereit, Dina und Cecilia für eine Nacht bei sich aufzunehmen. »Ich glaub nämlich nicht, dass dieser Baldassare sein Wort hält«, sagte Cora. »Der kommt wieder.«

Dina zitterte wie Espenlaub, als sie später auf dem Strohsack in Olindas Keller lagen und sich aneinanderklammerten, als wären sie am Ertrinken. »Sind Sie nun meine Mamma?«, fragte sie leise.

Den Geruch von Kartoffeln und Mäusekot in der Nase, starrte Cecilia in die Finsternis, während die winzigen Kellerbewohner um sie raschelten. Die Geräusche erinnerten sie an Marianna, ihre Gefährtin im Kerker von Florenz, und der Schritt von dort zu Rossis unglückseliger Lage war nicht weit. Aus, dachte sie. Aus und vorbei.

»Cecilia?«

Hatten sie Rossi zunächst hier in Prato eingesperrt? Dann war er nicht weit von ihnen. Jede Stadt besaß ihre eigenen Gefängnisse. Elende, feuchte Löcher mit eisernen

Fuß- und Handfesseln und mit Holzblöcken, in die man die Arme und Beine der Delinquenten klemmen konnte, wenn sie Scherereien machten oder auch ohne Grund. Suchte Baldassare immer noch die Hütte im Wald bei den Bohnen? Er würde fuchsteufelswild sein, wenn er entdeckte, dass es sie gar nicht gab. Wut bedeutete Schläge. Und manchmal Schlimmeres. Wen kümmerte schon das Folterverbot des Granduca, wenn ein Halunke sich weigerte, dringend benötigte Informationen weiterzugeben?

Cecilia korrigierte sich in Gedanken. Die Hütte musste wirklich existieren, denn Liccia war zu klug, um sich in eine ausweglose Lage zu manövrieren. Die Vögel waren eben ausgeflogen. Hatten Lunte gerochen. Bitte, lieber Gott, mach, dass sie Rossi und die Tanten in Ruhe lassen, betete sie still.

»Cecilia?« Ein Knuff.

»Was denn?«

»Tante Liccia sagt, dass Sie nun meine Mamma geworden sind.«

Tante Liccia hatte Rossi verraten. Nach dem wenigen, was Cecilia gehört hatte, stand offen, ob er entkommen wäre, wenn seine Tante den Mund gehalten hätte. Aber Liccia hatte ihn verraten *wollen*. Darauf kam es an. Was die alte Frau an Mut besaß, war ihr an Barmherzigkeit verlorengegangen.

Plötzlich hörte Cecilia ein Wimmern. Bestürzt drehte sie sich auf die Seite und zog das Mädchen an sich. »Himmel, weinst du, Dina? Was ist denn nur?«

Der magere Körper bebte in lautlosen Schluchzern. »Ich bin schuld. Ich hab den Mann zu uns gelockt.«

»Baldassare? Ach Dina … Vielleicht hast du es getan, wahrscheinlich aber nicht. Er war uns schon lange auf den Fersen.« Sie schob ihren Arm unter Dinas Schultern, so

dass sie das Mädchen wiegen konnte. »Und falls doch – wir machen alle Dummheiten. Wenn wir das vermeiden wollten, müssten wir ins Bett kriechen und dürften uns nicht mehr hinausrühren. Und das wäre auch wieder dumm. Und ... natürlich bin ich deine Mamma. Aber wenn ich nicht deine Mamma wäre, dann wärst du trotzdem mein Engel und mein Schatz und mein Mädchen. Das ist das Wichtigste. Wir gehören zusammen! Gleich, was geschieht. Kannst du dir das merken?«

»Sind Sie nicht böse?«

»Auf dich niemals.«

»Aber mein Vater ist mir böse.«

»Ist er nicht. Ich schwöre es dir. Er klingt manchmal so. Aber trotzdem hat er dich lieb.«

Dina schluchzte weiter, aber es klang nicht mehr ganz so verzweifelt, und kurz darauf schlief sie ein.

Tante Cora staffierte sie neu aus, mit Bauernkleidern und den breitrandigen Hüten, die die Bäuerinnen bei der Ernte trugen. Sie schminkte Cecilias Gesicht mit einer so dicken Paste, dass die Narbe völlig verschwand. Cecilias Gesichtszüge wirkten nun grob und hölzern, und sie musste sparsam mit ihrer Mimik sein, damit die Paste nicht abplatzte. Die Lippen wirkten infolge von blaurotem Rouge kränklich und verkniffen.

Niemand achtete auf die Frau, die sechs Tage später mit einem Karren voller Säcke die Stadt verließ. Niemand achtete auf den Knaben in zerrissenen Hosen, der ihr ein Stündchen später folgte. Der Zwerg der Tanten wartete mit einem Pferd auf sie. Und dann waren sie auch schon unterwegs.

Cecilia hatte ursprünglich vorgehabt, Rossis Freundin Fiamma aufzusuchen, so wie er es sich überlegt hatte, aber

nach den ersten Meilen beschlichen sie Zweifel. Die Schokoladenköchin hatte Rossi ins Herz geschlossen – wie sie es mit seiner Tochter halten mochte und ob sie überhaupt für irgendjemanden ein Risiko einzugehen bereit war, fand sie schwer abzuschätzen. Es war eine Sache, einem liebeskranken Betrunkenen ein Dach über den Kopf zu geben, und eine völlig andere, die Tochter eines Sträflings zu beherbergen. Nein, Cecilia fand es klüger, eigene Pläne zu schmieden. Und das tat sie auch.

»Hier?«, fragte Dina, als sie gegen Mittag des folgenden Tages Brunos Schuppen in den Sümpfen erreichten. Das Valdinievole-Tal war um diese Zeit ein Born des Lebens. Vogelkolonien nisteten in den Baumkronen und Gehölzen, Eidechsen huschten durch das Bodenlaub, und auch der Sumpf mit seinen Wasserblänken und dem trüben Kanal wimmelte von Leben. Als Cecilia vom Pferd sprang, sah sie dicht neben ihrem Fuß eine Schlange durchs Gras kriechen.

Dina rannte in das Gebäude. Sie schien ihren Kummer komplett vergessen zu haben und sprühte vor Abenteuerlust.

»Ja, hier«, sagte Cecilia leise und band die Zügel an die Zweige eines weißblühenden Busches. Sie wusste, dass es ihr nicht guttat, an Rossi zu denken, aber in ihrem Kopf erschienen immer wieder wie bei einer Laterna magica die Bilder von Zellen, Strafgeräten und brutalen Häftlingen und Kerkermeistern. Ihr tat der Magen weh, und es war unmöglich, die Bilder zu verscheuchen. Liebe, dachte sie, Liebe ist keine Rettung, sondern der Sprung in das Schwert des Henkers. Das war ein bisschen melodramatisch, aber nicht einmal von diesem Bild konnte sie loskommen.

Sie schnallte den Sattel ab und folgte Dina, die in einer der Hängematten tobte.

»Was tun wir nun?«, fragte das Mädchen.

»Wir besprechen die eine Sache, die du dir merken musst und die du niemals vergessen darfst und in der du gehorchen musst, komme, was wolle.«

Cecilia wartete nicht auf den nächsten Tag, sondern machte sich schon eine Stunde später auf den Weg. Etwas hetzte sie. Nicht etwas. Die Bilder der Laterna magica. Vielleicht hatte es bereits einen Prozess gegeben. Die Todesstrafe wurde nicht mehr vollstreckt, dem Himmel sei Dank. Andererseits: Konnte man ausschließen, dass der Granduca den Mann, der ihm wegen der Humanisierung des Strafvollzugs so oft in den Ohren gelegen hatte, dennoch als warnendes Beispiel an den Galgen hängen ließ – weil er sich übertölpelt fühlte? In seiner Eitelkeit gekränkt?

Möglicherweise hatten sie Rossi auch schnurstracks auf eine Galeere geschickt. Dann wäre er ebenfalls in wenigen Monaten tot. Sie glaubte nicht, dass sein magerer, vom vielen Sitzen verwöhnter Körper die Strapazen an den Rudern lange aushalten würde.

Halt, halt, dachte Cecilia, als sie ihr Pferd unterhalb von Buggiano in einem Dickicht festband. Wenn du so weitermachst, kommst du als Tränenbündel an. Sie biss auf ihre Lippe und holte den Sack vom Pferd.

Ihre Garderobe hatte sich arg reduziert. Sie trug wieder ihre rote Hose. Die behielt sie auch an, aber sie zog das Bauernkleid darüber. Und natürlich wieder den großen Hut. Unbehelligt kam sie durch das Tor in die Gassen von Buggiano, die fast alle von Mauern gesäumt waren und in ihr Fluchtinstinkte weckten. Als sie den Platz vor dem Justizgebäude erreichte, zögerte sie. Das Herz schlug ihr bis zum Hals. Sie schaute hinüber zur Kirche, vor der ein dicker Mönch eine Reihe Kübel mit Zitronenbäumchen goss. Er sprach mit jemandem, der sich im Innern der Kirche be-

fand. Noch konnte sie gehen. Noch hatte niemand sie erkannt. Mit einem schweren Seufzer fühlte Cecilia in die Falten ihres Rockes, wo verborgen in einer Tasche die Pistole steckte.

Dann betätigte sie den Klopfer von Giusdicente Luporis Haus.

Es war nicht Peppino, der öffnete, sondern eine ältere Frau mit einer Schürze, die offenbar gerade gebacken hatte, denn Schürze und Haube waren mit Mehl bestäubt.

»Ich wünsche die Signora zu sprechen.«

Der Blick, den die Köchin über Cecilias Kleider wandern ließ, war beleidigend. »Hör zu, Weib ...«

»Ich habe es eilig.«

»Die Signora nimmt ein Bad. Und empfängt auch nicht jeden!«

Die Köchin wollte die Tür wieder zuknallen, aber Cecilia hatte bereits ihren Fuß im Spalt. »Ich werde ihr Gesellschaft leisten.« Resolut schob sie die Frau beiseite und trat in den Flur. Sie wollte zum Boudoir eilen, aber als der entrüstete Blick der Dienerin zu einer Treppe flog, die in den Keller führte, änderte sie die Richtung. Rasch rannte sie die Stufen hinab. Dann führte sie der Geruch. Düfte, wie man sie sich in einem orientalischen Harem vorstellte. Cecilia hastete an der Küche vorbei, in der mehrere Brotteige nebeneinander auf einem Tisch lagen und des Ofens harrten. Noch eine Tür und noch eine. Dann blieb sie verblüfft stehen.

Silvia Lupori hatte das hinterste Kellergewölbe in eine Art Theaterkulisse verwandelt. Künstliche Palmen. Die lebensgroße Statue eines Negerknaben, der einen Palmwedel in den hölzernen Händen hielt. Ein riesiges Bett mit Baldachinen aus hauchdünnen Stoffen und Seidenkissen. Tischchen, auf denen exotische Fläschchen und Tiegel standen.

Und an den Wänden Bilder, die ... die man bestenfalls unanständig nennen konnte.

So unanständig wie die Frau, die mit einem enthemmten Lächeln in einer riesigen Wanne voller Rosenblätter lag und an ihren Brüsten rieb und sich dabei weder durch Peppino stören ließ, der stocksteif die Wand fixierte, noch durch die Besucherin. Auf dem Tischchen neben der Wanne stand wieder der grüne Glasbehälter. Silvia Lupori befand sich ganz offensichtlich im Rausch.

»Treten Sie näher, meine Liebe, und wenn Ihr puritanisches Gemüt es zulässt – leisten Sie mir Gesellschaft. Das Wasser ist noch warm. Peppino, willst du ihr nicht helfen ...«

Cecilia trat zur Wanne. Aus den Augenwinkeln sah sie, dass der arme Lakai sich nicht rührte. Sie setzte sich auf einen Hocker und schob mit dem Fuß Silvias Kleider beiseite, die diese, unachtsam oder als verführerische Pose, auf den Boden hatte gleiten lassen. »Ich möchte, dass Sie mir zuhören, Silvia.«

»Aber tue ich das nicht bereits? Sie dürfen nur nicht langweilig werden.«

»Es geht um das *Buch des Jüngsten Gerichts*.«

Die Badende warf ihr eine Kusshand zu.

»Sie haben das Buch aus dem Waisenhaus geholt, um es dem Giusdicente zu bringen. Das weiß ich von Assunta.«

»Sie *sind* langweilig!« Silvia tauchte im Wasser unter. Es dauerte ein Weilchen, ehe ihr Kopf prustend wieder zwischen den Rosenblättern erschien. Neckisch wackelte sie mit dem Zeh.

»Silvia, ich stecke in Schwierigkeiten. Das wissen Sie doch! Bitte, sagen Sie mir, wozu der Giusdicente das Buch brauchte.«

Silvia massierte wieder ihre Brustwarzen. »Wollen Sie wirklich nicht? Die Rosen duften herrlich, das Wasser ...«

Verdammtes Weib! Cecilia ergriff eines der Fläschchen auf dem Tisch neben der Wanne und warf es auf den Boden. Glas splitterte, der Geruch von Zimt und Nelken stieg in die Luft, so streng, dass es die Atemwege reizte. Cecilia sah aus den Augenwinkeln Peppino zusammenzucken. Silvia zuckte nicht. Sie neigte ein wenig den Kopf und betrachtete die Scherben auf dem Boden. Der heitere Gesichtsausdruck blieb, und sie stöhnte wohlig.

»Ich weiß, dass es um Benedetto geht!«, sagte Cecilia.

»Ah ja? Tatsächlich? Wer ist das? Oh, nein ... nein ... Vorsicht ...«

Cecilia hatte wieder zum Tischchen gegriffen. Erstaunlich behände kam Silvia ihr zuvor und riss das grüne Gefäß an sich. Sie verbarg es zwischen ihren Brüsten – ihr sicheres Versteck – und wirkte mit einem Mal viel wacher.

»Weshalb ließ sich der Giusdicente das Buch bringen?«, fragte Cecilia heiser.

»Ein Benedetto, ja?« Silvia wölbte die Brüste um das Fläschchen und wurde wieder ruhiger.

»Was wollte Ihr Gatte mit dem Buch?«

»Ach Liebste.« Die Stimme der Badenden klang nörgelnd. »Ich kann den Mann nicht leiden, im Ernst. Erlauben Sie, dass ich Ihnen die Geheimnisse meiner Ehe beichte? Der Giusdicente ...«

»Signora – es sterben Kinder.«

»Tatsächlich?«

Cecilia bezwang ihre aufsteigende Wut. »Um aller Barmherzigen willen, Silvia – dieser Benedetto lebt, aber andere Menschen kamen grausam ums Leben. Der Junge ...«

»Der Giusdicente interessiert sich für ein Kind? Wollen Sie *das* sagen?« Silvia runzelte die Stirn und stülpte plötzlich erheitert die Lippen vor. »Benedetto – ist das nicht der Bursche, der bei Stella Farini Unterschlupf gefunden hat?

Das … das finde ich spaßig. Wahrhaftig …« Sie lachte auf, als hätte sie die Pointe eines Witzes begriffen. Mit neuem Amüsement rekelte sie sich im Wasser. Die Rosenblätter, die sie bisher bedeckt hatten, trieben auseinander und ließen einen knochigen, fast skelettartigen Körper sichtbar werden, der unter dem Gelächter zuckte. Geschwüre bedeckten die linke Seite des Bauches.

»Ich habe mich schon gewundert, warum ausgerechnet Stella, die Süße, sich um Waisenbälger kümmert. Ich sollte wieder ein wenig aufmerksamer werden, wahrhaftig. Mir entgeht so viel. Darf ich Ihnen dennoch etwas über meine Ehe anvertrauen, Cecilia? Es wird Sie interessieren, seien Sie gewiss. Peppino, nimm mein Elixier in deine Obhut.« Sie nickte gebieterisch und drückte ihrem verlegenen Lakaien das grüne Behältnis in die Hände. »Signor Lupori und ich sind einander wenig zugetan.«

Das erste Wort, das dich ein bisschen liebenswert macht, dachte Cecilia.

»Mein kluger Papà, der mich herzlich liebt, war gegen diese Verbindung, und ich fürchte, dass ich sie nur aus diesem Grunde eingegangen bin.«

Das konnte man sich vorstellen!

»Signor Lupori war aufmerksam und stürmisch.«

Das wiederum konnte Cecilia sich gar nicht vorstellen.

»Tatsächlich sind wir heimlich durchgebrannt. Aber Signor Lupori wurde, wie ich erfahren musste, nicht vom Feuer der Liebe getrieben, sondern von dem des Ehrgeizes. Und ich gebe zu, ich war verstimmt, als er so nachdrücklich forderte, dass ich mich mit meinem Papà wieder versöhne. Er ist ihm um den Bart gegangen …« Abscheu lag auf Silvias Gesicht. Ihre Hände hatten aufgehört, sich zu bewegen. »Ich gehe niemandem um den Bart.«

»Silvia …«

»Nun leben wir mit einem Vertrag, der niemals niedergeschrieben wurde, aber penibler eingehalten wird als alles, was ein Notar aufsetzen könnte. Und da Signor Lupori Signor Lupori ist, kann ich mich darauf verlassen, dass er sich an seine Bedingungen hält, solange ich meinen Teil erfülle.« Silvia streckte ihren Arm aus. Über ihrem Kopf hing eine grüne dicke Kordel. Sie zog daran, und irgendwo in einem entfernten Teil des Hauses bimmelte es. »Meinen Teil des Vertrages erfülle ich durch mein Wohlverhalten, was bedeutet, dass ich nichts unternehme, was der Laufbahn des Giusdicente schaden könnte.«

Cecilia schaute zu Peppino, der gab den Blick zurück. In seinen Augen stand Kümmernis.

»Sein Teil wiederum besteht darin – Sie werden es bereits ahnen –, dass er mir das Elixier verschafft. Die Freuden des Leibes und der Seele, die sein krüppeliger Körper mir leider nicht mehr spenden kann. Zu seiner Ehrenrettung sollte ich erwähnen – es war besser mit ihm, bevor er erkrankte. Tatsächlich war er ...«

Cecilia stand auf.

»Ich bringe Ihnen Zuneigung entgegen, liebste Freundin, ganz im Ernst, Sie werden mich für verrückt halten, aber diese Narbe ... Sie macht Sie zu etwas Besonderem, und das ist anziehend für einen Menschen, der in Langeweile ertrinkt. Sie müssen nur verstehen, dass mein Elixier ... das Leben ohne das Elixier ... Nicht einmal für Ihre Narbe ... Ich sage das jetzt ganz nüchtern ...«

Schritte humpelten über eine Treppe. Sie hörten Luporis Stimme, die verdrossen nach der Köchin rief ...

»Ich fürchte, Sie haben mir den Abend verdorben, Liebste.«

Cecilia kramte ihre Pistole aus den Falten ihres Rocks und richtete sie zuerst auf Silvia und dann, als sie das erwar-

tungsvolle Aufflackern in den trüben Augen sah, auf Peppino. Sie erhob sich und ging auf den Diener zu. Mit einem nervösen Lidzucken musterte Faustas hübscher, tumber Verwandter die Waffe. Cecilia spannte den Hahn. Sie hörte, wie Lupori in den Fernen seines Hauses ein Wutschrei entfuhr.

»Erschießen Sie Peppino?«, wollte Silvia wissen.

»Geh dort an die Wand«, sagte Cecilia leise. Der junge Mann gehorchte.

Lupori musste einen schlimmen Tag haben, was seine Krankheit anging. Seine Schritte hörten sich an, als mühte sich ein Einbeiniger die Stufen hinab.

»Erschießen Sie ihn?«, bohrte Silvia und kicherte.

Nun hatte er den Keller erreicht. Von der Köchin war nichts zu sehen und nichts zu hören. Schlurfend kam der Giusdicente näher.

»Achte auf mein Fläschchen, mein süßer Pudel«, befahl Silvia dem Peppino. Ihre Hände kneteten wieder die Brust.

Lupori trat ein. Er wollte seine Frau anfahren, aber dann bemerkte er im Augenwinkel die Waffe. Cecilia sah, wie er erstarrte. Als er den Kopf hob und sie erkannte, wurden seine Züge eisig.

Frag ihn, dachte sie, während sie von einer Welle aus Wut und Angst überflutet wurde. *Er steht vor dir. Frag ihn. Deshalb bist du hier.* Sie schaute in die Augen, die sie bösartig – und zugleich irritiert wegen der Schmerzen – durchbohrten. *Das ist ein Raubtier, das zubeißen will und wird!* Sie spürte, wie das Metall der Waffe in ihren schweißnassen Händen glitschig wurde. »Was haben Sie mit dem ermordeten Waisenkind zu tun, Giusdicente?«, stieß sie hervor.

Luporis Blick flog zu seiner nackten Gattin und dann zurück zum Pistolenlauf. Seine schmalen Lippen bebten vor Wut.

Du hältst die Pistole in den Händen. Schieß ihn ins Bein. Quäle ihn, bis er redet. Er hat das verdient. Er hat dich ins Gefängnis schaffen und Rosina ermorden lassen. »Und was wollten Sie mit dem Buch?« Die Frage klang hölzern und eingeschüchtert. »Ich werde schießen«, fügte Cecilia lauter hinzu.

Lupori schüttelte den Kopf. »Das bezweifele ich, Signorina Barghini. Es wäre besser …«

»Ich tu's – verlassen Sie sich darauf.«

Sie sah seine Unsicherheit, was jemandem wie ihr – einer Frau, die er ins Unglück gestürzt hatte – zuzutrauen war. Und doch war sie nur eine Frau. Er rief sich das offenbar ins Gedächtnis zurück, und sie las die Erleichterung in seinem Gesicht. »Was für ein Waisenkind? Was meinen Sie?«

»Sie spricht die ganze Zeit von ihm«, strahlte Silvia ihren Mann an. »Sicher, dass du den Jungen nicht kennst, mein Liebster? Sie scheint so … überzeugt davon zu sein.«

»Wenn Sie auf das, was meine Frau in dieser Verfassung sagt, etwas geben, dann sind Sie noch närrischer, als ich dachte, Signorina Barghini. Los – die Waffe.«

Cecilia streckte den Arm, so wie Rossi es ihr beigebracht hatte, und zielte mit der Mündung auf die Brust in der geblümten Weste. Lupori zögerte und fixierte die Waffe. Seine Kiefermuskeln begann zu mahlen.

Nun hast du also doch Angst, Mistkerl? Recht so! Du hast mit deiner Lüge mein Leben zerstört. Und wenn das alles war? Wenn er mit Benedetto und Assunta und dem Feuer tatsächlich nichts zu tun hatte? Wenn er doch nur ein schäbiger Lügner war, der ihr Assuntas Betrug unterschieben wollte? Aber Silvia hatte Stella erwähnt. Und jedes ihrer Worte hatte den Eindruck vermittelt, dass Lupori …

Cecilia starrte auf die beiden Menschen, die einander hassten, und ihr wurde plötzlich klar, dass Silvia alles sagen

würde, was ihren Gatten schlecht aussehen ließ. Und dass Luporis Ehrgeiz niemals ein Geständnis erlaubte, das seiner Laufbahn schaden könnte – gleich, ob er etwas verbarg oder nicht. Und dass sie selbst nicht auf ihn schießen konnte.

»Hinter die Wanne«, sagte sie mit einer Stimme, die brüchig war vor Zorn und Frustration.

Lupori gehorchte.

»Du wirst mich begleiten«, sagte sie zu Peppino.

Der junge Mann schaute fragend auf seinen Herrn. Als der sich nicht rührte, ging er rückwärts in den Flur. Cecilia folgte ihm und befahl ihm, von außen abzusperren.

Wieder gehorchte er. »Der Hahn – Sie haben ihn nicht richtig durchgezogen«, sagte er leise. Es war eine Finte. Nein, es war keine Finte. Cecilia schaute auf den Hebel und spannte ihn nach. Dann ließ sie die Waffe sinken.

Nervös nestelte Peppino an seinem Gürtel und zog einen weiteren Schlüssel heraus. Er eilte ihr in die Küche voran und öffnete eine Tür, die von dort in einen Gemüsegarten führte. »Bei den Obstbäumen ist ein Durchgang. Folgen Sie dem Pfad. Er ist steil, aber er bringt Sie geradewegs aus der Stadt.« Er zuckte bedauernd die Achseln. »Ich muss die Tür zum Bad leider bald wieder öffnen.« Nach einem Moment des Zögerns bat er: »Wenn Sie doch einmal schießen könnten?«

Cecilia tat ihm den Gefallen. Der Brotteig, auf den sie zielte, flog auseinander, die Fladen benetzen Boden und Wände.

Peppino begann zu kreischen.

Ausgelaugt und niedergeschlagen kehrte Cecilia in den Sumpfwald zurück. Ihr war klar, dass sie gerade ihre beste Chance vertan hatte, herauszubekommen, was es mit den

Morden und dem Buch auf sich hatte. Sie verfluchte sich selbst und ihre Schwäche. Rossi hätte geschossen. Er hätte die nötige Härte besessen, die Wahrheit aus dem parfümierten Lügenbold herauszuprügeln. Wütend trat sie gegen einen Baumstamm. Warum konnte sie nicht wie ein Mann sein? Wenn sie geschossen hätte … ein Beugen des Fingers … Dieser Schlappschwanz hätte geredet, seine grässliche Ehefrau applaudiert … Und nun? Alles, was sie mit ihrem Handstreich erreicht hatte, war, dass Lupori wusste, dass sie sich wieder in seiner Nähe befand. Verdammt! Diese Schwäche … verdammt … verdammt …

Bevor sie in Brunos Lagerhalle zurückkehrte, wusch sie sich an einem Bach die Augen aus.

Dina war erfolgreicher gewesen als sie selbst. Sie hatte Fische gefangen, die sie ihr stolz präsentierte. Cecilia lobte sie, dann ließ sie sich auf den Boden sinken und schaute zu, wie ihre Tochter singend die Fische ausnahm und sie in Brunos Blechtopf kochte.

Als die Sonne unterging, entzündete Cecilia eine Lampe, die Bruno vorsorglich in sein Versteck gebracht hatte. In ihrem Schein schlangen sie heißhungrig ihre Abendmahlzeit hinunter, und danach setzten sie sich vor der Halle ins Gras. Er roch nach Sommernacht, und in einem der Büsche leuchteten Glühwürmchen.

»Du erinnerst dich, was du tun musst, wenn ich nicht wiederkomme?«, fragte sie das Mädchen.

Dina nickte.

»Ich muss mich darauf verlassen können, dass du gehorchst.«

»Mach ich«, sagte Dina. Sie genoss es sichtlich, wie eine Erwachsene behandelt zu werden. »Die Glühwürmchen tanzen«, sagte sie.

»Ja, es ist schön.« Eine Zeitlang schwiegen sie und horch-

ten in die Dunkelheit hinaus. Ein Fuchs bellte in der Ferne, und über ihnen, in einer dichtbelaubten Baumkrone, sang eine Nachtigall. Dina lehnte sich an Cecilias Schulter.

»Hör mir zu, mein Schatz«, flüsterte Cecilia in ihr Haar. »Es gibt einen Jungen, von dem ich glaube, dass er sich in Gefahr befindet.«

»Ein Kind?«

»Ja.«

»Helfen wir ihm?«, fragte Dina eifrig.

»Ich weiß nicht, ob wir das können. Ich weiß gar nicht, was wir tun werden. Vielleicht sollten wir fortgehen ...« *Und Rossi aufgeben und Benedetto ebenfalls und irgendwo davon leben, dass wir Fische fangen, und vergessen, wer wir bis jetzt gewesen sind.* Cecilia biss auf ihren Fingerknöchel, bevor sie weitersprach. »Wir sitzen in einem Netz fest, Dina, so wie die Fische, die du in deinem Käscher gefangen hast. Dieser Junge – er heißt Benedetto und kommt aus dem Waisenhaus von Montecatini – könnte der Knoten sein, der das Netz zusammenhält. Wenn wir ihm helfen, helfen wir vielleicht auch uns selbst.«

»Wenn Sie bei mir sind, trau ich mich alles«, raunte Dina mit einem Strahlen in der Stimme.

»Gut«, sagte Cecilia.

Sie lag noch lange wach.

Es musste bereits weit nach Mitternacht sein – sie starrte immer noch mit übermüdeten Augen in die Dunkelheit –, als sich in die Nachtgeräusche ein ungewöhnliches Geraschel mischte. Sofort war sie wieder hellwach. Nervös horchte sie. War dort draußen jemand? Strich dieser Jemand an der Hüttenwand entlang? Sie huschte aus der Hängematte, nahm die Pistole vom Boden auf und richtete sie auf die einzige Tür.

Beinahe hätte sie Zaccaria Lanzoni erschossen.

»Skid! Was denken Sie, was ich mache, wenn ein Fremder hier hereinschleicht?«, schimpfte sie. Sie versuchte es leise zu tun, aber Dina war bereits erwacht und stürmte zu ihnen. Das Mädchen sprang dem Riesen in die Arme, während Cecilia mit der Pistole ins Freie ging und herauszufinden suchte, warum der verfluchte Hahn sich schon wieder nicht hatte spannen lassen. Irgendetwas klemmte daran.

Zaccaria war ihr mit Dina im Schlepptau gefolgt. »Geben Sie mal her«, brummelte er mit einer Stimme, in die er alle Sanftheit legte, deren er fähig war, und nahm ihr die Waffe ab. »Es ist nur so – Tommaso, das ist ein Alter, der hier heimlich Holz holt – Tommaso hat die Kleine entdeckt und mir Bescheid gegeben. Und da hab ich mir eins und eins zusammengerechnet ...«

Eins und eins, ja?, dachte Cecilia. Ihre Beine waren puddingweich vor Angst. Sie mochte sich gar nicht vorstellen, was geschehen wäre, wenn Tommaso Lupori statt Zaccaria verständigt hätte.

»Fausta wollte Sie sofort zu uns holen, aber ich hab gesagt ...«

»Auf gar keinen Fall. Niemand wird mehr in Gefahr gebracht!«

»Die Pistole muss geölt werden. Sie ist angerostet. Einmal damit im Regen gewesen?«, fragte Zaccaria und gab ihr die Waffe zurück. »Luporis Lumpenpack kommt immer noch so regelmäßig auf meinen Hof wie die Scheiße aus dem Schweinehintern. Ich weiß nicht, ob die Kerle dazu einen Befehl haben oder ob es ihnen einfach Spaß macht, alles zu verwüsten ...«

»Das tut mir leid, Zaccaria.«

»Ist ja nicht Ihre Schuld. Aber deshalb traue ich mich

nicht, Sie bei uns zu verstecken. Na ja, wenigstens hab ich Essen und Decken gebracht.« Er räusperte sich verlegen. »Und ... tja, wegen Enzo ...«

»Was ist mit ihm?«, fragte Cecilia und stand plötzlich ganz still.

»Ich rede nicht drumrum. Habe es von Secci gehört, und der hat es von einem Bankier, mit dem er Geschäfte macht, in Florenz, und der ...«

»Ist er tot?«

»Nein, nein, Signora.« Zaccaria klopfte ihr beruhigend auf den Rücken. »Der Giudice sitzt wieder im Stinche.«

»In einer Einzelzelle?«

»Ja.«

»Das ist gut.« Dann lief er zumindest nicht Gefahr, von seinen Zellengenossen, die verständlicherweise nicht viel Zuneigung für einen ehemaligen Richter aufbrachten, totgeprügelt zu werden.

»Der Granduca hat ihn vor sich befohlen.«

»Das ist *nicht* gut.«

»Sie haben sich sehr manierlich unterhalten. Enzo weiß, dass er sich nichts mehr erlauben kann. Er hat sich zusammengerissen.«

»Ist Seccis Bankier dabei gewesen?«, fragte Cecilia bissig.

»Nein, ich sag doch – der Bankier hat es von seinem Bruder, der im Dienst ...«

»Jaja. Und? Wird ihm der Prozess gemacht?«

»Der Granduca verlangt von ihm, dass er sagen soll, wo sich die Kinds... also sein Eheweib verborgen hält, und dann sollen beide auf die Gnade des Granduca vertrauen. Und da steckt die Karre im Dreck.« Zaccaria nahm einen Sack auf, den er neben der Tür abgestellt hatte, bevor er in die Halle gekommen war. Er trug ihn zu den Hängematten und kam wieder ins Freie. »Wenn der Geduldsfaden vom

Granduca reißt, kommt Enzo auf die Galeere – da muss man sich nichts vormachen.«

»Würden Sie ihm eine Botschaft zukommen lassen, Zaccaria? Es wäre vielleicht möglich, das durch Signor di Vita zu tun – ein Freund von Rossi, der in einem Dorf vor Florenz wohnt. Er hat mich in meinem Prozess verteidigt und hängt an meinem Mann. Gehen Sie zu ihm. Oder bitten Sie Secci, es zu tun. Richten Sie ihm aus …«

Cecilia erklärte dem Bauern Wort für Wort, was Rossi erfahren sollte. Alles, was sie selbst wusste: von ihrem Besuch bei Lupori und seiner Frau, von Silvias merkwürdiger Bemerkung über Stella und Benedetto. Es war wenig genug. Sie wiederholte es mehrere Male, bis sie sicher war, dass Zaccaria alles verstanden hatte. Dann bat sie ihn, das Pferd zu verkaufen. »Es ist zu auffällig, verstehen Sie? Stellen Sie ein anderes dafür in Ihren Stall – falls ich wieder eines brauche. Könnten Sie das tun?«

Zaccaria band das Tier los. »Böse Geschichte«, sagte er, als er sich verabschiedete, und dann, während das Mondlicht einen wachsgelben Fleck auf sein bärtiges Gesicht malte, ein wenig verlegen: »Soll ich dem Giudice auch noch einen Gruß der Liebe bestellen?«

Cecilia schüttelte den Kopf.

»Du weißt, was du tun musst, wenn ich nicht wiederkomme?«

Dina nickte, ein bisschen gekränkt, weil Cecilia schon wieder danach fragte.

»Ich bin zurück, wenn die Sonne am höchsten steht.«

»Ja. Was wollen Sie denn machen, Mamma?« Das Mädchen sagte gern *Mamma*. Jeder zweite Satz enthielt inzwischen das Kosewort.

»Ich hole den Jungen.«

Dinas Augen leuchteten auf.

»Er ist noch klein«, dämpfte Cecilia ihre Freude. »Vielleicht werde ich auch seinen Freund mitbringen.«

»Ich beschütze alle beide«, versicherte Dina. »Und wenn sie kommen, gibt es wieder Fische.«

Es war ein diesiger Morgen. Noch viel zu früh im Jahr für Nebel, fand Cecilia, während sie durch den Sumpf eilte, vorbei an Tümpeln und Blänken, auf denen die Nebelstreifen wie vergessene Feenschleier lagen. Sie fragte sich, was sie tun würde, wenn sie auch im Winter noch auf der Flucht wäre. Rasch verscheuchte sie den Gedanken. Im Moment galt es, jeden einzelnen Tag zu überleben. Diesen hier wieder in Hosen, denn sie hatte festgestellt, dass es nicht nur mühsam war, in Kleidern um sein Leben zu rennen, sondern lebensgefährlich. Wahrscheinlich würde ihr Aufzug der abenteuerlustigen Stella sogar gefallen.

Stella.

Cecilia dachte an das gelbe Holzpferd. Und dann an das Bett, in dem die Jungen neben ihrer Gastgeberin schliefen. Welche Dame ließ fremde Kinder – Waisenkinder! – unter ihre Decke kriechen, schlief praktisch Haut an Haut mit ihnen? Das war befremdlich. Und warum fand Silvia den Gedanken so erheiternd, dass die Jungen gerade bei Stella gelandet waren? Wenn Silvia sich über etwas amüsierte, konnte man beinahe sicher sein, dass es sich um etwas Anstößiges handelte.

Cecilia wehrte sich gegen den bösen Verdacht, dass Stella etwas anderes als eine großherzige Frau sein könnte. Sie war ein wenig kindlich geartet, aber man sah doch, wie sie an den Jungen hing. Sie würde den beiden niemals etwas Böses antun.

Und trotzdem musste Cecilia ihr die Kinder fortnehmen, denn der Giusdicente hatte seine Frau zweifellos wegen Be-

nedetto ausgefragt und von Cecilias Interesse an dem Waisenjungen erfahren, und selbst wenn es nicht die kleinste Verbindung zwischen ihm und dem Jungen gab, würde er ihm nun seine Aufmerksamkeit widmen.

Ich habe alles noch schlimmer gemacht, dachte Cecilia niedergeschlagen. Sie hatte die Straße erreicht, die den Rand des Sumpfes markierte. Ich hole ihn zu mir, sagte sie zu sich. Das schulde ich ihm. Stella wird es verstehen, wenn ich es ihr erkläre. Und wenn sie es nicht versteht, dann hole ich ihn trotzdem. Sie dachte an die meergrünen Augen.

Wurde sie wirklich langsam verrückt?

Als sie das Wäldchen nördlich von Montecatini Terme erreichte, stellte sie fest, dass sie verfolgt wurde.

Sie entdeckte den Mann nur, weil Padre Ambrogio Holz stahl. Der kleine Pfad, den sie benutzte, befand sich hinter Signora Simoncinis Olivenhain. Ein lichtgesprenkelter Weg, der sich jeder Senke anpasste und von Baumwurzeln durchzogen war. Cecilia hatte gerade die sonnige Stelle entdeckt, in der er auf die Hänge zwischen dem alten Montecatini und Montecatini Terme mündete, als sie einen Hund bellen hörte. Sie mochte keine Hunde. Schon gar nicht, wenn sie frei herumliefen. Unsicher blieb sie stehen und drehte sich um.

Zunächst erblickte sie Padre Ambrogio, der auf den Pfad getreten war und bei ihrem Anblick erschrocken einen Stapel dürres Holz fallen ließ, dann den Schwanz des Hundes, der wie wild in einem Wacholderstrauch tobte – und schließlich den Mann, den das Tier dort aufgescheucht hatte. Er brach durch die Büsche und bückte sich nach einem Ast, um das wütende Tier abzuwehren.

Cecilias Blicke sogen sich an der karierten Jacke fest, die sich über seinen Rücken spannte. Flicken an den Ellbogen

und ein großer gestopfter Winkel, wo der Stoff irgendwann einmal eingerissen war. Kunterbunte Farben. Aus Teppichstücken zusammengenäht? Ein sonderbares Gefühl ergriff sie, der Eindruck, sich plötzlich in einen Traum verirrt zu haben. Irreal. Mehr befremdlich als furchterregend. Der Mann mit der karierten Jacke verfolgte sie also. Jetzt war es bewiesen. Ihr wurde flau im Magen, als ihr aufging, dass dort womöglich das Ungeheuer stand, das in ihre Wohnung eingedrungen war. Der Mann, der Rosina umgebracht … der sie selbst berührt …

Hitze stieg an ihrer Wirbelsäule empor.

Und schon war der Kerl wieder verschwunden.

Der Hund wedelte stolz mit dem Schwanz und sprang in wilden Sätzen zu Padre Ambrogio, der bestürzt auf das Holz zu seinen Füßen blickte. Als der Padre ihn nicht lobte, drehte er sich wie ein Irrwisch um sich selbst und schenkte dann der fremden Frau seine Aufmerksamkeit, indem er ihre Hosenbeine hinaufschnüffelte.

»Lass das … Pfui, fort da … Also …«, begann der Geistliche verlegen, während er jeden Blick zum Holzhäuflein vermied, »mein Junge, du darfst nicht glauben, dass ich etwa …«

»Padre Ambrogio …«

»Es ist vielmehr so …«

»Können Sie den Hund zurückrufen?«

Der Geistliche nickte, und als Cecilia den Hut abnahm, der ihr Gesicht verbarg, nickte er noch einmal, bekümmert, als wäre mit ihrer Demaskierung ein weiterer Makel auf sein sündenvolles Leben gefallen. »Signorina Barghini. Ich weiß nicht, was ich sagen soll. Ich habe gesündigt.«

Cecilia merkte, wie ihre Knie plötzlich weich wurden. Der Kerl mit der Jacke war fort. Davon konnte man wohl ausgehen, denn der Hund konzentrierte sich inzwi-

schen darauf, ein Eichhörnchen durchs Laub zu jagen. Sie zitterte trotzdem am ganzen Körper. »Haben Sie ihn gesehen, Padre?«

»Wen?«

»Den Mann, den der Hund verbellt hat?«

»Er hat einen Mann verbellt?«

Ja, und zwar den, der bei Ihnen eingebrochen ist, und ich wünschte, Sie hätten ihn ebenfalls gesehen und würden mir das bestätigen, dachte Cecilia. Immer noch zittrig blickte sie auf den schuldbewussten Geistlichen. Sie konnte nicht allein weitergehen. Das war unmöglich. Nicht jetzt, mit dem Karierten im Nacken. Wer konnte wissen, ob er ihr nicht von irgendwoher nachstierte.

»Mir ist nicht wohl, Padre. Würden Sie mich mit in ihre Wohnung nehmen?«

»Heiliger Giovanni, steh mir bei!«, rief der heilige Mann entgeistert. Sein temperamentvolles Hundeungetüm hob den schwarzen Kopf und bellte.

Es dauerte ein Weilchen, ehe Cecilia sich von ihrem Schreck erholt hatte. Noch immer saß ihr der Schock darüber, dass der Karierte ihr folgte, in den Knochen. Der Padre bot ihr Wein an, und sie trank und versuchte, ihres Zitterns Herr zu werden. Aber nun musste sie einen Entschluss fassen.

Es war nicht ganz einfach, den Geistlichen dazu zu bewegen, zu Bruno zu gehen. Zum einen schockierte ihn die Vorstellung, dass die Signorina in seiner Wohnung zurückbleiben wollte, in der die Wollstrümpfe zum Trocknen am Küchenfenster hingen und die doch ein Hort der Wohlanständigkeit sein sollte. Zum anderen verstand er nicht, warum der Sbirro bei Signora Farini wohnte. Er befürchtete, in weitere Sünden verwickelt zu werden. Dann ging er aber doch. Den Hund ließ er auf Cecilias Bitte zurück, obwohl er

nicht den Eindruck hatte, dass die beiden einander gut verstanden.

Cecilia legte sich auf sein Bett, das aus einer kümmerlichen Lage Stroh auf einer ebenso kümmerlichen Bretterkonstruktion bestand, deckte sich mit der löchrigen, aber sauberen Decke zu, probierte den Hahn ihrer Pistole aus – der sich dieses Mal anstandslos bewegen ließ – und holte den Schlaf nach, der ihr fehlte. Der Hund lag vor dem Fenster und döste. Sie war sicher, dass er sie wecken würde, wenn Gefahr drohte.

Es vergingen Stunden, ehe der Padre mit Bruno zurückkehrte und sie weckte. Sie gingen gemeinsam in die Küche, wo Ambrogio ihnen, nachdem er die Strümpfe von der Leine genommen hatte, in einer Pfanne ein Mahl aus Zwiebeln und Möhren zubereitete. Zum Heizen musste er die letzten dürren Zweige zusammenklauben, die in dem Korb neben der Kochstelle lagen.

»Ein seltsames Ding, diese Signora Stella«, berichtete Bruno, während die Zwiebeln schmorten. »Schüchtern. Vielleicht 'n bisschen blöd – das weiß ich nicht. Ich kenn jedenfalls keinen erwachsenen Menschen, der mit Kindern auf 'm Steckenpferd reitet. Die Jungs finden es auch komisch. Aber sie freuen sich.«

»Der Herr liebt all seine Kreaturen«, warf Padre Ambrogio vom Herd her ein.

»Schläft sie tatsächlich mit ihnen in einem Bett?«, wollte Cecilia wissen.

»Das kann ich nicht wissen, Signora, weil ich ja nachts nicht da drin bin. Aber ...« Er kratzte sich den voluminösen Schädel.

»Raus mit der Sprache.«

»Signor Natalini – das ist der Kolonialhänd...«

»Ich weiß, wer Signor Natalini ist.«

Padre Ambrogio glitt einer seiner Holzlöffel aus den Händen. Er nickte ihnen entschuldigend zu und wischte den Löffel an seiner Kutte sauber. Der Hund lag unter dem Fenster und schlief.

»Er sagt, sie kauft ein«, erklärte Bruno mit Grabesstimme.

»Bitte?«

»Für die Kinder. Hemden und Hüte und Samthosen, als wenn es Prinzen sind, sag ich mal. Und ... Spielzeug. *Spielzeug*, Signora. Ihre Wohnung ist voller Spielzeug. Verstehen Sie?« Er tippte mit dem Zeigefinger an die Stirn, für den Fall, dass Cecilia noch Zweifel an seiner Meinung über Stella Farini hegte.

»Geht sie manchmal mit den Kindern aus?«

»Selten. Eigentlich nie. Sie hat Angst, Signora. Sie ist im Haus oder im Garten, wo sie mit den Jungen einen indischen Dschungel pflanzt, für den sie bei Signor Natalini Holztiger und Schlangen gekauft hat. Aber sie achtet immer darauf, dass ich in ihrer Nähe bin. Sie lässt Essen aus einer Garküche kommen ...«

»Sind Sie manchmal auch im Haus?«

»Nur wenn sie mich extra reinbittet«, erklärte Bruno. »Es schickt sich nicht.«

Ambrogio brummte Zustimmung.

»Das ist ein Jammer. Ich wüsste gern, was sich in ihren Schubladen verbirgt. Bruno?«

»Ja?«

»Ich kämpfe mit mir. Eigentlich wollte ich die Jungen heute zu mir holen. Und nun befürchte ich, dass sie bei mir in viel größerer Gefahr schweben könnten als bei Signora Farini.« Sie erzählte ihm von dem Mann mit der karierten Jacke.

Bruno gab ein besorgtes Geräusch von sich.

»Wie hat er mich gefunden?«

»Tja ...«

»Natürlich wissen wir nicht, ob dieser Mensch überhaupt ein Interesse an den Kindern hat. Eigentlich wissen wir gar nichts.«

»Das ist richtig, Signora. Mir schwirrt der Kopf.«

»Gewiss ist aber, dass er mich sucht.« Mit einem Mal kroch es Cecilia eisig den Rücken hoch. »Und wenn er mich schon beim Schuppen gesehen hat? Wenn er mein Versteck im Sumpf kennt? Wenn er mir von dort aus gefolgt ist? Irgendwo muss er doch meine Fährte aufgenommen haben.«

»Klar.«

»Dann weiß er, wo sich Dina befindet.«

Der Padre stellte die Pfanne auf den Tisch. Er zuckte zusammen, als Cecilia aufsprang und ihr Schemel nach hinten kippte. »Wie konnte ich das ... Ich hätte daran denken müssen. Kommen Sie, Bruno. Kommen Sie! Rasch!«

Kurz bevor sie den Bootsschuppen erreichten, zog der Sbirro seine Pistole und spannte den Hahn. Er roch schrecklich nach Schweiß, als er sich zu Cecilia umdrehte. Seit sie ihn kannte, stank er. Und doch hätte sie ihn in diesem Moment umarmen können für seine Gelassenheit und seinen Mut.

»Ich seh immer noch nicht, warum der Kerl dem Kind was antun sollte«, meinte er vernünftig. »Aber *Ihnen* stellt er nach. Bleiben Sie also lieber hier, wo man Sie nicht sehen kann.«

Cecilia nickte und wartete, während Bruno zu dem schmucklosen Gebäude neben dem stillen, grünlich schimmernden Wasser schlich. Durch einige Zweige konnte sie die Umrisse seines Körpers erkennen, als er an der Schuppenwand entlanghumpelte und dann mit der Tür verschmolz.

Wenig später erschien er wieder, mit einem Sack auf der Schulter, und winkte ihr zu. »Niemand da, Signora. Auch die Kleine nicht.«

»Haben Sie genau nachgesehen?«

»Ja.«

Cecilia nickte. »Dann ist es gut. Dann hat sie gehorcht.« Oder der Karierte war schneller, dachte sie beklommen, aber diese Vorstellung war zu grausam. Rasch schob sie sie beiseite. Wenig später eilten sie am nordseitigen Ufer des Sees entlang. Je weiter sie kamen, umso sumpfiger wurde das Gelände. Ihre Schritte hinterließen wässrige Fladen im Boden, und der Marsch wurde immer mühseliger. Hatte Dina sich zurechtgefunden? Sich immer auf der sicheren Seite der Büsche gehalten? Zweifelnd glitten Cecilias Blicke über die trügerischen Blänken, in denen zwischen den Grashalmen das Wasser aufblitzte. Dina war ein gescheites Kind mit wachen Augen, da glich sie ihrem Vater. Aber auch gescheite Kinder wurden müde und begingen Fehler.

Cecilia sah, wie Bruno sich die Nase zuhielt. Der See stank, seit die Mönche von Montecatini im Auftrag des Granduca mit ihren Dampfpumpen die Fischgründe entwässerten. Hier, wo die Arbeit schon weit fortgeschritten war, roch es, als würde sich ein riesiges grünes Tier auf dem Krankenlager wälzen – nach Fäulnis und Tod. Schließlich erreichten sie eine kleine Ausbuchtung des Sees, die noch mit Wasser gefüllt war. Und dort fanden sie Dina schlafend in einem Ruderboot.

Bruno beugte sich vor und zog das Boot, das mit einem morschen Seil an einem Busch befestigt war, ans Ufer. »Sie schnarcht«, bemerkte er zärtlich.

Cecilia lächelte ihn an und nickte. Dann weckte sie das Mädchen. Dina war zu verschlafen, um viel zu sagen oder zu fragen. Gähnend stolperte sie zwischen den beiden Er-

wachsenen durch den inzwischen dämmrigen Auenwald. Sie waren noch einmal zwei Stunden unterwegs. Endlich erreichten sie eine Holzkapelle, die auf einer kleinen Lichtung stand und aussah wie eines der Bilder aus Dinas Märchenbuch – ein geducktes Gebäude mit einem schwarzen Kreuz auf dem Dach.

Bruno zog einen Dietrich und öffnete mit geübter Hand die Holztür. »Sie bräuchten sie gar nicht zu verschließen«, bemerkte er mit professioneller Verachtung. »Da hätte auch ein Fußtritt gereicht.« Er kannte sich im Inneren der Kapelle aus. Ohne auch nur einmal zu zögern, führte er sie durch die Finsternis, bis er mitten im Dunkel stehen blieb. »Hier.« Er bückte sich, und sie hörten, wie er eine Klappe anhob. »Es ist nur eine Leiter, seien Sie vorsichtig. Ist auch nicht viel Platz da unten. Aber eingerichtet ist es wie das Elysium.«

»Wohnst du hier?«, fragte Dina, die inzwischen munter geworden war.

»Ich wohn an sieben verschiedenen Plätzen, Prinzessin. Keiner kennt die, außer du und die Signora, und ihr auch nur diese zwei. Das ist mir im Blut. Sichere Plätzchen.«

Es war ihm im Blut, seit Lupori ihn im vergangenen Jahr festgesetzt und gefoltert hatte. Cecilia drückte dankbar und mitfühlend seine Schulter.

»Dann hinab«, brummte er. »Ich werf den Sack hinterdrein und schließe die Tür wieder. Wenn Sie rauswollen, können Sie sie einfach von innen aufdrücken. Man hört, wenn jemand hier oben ist. Aber es ist nie jemand da, seit die Teiche leergepumpt wurden. Deshalb müssen Sie vorsichtig sein, wenn Sie etwas hören.«

»Bruno?« Cecilia spürte, wie der Sbirro in der Dunkelheit innehielt. »Sie haben ein großes Herz.«

Er räusperte sich. »Wir sind im Krieg, Signora. Da halten

Kameraden zusammen. Ich geh nun zurück zu der verrückten Signora und den Buben, ja?« Er brummte etwas, und schon war er wieder davon.

»Nein«, flüsterte Dina, als sie sich wenig später auf dem Lager, das Bruno sich in seinem Versteck zurechtgemacht hatte, aneinanderschmiegten. »Es ist niemand gekommen. Ich war die ganze Zeit allein. Aber ich bin trotzdem am Mittag fortgegangen, immer am Ufer entlang, genau wie Sie gesagt haben, Mamma. Und dann hab ich das Boot gefunden und mich versteckt. Ich bin aber froh, dass Sie doch noch gekommen sind.« Man hörte es ihrer Stimme an. »Ein bisschen Angst hab ich schon, wenn ich allein nach Florenz gehen muss.«

»Das brauchst du auch nur tun, wenn etwas Schlimmes geschieht. Und dann wirst du es schaffen. Weißt du noch den Namen von der Straße, in der Großmutter Bianca wohnt?«

Cecilia fühlte, wie Dina nickte.

»Warum haben Sie die Jungen nicht mitgebracht?«

Sie drückte das Mädchen stärker an sich. In der Dunkelheit, die sie umgab, war es lebendig. Mäuse … Wasserratten … und vieles, was man nicht hörte, sondern nur fühlte oder sich zu fühlen einbildete. Besonders dort, wo zwischen den Schuhen und den Hosenbeinen die nackte Haut saß. »Was sind wir bereit, aufs Spiel zu setzen, für Kinder, die wir eigentlich gar nicht kennen?«, fragte sie leise.

»Wie sind sie denn?«

»Benedetto ist ungefähr sechs Jahre alt. Er hat grüne Augen und spielt gern mit Soldaten. Sein Freund auch. Er heißt Modesto. Die beiden sind wie … wie Küken, die zwischen den Füchsen flattern, Dina. Die Füchse haben schon das Maul aufgerissen, um sie zu packen.«

»Bestimmt haben sie Angst.«

»Ganz sicher.«

»Dann müssen wir ihnen auch helfen.«

Cecilia dachte wieder an Stella, die mit den Jungen in einem Bett schlief. Sie seufzte. Alles war undurchsichtig. Ihr Leben – und das der Kinder – glich dem Sumpf, in dem sie sich befanden. Überall lauerten Gefahren, jeder Fehltritt konnte sie ins Unglück reißen. Sie hatten Glück gehabt, dass sie bisher davongekommen waren. Einfach nur Glück.

»Wann kommt denn mein Vater wieder?«, fragte Dina bedrückt.

»Ich weiß nicht.« Cecilia fuhr dem Mädchen mit der freien Hand durch die Haare und kraulte seinen Kopf. »Wenn ich an ihn denke«, flüsterte sie, »und daran, wie es ihm gehen mag und was ihm alles geschehen könnte, dann legt sich mir eine Faust ums Herz, und ich könnte die ganze Zeit weinen. Und deshalb schiebe ich alle Gedanken fort.«

»Geht das denn?«, fragte Dina.

Einen Moment schwieg sie. »Nicht sehr gut.«

15. KAPITEL

Cecilia trug die niedergedrückte Stimmung der Nacht noch in sich, als sie am nächsten Tag hinauf nach Montecatini ging. Rossi war nicht unverwundbar, die Zuchthäuser eine Brutstätte von Gewalt, Schmerzen, Krankheit und Hunger. Und der Granduca ... Sie dachte daran, wie er Rossi hatte auspeitschen lassen, damals, als er sich von ihm beleidigt gefühlt hatte. Was würde er tun, wenn sein Giudice sich weiter weigerte, ihm bei der Suche nach der entflohenen Delinquentin zu helfen?

Das Bizarre war, dass Rossi ja gar nicht wusste, wo sie sich befand, und deshalb überhaupt nichts verraten konnte. Es ging den beiden Männern nur um das Prinzip. Die Frage, wem die Loyalität eines Mannes zu gehören hatte. Um Prinzipien zu streiten, darin waren sie groß, der Granduca und sein Giudice. Brat dir deine Prinzipien in der Pfanne, Rossi. Was hab ich von Prinzipien, wenn ich an deinem Grab sitze?

Es wurde rasch heißer. Von Unruhe getrieben, eilte Cecilia über die Wege, wobei sie die Einsamkeit einmal aus Angst vor ihrem Verfolger mied und sie dann wieder, vom neugierigen Blick eines Spaziergängers getroffen, suchte. Als sie schließlich Stellas Haus erreichte, war sie in Schweiß gebadet,

Seltsam, dachte sie, die Tür steht offen. Von Stella, Bruno oder den Kindern war weit und breit nichts zu sehen.

Sie betrat die kleine Wohnung. Die Sonne schien durch die bodentiefen Fenster und überzog die Möbel und die kleinen

Armeen, die noch immer gegeneinander kämpften, mit Glanz.

»Stella?«

Es herrschte die Unordnung eines Kinderzimmers, über das eine nachlässige Gouvernante wachte. Auf dem Boden lagen Kissen, Naschzeug stand auf dem Tisch – kandierte Kirschen in einer Schale – und daneben drei halbleere Gläser, in denen roter Wein funkelte. Die Steckenpferde, die Bruno moniert hatte, ragten mit ihren Köpfen aus den Polstern der Chaiselongue.

»Stella?«

Cecilia blickte aus dem Fenster. In der Nähe des Gartenhauses bewegte sich etwas. Sie erkannte Brunos gedrungene Gestalt. Der Sbirro reckte sich, gähnte und schaute zum Himmel hinauf. Alles in Ordnung. Offenbar befanden sich Stella und die Kinder in einem Teil des Gartens, der von hier aus nicht einsehbar war. Vielleicht besuchten sie auch die Baustelle auf der anderen Seite des Zauns. Cecilia ging in die Schlafkammer, wo die Kissen unordentlich über das Bett verstreut waren. Die Gelegenheit war zu günstig. Sie warf einen hastigen Blick zur Haustür. Dann begann sie zu suchen.

Zunächst nahm sie sich die Schubladen in dem altmodischen Sekretär mit den Elfenbeinintarsien vor. Briefe auf marmoriertem, männlich wirkendem Papier ... Korrespondenz mit dem gebrochenen Siegel des Kurbades ... Cecilia hielt inne. *Worauf hab ich's eigentlich abgesehen?* Ihr Blick irrte durch das Zimmer. Das gelbe Holzpferd steckte zwischen den Kissen, als hätte es ebenfalls im Bett genächtigt.

Ratlos öffnete sie die Tür zum Kleiderschrank. Stella liebte es, sich hübsch zu machen. Kleider in blassen, kindlichen Farben mit Blumenmustern und niedlichen Fichus

und Schürzen. Sie schlug die Tür wieder zog und kehrte zum Schreibtisch zurück.

Was soll's, dachte sie. Nach einem raschen Blick zur Tür öffnete sie erneut die Schublade. Die Billetts auf dem marmorierten Papier stammten von Signor Farini, der sich steif nach dem Wohlergehen der Frau Gemahlin erkundigte und sich der Hoffnung hingab, dass sich ihr Befinden bald bessere. *Eilen Sie nicht heimzukehren, ehe Sie vollständig genesen sind.* Kalter Fisch, dachte Cecilia und legte den Brief in die Lade zurück. Die Post des Kurbades schob sie beiseite. Wieder warf sie einen Blick zur Tür, aber was auch immer Stella und die Kinder beschäftigte – es hielt sie auf.

Der Rest der Korrespondenz bestand aus Briefen, die Stella von Freundinnen erhalten haben mochte. Von einer einzigen Freundin, stellte Cecilia fest, als sie die Kuverts aus der Lade nahm und nebeneinanderlegte. Alle waren auf demselben feingeschöpften Papier geschrieben, in einer kunstvollen Handschrift, die aussah wie jahrelang eingepaukt. Der Inhalt war belanglos. Fragen nach dem Befinden der lieben Stella, Klagen über das Wetter und die Preise in den Korsettgeschäften. Lina hatte eine Schaumkelle gestohlen. Natürlich stritt das Weib alles ab, aber man würde es hinauswerfen, sobald sich Ersatz fand. Nichts Intimes.

… hoffe ich, dass es dir weiterhin gut ergeht, mein sehr geliebtes Kind. Denk an die Tinktur, die du mir schicken wolltest …

Keine Freundin also, sondern offenbar die Mutter. Cecilia warf einen Blick auf das Kuvert. Giacinta Nuti – der Brief kam aus Livorno. Sie legte ihn gemeinsam mit den anderen Briefen zurück und schloss hastig die Schublade, als sie Brunos Stimme hörte.

»Signora Farini?« Der Sbirro klopfte gegen die offene

Haustür. »Signo… oh!« Höflich lüftete er den Hut, als er Cecilia erkannte. »Wo ist sie denn?«
»Bitte?«
»Ich dachte, Signora Farini ist hier im Haus.«

»Vielleicht macht sie einen Besuch«, meinte Bruno zweifelnd.
»Mit den Kindern? Dann hätte sie die Tür nicht offen stehen lassen. Und sie hätte Ihnen Bescheid gegeben. Bruno …«
In diesem Moment zerriss ein Schuss die Luft. Es klang, als wäre er in einiger Ferne abgegeben worden, aber doch nicht allzu weit. Entsetzt lauschten sie. Cecilia zeigte auf Brunos Gürtel. »Wo ist Ihre Waffe?«
Der Sbirro fasste nach der leeren Tasche und beäugte erschrocken die leere Stelle. Hastig kam er in die Wohnung. »Ich trag sie immer bei mir, Signora. Ich leg sie niemals ab, sie ist mir wie die dritte Hand. Ich kann mir nicht erklären …« Sein Blick fiel auf das Tischchen mit den Gläsern. »Madonna! Als ich der Signora das Bild geradegerückt habe, da hab ich sie aus dem Gürtel genommen. Und da hingelegt. Ich hab noch gesagt, die Jungs soll'n ihre Pfoten davonlassen. Ich fress mich selbst. Die Farini hat mir meine Pistole geklaut!« Entgeistert starrte er Cecilia an.
»Unsinn. Signora Farini ist nicht der Mensch, der eine Waffe stehlen würde.« *Woher wissen wir das? Wir haben nicht die geringste Ahnung, was für ein Mensch Stella Farini ist.* Der Schuss hallte ihr immer noch in den Ohren. »Vielleicht haben Sie sie im Gartenhäuschen vergessen?«
»Nein, Signora. Da ist doch nichts außer meinem Strohsack. Ich hätte sie gesehen, beim Aufstehen … Sie hat sie mitgenommen. Und das eben war ein Pistolenschuss, Signora Rossi. Kein Zweifel. Pistole, nich Flinte.« Sie traten wieder vor das Haus. Ihre Blicke irrten übers Gelände. Dort

war die Baustelle des Kurbades. Rechts die Stradone delle Terme, die Hauptstraße, auf der es um diese Zeit von Menschen wimmelte. Sie sahen Sonnenschirme hinter einer Hecke nicken. Wer auch immer über die Straße flanierte – die Leute waren nicht aufgeregt.

»Sie muss in den Wald hinauf sein.«

»Dieses Weibsbild«, keuchte Bruno, während sie den Weg hinaufrannten, den Cecilia kurz zuvor selbst noch benutzt hatte. »Sie hat sich zeigen lassen, wie man die Pistole benutzt, gestern«, keuchte Bruno. »Sie tut so harmlos. Aber …« Er ächzte und schnappte nach Luft. »… Verrückt … sie ist verrückt … nach meiner Meinung …«

Vor ihnen verzweigte sich der Weg. Bruno wollte blindlings auf dem größeren Pfad bleiben, doch von dort war Cecilia ja herabgekommen. Da hätte sie Stella treffen müssen. Sie riss den Sbirro mit sich auf den kleineren Pfad. Gesträuch versperrte ihnen den Weg. Im Laufen zertraten sie eine Pilzkolonie. Lag dort etwas Rotes unter einem Busch? Eine kandierte Kirsche? Vielleicht auch nur eine Beere, die ein Vogel verloren hatte. Die mürben Blätter des Vorjahres raschelten unter ihren Füßen.

»Da!«, rief der Sbirro. Er blieb stehen und wies zu einer Felswand seitlich von ihnen, die durch die Baumstämme schimmerte.

»Was?«

»Ich hab jemand gesehen. Da oben. In einem Kleid.«

Sie kämpften sich weiter durch das Unterholz, dann starrten sie auf eine graue Wand, die einen Steinwurf entfernt vor ihnen in die Luft aufragte und in einem Plateau endete. Wenn dort oben wirklich jemand gestanden hatte, dann war er jetzt fort.

»Ich hab sie gesehen«, erklärte Bruno mit Nachdruck.

Als sie sich der Felswand näherten, stellten sie fest, dass

es in einer Nische einen natürlichen Schornstein gab, in den jemand krüppelige Stufen hineingeschlagen hatte. »Dort muss sie hinaufgeklettert sein«, keuchte Cecilia.

Bruno hielt sie fest. »Will Ihnen nichts vorschreiben, Signora Rossi – aber ich glaub, dass das Weib gefährlich ist. Im Ernst. Sie hat meine Pistole geklaut, und sie hat damit geschossen. Das ist das, was feststeht. Der Giudice …«

»Der Giudice ist nicht hier, um etwas zu entscheiden.« Cecilia riss sich los und begann die Stufen zu erklimmen. Sie rutschte aus. Beim ersten Mal kam sie ohne Schramme davon, beim zweiten Mal schürfte sie sich den Ellbogen auf. Einen Moment lang klammerte sie sich an etwas Grünes, das aus einer Felsspalte wuchs. Sie atmete tief ein und aus.

»Alles in Ordnung?«, tönte Brunos Stimme unter ihr.

Sie dachte daran, dass er unter ihre Röcke schauen konnte, und war froh, dass sie die Hose trug. »Ja!«

Kurz darauf wurde die provisorische Treppe noch steiler. Der Erbauer hatte zur Sicherheit eine Art Geländer aus einem gespannten Seil am Fels befestigt. Die Stufen waren kaum mehr eine Hand breit und änderten ständig die Richtung. Eine Kurve und noch eine Kurve … Schließlich tauchte vor Cecilias Augen ein Vorsprung auf. Eine langgezogene, grasbewachsene Fläche, vielleicht so breit wie der Teppichläufer im Palazzo della Giustizia. Inmitten des saftigen Grüns lag eine in roten Samt gekleidete kleine Gestalt.

Ein Kind.

Reglos.

Sekunden oder Ewigkeiten verstrichen, während Cecilia auf den schmächtigen Körper starrte. Das linke Bein spreizte sich unnatürlich vom Leib, als läge dort eine kaputte Puppe. Dort *musste* eine Puppe liegen. Jede andere Möglichkeit wäre zu schrecklich. Denn kein lebender Mensch würde sein Bein

in solch einer Stellung halten. Eine Biene summte über dem roten Samt und flog davon.

»Signora?« Bruno, der die Stufen direkt unter Cecilia erreicht hatte, zog an ihrem Kleidersaum. Wie in Trance erklomm sie die letzten Stufen und machte ihm Platz. Das Gesicht des Sbirro färbte sich dunkelrot, als er das Kind entdeckte. Anders als Cecilia rannte er sofort auf die kleine Gestalt zu und drehte sie auf den Rücken. »Scheißdreck!«, fluchte er mit brüchiger Stimme. »Tot. Es ist tot, das Kerlchen…« Er wischte mit dem Ärmel über sein Gesicht und hob voller Zorn und Verzweiflung den Blick. Vor ihm führte eine weitere Treppe zum Plateau hinauf.

Cecilia starrte immer noch auf das tote Kind. Nicht Benedetto war zu Tode gestürzt, sondern sein Kumpan Modesto. In der kleinen geöffneten Hand lag ein Zinnsoldat. Der Junge sah mehr überrascht als erschrocken aus. Die Augen waren aufgerissen, und einen Moment lang wollte Cecilia ihn ermahnen, nicht in die Sonne zu blicken. Ihr krampfte sich der Magen zusammen. Dann dachte sie: *Nicht Benedetto!* – und schämte sich über ihre Erleichterung.

Bruno war schon dabei, die nächsten Stufen zu erklimmen, und sie folgte ihm. Die Angst hielt ihr Herz umklammert. Stella brachte die Kinder um. *Ich habe die Kinder in den Händen einer Mörderin zurückgelassen.*

Aber Modesto ist ja gar nicht erschossen worden, versuchte Cecilia sich zu beruhigen. Oder doch? Sie hatte keine Blutflecken gesehen, nur das schrecklich verkrümmte Bein. War es überhaupt möglich, in rotem Samt Blut zu entdecken? Ein Blutfleck hätte den Stoff dunkel gefärbt. Oder nicht?

Auch dieses Mal endeten die Stufen auf einem Plateau. Aber es war um ein Vielfaches größer als der untere Vorsprung und mündete in Buschwerk, hinter dem ein Wald-

stück begann. Bruno half Cecilia, als sie sich vom Boden hochstemmte. Aber er ließ sie anschließend nicht los. Stattdessen nickte er zu einer Ecke des Plateaus, auf der in einem Halbkreis Goldregenbäumchen wuchsen. Die Blütentrauben rauschten wie goldene Wasserfälle über die Blätter.

Vor den Wasserfällen stand Stella. Sie presste Benedetto an sich, und sein Haar, das dieselbe Farbe wie die Goldregenblüten besaß, ruhte auf den Rüschen ihres blauen Kleides wie ein verrutschter Heiligenschein. In ihrer schlaffen Hand hing Brunos Pistole. Sie und der Junge starrten wortlos zu der Stelle, wo Modesto in den Tod gestürzt sein musste. *Sie hat das Kind tatsächlich erschossen.*

Aber wann?, fragte sich Cecilia, während sie sich von Bruno löste. Der einzige Schuss, den sie gehört hatten, war gefallen, als sie sich noch in Stellas Haus befanden. Das war fünfzehn, vielleicht sogar dreißig Minuten her. So lange verharrte doch niemand auf einer Stelle.

»Stella ...«, begann sie leise.

Ein harter, leiser Knall. Die Pistole war der jungen Frau aus der Hand gerutscht und auf einen Stein aufgeschlagen. Bruno ging – den Blick voller Misstrauen – zu ihr hin und nahm sein Eigentum wieder an sich. Er hantierte an der Mechanik. »Da war doch nur ein Schuss – ein einziger.« Verwirrt schaute er zu Cecilia.

»Stella, was ist geschehen?«

Die Frau ließ den Arm, mit dem sie Benedetto umklammerte, sinken. Der Junge blieb vor ihr stehen, ohne sich zu rühren.

»Stella ...«

»Ich habe auf sie geschossen. Aber ich habe sie nicht getroffen.« Die Worte waren wie in die Luft gesprochen, als hätte die schockierte Frau noch gar nicht begriffen, dass sie

nicht mehr allein war. Doch plötzlich gerieten ihre Gesichtszüge in Bewegung. Sie rannte auf Cecilia zu und umkrallte ihre Hände. »Signora Barghini – die Hexe ist gekommen. Sie ist wirklich ... Sie wollte ... sie wollte Benedetto *töten*.« Ihre Stimme kippte bei dem letzten Wort.
»Stella ...«
»Verstehen Sie das? Sie ist *gekommen*!« Stellas Blick wanderte von Cecilias Gesicht zu etwas, das im Gras lag und glitzerte. Es fiel zwischen den Goldregenblüten kaum auf, doch nun, als Stellas Blick daran hing, entdeckte auch Bruno, dass dort etwas lag. Er bückte sich und hob ein kleines rundes Ding mit einem Griff auf. Mit dem verwunderten Blick eines kinderlosen Mannes schüttelte er es und lauschte auf das Klappern der Perlen im Innern der Kugel. »Was ist denn das?«
»Eine Säuglingsklapper«, sagte Cecilia.

»Ich sah sie am Fenster vorbeigehen«, erklärte Stella, während sie mit fliegenden Händen Kleider in eine Tasche stopfte. »Dort am hinteren Schlafzimmerfenster. Madonna – ich habe noch nie solche Angst gehabt. Sie trug ihre Totenkleider, und ihr Gesicht war mit dem Totenschleier bedeckt. Ich ...« Sie schnappte nach Luft, als müsste sie an einem Knebel vorbeiatmen. »Ich habe die Kinder gepackt – und natürlich die Pistole, obwohl mir klar war, dass man eine Tote nicht mit einer Kugel ... Ich kann nicht schießen«, erklärte sie zusammenhanglos. Ein Hutband flatterte zu Boden. Sie hob es wieder auf und fuhr fort zu packen.
Benedetto saß auf dem Bett, auf das sie ihn gedrückt hatte. Sein Blick war zur Tür gerichtet, wo sein armer toter Kamerad im Salon auf der Chaiselongue lag. Der Junge war bleich wie Sahne, gab aber keinen Ton von sich. Wenn er nicht zur Tür schaute, dann starrte er auf Stella, die auch

seine kleinen Hemden und Hosen in die geblümte Reisetasche stopfte.

Bruno stand in der Tür, mit lächerlich amtlicher Miene, in der Hand die Säuglingsklapper, und war offensichtlich ratlos.

»Sollten Sie nicht doch die Behörden …?«

»Nein«, unterbrach Stella Cecilia hart. »Verstehen Sie doch! Rachele will den Jungen. Sie ist besessen. Eine besessene tote Hexe. Wie soll ich Benedetto schützen, wenn man ihn mir fortnimmt? Es war ein Fehler zu bleiben. Ich hätte gleich fortgehen sollen, als Sie von ihr erzählten. Der arme Modesto …« Die nächsten Worte erstickten in einem Schluchzer. »Wenn Sie nicht gekommen wären … gerade in diesem Moment … Ich stand dort oben, verstehen Sie? Sie kletterte mir nach. Sie ist tot, aber sie kann Stufen erklimmen. Die tote Hexe rennt und klettert! Sie hat Modesto hinabgeworfen, und dann wollte sie Benedetto packen. Ich habe ihn ihr aus den Händen gerissen. Und auf sie gezielt«, erklärte Stella gehetzt. »Nur kann man sie nicht erschießen. Ich hab's ja schon im Wald versucht. Pistolenkugeln gehen durch sie hindurch, ohne sie zu verletzen. Erst als sie Ihre Stimmen hörte … das hat sie verscheucht.« Sie schüttelte wild und panisch den Kopf. »Ich muss fort mit dem Jungen. Das ist die einzige Rettung …«

»Man wird sich wundern, wenn man ein totes Kind in Ihren Räumen entdeckt und Sie sind verschwunden. Man könnte Sie selbst eines Verbrechens verdächtigen.«

Stella zuckte die Achseln. Wer würde sich vor der Justiz fürchten, wenn ihm eine mordlüsterne Hexe auf den Fersen war.

Wann ist diese Frau zu einer Kämpferin geworden?, fragte sich Cecilia und schaute zu, wie die püppchenhafte Gestalt Strümpfe in einen Seidenbeutel stopfte. Seit Cecilia

den toten Jungen auf dem Grasstreifen hatte liegen sehen, kam sie sich vor wie in einem jener Träume, in denen Orte sich willkürlich wandeln und Menschen unbegreifliche Dinge tun, ohne dass man die Möglichkeit hätte, Einfluss darauf zu nehmen. Sie befand sich in einer Wohnung mit einem toten Kind auf einer Chaiselongue, das von einer Wiedergängerin ermordet worden war, und mit einer Frau, die Taschen packte, um ein anderes Kind vor dem gleichen Schicksal zu bewahren.

»Diese Freundin, zu der Sie wollen …«

»Letizia ist nicht meine Freundin.« Stella schüttelte so heftig den Kopf, als hätte Cecilia sie beleidigt. »Aber sie schuldet mir etwas. Und … Travalle ist weit von hier. Nichts sonst hat Bedeutung. Dort sind wir sicher.«

Woher willst du das wissen? Wer kann sagen, welche Strecken ein Geist zurücklegen kann? Cecilia unterdrückte ein hysterisches Lachen. »Sie müssen das nicht tun«, erklärte sie betont vernünftig. »Geben Sie mir Benedetto mit. Ich könnte versuchen …«

»Nein!«, brüllte Stella sie an. Ihre Hände zitterten, und sie musste mehrmals ansetzen, um die Knöpfe der Tasche zu schließen. Und wenn sie gleich zusammenbrach? *Und wenn sie es doch selbst gewesen war, die Modesto über den Klippenrand gestoßen hatte?* Cecilia schämte sich ihres Gedankens. Sie hatte den Schuss schließlich selbst gehört. Außerdem hatten sie Racheles Klapper im Gras gefunden. Mit einem Schauder betrachtete Cecilia das Spielzeug, das Bruno immer noch in der klobigen Hand hielt. Am meisten aber überzeugte sie Benedetto, der erleichtert verfolgte, wie seine Kleider in der Reisetasche verschwanden. Er würde kaum so reagieren, wenn diese Frau seinen Freund ermordet hätte, nicht wahr?

O Madonna, ich bin müde. Cecilia blickte auf ihre eige-

nen Hände, die in ihrem Schoß zitterten. In einer halben Stunde würde vor der Terme Leopoldine die öffentliche Kutsche halten. Stella war reiseerfahren, sie kannte die Zeiten. Sie würde einsteigen und Benedetto mit sich nehmen. Und wahrscheinlich war das gut so. Bruno klackerte mit der Säuglingsrassel, und sie hätte ihn am liebsten angebrüllt.

»Komm, Benedetto!« Stella nahm die Tasche auf und griff nach der Hand des Kindes. Die beiden gingen zur Tür hinaus, ohne sich zu verabschieden. Zwei Gestalten, die die Angst zusammengeschmiedet hatte.

»Hören Sie endlich mit dem Geklapper auf!«, fauchte Cecilia den Sbirro an, als die Tür ins Schloss gefallen war.

Zaccarias kleiner wollköpfiger Ziegenhirt trabte zum Hof und brachte den Bauern hinaus zur Weide, wo Cecilia hinter dem kleinen Unterstand kauerte, der den Ziegen und ihrem Wächter bei Unwetter Schutz bot. Ihr war ein wenig übel, aber sie freute sich, als sie sah, dass Zaccaria ein Brot und ein fetttriefendes Stück Käse auspackte. »Erst essen, dann reden«, sagte er – ein Mann, der sich mit dem Leben auskannte.

Sie gehorchte, denn trotz ihrer Übelkeit hatte sie einen geradezu ordinären Hunger. »Konnten Sie schon …«

»Meine liebe Signora«, unterbrach Zaccaria sie mit dem Lächeln einer Wunschfee. »Ich bin noch am selben Tag, als Sie's mir aufgetragen hatten, nach Florenz geritten. Ich habe diesen di Vita aufgesucht …«

Cecilia hörte auf zu kauen.

»… und ihm gegeben, was ich fein säuberlich niedergeschrieben …«

»Sie haben es niedergeschrieben?«

Zaccaria lächelte stolz. »Gewiss, Signora, denn einen fei-

nen Menschen belästigt man nicht, indem man ihm etwas vorstottert.«

»Zaccaria …«

»Er war nicht begeistert von meiner Bitte, Enzo das Papier hineinzuschmuggeln, das muss man leider sagen.« Der Bauer rümpfte die Nase, damit sie merkte, was er von den kleinmütigen Bedenken feiner Leute hielt. »Erst nach ein paar deutlichen Worten …«

»Zaccaria!«

»Er brachte Enzo also die Nachricht und mir eine Stunde später die Antwort, und dann bin ich sofort zurückgeritten.« Der Bauer griff in die ausgebeulte Tasche seiner Hose und zog ein Stück an den Seiten eingerissenes Papier hervor. »Seien Sie nicht niedergeschlagen, Signora.«

Eilig überflog Cecilia die Zeilen. Es gab keinen Grund, niedergeschlagen zu sein. Bis auf Rossis Frage – *Geht es dir gut, mein Engel?* in unzähligen Variationen – und seine Ratschläge, die allesamt töricht waren, weil sie mit davonlaufen und sich verstecken zu tun hatten, enthielt der Brief nur gute Nachrichten. Rossi befand sich in einem schattigen Zimmer, in dem ihm Feder und Papier zur Verfügung standen, mit ausreichend Essen und einiger Unterhaltung.

»Warum soll ich nicht niedergeschlagen sein?«

»Dass Sie sich fernhalten müssen von all den Verbrechen – damit hat er recht«, kommentierte Zaccaria, ohne zu bedenken, dass ein anständiger Mensch die Post eines anderen Menschen nicht las. »Sie werden es noch nicht gehört haben, aber vor zwei Tagen wurde noch eines der Waisenkinder ermordet aufgefunden, und man befürchtet, dass ein drittes ebenfalls tot ist, und die Dame, die den beiden Obdach gegeben hat …«

»Sie sind nicht tot. Nur Modesto!«

»Ah!«, machte Zaccaria und betrachtete sie sorgenvoll.

»Sie mischen sich also doch ein. Und genau das ist der Grund, warum Enzo schreibt …«

»Ich habe es gelesen.«

»Gut. Aber etwas anderes haben Sie nicht gelesen, und deshalb sage ich es Ihnen: Der Giusdicente hat zur großen Jagd geblasen.«

»Was?«

»Nachdem ihm eine gewisse Dame mit einer Waffe aufgelauert hat – Sie verstehen schon. Der Skandal geht durch sämtliche Dörfer.«

»Was bedeutet Jagd? Grenadiere? Oder hat er nur ein paar arme Teufel gescheucht?«

»Grenadiere und alles Gelump, das sich eine Belohnung verdienen möchte. Signora …«

»Ich bedaure sehr, ihn nicht erschossen zu haben«, erklärte Cecilia kühl. »Wie geht es Rossi wirklich?«

»Wie ich schon sagte, ich habe ihn nicht selbst gesehen, und daher … Gut, gut. Ein wenig hat er mir erzählt, der feine Herr. Der Giudice ist in Einzelhaft, was gut ist, aber in einem kalten, nassen Loch, was schlecht ist, besonders für die Lungen und die Nieren. Der Granduca will, dass er Paragraphen verfasst, was wieder gut ist, denn es zeigt, dass er nicht alle Brücken abbrechen will, aber Enzo reimt stattdessen Märchen …«

»*Was* tut er?«

»Ich sage, wie ich es gehört habe. Er übersetzt Märchen in die lateinische Sprache und reimt sie. *Die Geburt des Schwanenritters* … Ich hab's nicht ganz verstanden, denn Signor di Vita hat getobt, und ich hatte Mühe, aus seinem Gebrüll schlau zu werden.« Zaccaria verzog das Gesicht. »Enzo reimt also, und der Granduca schäumt. Die Kost ist schmal, aber er mag sowieso nicht essen, weil es ihm den Appetit verschlagen hat, und wenn man …«

»Er isst nicht?«

»Signor di Vita versucht ihm beizubringen, dass er zumindest den Anschein erwecken soll ...«

»Warum isst er nicht?«

»Signora ...«

»Warum isst er nicht? Wie kommt er auf den Gedanken, mir vorzuschreiben, dass ich mich verkriechen soll – und ... er weigert sich zu essen!« Mit einem Mal heulte Cecilia los. »Er soll essen. Ist das ... verdammt ... zu viel verlangt? Dass er schluckt, was man ihm vorsetzt? Ich war auch im Kerker. Und habe *gegessen*!« Es war, als wäre plötzlich ein Damm gebrochen. Die Laterna magica zeigte ihr Bilder, die ihr das Herz zerschnitten. Rossi, wie er über einem leeren Napf und Bogen voll gereimter Märchen zusammenbrach ... wie der Granduca die Geduld verlor und ihn durchprügeln ließ ... wie er auf einer Galeerenbank unter der Peitsche zuckte ... Die Angst schlug über ihr zusammen wie eine Riesenwelle.

Sie schluchzte in Zaccarias Hemd, dass er sich zur Hölle scheren solle, ihr Ehemann, der verdammte Dickschädel, und dass sie das letzte Mal einen Gedanken an ihn verschwendet habe. Sie wünschte ihm die Pest für sein Querulantentum, wo er doch nicht mehr zu tun brauchte, als zu essen. Wofür rackerte sie sich denn ab? *Märchen!* Sie schwor, dass sie unter seinem Galgen tanzen würde. Ihr gingen die Worte erst aus, als sie keine Luft mehr bekam.

Endlich schnäuzte sie sich die Nase. Mit heiserer Stimme verlangte sie: »Sie müssen mir das Pferd bringen, Zaccaria.«

»Was haben Sie denn vor, Signora?«

»Ich werde herausbekommen, warum diese tote Hexe Kinder jagt – und zwar ausgerechnet die beiden, die Stella Farini in ihre Obhut genommen hat.«

»Aber ...«

»Und ich halte es für möglich«, fuhr sie fort, bevor der Bauer Weiteres einwenden konnte, »dass ich zumindest einen Teil der Antwort in Livorno finden könnte. Außerdem muss ich Sie bitten, Dina nach Florenz zu bringen.«

16. KAPITEL

Livorno war eine lärmende Stadt – darin erinnerte sie an Florenz. Nur dass hier an der Küste anderes Volk durch die Straßen lief: Matrosen mit sonnenverbrannter Haut, Soldaten, etliche davon bettelnd, weil sie Gliedmaßen verloren hatten oder krank geworden waren, erstaunlich viele Schwarze, die ihren Besitzern Sonnenschirme oder Lasten trugen, vor allem aber Ausländer in den sonderbarsten Trachten.

Cecilia hatte ihr Pferd bei einem Schmied vor der Stadt zurückgelassen. In einem Gebüsch hatte sie ihr Kleid über die Hose gezogen. Das Geld, das Zaccaria ihr besorgt hatte, trug sie in einer verborgenen Tasche, die sie sich in die Manschette des Kleides genäht hatte. Es stammte von Rossis Konto, und es handelte sich um eine größere Summe. Signor Secci hatte es aus seinen Kassen fließen lassen, und sie dachte mit Wärme an den Mann, der das Geld ebenso gut hätte unterschlagen können, nachdem es offiziell gar nicht mehr bei ihm deponiert war.

Sie hatte die Stadt von Westen her betreten und sich prompt in dem Straßengewirr verlaufen. Misstrauisch betrachtete sie die Muselmanen, die in ihrer morgenländischen Kleidung so selbstbewusst durch die Gassen flanierten, als wären sie in Algier. Sie sah auch hellhäutige Engländer, Franzosen, die man an der Eleganz ihrer Kleider erkennen konnte, Spanier ... Sie sah Juden mit Ringellöckchen an den Schläfen ... Die Hafenstadt schien Exoten anzusaugen wie Abate Brandis Pumpen das Wasser des Sumpfes von Padule.

Aber nicht nur die Bevölkerung wirkte fremd. Anders als in Florenz durchzogen Kanäle die Stadt – es war, als hätte man hier an der Westküste Italiens ein zweites, kleineres Venedig errichtet. In dem durch Festungsanlagen geschützten Hafen lagen viele Fischerboote vor Anker, dazu zwei Kriegsgaleeren und eine Yacht mit einem vergoldeten Bug, auf der gerade das Deck geschrubbt wurde. Sie mussten Netzflickern aus dem Weg gehen, und überall stank es nach Fisch.

Nervös umklammerte Cecilia die Manschette mit dem Geld. Ihr Ziel war der Dom. Sie musste Stellas Mutter finden, und sie nahm an, dass die Padres ihre Schäfchen kannten, sofern sie wohlhabend genug waren. Giacinta Nuti hatte ihre Tochter an einen Mann verheiratet, der seiner Frau monatelange Kuren finanzieren konnte – also verfügte auch sie selbst über Geld. Wenn der Dom nichts brachte, würde sie die anderen Kirchen abklappern …

Ihr war wieder übel, und sie überlegte, ob sie in einer der zahllosen Garküchen einen Bratfisch kaufen sollte. Oder vielleicht lieber Obst? Ihr kam der Magen hoch, als sie an fetttriefende Fischteilchen dachte.

Dann vergaß sie das Essen. Vor ihr ragte die rote Backsteinfassade einer Kirche auf, in deren Mauer blinkende Sterne eingelassen waren, die den Sternenhimmel nachzuzeichnen schienen. Der Dom? Die Sterne bildeten den einzigen Schmuck. Das Gebäude selbst wirkte heruntergekommen und schäbig. Vielleicht handelte es sich doch um ein einfaches Gotteshaus? Aber im Grunde war es ja gleich, wo sie zu fragen begann.

Cecilia atmete erleichtert auf, als sie den Lärm der Gassen hinter sich ließ und den kühlen Kirchenraum mit den leuchtenden Glasfenstern betrat. Frauen knieten in den Seitenkapellen und beteten. Kurz überlegte sie, ob sie eine Kerze für

Rossi anzünden sollte. Dabei wurde ihr klar, dass sie offenbar einen gehörigen Groll auf den Schöpfer in sich trug. Keine Kerze. Kein Bittgebet an den Lenker der Menschenschicksale, wenn er Lumpen wie Lupori zu Ehren brachte und einen Rossi, der sich mit seiner zugegeben manchmal ruppigen Rechtschaffenheit …

Madonna, das ging zu weit! Sie tat hastig einen Dinar in den Opferstock, entzündete eine Wachskerze, kniete nieder und widmete Rossi – *ersticke an deinen lateinischen Märchen!* – ein Gebet. *Schütze ihn, Gott. Er ist ein Aufklärer, aber er meint es nicht so. Er liebt die Armen und Waisen, wie du es verlangst. Du siehst doch, wie ihn Benedettos Schicksal …*

Sie schrak zusammen, als unvermittelt in ihrem Rücken eine Stimme ertönte. »Du siehst aus, als hättest du Sorgen, Kindchen.«

Hastig schlug sie ein Kreuz und stand auf.

»Tränen … Tränen … Tränen …« Die Frau, die sie beim Beten unterbrochen hatte, lächelte mitleidig. Sie trug ein blaues Kleid mit einem kühnen Dekolleté, das zwei weiße Brüste erkennen ließ, und überaus hübsche Perlenohrringe. Die Krähenfüße um die Augenwinkel gaben ihr ein gutmütiges Aussehen.

Cecilia verließ sich nicht mehr auf den ersten Schein. »Verschwinden Sie!«

»Und Hunger hast du auch? Die heilige Madonna möge uns helfen – aber die Hälfte der Menschen in diesem Gomorrha, diesem Heidenpfuhl und Sündenbabel, leidet an einem knurrenden Magen. Hunger tut weh. Wer wüsste das besser …« Die Frau summte die Worte, und während sie sprach, griff sie nach Cecilias Ellbogen und bugsierte sie aus der Kapelle an die Seitenwand der Kirche, wo der Leidensweg des Herrn in mehreren Bildern die ge-

kalkte Wand bedeckte. »Seit wann ist dir denn übel, Mädchen?«

»Was?«

»Ich sehe so etwas. Du bist nicht die Erste, wenn es dich tröstet. So sind die Kerle. Erst liegen sie vor deinen Füßen, dann auf deinem Bauch, und wenn es ernst wird … Psst … Lass uns hinausgehen.« Sie schaute hastig zum Altar. »Wenn es ernst wird, huschen diese Küchenschaben …« Was auch immer sie sagen wollte, es erstarb auf ihren Lippen, als ein breitschultriger Mönch in einer vielfach geflickten schwarzen Kutte durch eine Seitentür in die Kirchenhalle trat. Der Frau entschlüpfte ein ordinäres Wort, als sie sah, dass der Mann sie bemerkte und auf sie zukam. Flink musterte sie die Gänge, die von ihrem Platz zum Kirchenportal führten.

Der Mönch schien ihre Absicht vorauszuahnen. Er beschleunigte seine Schritte. Im Gegensatz zu der Frau gab er sich keine Mühe, seine Stimme zu dämpfen. »Raus, Hurenpack«, brüllte er. Das Echo donnerte von der Decke zurück. »Dirnen und Säue! Scheut ihr euch nicht, mit euren sündigen Leibern das Heilige des Herrn zu besudeln? Ich werd's euch lehren …« Er war kurzatmig, aber rasch, besonders im Verfluchen. »Betet, dass er euch mit Aussatz schlägt, um eure armen Seelen zu retten. Möge er euch mit Geschwüren bedecken und eure Leiber verfaulen lassen …«

Die Frau glitt zur Seite, als er sie erreichte, und dadurch entging sie einem Schlag, den der Mann ihr mit der Faust versetzen wollte. Sie nutzte den kurzen Moment der Überraschung und huschte an ihm vorbei.

»Und, verderbtes Stück Mist auf dem Acker der Hölle …«

Cecilia öffnete ihren Beutel. Der Mönch hob erneut die Hand.

»… raus mit dir, bevor der Zorn des Herrn …«

Sie zog die Pistole, spannte den Hahn und richtete die

Mündung geradewegs auf den Bauch des Kuttenmannes. Ihm blieb das Wort im Hals stecken, und er starrte erst verblüfft und dann entsetzt an sich herab. Als er den Kopf wieder hob, stand Angst in seinen Augen. Sehr schöne Augen, dachte Cecilia, der Mistkerl hat wirklich wunderschöne braune Augen. »Ich bin keine Hure«, sagte sie leise, »und ich wüsste gern, wo Giacinta Nuti wohnt.«

In einem besaß Signora Nuti Ähnlichkeit mit ihrer Tochter: Sie liebte es verspielt und kindlich. Nur dass ihr Kanapee nicht von Steckenpferden, sondern von porzellanköpfigen weißen Puppen bevölkert wurde. Der wunderschöne Damenschreibtisch vor dem Fenster hatte seine Funktion verloren, weil auf seiner Platte ein dreistöckiges Puppenhaus mit winzigen Möbeln abgestellt worden war.
»*Bezaubernd*, nicht wahr?«, meinte Signora Nuti geschmeichelt, als sie Cecilias Aufmerksamkeit bemerkte. »Signor Nuti war so freudlich, es mir anlässlich meines fünfzigsten Geburtstages zum Präsent zu machen.« Die nächsten Minuten vergingen damit, dass sie ihrem Gast die Funktionen der Klapptische und Schränke erklärte und sie das Geschirr aus der Puppenküche bewundern ließ. Es gab Messer und Kellen, die so winzig waren, dass sie zwischen den Fingerspitzen verschwanden.
Cecilia kam zu dem Schluss, dass die Signora eine einsame Frau sein musste, denn selbst nachdem sämtliche Spielzeuge gebührend bewundert worden waren, fragte sie nicht nach dem Begehr ihrer Besucherin, sondern schickte stattdessen das Dienstmädchen um Schokolade.
»Stella …«, meinte sie gedehnt, als Cecilia endlich dazu kam, ihre Lüge vorzutragen, nämlich Grüße der Tochter auszurichten. »Ich hoffe, Sie bringen keine schlechte Nachricht?« Die Stimmung kühlte merklich ab.

»Nein, es geht ihr gut«, beeilte Cecilia sich zu versichern. Eine unangenehme Pause entstand, in der das Dienstmädchen Tassen und eine Kanne hereintrug und das Tablett auf dem Teetischchen absetzte.

»Ich liebe meine Tochter über alles.«

Wenn du es so betonst, kann es mit der Liebe nicht weit her sein, dachte Cecilia und lächelte liebenswürdig. »Ich weiß, Stella hat oft davon gesprochen, welch einen Trost sie in der Korrespondenz mit Ihnen findet.«

»Ein Kind großzuziehen ist eine heikle Aufgabe«, vertraute Signora Nuti, von dieser Bemerkung deutlich besänftigt, ihr an. »Für meine kleine Stella habe ich *alles* getan.« Sie schenkte Schokolade in die Tässchen und führte das eigene zierlich an die Lippen. »Ihre Amme, wenn ich das als Beispiel erwähnen darf ... die Frau hatte Zwillinge geboren, und da sieht die Natur einen stärkeren Milchfluss vor, wussten Sie das?«

Cecilia schüttelte den Kopf.

»Ich habe auf einer Amme mit Zwillingen *bestanden*. Das habe ich zu Signor Nuti gesagt: Treiben Sie eine Amme auf, die *Zwillinge* geboren hat. Dem Kind soll es an nichts fehlen. Signor Nuti war keinesfalls sofort überzeugt, aber am Ende musste er mir doch recht geben. Er hat nie daran gezweifelt, dass das Herz einer Mutter spürt, was ihre Liebsten benötigen.«

»Wie recht er damit doch hat, Signora.«

Signora Nuti entspannte sich zusehends. »Wenn Sie einer alten Frau eine Bemerkung erlauben, Signora: Stella war ein reizendes Geschöpf. Als meine liebe Freundin, Signora Zanotti, sie an ihrem dritten Weihnachtsfest besuchte ...«

Sie verlor sich in Anekdoten, eine reihte sich an die andere, und Cecilia schaute verstohlen auf die Kaminuhr, deren Zeiger mit jedem Vorrücken verkündete, dass ihr die Zeit durch

die Finger rann. Sie stemmte die Füße fest auf den Boden, um sich zur Geduld zu zwingen.

»… woraufhin Stella meinte: Aber gewiss ist es in den Pferdehimmel gekommen, nicht wahr?«

»In den Pferdehimmel!«, lächelte Cecilia.

»So eine blumige Phantasie.«

Ja doch. Und viel mehr davon ertrage ich nicht. Cecilia beschloss, zum Angriff überzugehen. »Signor Farini muss sich überglücklich geschätzt haben, Stella als Gattin in sein Heim führen zu dürfen.«

Das Leuchten in den Augen der Mutter erlosch. Sie griff wieder zur Kanne mit der Schokolade. »Nun ja, für ihn ist es selbstverständlich eine großartige Partie gewesen …«

Also *hatte* es Schwierigkeiten gegeben. Cecilia spürte, wie ihr Herz rascher schlug. Ein uneheliches Kind. Ganz gewiss! Plötzlich war sie überzeugt, dass sie recht hatte. Die Affenliebe, mit der Stella an Benedetto hing, war nicht durch Zufall entstanden. Sie besaß einen handfesten Hintergrund. Ebenso wie die Tatsache, dass die junge Frau mit Benedetto im selben Bett schlief. Stella und das Waisenkind … Wenn man erst einmal darauf gekommen war …

Cecilia beschloss, den Stier bei den Hörnern zu packen. »Signora, wenn ich offen zu Ihnen sprechen darf, als eine Frau, die selbst eine Tochter besitzt: Bei aller Sorgfalt, die wir auf die Erziehung unserer Kinder verwenden, ist es uns doch nicht vergönnt, über jeden ihrer Augenblicke zu wachen. Niemand kann das stärker empfinden als ich, auch wenn mein eigenes Mädchen noch jung ist. Die Sorgen und die schlaflosen Nächte …«

»Sie hat Ihnen davon *berichtet*?«, flüsterte Signora Nuti entsetzt.

»So ist es. Und ich fühlte herzlich mit Ihnen, als sie mir

das Unglück beichtete, denn wie ich schon sagte: Mein eigenes Töchterchen …«

Signora Nuti setzte die Tasse so heftig ab, dass die Schokolade in die Untertasse schwappte. »Signora …«

»Pitti.«

»Signora Pitti – ist es denn ein *Verbrechen* zu glauben, dass ein junges Mädchen im Haus einer Freundin gut aufgehoben ist? Wer konnte auch nur *ahnen* …? Lidia Rosselino brauchte eine Gesellschafterin und war überaus glücklich, als Stella sich erbot, ihr die Langeweile des Krankenlagers zu vertreiben. Natürlich verließ ich mich darauf, dass sie auf mein Kind achtgibt. Ich habe es ihr *anvertraut*.«

Irgendwo unten in den Gesinderäumen klapperten Töpfe.

»Und ich muss wohl kaum bemerken, als wie dreist ich die Vorwürfe empfand, die sie mir machte, nachdem das Unglück ans Licht gekommen war. Stella war ein Mädchen mit natürlicher Scheu, *unschuldig* in jedem Sinne. Ein Lämmlein …«

»Aber wenn ein junger Mann auftaucht …«

Der Argwohn kehrte in die hellen Augen zurück. »Hat sie Ihnen tatsächlich *alles* erzählt, Signora …?«

»… Pitti. Ja, sie war so freundlich, mir ihr Herz auszuschütten, und ich kann gar nicht genug betonen, wie schmerzlich mich ihr Schicksal berührte.«

Die Tasse wurde dieses Mal sehr vorsichtig abgestellt. »Ich habe Sie noch gar nicht gefragt, welche Umstände Sie hierher nach Livorno führten.«

Ich habe übertrieben, dachte Cecilia. Gleich wirft sie mich hinaus. »Darf ich mir ein weiteres offenes Wort erlauben, Signora?«

»Ich bitte darum«, erwiderte Stellas Mutter würdevoll.

»Es ist die Sorge. Stella hat den Jungen zu sich genommen.«

Ein Blick voller Entsetzen. Der war nicht gespielt. Ins Schwarze getroffen, dachte Cecilia und bemühte sich, ihren Triumph zu verbergen. »Sie umsorgt ihn mit Zärtlichkeit. Das möchte ich Ihnen …«

»Es ist *seine* Schuld.«

»Bitte?«

»Signor Farini!«

War Farini der Vater der Kindes? Hatte er die Kindsmutter geheiratet, um einen Skandal zu vermeiden, aber aus dem gleichen Grund die Schwangerschaft seiner Frau verheimlicht und das Kind nach der Geburt fortgegeben? Warum zur Hölle sollte er dann versuchen, es nach sechs Jahren umzubringen? Weil Stella darauf bestand, es heim nach Livorno zu schleppen und ihn damit der Lächerlichkeit preiszugeben?

»Ein *wenig* Schwärmerei«, jammerte Signora Nuti. »Nicht, dass ich glaube, eine Frau hätte einen Anspruch auf Tändeleien, wahrhaftig nicht. Ich kenne die Ehe, und Signor Nuti hält mir zu Recht ein nüchternes und praktisches Denken zugute. Aber ich habe Farini offen gesagt, dass Stella ein *Närrchen* ist. Sie hat im Hause von Lidia begonnen, *Romane* zu lesen, und es ist kein Wunder, dass ihr dadurch der Kopf verdreht wurde. Tatsächlich sehe ich darin die Ursache ihrer Wandlung und des darauf folgenden abscheulichen Skandals. Ich hätte ihr solche Flausen *niemals* erlaubt, und wenn es jemandem gestattet ist, Vorwürfe zu erheben, dann doch wohl *mir*. Das habe ich Lidia auch *deutlich* gesagt.

Aber nun, da das Unglück geschehen war, habe ich versucht zu retten, was noch zu retten war. Und ich habe zu Farini gesagt: Seien Sie romantisch, Signor, wenn Sie sich zeden Frieden Ihres Hauses erhalten wollen. Es ist natürlich klar, dass es dem Mann nur um unseren guten Namen ging

und um unsere Beziehungen, und er hatte ja tatsächlich nichts Besseres gewusst, als noch am Tag der Hochzeit das Schild vor seinem Fischhandel auszuwechseln …«

Signora Nuti musste Luft holen. Sie presste die Hand auf den Busen. »Er ist meinen Ratschlägen nicht gefolgt, was man ihm aber auch nicht *allein* zum Vorwurf machen darf, denn Stella ist nach der Geburt außer Rand und Band geraten, das muss ich leider zugeben. Hat nach dem Manne gerufen, der das Unglück über sie hereinbrachte und dessen Namen sie uns bis heute verschweigt. Hat das Kind nicht hergeben wollen, bis die Hebamme es ihr mit Gewalt entriss. *Herzchen*, habe ich zu ihr gesagt, das Kind ist versorgt, und mehr kann ein Geschöpf der Sünde nicht erwarten. Da geben Sie mir sicher recht!«

Dieses Mal brachte Cecilia nichts über die Lippen.

»Ich habe meinen Schwiegersohn angefleht – das war in den Tagen nach der Geburt, als wir den Bastard schon hatten fortschaffen lassen: Weitere Aufregungen *vertrage* ich nicht. Aber natürlich fragte niemand nach *meinem* Befinden. Stella … Stella … Der Dottore, den wir ihretwegen hinzuzogen, nannte es eine Nervenkrankheit, bei der man sich Heilung durch Ruhe erhoffen könne. Er hätte sie gern in eine Anstalt eingewiesen, aber bedenken Sie, wie man über uns geklatscht hätte. Eine Anstalt! Das kam überhaupt nicht in Frage.«

Die Hausherrin erhob sich, die Hand immer noch auf die Brust gepresst. Sie klingelte, und ihr Mädchen trat ein. Aus dem Keller stieg ein köstlicher Geruch nach Gebratenem auf. »Bring mir das Laudanum, Maria!« Als die Tür sich wieder geschlossen hatte, flüsterte sie furchtsam: »Seien Sie offen zu mir, Signora …«

»Pitti.«

»Stella hat doch nicht wieder ihre … ihre hysterischen

Zustände bekommen?« Angst flackerte in den aufgedunsenen Zügen. Die hysterischen Zustände mussten ein furchteinflößendes Ausmaß besessen haben. War Stella darüber, dass man ihr das Kind entrissen hatte, irr geworden?

Cecilia schüttelte den Kopf.

Die Brust der ältlichen Frau hob und senkte sich. »Ich wüsste nicht, wie ich einen neuerlichen Skandal ertragen könnte. Das Kind muss natürlich wieder verschwinden.« Ihre Stimme wurde hart. »Ich werde Signor Farini erklären, dass er sich des Problems anzunehmen hat.«

Lidia Rosselino. Ein weiterer Name ohne eine Adresse. Lebte die Frau, der Stella als Gesellschafterin beigestanden hatte, ebenfalls in Livorno? Wenn nicht, dann würde die Suche schwierig werden. Und selbst wenn Cecilia sie fand: Es war fraglich, ob die Frau den Namen von Stellas Liebhaber kannte. Hätte sie ihn der Mutter des verführten Mädchens sonst nicht anvertraut?

Ein Vater, der sich seines unehelichen Kindes entledigen will. Cecilia spürte, dass sie auf der richtigen Fährte war. Stella hatte Montecatini als Kurort ausgesucht, weil sie wusste, dass ihr Kind dort im Waisenhaus abgegeben worden war. Mit einer üppigen Spende, um das schlechte Gewissen von Signora Nuti zu besänftigen. Und mit weiteren Spenden, die Assunta unterschlagen hatte. Aber nun versuchte jemand, das Kind zu ermorden. Der Vater. Das passte doch. Andererseits …

Cecilias Begeisterung bekam einen Dämpfer. Da war die Rassel aus dem Waisenhaus, die oben auf dem Grasplateau gelegen hatte und die sie eindeutig als Racheles Eigentum wiedererkannt hatte. Kein verflossener Liebhaber – die Hexe aus dem Turm hatte Stella und die Jungen verfolgt. Herrgott!, dachte sie.

Plötzlich merkte sie, wie müde sie war. Sie gab Rossis Geld aus, indem sie ein Kaffeehaus aufsuchte, das gegenüber dem Haus von Signora Farini lag. Kein Zimmerchen mit gescheuerten Tischen und wackligen Stühlen wie bei Goffredo in Montecatini – nein, hier verkehrte das Geld. Das Mobiliar war aus Mahagoni, die Schrankbeschläge golden, und die Gäste trugen geblümte Samtwesten mit Spitzenjabots und weiße Seidenstrümpfe in Schnallenschuhen. Würde sie hier auf Leute treffen, die Lidia Rosselino kannten?

Sie setzte sich in eine Ecke und wartete darauf, dass die Dame, die ihre Gäste bewirtete, auf sie aufmerksam würde. Die Frau brachte mürrisch die dampfenden Tassen und die neuesten Gazetten an die Tische der männlichen Besucher, aber sie ignorierte die einzige weibliche Person, die sich in ihr Etablissement verirrt hatte. Kein Wunder, dachte Cecilia mit einem Blick auf ihr Kleid, das zwar sauber, aber keinesfalls elegant zu nennen war. Ihr kam ein unangenehmer Gedanke: Hielt die Wirtin sie etwa ebenfalls für eine Hure?

Ein junger Mann stand auf und näherte sich dem Sessel, in dem Cecilia saß. Er war jung, vielleicht gerade über zwanzig, und besaß ein empfindsames Gesicht mit weichen Zügen, das sie unter anderen Umständen als angenehm empfunden hätte. Aber für eine Bekanntschaft mit Lidia besaß er das falsche Alter. Sie warf ihm einen finsteren Blick zu. Achselzuckend trollte er sich wieder und verschwand hinter einer Zeitung.

Cecilia versuchte die Schlagzeilen zu entziffern. War es zu viel vom Schöpfer des Himmels und der Erden verlangt, dort einmal etwas Freundliches zu lancieren? *Giudice Rossi aus dem Gefängnis entlassen und seine Gattin von jeglicher Schuld freigesprochen?* Der Schöpfer hatte es für wichtiger befunden, einen Artikel über die Bepflanzung des eng-

lischen Friedhofs mit importieren Bäumen ins Zentrum der Aufmerksamkeit zu rücken.

»Nun weiß ich, warum du *nicht* hier sitzt, aber ich weiß noch nicht, *warum* du hier sitzt.«

Cecilia löste den Blick von der Zeitung. Die Inhaberin des Kaffeehauses hatte sich vor ihrem Sessel aufgepflanzt, die Hüften in die Seiten gestemmt. Die resolute Haltung eines Menschen, der sich auskennt und nichts vormachen lässt.

Kühl erwiderte Cecilia: »Ich suche jemanden. Eine Frau namens Lidia Rosselino. Ich bin müde, und ich hatte gehofft, hier zu erfahren, wo ich sie finden kann.«

»Weiß ich nicht. Frag im Büro vom Gonfaloniere nach!«

Die Wirtin kehrte in ihre Küche zurück. Und wo finde ich *den*?, hätte Cecilia ihr gern nachgerufen. Sie merkte, wie ihr wieder übel wurde. Erschöpft lehnte sie sich in ihrem Sessel zurück.

Der junge Mann erneut sich erhob. Die Gazette schlenkerte an seiner Seite, als er an ihren Tisch trat und lächelnd fragte: »Verzeihen Sie, Signorina, aber … Glauben Sie an die Existenz einer göttlichen Waage?«

»Bitte?«, entfuhr es ihr.

Er ließ sich neben Cecilia auf einer rot gepolsterten Marquise nieder und legte die Gazette auf dem Boden ab. Während er sich vorbeugte, erklärte er nachdenklich: »Ich glaube nämlich, dass es eine göttliche Waage gibt, auf der die guten und die bösen Taten eines Menschen gegeneinander aufgewogen werden. Verzeihen Sie, wenn ich Ihnen lästig falle.«

Cecilia rollte die Augen. Sie wäre aufgestanden, wenn sie die Kraft gefunden hätte. Die Kaffeehauswirtin schaute aus der Küche und brachte eine weitere Tasse dampfenden Kaffees, die sie auf dem Tischchen vor dem jungen Mann niedersetzte. Die penetrante Besucherin hatte sie offenbar für unsichtbar erklärt.

»Wir werden mit einer ausgeglichenen Waage geboren, nach meiner Meinung«, erklärte der junge Mann. »Was ja auch selbstverständlich ist, denn vor unserer Geburt konnten wir weder gut noch schlecht handeln.«

Cecilia schaute verlangend zu seinem Kaffee, und trotz seiner tiefgründigen Philosophiererei war er aufmerksam genug, ihr die Tasse zu reichen.

»Ich bin allerdings nicht sicher, ob man eine schwere oder im Gegenteil leichte Geburt bereits unter die Taten eines Menschen rechnen muss. Wissen Sie Bescheid über Geburten?« Er interpretierte Cecilia Interesselosigkeit als ein Nein und erklärte: »Ich habe es mir erläutern lassen. Es ist eine Frage des weiblichen Beckens, aber auch der Größe des entsprechenden Kindes. Für das Becken seiner Mutter kann man es schlechthin nicht verantwortlich machen, doch was das eigene Gewicht angeht ...«

»Nein«, sagte Cecilia. Sie hatte den Kaffee zu rasch getrunken und sich die Zungenspitze verbrüht.

»Nein?«

»Das Kind wird schwerer, wenn die Mutter viel isst. Auch hier liegt's an der Mutter.« Warum ließ sie sich auf diesen lächerlichen Disput ein? Sie schaute durch das Glasfenster. Draußen schien die Sonne, die Straße strömte über von Geschäftigkeit. Der Gedanke, noch irgendetwas tun zu müssen – sich in das Gedrängel werfen, aus der Stadt herausfinden oder auch nur aufstehen – war niederschmetternd.

»... ist für mich die Frage des Ausgleichs von enormer Bedeutung. Kann es sein, dass ich Ihre Aufmerksamkeit verloren habe?«

»Nie besessen.«

Der junge Mann nickte bekümmert. Er trug an seiner linken Hand drei verschiedene Ringe, einer protziger als der andere. Er musste ziemlich reich sein. »Sie sind der Aus-

gleich für Oliva, verehrte, geheimnisvolle Narbenfrau. Nur damit Sie es begreifen«, sagte er. »Ich habe ihr heute den Laufpass gegeben. Langeweile, verstehen Sie? Die Langeweile ist der vorderste Feind der Leidenschaft.«

»O ja, das verstehe ich sehr gut.«

Er überhörte den Seitenhieb. »Ich brauche also einen Ausgleich, denn es steht außer Frage, dass meine Zurückweisung sie kränkte. *Sie* sind der Ausgleich.«

»Ich?« Cecilia begann zu lachen.

Der Philosoph nickte ernsthaft. Dann lächelte er wieder. »Lidia Rosselino. Sie hat in Tirrena gelebt – das ist ein kleines Dorf am Meer, vielleicht fünf Meilen von hier. Leider ist sie vor zwei Jahren an der Schwindsucht verstorben. Aber Sie können Ihren Gatten dort treffen. Ugo Rosselino. Er ist ein liebenswerter Mensch, ein Feingeist – ich schätze ihn sehr.« Er lachte, als Cecilia ihm einen Kuss zuhauchte. »Wie ich sehe, konnte ich Ihnen tatsächlich weiterhelfen. Und damit hoffen, dass sich meine Waage …«

»Sie *hat* sich auf Ihre Seite gesenkt«, versicherte Cecilia und war plötzlich wieder springlebendig.

Signor Rosselino befand sich *nicht* in Tirrena. Er wohnte dort, in einem hübschen Haus in der Nähe des Strandes, aber er hatte die Stadt einige Tage zuvor mit dem Ziel Morello verlassen – das war ein Nest in der Nähe von Florenz, wo seine Familie ein Jagdgut besaß. »Da is seine Schwesta«, erklärte das Dienstmädchen, das mit der Muttersprache auf Kriegsfuß stand, ansonsten aber freundlich und hilfsbereit war. Es schenkte der Besucherin ein Stück Olivenbrot, das vom Essen übrig geblieben war. Der Duft stieg Cecilia in die Nase, aber eine neue Welle von Übelkeit hinderte sie daran hineinzubeißen. Sie ließ es sich in eine alte Zeitung einschlagen.

Die Hurenmutter hat recht, dachte sie, als sie mit dem Brot in der Hand die Stadt verließ. Ich bin schwanger. Ich erwarte ein Kind. Rossi, du wirst Vater. Ihr kamen Tränen des Glücks ... der Verzweiflung ... des Stolzes ... der Verzweiflung ... der Übelkeit ... der Zärtlichkeit ... der Verzweiflung ...

Sie holte das Pferd aus der inzwischen im Abendschatten träumenden Schmiede, zahlte einige Dinare, und als sie in den Sattel kletterte – schön vorsichtig, *ich hab's verstanden, ich achte jetzt auf dich, mein kleiner Liebling* – wurde ihr klar, wie sich ihr Spielraum immer weiter verengte. Sie *musste* sich rehabilitieren. Um jeden Preis. Der winzige Rossi, die daumengroße Cecilia brauchte ein sicheres Heim.

17. KAPITEL

Signora Borrini gehörte eine Backstube in der Via Porta Rossa – nur wenige Schritte von Großmutter Biancas Stadthaus entfernt. Cecilia hatte die Signora bereits als Kind geliebt. Sie war wie eine rotwangige Sonne, die am Himmel der lieblichen Düfte schien. Ein freundliches, immer heiteres Wesen, das altes Brot an die Bettler verteilte und den naseweisen Kindern ihrer Kundinnen Kuchenstückchen zusteckte. Signora Borrini war die richtige Person für das, was Cecilia vorhatte. So hoffte Cecilia jedenfalls.

Sie betrat den warmen, nach Brot und Gewürzen duftenden Raum, und nachdem geklärt worden war, dass es sich bei dem rot behosten jungen Mann nicht um einen Dieb handelte, sondern um die liebe Signorina Barghini – *ich erkenne Sie kaum wieder, Signorina, im Ernst!* – lief die Bäckerin eilends hinüber zu Großmutters Haus. Einmal mehr musste sich Cecilia beschämt eingestehen, wie sehr sie die Großherzigkeit und den Mut der einfachen Leute unterschätzt hatte.

Signora Borrini hatte ihr einen Becher voll Ziegenmilch und einen Teller mit Küchlein hingestellt, und Cecilia schlang die Gabe heißhungrig hinunter, während sie wartete. Eine Viertelstunde später betrat Großmutter den Raum – gemessen und so aufrecht wie immer. Aber milde. Es passte nicht zu Großmutter, milde zu sein. Als Cecilia genauer hinsah, merkte sie, dass der ungewohnte Eindruck von Großmutters Gesicht herrührte. Etwas daran war schief. Der linke Mundwinkel hing herab, das linke Augenlid …

»Starr mich nicht an«, sagte Großmutter.

Signora Borrini rückte eilig einen Stuhl zurecht. Sie blickte sich um, als würde ihr die Tatsache, dass in ihrer Backstube Mehl auf den Tischen und Asche vor dem Ofen lag, zum ersten Mal bewusst.

»Lassen Sie uns allein!«, befahl Großmutter.

»Aber seien Sie wieder hier, wenn die Brote herausmüssen. Wir wollen Ihnen auf keinen Fall Ungelegenheiten bereiten.« Cecilia lächelte die Bäckerin an und nickte in Richtung Backofen.

Als die Tür sich hinter der rundlichen Frau geschlossen hatte, lehnte Großmutter ihren Stock gegen die Wand. Sie kam ohne Umschweife zur Sache: »Dina ist bei einem Freund von mir untergebracht. Bei Davide Talenti. Ich sage es dir, damit du sie wiederfindest, sollte ich sterben, bevor die leidige Sache sich erledigt hat. Ich *werde* sterben.«

»Irgendwann ...«

»Noch vor dem Weihnachtsfest.« Großmutter nuschelte, was an dem schiefen Mund lag. Der Schlag, dachte Cecilia beklommen. Sie musste der Schlag getroffen haben.

»Ich habe Signor di Vita meine Geldangelegenheiten übergeben. Mein Erbe wird zwischen Dina und dir aufgeteilt, solltest du rehabilitiert werden. Dann wird dir auch das Vermögen deiner Eltern ausgehändigt. Ansonsten behält Signor di Vita, den ich als aufrechten und klugen Menschen kennengelernt habe, alles in Verwahrung. Er wird euch versorgen.«

»Ich besitze ein Vermögen?«

»Von deinem fünfundzwanzigsten Lebensjahr an. Oder bei meinem Tod.«

»Ich habe geheiratet.«

Großmutter blinzelte irritiert.

»Und ich erwarte ein Kind.«

Die gesunde Seite von Großmutters Mund zuckte. Die alte Frau schwieg lange. »Ein Kind. Das hältst du für passend?«

»Das halte ich für wunderbar.«

Großmutter blickte auf ihre Füße, die in bequemen, wenig eleganten Schuhen steckten. Die Knochen, die gewuchert waren, drückten Beulen gegen den dünnen Samt. Schließlich hob sie die Hand und winkte ihrer Enkeltochter, zu ihr zu kommen. Cecilia kniete vor ihr nieder. Wenn Großmutter sagte, dass sie vor dem Weihnachtsfest sterben würde, dann würde sie sterben. Sie plante jedes Detail ihres Leben so akkurat, dass ihr auch der Tod nichts durcheinanderbringen würde. Cecilia schaute in das faltige, von Altersflecken übersäte Gesicht, in dem nur noch die Augen jung schienen. Sie spürte, wie ihr schwindlig wurde und ihr Magen sich mit Steinen füllte. »Ich werde Sie vermissen.«

»Signora *Rossi*, nehme ich an?«

Cecilia nickte.

»Und noch ein Bastard?«

»Eine Ehe in einer Kirche vor einem Priester, und dann eine wunderbare Nacht, für die ich mein Leben lang dankbar sein werde.«

»Aha. In diesem Fall bist du dem Mann natürlich verpflichtet.«

Auf der anderen Seite der Tür schwatzte Signora Borrini mit einer Kundin. Beide lachten, und etwas fiel scheppernd zu Boden.

»Ich werde ihn aufsuchen«, entschied Großmutter. »Sein Benehmen ist indiskutabel. Lateinische Reime! Die Witze darüber gehen durch sämtliche Salons. Er kann nicht auf die Gnade des Granduca hoffen, wenn er ihn lächerlich macht.«

»Versuchen Sie es.«

»Und du …« Großmutter mochte der Schlag getroffen

haben, aber das hinderte sie nicht daran, rasch zu denken und zu planen. »Du wirst ebenfalls zu meinem Freund Davide gehen. Er ist alt und ohne Familie und riskiert daher nicht viel. Es wird ihm gefallen, ein wenig Gesellschaft zu haben.«

»Das geht nicht, Großmutter. Es gibt Dinge, die erledigt werden müssen.«

Sie bewegten sich auf dünnem Eis. Großmutters Finger krallten sich um die Lehnen. Ich will nicht im Streit von ihr scheiden, dachte Cecilia. Ihr Herz klopfte so heftig, dass es wehtat. Plötzlich wurde ihr klar, dass sie in diesem Augenblick von dem Menschen Abschied nahm, der sie durch ihre Kindheit und Jugend geführt hatte. Nicht immer mit Zärtlichkeit, wahrhaftig nicht, oft selbstgerecht und schroff, aber niemals gleichgültig. Von dem einzigen Menschen, der sie ohne Unterbrechung geliebt hatte.

Da stieß Großmutter einen Seufzer aus, mit dem alle Kraft aus ihr zu weichen schien. Als Cecilia sich erheben wollte, hielt sie sie mit ihren zittrigen Händen fest. »In unserer Familie sind die Frauen stark«, stellte sie fest, und der krumme Mund formte sich zu einem Lächeln. »Ich bin es, du bist es, Dina ist es, und auf ihre eigensinnige Art war sogar Dinas Mutter, Grazia, eine starke Frau. Was ist es, um das du dich kümmern musst?«

»Das sollte ich Ihnen nicht sagen.«

Großmutter drückte ungeduldig ihre Finger.

»Nun gut …« Cecilia zögerte. »Es geht um ein Kind. Einen kleinen sechsjährigen Jungen. Jemand will ihn ermorden, und ich glaube, dass damit alles angefangen hat.«

»Bitte?« Großmutter schüttelte verärgert den Kopf, vielleicht weil sie annahm, dass Cecilia ihr etwas verschweigen wollte.

»Ich kann es nicht erklären. Es ist … vage. Ich habe ein

Knäuel voller Fäden in den Händen und finde es schwierig, sie zu entwirren.« Cecilia zog ihre Hände aus den faltigen von Großmutter Bianca und schaute eindringlich in das schiefe Gesicht. »Richten Sie Rossi von mir aus, dass Stella Farini die Mutter des kleinen Benedetto ist. Er ist ihr uneheliches Kind, und sie hat ihn mit sich genommen, weil er bedroht wird. Sagen Sie ihm, ich suche den Mann auf, in dessen Haus sie als Gesellschafterin gearbeitet hat und wo sie schwanger wurde. Sagen Sie ihm …«

»Wer ist Stella Farini?«

»Sagen Sie ihm, er soll essen.«

»Bitte?«

»Rossi. Er soll essen.«

Großmutter begann, etwas aus ihrem Ärmel zu zerren. Ihr linker Arm war ebenfalls schlaff. Sie hatte Mühe, ließ sich aber nicht helfen. Schließlich umschlossen ihre Finger einen kleinen weißen Samtbeutel. »Was immer der Mensch unternimmt – es kostet Geld.« Sie drückte Cecilia den Beutel in die Hand. Dann erhob sie sich mühsam. Ihr Blick blieb bei Cecilias Hosen hängen. »Die Farbe deines … Gewandes ist zu grell. So etwas wirkt gewöhnlich.« Resolut nahm sie den Stock, schlurfte zur Tür und öffnete sie. Schon fast hinaus, drehte sie sich noch einmal um. »Wenn ein Mensch bereit ist zu kämpfen, ist das immer eines Lobes wert.«

Signor Rosselino schwirrte durch den Raum, finster beobachtet von seiner Schwester, die in einem Lehnstuhl saß und stickte. Ihre enge Verwandtschaft war nicht zu übersehen. Beide besaßen eiförmige Köpfe. Der von Signor Rosselino war kahl, der der ältlichen Signora – sie war verwitwet, und Cecilia hatte den slawisch klingenden Namen bereits wieder vergessen – wurde von einer weiß gepuderten, drahtigen

Perücke gekrönt, wie sie vor Jahren einmal in Mode gewesen war, bevor Frankreich beschlossen hatte, sich dem Chic der Natürlichkeit hinzugeben. Sie sah aus wie ein Kiebitz nach einer Rauferei.

»Dass Sie zu mir finden ... dass Sie zu mir finden ...« Signor Rosselino flatterte mit den Händen. »Signora Barghini ... tatsächlich ... Sie müssen schon entschuldigen ... Ich bin so überrascht ... und natürlich überglücklich ...«

»Sprich vernünftig mit ihr«, forderte der Kiebitz streng.

»Gewiss ...« Signor Rosselino nahm das Tablett mit den Zitronatküchlein vom Tisch auf und stellte es sofort wieder auf die Platte zurück. »Es ist nur ... Ich habe wochenlang nach Ihnen gesucht, *verzweifelt*, wenn Sie mir das dramatische Wort erlauben. Es war schon schwierig genug herauszufinden, wo die liebe Stella ...«

»Sie ist eine Schlampe«, warf seine Schwester ein.

»... wohnt. Leider ist sie noch immer nicht bereit, mit mir zu reden. Und das kann man ihr kaum zum Vorwurf machen. Im Gegenteil bin ich es ja selbst, der sich mit Vorwürfen überschütten muss. Und ich tue es auch, der Herr kann's bezeugen ...«

»Sie haben nach mir gesucht?«, wiederholte Cecilia, um sich zu überzeugen, dass sie sich nicht verhört hatte.

»Kein Mann ist einer Schlampe gewachsen, die es auf ihn abgesehen hat!«, grollte Signor Rosselinos Schwester. Sie sah von ihrer Stickarbeit auf und zog die Brauen zum Haaransatz. »Männer sind tierhaft.«

Ihr tierhafter Bruder nickte zerstreut. »Wenn ich damals gewusst hätte, dass sie ein Kindlein unter dem Herzen trägt ...«

O Gütiger, dachte Cecilia. Er ist der Vater. Das ist Benedettos Vater.

»Ich habe zu Lidia, die ich sehr schätzte, gesagt: Ver-

schweige es ihm«, erklärte der Kiebitz. »Dein Gatte, mein Bruder, habe ich zu Lidia gesagt, ist sentimental. Wirf die Schlampe hinaus und damit gut. Sonst wickelt sie ihn um den Finger. Männer sind tierhaft.«

Wahrhaftig: O Gütiger! Niemand schien zu erwarten, dass Cecilia etwas erwiderte. Wahrscheinlich war dieser Streit mit genau denselben Argumenten schon tausendmal unter den Geschwistern geführt worden, und es fiel ihnen gar nicht mehr auf, welchen Skandal sie diskutierten. Vielleicht dachten sie auch, sie wüsste Bescheid. Sie hatte sich ihnen als Signorina Barghini vorgestellt, eine Freundin von Stella, und von da an hatte man sie nicht mehr zu Wort kommen lassen. Überglücklich hatte Signor Rosselino sie in den Salon geführt und sie in einen Sessel genötigt. Er war bestimmt kein Mörder. Er machte ja nicht einmal aus seiner Vaterschaft einen Hehl.

Warum hatte er nach Stella Farini gesucht?

»Stella …«

»Je jünger, desto schlimmer«, fiel die Signora ihrem Bruder ins Wort. »Es ist natürlich auch eine Frage der Erziehung. Ihre Mutter ist ein grauenhaftes Weib.«

Signor Rosselino schaute seine Schwester an, oder vielmehr, er blickte durch sie hindurch in eine Ferne, in der er der Himmel mochte wissen was erblickte. »Ich habe einen Sohn«, erklärte er schließlich mit dünner Stimme, und seltsamerweise klangen die Worte überhaupt nicht pathetisch. Er war ein feingliedriger Mann mit einem runden Kinn und warmen, kurzsichtigen, tiefgrünen – meergrünen! – Augen.

Die Bücher, die neben dem Tablett auf dem Tisch lagen, verrieten, dass er englische Dichter mochte. Auf der Anrichte befand sich eine Flasche mit einem winzig kleinen Kriegsschiff, und ein weiteres Modell im Zustand des Ent-

stehens lag daneben. Er hatte etwas mit Stella gemeinsam, dachte Cecilia, und es war dabei nicht ums Tierhafte gegangen.

Da seine verstorbene Ehefrau mit ihrer Schwägerin ein inniges Verhältnis gepflegt zu haben schien, waren die beiden einander vermutlich ähnlich gewesen. Da brauchte man sich nicht zu wundern, wenn die liebevolle, phantasiebegabte Stella Rosselinos Herz erobert hatte – und er das ihre, obwohl er ihr an Jahren weit voraus war. Sie schätzte ihn auf über fünfzig.

»Ein Sohn …« Signor Rosselinos Lächeln wirkte halb glücklich, halb verzweifelt. »Ich weiß nicht, ob Sie ermessen können, Signorina Barghini, was es für einen Mann bedeutet, einen Sohn zu haben.« Er schob die Hand zwischen die Knöpfe seiner Weste. »Es ist doch, als würde sich mit einem Sohn das Leben fortsetzen. Ich möchte sogar behaupten: Ein Sohn *entspricht* dem ewigen Leben. Ein Kind … solch zarte Glieder, und dennoch diese Männlichkeit, die am Erblühen ist und bereits ahnen lässt …«

»Lidia hat der Schlampe gedroht, ihre Hurerei öffentlich zu machen, sollte sie das Ansehen meines Bruders zu ruinieren versuchen«, erklärte die Schwester.

»Ich habe versucht, mit Stella zu sprechen, als ich erfuhr, welches Unglück unsere Zuneigung über sie brachte. Die Reue wütete in mir, sie zerriss mich, raubte mir den Schlaf, trieb mich in tiefe Melancholie«, erklärte Signor Rosselino, während er seufzend seine Wanderung wiederaufnahm. »Ein einziger Moment der Leidenschaft …« Er nahm die Hand wieder aus der Weste und fuhr damit über die Augen. »Leider, wenn auch begreiflicherweise, verbot mir Stellas Mutter jedes Gespräch mit ihrer Tochter. Und als ich sie endlich doch – bei einem Konzert, das am Strand von Marina di Pisa gegeben wurde, fast zwei Jahre später – wie-

dertraf, enteilte mir das schöne Kind, ohne mein Flehen zu beachten, und ihre Blicke durchbohrten mir das Herz. So sagt mir zumindest, wo sich unser armer Sohn befindet, liebste Stella!, rief ich ihr hinterdrein. Sie schwieg.«

»Wenigstens etwas, das man ihr zugutehalten muss«, grollte seine Schwester. »Mein Bruder hätte es geschafft, doch noch einen Skandal zu fabrizieren, nachdem wir alles mit so viel Mühe gerichtet hatten.«

Plötzlich blickten die beiden ihren Gast an, als erwarteten sie einen Kommentar. Das Interesse kam so überraschend, dass Cecilia sich unwillkürlich aufrichtete. Ihr fielen keine Worte ein, die einigermaßen passend waren. »Sie haben nach mir gesucht?«, fragte sie schließlich.

»Ich muss doch wissen, wohin Sie meinen Sohn gebracht haben«, erklärte Signor Rosselino.

Sie waren beide verrückt. Anders war dieses Gespräch nicht zu erklären. Der Kiebitz, der Cecilia jetzt unverhohlen feindselig musterte, war ebenso verrückt wie ihr Bruder, der aussah, als warte er auf das Geschenk zum Namenstag.

»Wohin … Bitte was?«

Überrascht runzelte die Schwester die Stirn. Dann hob sie ihr Stickzeug. »Die Hure hat gelogen. Ha!«

Signor Rosselino ließ sich bestürzt in einen Sessel sinken. »Aber Signorina Barghini, ich dachte, der Grund Ihres Kommens … Haben Sie denn nicht mit Signor Heyward gesprochen?« Er schaute in ihr ratloses Gesicht. »Signor *Heyward*!« Er nickte, als könne er ihr dadurch das Begreifen entlocken.

»Der Engländer«, versuchte seine Schwester ihr auf die Sprünge zu helfen.

»Er ist ein vortrefflicher Mann, ein englischer *Agente segreto*, dessen Dienste in Anspruch zu nehmen ich mich entschloss, als Stella sich so beharrlich weigerte, mir zu ver-

raten, wo sich mein Sohn aufhält. Ich dachte, wenn ein Fremder, ein besonnener Mann, mit ihr spricht ... Und so war es ja auch. Signor Heyward ...«

»Kein *Agente segreto*. Ein *Sbirro*«, meinte seine Schwester verächtlich. Sie nässte den Finger, um einen Faden durchs Nadelöhr zu schleusen.

»O nein. Er ist ein ehrenhafter Mann von großem Talent. Ein Engländer, der in London unter Sir John Fielding bei den *Bow-Street-Runners* diente. Das ist eine Art Garde«, erklärte Rosselino Cecilia, »die den Auftrag bekam, die Straßen der englischen Hauptstadt sicherer zu machen. In einem System, das unserem weit vorauseilt, was die Wirkungskraft ...«

»Ein Mann mit einer karierten Jacke?«

»Trägt er so etwas?«, fragte Rosselino verwirrt.

»O ja! Einfach geschmacklos!« Die Nadel fuhr wieder durch das Sticktuch. »Völlig zerfleddert!«

»Und dieser Heyward hat mit Stella gesprochen?«, fragte Cecilia vorsichtig.

»Und sie in taktvollster Weise über die Art der Gefühle aufgeklärt, die ich für meinen Sohn hege, und sie inständigst gebeten, das Kind der Führung eines Vaters anzuvertrauen, der nur die allerbesten Absichten ... Stella sagte ihm, dass Sie, liebe Signorina Barghini, das Kind zu sich genommen hätten, schon vor geraumer Zeit. Also hat Heyward sich auf die Suche gemacht ...« Der Mann unterbrach sich ratlos. »Er hat Sie doch offenbar gefunden, da Sie seine Kleidung beschreiben können. Ich bitte Sie, spannen Sie mich nicht länger auf die Folter. Haben Sie ...?«

»Stella hat deinen Engländer angelogen. Merkst du das nicht? Feiner *Agente segreto*!«, zischelte der Kiebitz. »Du lässt dich von jedem übertölpeln. Der Engländer behauptet, dass Sie ein zweifelhaftes Geschöpf sind«, informierte die

Frau Cecilia. »Und daran können Sie erkennen, wie töricht er ist, denn ein gebildeter Mensch erkennt eine Dame, wenn er sie sieht. Ich habe gleich gesagt, es ist ein Fehler, sich mit Ausländern einzulassen.«

Signor Rosselino sank zutiefst enttäuscht in einen Ohrensessel neben dem Flaschenschiff. »Warum hat Stella behauptet ...?«

»Um dir eins auszuwischen natürlich.« Seine Schwester beugte sich vor, die Hand an der Perücke, die ins Rutschen geriet. »Wir sind friedliche Leute, und Lidia war, nebenbei bemerkt, genauso. Wir lebten zurückgezogen und freuten uns an den einfachen Wohltaten des Landlebens. Es ging uns immer gut. Niemals mussten wir uns aufregen. Es herrschte Ordnung, wenn Sie mich verstehen.« Ein bärbeißiger Blick traf ihren Bruder. »Dann hat meine Schwägerin aus Gutherzigkeit dieses ... Ding in ihr Haus aufgenommen – ich habe sie gleich gewarnt ...«

»Warum hat Stella Heyward denn nur angelogen?«, wiederholte Rosselino, immer noch fassungslos, seine Frage.

»Weil sie verrückt ist«, schnauzte seine Schwester.

Und vielleicht war das wirklich die Erklärung für alles.

Es gefiel Großmutter nicht, schon wieder zu Rossi ins Gefängnis zu gehen, aber sie ließ sich erweichen, und bereits am Abend des folgenden Tages kehrte sie in die Backstube zurück, um Cecilia zu übermitteln, was Rossi ihr ausrichten ließ: »Der Giudice sagt, du sollst deinen Verstand benutzen. Wenn diese Stella aus Gründen, die er immer noch nicht begreift, zwei Kinder ermordet hat, und dazu die Leiterin des Waisenhauses, wäre es ein Irrsinn, sie zu reizen. Außerdem, sagt er, geht es um Lupori. Und Stellas Wahnsinn und die Sache mit ihrem Sohn haben nichts mit den gefälschten Eintragungen im Waisenhausbuch zu tun – was du bitte

nicht aus den Augen verlieren mögest. Er will nicht, dass du dich mit ihr einlässt. Ist sie tatsächlich irr?«

»Ich denke schon.« Cecilia wurde das Herz schwer, als sie an den kleinen verängstigten Jungen dachte, den das Schicksal wie ein Papierboot auf den Wellen tanzen ließ. »Guido und eine Amme des Waisenhauses haben eine Frau im Garten gesehen, die sie für Rachele hielten. Warum nicht Stella, die ihr Kind besuchte? Verschleiert, weil sie nicht erkannt werden wollte. Ich habe selbst eine Frau in weißen Kleidern bemerkt, in der Nacht, als es brannte. Und auch das könnte Stella gewesen sein, die Assunta ermordete, weil sie ihr Benedetto nicht überlassen wollte. Oder weil Assunta sie erpresste? Ich zweifele nicht, dass Stella es war, die das Geld für Benedetto, mit dem Assunta das Waisenhaus betrog, überbracht hatte.«

»Warum hätte sie diesen anderen kleinen Jungen ermorden sollen? Diesen Modesto?«, fragte Großmutter skeptisch.

»Weil er unfreundlich zu ihrem Benedetto war?« Natürlich befriedigte die Erklärung nicht. »Sie hatte Anfälle, sagt ihre Mutter. Sie ist irr. Irre Menschen sind unberechenbar. Vielleicht wollte sie Benedetto mehr Platz auf seiner Strohmatratze verschaffen und hat deshalb seinen Namensvetter beseitigt? Und Modesto … aus irgendwelchen anderen Gründen. Ich *weiß* doch nicht, wie irre Menschen denken.«

»Jedenfalls hat der Giudice dir verboten, dich weiter mit ihr zu befassen. Und da er dein Mann ist …«

»Ich trage Hosen und lasse mir von niemandem mehr etwas verbieten«, sagte Cecilia leise.

Großmutter knirschte mit den Zähnen, aber sie konnte ihren Stolz nicht verbergen. Doch dann schüttelte sie den Kopf. »Unter deinem Herzen wächst ein Kind heran, und

ein weiteres Kind wartet auf dich bei meinem Freund Davide. Du bist nicht frei, Cecilia. Niemand ist frei, der Kinder hat.«

Großmutter hatte recht. Einen Moment lang sich vorstellen, dass Dina ohne einen Verwandten und ohne Schutz durchs Leben gehen müsste … einen Moment die Vision, dass Rossis Kind zur Welt käme, nur um der verbrecherischen Mutter aus den Armen gerissen und im nächsten Findelhaus abgegeben zu werden, und Cecilia wusste, dass sie nicht frei war zu handeln, wie sie wollte. Sie musste sich an diesem Abend wieder übergeben, und das war der letzte Beweis, dass ihre weibliche Natur nicht die Absicht hatte, auf Tricks wie Hosen hereinzufallen.

Cecilia wartete, bis ihr Magen sich beruhigt hatte, dann ging sie zu der Wirtin, bei der sie sich mit Großmutters Geld eingemietet hatte, und sandte Signor Rosselino eine Nachricht. Die Antwort ließ einige Tage auf sich warten. Endlich, an einem verregneten Nachmittag, pochte es an Cecilias Tür. Die Wirtin überbrachte ihr ein Billett des alten Mannes, das die gewünschte Einladung enthielt. Cecilia suchte ihr Kleid heraus und bat die Wirtin, es zu plätten.

Es war abends, als sie zum zweiten Mal das kleine Dorf Morello betrat. Sie war erschöpft und fühlte sich, als müsste sie hundert Stunden schlafen, um wieder zu Kräften zu kommen. Der Himmel zeigte eine zerrissene Wolkendecke, in der Licht und Finsternis einander mit Pfeilen beschossen, und es roch nach dem Regen des vergangenen Tages. Sie band die Zügel ihres Pferds an einen der Eisenringe, die bei den Trittsteinen in der Mauer des Jagdhauses befestigt waren. Ihr Blick schweifte zu den Pächterhäuschen, die in einem Halbkreis das Gut umringten und mit ihm gemeinsam das Dorf bildeten. Eine Kapelle mit einem separat stehenden

Glockenturm gehörte ebenfalls zu der Ansiedlung. Von seinem Dach erhob sich lautlos ein großer schwarzer Vogel und breitete die Schwingen aus, um sich auf die Jagd zu begeben.

Signor Rosselino öffnete ihr selbst die Tür und begrüßte sie mit einem gedämpften, aufgeregten Wispern. Cecilia hatte erwartet, dass er seine Schwester von der folgenden Unterredung fernhalten würde, aber sie saß wieder in ihrem Stuhl, mit dem argwöhnischen Blick, der ihr zu eigen war, und natürlich mit ihrem Stickzeug. Der Himmel mochte wissen, was die beiden Geschwister aneinanderkettete.

Heyward, der englische *Agente*, erhob sich von seinem Stuhl, als Cecilia den Raum betrat. Die Kerzen, die Rosselino verschwenderisch hatte entzünden lassen, warfen helle Schatten auf sein kariertes Wams, so dass es aussah, als tanzten die Karos. Als er sich verneigte, sah Cecilia, dass er volles blondes Haar besaß.

Sie hatte erwartet, dass sie sich fürchten oder zumindest unwohl fühlen würde, aber seltsamerweise war das nicht der Fall. Heyward setzte sich wieder, und nachdem auch Cecilia Platz genommen hatte, begann er mit wohltuend leiser Stimme zu berichten. Der seltsame Akzent, den Tante Cora bemängelt hatte, war kaum zu bemerken. Und er ähnelte in nichts dem Manne, der Cecilia überfallen und entführt hatte.

Er ist es nicht, dachte sie. Er ist einfach ein netter Ausländer, der sich bemüht hat, eine schwierige Mission zu erfüllen. Sie versuchte ihn mit Tante Coras Augen zu sehen, aber sie konnte nichts entdecken, was sie beängstigend gefunden hätte. Was für Geister hatten sie nur genarrt? Es ist die Angst, dachte sie. Wer sich fürchtet, sieht nicht mehr richtig.

Heyward erzählte. Er hatte einige Zeit benötigt, um Stel-

las Aufenthaltsort zu erfahren, denn das Gesinde im Haus ihres Gatten gab sich natürlicherweise verschlossen. Aber schließlich hatte er aus Stellas geschwätziger Mutter unter einem Vorwand, den zu nennen er vermied, herausgefragt, was er wissen wollte. Er war nach Montecatini gereist – das geschah zu der Zeit, als der kleine Benedetto aus dem Turm stürzte – und hatte die junge Frau aufgesucht. Sie war so abweisend, wie er es nach den Schilderungen Rosselinos und ihrer Mutter befürchtet hatte, und er hatte ihr etliche Besuche abstatten müssen, um ihr Vertrauen zu gewinnen.

Dass es Signorina Barghini sei, die das Kind zu sich genommen habe, hatte sie ihm allerdings erst gesagt, als Cecilia verhaftet worden war, was sie offenbar sehr erregte.

»Diese Schlange«, zischte Rosselinos Schwester. »Sie hat gedacht, dass sie ihn so abwimmeln kann.«

Heyward nickte und seufzte. »Ich versuchte, an Sie heranzukommen, Signorina, um den Aufenthaltsort des Knaben zu erfahren, denn ich muss gestehen …« – errötete er unter seinem blonden Haarschopf? – »… dass ich Signora Farini glaubte. Sie wirkte so … so aufrichtig besorgt um den Jungen. Sie weinte.«

»Und dann kam ich in den Ruf, eine Betrügerin und möglicherweise eine Kindsmörderin zu sein«, sagte Cecilia, die es hasste, um den heißen Brei herumzureden.

»Ich kann meine Sorge um Signor Rosselinos Sohn kaum beschreiben«, sagte der Engländer. »Auch wenn ich nicht begriff, wie all diese Vorwürfe zusammenhingen. Leider hatte ich ja keine Möglichkeit, offizielle Ermittlungen anzustellen.« Er hatte sich also eine Verkleidung als Gazzettiere zugelegt und gehofft, sich so Cecilia nähern zu können, ohne Verdacht zu erregen. »Eine Angewohnheit meines Standes«, meinte er mit einem Lächeln. »Immer unauffällig bleiben.« Leider hatte Baldassare ihn daran gehin-

dert, mehr als die wenigen Worte mit der Gefangenen zu wechseln.

Und hast du mich nicht unflätig beleidigt?, fragte Cecilia sich still. Aber das hatte vielleicht zu seiner Maskerade gehört. Sie war unsicher. Heyward wirkte besonnen, liebenswürdig, grundanständig. Sie zwang sich, ihm weiter zuzuhören.

Als Cecilia vor der Gerichtsverhandlung floh, war er immer noch überzeugt gewesen, dass sie den Aufenthaltsort des kleinen Benedetto kannte. Also hatte er sich wieder an ihre Fersen geheftet.

»Warum hätte ich den Jungen entführen sollen?«, fragte Cecilia.

»Nun, ich sagte es ja bereits ... Alles war mir mehr als rätselhaft«, meinte der Engländer. »Rätselhaft war auch, warum eine Dame wie Sie Eintragungen in den Waisenhausbüchern fälschen sollte, und dennoch scheint dies, nach allem, was geredet wird ...«

»Sie hätten mir davon berichten müssen«, unterbrach ihn Rosselino, den Eintragungen in Bücher nicht interessierten. »Ich meine, dass mein Sohn sich möglicherweise in Gefahr befand. Nicht, dass ich annehmen würde, Sie könnten in irgendeiner Weise schändliche Absichten gehegt haben, Signorina Barghini, aber ich hätte doch gern erfahren ...«

»Einer Betrügerin traut man alles zu«, sagte Cecilia und versuchte, in Heywards Augen zu lesen.

Er erwiderte ihren Blick, ohne zu blinzeln. Er hatte ja so recht. Hätte sein Misstrauen ihn nur auch bei Stella nicht im Stich gelassen. Cecilia überlegte, was sie ihm erklären und was besser verschweigen sollte. Nachdenklich betrachtete sie den Mann, der ihr einen solchen Schrecken eingejagt hatte. Heyward musste ungewöhnliche Fähigkeiten

besitzen, denn es war ihm gelungen, sie immer wieder aufzuspüren, sogar in Prato. Sogar als sie nach Montecatini zurückgekehrt war, um Stella aufzusuchen.

»Was wollten Sie im Haus des Pfarrers?«, fragte sie.

Heyward lächelte. »Rätsel *lösen*.« Er blickte auf seine Füße und legte sich die Worte zurecht, ehe er fortfuhr: »Ich fand es offen gestanden merkwürdig, dass ein kleiner Benedetto aus dem Turm des Waisenhauses stürzte, während ich einen zweiten Benedetto suchte. Wenn man eine Verbrecherin entlarvt hat, in deren Umfeld ein weiteres Verbrechen geschehen ist ...«

»Ja«, sagte Cecilia ohne Groll.

»Ich fand heraus, dass der tote Benedetto zu jung war, um Signora Rosselinos Sohn zu sein. Er hatte also nichts mit meiner Angelegenheit zu tun. Ich schimpfte mich einen Dummkopf und konzentrierte meine Aufmerksamkeit wieder auf Sie. Aber obwohl ich Ihnen folgte, entdeckte ich keine Spur von dem Kind, gleich, wo Sie auftauchten. Dieses Mädchen war dort, aber kein Junge.«

»Stella hat den Brand im Asyl gelegt. Ich habe sie gesehen, sie aber für diesen ... für den Geist, für Rachele, gehalten«, sagte Cecilia. »Sie muss Assunta ermordet haben. Dann ist sie zu Guido gegangen, damit er die älteren Kinder rettet. Und schließlich hat sie ihr Kind in die Obhut bekommen – so wie sie es plante.«

»Man muss befürchten, dass sie tatsächlich den Verstand verloren hat«, meinte Heyward. Rosselino und seine Schwester sagten gar nichts mehr.

»Und nun?«, fragte Cecilia.

»Und nun – nach allem, was Sie berichteten – bin ich in großer Sorge um das Kind«, erklärte der englische *Agente*.

Eine arme Frau also, deren Geist sich verwirrte, als sie schwanger wurde und nach der Geburt ihr Kind fortgeben musste. Cecilia versuchte, sich das vorzustellen. Die Schwangerschaft hatte dazu geführt, dass Stella aus dem Haus ihres Liebhabers fortgejagt wurde. Diese Schande musste sie bis ins Mark getroffen haben. Und dazu kam das Gefühl, von dem Geliebten im Stich gelassen worden zu sein. Ja, über so etwas konnte man schon den Verstand verlieren.

Hatte der Kummer, Rosselino nicht mehr sehen zu können, den Irrsinn verstärkt? Eher nicht. Stella schien im Herzen mit ihm gebrochen zu haben, denn sie hatte sich ja geweigert, mit ihm zu sprechen, als die beiden sich am Strand von Marina di Pisa trafen. Hasste sie den Mann, der so schändlich an ihr gehandelt hatte? Schwankte sie zwischen der natürlichen Liebe einer Mutter zu ihrem Kind und dem Groll auf die grünen Augen, die der arme Benedetto von seinem Vater geerbt hatte? Dann hätte Heyward recht, und Benedetto befand sich in höchster Gefahr.

Da die Stadttore schon geschlossen waren, verbrachte Cecilia die Nacht in einem Wäldchen unweit der Florentiner Nordmauer. Ihr Pferd schlief und atmete dabei geräuschvoll, was ihr ein warmes Gefühl der Sicherheit verlieh. Als der Morgen graute, setzte sie sich auf die Luftwurzeln eines Baumes und schrieb, während der Mond blass und weiß am Horizont der Sonne wich, all ihre Befürchtungen bezüglich Stella Farini auf mehrere Bögen Papier.

Schließlich war sie fertig. Sie lehnte sich zurück, die Bögen im Schoß, und während alle Anspannung von ihr wich, bedachte sie ihre Lage. Ihr Magen war leer, und auch der Rest ihres Körpers fühlte sich leer und leicht an. Sie hatte sich selbst nicht entlasten können, was die Frage der entwendeten Waisenhausgelder anging. Wer sie kannte, glaubte ihr, aber die Menschen, die über sie zu urteilen hatten, taten

es nicht. Selbst der gescheite englische *Agente* hielt sie, was die Unterschlagung anging, für schuldig. Und da Assunta tot war, bestand auch keine Möglichkeit mehr, durch ihr Geständnis Cecilias Unschuld zu beweisen. Dies hier ist ein Abschiedsbrief, dachte Cecilia, während ihre Hände, die die Bögen umfassten, leicht zitterten. Herrgott, Rossi, ich schreibe dir einen Abschiedsbrief.

Irgendwann würde der Prozess gegen ihren Ehemann stattfinden, wegen Beihilfe zur Gefangenenbefreiung. Man würde ihn verurteilen und unter Gesindel einkerkern, das niemanden so hasste wie die Diener der Justiz. Als ehemaliger Richter würde er ein elendes Ende nehmen. Sollte er aber wie durch ein Wunder seine Haftzeit überleben, so durfte sie ihn dennoch nicht wiedertreffen, denn wenn man ihn dabei erwischte, wie er die Gefangene erneut schützte, würde ihm das endgültig das Genick brechen.

Die ersten frühen Vögel sangen. Nach dem Regen der vergangenen Tage wollte es wieder sonnig werden. Ich muss Dina holen, dachte Cecilia. Und dann muss ich sehen, wie ich mein Leben und das meiner Kinder regele. Sie horchte auf irgendeinen Schmerz in ihrer Brust, aber sie empfand gar nichts. Selbst die Übelkeit hatte sich verzogen. Gefühlloser als die Wurzeln, auf denen sie saß, wartete sie darauf, dass die Stadttore sich öffneten.

Bevor sie aufstand, nahm sie den letzten Bogen noch einmal zur Hand und schrieb Rossi, dass sie ihn liebe.

Sie traf Großmutter Bianca wieder in der Backstube, so wie sie es vereinbart hatten. Die alte Dame wankte auf einen Stuhl, und Ariberto, ihr Lakai, stopfte eine Decke um sie fest, damit sie nicht fror. Cecilia beobachtete seine unbeholfenen Bewegungen. Eine Generation war dabei, dem Leben den Rücken zu kehren. Noch ein Abschied, dachte Cecilia.

Sie gab Großmutter die Bögen, die sie beschrieben hatte, und Großmutter schob sie, während Ariberto züchtig zur Decke blickte, zwischen Stecker und Hemd.

»Der Giudice ist zu dünn«, sagte sie. »Ich habe ihm kalte Polenta gebracht, und als er nicht essen wollte, habe ich ihm meine Meinung gesagt.«

»Konnten Sie ihn überreden?«, fragte Cecilia.

»Nein«, sagte Großmutter. »Er ist stur. Heute Morgen lungerte übrigens wieder einer von den Sbirri vor unserem Haus. Wir müssen vorsichtig sein.«

»Irgendwann werden sie mich vergessen haben«, sagte Cecilia.

»Ich denke, ja. Es wird ein Weilchen dauern.« Haltung. Ariberto stand bereit, als Großmutter sich vom Stuhl hochwuchtete. Der Geruch nach Gebäck und süßen Mandeln durchzog den Raum, und man hörte die Bäckersfrau mit einem Kind schelten.

»Wir werden über Davide in Verbindung bleiben«, erklärte Großmutter.

»Gewiss.«

»Achte auf Dinas Haltung. Sie neigt zum Buckeln. Und verbiete ihr, in Hosen zu laufen.«

»Tut sie das?«

»Ja. Davide lacht darüber, aber es ist falsch, einem Kind seine Grillen zu gestatten.« Sie verzog schmerzlich das Gesicht, als Cecilia sie umarmte.

»Da fällt mir noch ein ...«, sagte sie, als sie schon beinahe durch die Tür war. »Giudice Rossi hat etwas von einem Engländer erzählt, das ich dir berichten soll. Ich glaube ... nein, ich bin sicher, er hielt es für wichtig.« Sie musste sich einige Augenblicke besinnen, ehe es ihr wieder einfiel. »Es handelt sich um einen Mann namens Heyward ...«

18. KAPITEL

*C*ecilia wartete einige Minuten, nachdem Großmutter mit Ariberto das Haus verlassen hatte. Als sie schließlich auf die Straße trat, war sie immer noch wie betäubt von dem, was Rossi ihr hatte ausrichten lassen.

Ungeschickt bahnte sie sich ihren Weg durch die Passanten. Es herrschte das Gedränge des späten Vormittags: Kutschen, die nicht vorwärtskamen, Kaufleute in teuren Seidengewändern und ihre Diener, die Kisten hinter ihnen herschleppten, zwei übermüdete Dirnen, ein Provinzler, kenntlich an der Art, wie er seine Geldbörse umklammerte, ein Soldat, der einen Sattel auf dem Rücken trug …

Den Mann, der ihr folgte, bemerkte sie erst, als sie die Via dei Servi überquerte.

Es war ein Sbirro vor meinem Haus.

Nein, Großmutter, kein Sbirro, dachte Cecilia, während ihr die Angst in den Nacken kroch. Sbirri sind in zerlumpte Uniformen gekleidet, deren Zustand alle paar Jahre Gegenstand öffentlicher Diskussionen ist. Der Mann vor deinem Haus trug einen eleganten Waffenrock mit goldenen Litzen und Epauletten, und er steckte in feinen grauen Stulpenstiefeln. Dass dir das nicht aufgefallen ist!

Baldassare, Offizier des Granduca und Hetzhund Amideis, hatte Geduld bewiesen. Er musste der alten Frau von ihrem Haus aus gefolgt sein, denn er konnte kaum durch Zufall auf Cecilia gestoßen sein. Vor der Bäckerei hatte er gewartet und sein Opfer vermutlich erspäht, als es auf die Straße huschte. Aber er hatte nicht sofort zugegriffen. Vielleicht lag ein Genuss darin, dem Wild, das ihm so kränkend durch die Finger

geschlüpft war, durch die Gassen zu folgen. Salbe auf die Wunde seiner Eitelkeit ... was wusste sie schon.

Er sprang in einen Hauseingang, als Cecilia sich umdrehte, und gerade diese hastige Bewegung zog ihre Aufmerksamkeit auf sich. *Skid!* Einen Moment lang wurde ihr so schwindlig, dass sie völlig still stand, um nicht zu stürzen. Baldassare drehte sich um und tat so, als plaudere er mit einem Perückenträger, der ihn verwirrt anstarrte und versuchte, an ihm vorbeizukommen. Sie *wusste*, dass es Baldassare war, so sicher, als stünde sein Name in roten Lettern auf dem blauen Uniformstoff.

Eine von zwei Mohren getragene Sänfte bot einen ersten Sichtschutz. Cecilia huschte auf die andere Seite des Kastens, verließ das Versteck aber sofort wieder, als sich eine Haustür auftat. Sie stieß ein junges Mädchen beiseite – *ich Unmensch, das Kind trägt einen Säugling* – und hastete eine Treppe hinauf. Unten hörte sie die gar nicht mehr höfliche Stimme Baldassares, der das Mädchen anbrüllte und nach der Fliehenden fragte. Gleich darauf seine Schritte auf den ersten Stufen.

Cecilia erblickte ein offenes Fenster. Dahinter befand sich ein Innenhof, in dem sich Leinen mit Wäsche spannten. Genau zu ihren Füßen wuchs ein ungepflegter Rasen. Sie sandte ein Stoßgebet zur Jungfrau Maria und sprang. Der Boden, der ihr entgegenflog, schien gar nicht so weit entfernt zu sein, aber der Aufprall war hart, und sie stürzte nach vorn auf die Hände.

»*Cospetto!* Bleib stehen, Weibsbild, verdammtes!« Baldassare hatte sie entdeckt. Aber Cecilia rannte bereits. Sie sah mehrere Türen, die in die Nachbargebäude führten. Offenbar wurde der Hof von sämtlichen angrenzenden Wohnungen für die Wäsche genutzt. Hemden, durchlöcherte Strümpfe und bunte Röcke schlugen ihr ins Gesicht.

Stehen bleiben war unmöglich. Nicht nur wegen Dina und des daumengroßen Rossi, dem es gerade jetzt wieder gefiel, ihr die Magenwände umzudrehen. Wenn sie stehen blieb, würde Benedetto sterben.
Und es wäre *ihre* Schuld.
Meine Schuld, trommelte es in Cecilias Kopf, als sie eine Tür aufriss und durch einen stockig riechenden Flur rannte. Meine Schuld, weil ich vertrauensselig wie ein Hühnchen war, dumm wie ein Nachttopf, zum Kreischen blöde … O Rossi, warum hast du es mir nicht einen Tag früher gesagt?
In den Schimmelgeruch mischte sich der Duft eines Fischgerichts. Er führte sie geradewegs in eine riesige Küche, in der etwa ein Dutzend Frauen dabei waren, ein Mahl zu bereiten, als ginge es um eine Fürstenhochzeit. Alle fuhren herum, als die Tür gegen die Wand knallte.
»Ich werde verfolgt.«
Die Gesichter unter den weißen Hauben blickten stumpf und töricht, einige schauten alarmiert und ein oder zwei bösartig. »Verschwinde«, befahl eine Amazone, die in einem Kessel rührte. Sie hob die eiserne Kelle, als wäre es eine Waffe oder eine Fahne, die zum Angriff rief.
Cecilia gehorchte, nur nahm sie eine andere Tür, die sie dieses Mal sorgsam hinter sich schloss. Gedämpft hörte sie Baldassare in den hinteren Räumen fluchen.
Wieder eine Treppe hinauf und eine weitere Tür. Dieses Mal landete sie in einem Schlafzimmer, in dem … In einer weniger brenzligen Situation wäre sie errötet. Sie war ganz offensichtlich in einem Hurenhaus gelandet, und zwar in einem teuren, das eleganter ausgestattet war als die meisten Salons, die sie in ihrem Leben besucht hatte. Samtbezogener Liegen standen vor Seidentapeten mit Liebesszenen in den anstößigsten Positionen. Kissen und hauchdünne Decken luden zum Schlummern ein, und was man sonst in ei-

nem Hurenhaus so tat. Weinkaraffen und kostbare Gläser mit Goldrändern lagen achtlos auf dem Boden verstreut. Pfützchen bedeckten die Fliesen. Blütenköpfe welkten auf den Platten der runden Tische.

Ein Mädchen, fast noch ein Kind, stand vor einem deckenhohen Spiegel, die Brüste entblößt, die Finger in den üppigen schwarzen Locken, mit einem Blick, der selbstverliebt auf das eigene Spiegelbild gerichtet war. Es fuhr erschrocken herum.

»Ein Sbirro folgt mir.«

»Scheißdreck«, sagte das engelhafte Wesen und raffte das Oberteil des Kleides über die Brüste.

»Dort?«, fragte Cecilia und deutete zur nächsten Tür.

Das Englein wiegte den Kopf. »Nein, nimm die da.« Es lächelte, während es einen Vorhang zur Seite hob. Hinter den Falten verbarg sich eine weitere Tür. Baldassare trampelte über Stufen. Er hörte sich bedrohlich nahe an. Cecilia drückte dem Englein einen Kuss auf die Wange.

Die Tür musste entriegelt werden. Aber dann führte sie geradewegs ins Freie, in ein Seitengässchen, das vielleicht den Freiern als Zugang diente, die nicht gern den offiziellen Eingang benutzten.

»Viel Glück!«, wünschte das Englein.

Natürlich verlief sie sich. Sie war der Via Porta Rossa so nahe, dass sie meinte, die Straße *riechen* zu können, aber in dieses Eckchen des Viertels hatte sie in ihrer behüteten Jugend niemals einen Schritt gesetzt. Dass sie dennoch den Stall des Pferdeverleihers fand, in dem sie ihr Tier untergebracht hatte, grenzte an ein Wunder. Sie griff mit fliegenden Fingern in ihre Börse und versuchte dabei auszusehen, als hätte sie sämtliche Zeit der Welt. Ihr Gesicht musste die Farbe der Hose angenommen haben. Der alte Mann, der ihr

Pferd aus dem Stall führte, war mit sich selbst beschäftigt und brummelte mürrisches Zeug. Er achtete nicht auf den Jungen mit der Narbe im Gesicht.

Sie war Baldassare entschlüpft. Ein leises Triumphgefühl schlich sich in Cecilias Brust. Aber es verging sofort, als sie daran dachte, was Rossi ihr hatte ausrichten lassen: *Vorsicht mit Heyward. Er ist ein Betrüger und Schlimmeres. Die Engländer suchen ihn wegen zahlloser Verbrechen. Er gilt als Mörder ...*

Und ausgerechnet ihm hatte sie verraten, wo Stella sich mit Benedetto versteckte! Sie war auf seine liebenswerten Manieren hereingefallen, auf den sachlichen Tonfall seiner Stimme, auf seine gespielte Sorge. Sie hatte sogar aufgehört zu glauben, was sie *wusste* – dass er sie nämlich durch das Fenster der Gefängniskutsche begrapscht hatte.

Aber wie kann Rossi all das erfahren haben, Großmutter? Das hat er mir nicht erzählt.

Verdammt.

Travalle lag östlich von Prato. Ein winziges Nest am Hang der Monti della Calvana mit ärmlichen, aber sauberen Höfen und einigen wenigen Villen, deren Bewohner die Schlichtheit des Landlebens und die Behaglichkeit im Schatten der Berge schätzten. Wälder umringten das Dorf, und auch die Straßen waren von Bäumen gesäumt, vorwiegend von Pinien und anderem Nadelgewächs, das als Windschutz diente.

Cecilia ritt die Straße hinab, die ein Sonnenblumenfeld umrundete und sich zwischen den Gehöften verlief. *Und wenn Stella mich auch an der Nase herumgeführt hat, was ihre angebliche Freundin Letizia angeht?*, fragte sie sich halb bangend, halb hoffend. Hatte das Weib überhaupt jemals die Wahrheit gesagt? Cecilia schwirrte der Kopf.

Auch alles, was Heyward ihr bei Rosselino erzählt hatte,

bekam vor dem Hintergrund seiner verbrecherischen Karriere eine neue Bedeutung. Hatte er sich tatsächlich für das schmale Salär, das Rosselino ihm geboten hatte, auf die Spur eines Waisenkindes gesetzt? Vielleicht, er *war* Cecilia ja gefolgt. Nur – stimmte es überhaupt, dass Stella ihm erzählt hatte, Cecilia habe den Jungen bei sich? Aber aus welchem anderen Grund könnte er sich sonst an ihre Fersen geheftet haben?

Die Sorge um Benedetto war es sicher nicht gewesen. Ein Mann wie Heyward – so wie Rossi ihn geschildert hatte – sorgte sich um niemanden als um sich selbst. Jedenfalls hatte er sich *nicht* auf ihre Spur gesetzt, weil er sich seinem Auftraggeber verpflichtet fühlte, denn dem hatte er die angebliche Entführung ja verschwiegen.

Wer bezahlt dich so gut, du Mistkerl, dass du Wochen und Wochen Zeit aufwendest?

Lupori, wisperte ein leises Stimmchen. Aber dann ergab gar nichts mehr einen Sinn.

Cecilia hatte den Dorfbrunnen erreicht. Sie zügelte ihr Pferd und rutschte aus dem Sattel. Ihre Haare klebten in Stirn und Nacken, und wahrscheinlich hielten die Leute, die auf dem kleinen Markt Hühner gegen Kohlköpfe tauschten, sie für einen Stallburschen, der seinem Herrn das Reittier bringen sollte.

»Wo bitte finde ich Signora ...« Sie kannte den Familiennamen von Stellas Freundin nicht. Noch einmal *verdammt*! »Tut mir leid, ich habe vergessen, wie sie heißt. Meine Herrin, Signorina Farini, ist sie besuchen gekommen. Eine junge Dame ... mit ihrem Sohn ...«

Die Männer starrten sie dümmlich an. »Sie meint Letizia Semenzi«, klärte der hellste Kopf schließlich seine Nachbarn auf. »Das Kind von deiner Herrin ist stumm, nicht wahr? Sie meint Signora Semenzi.«

Die Leute nickten, und einer deutete die Straße hinab. »Das gelbe Haus mit der roten Mauer und den Rosenranken um den Torbogen. Meist ist da ein kleiner Hund ... bellt wie verrückt. Ist aber harmlos ...«

Cecilia zog am Zügel. Ihr Pferd war müde und stupste mit der Nase gegen ihre Schulter, als sie weitergingen. Das war eine seiner Angewohnheiten, wenn es sich nicht wohl fühlte. *Es geht uns allen nicht gut, mein Lieber. Da kann man nichts machen.*

Sie hatte genau bis zur Eingangspforte gedacht und keinen Schritt weiter. Erschöpft und fast krank vor Schlafmangel blieb sie vor dem blauschwarzen Torbogen stehen und starrte auf die Rosenblüten, um die Bienen summten. Benedetto war also verstummt. Kein Wunder. Es hätte jedem Menschen die Sprache verschlagen, wenn um ihn herum die kleinen Freunde ermordet wurden. War ihm klar gewesen, dass er selbst das Ziel der Anschläge war? Fürchtete er sich vor Stella zu Tode? Hatte er deshalb aufgehört zu sprechen? Weil er hoffte, sein Leben erkaufen zu können, wenn er schwieg?

Ich denke immer noch wie Heyward, schalt sich Cecilia. Sie band ihr Pferd an eine Strebe des Torbogens. Zögernd schritt sie über den Weg aus grauen Steinplatten, der zwischen liebevoll angelegten Beeten zur Haustür führte. Signora Semenzi hatte an der Tür einen Klopfer in Form eines Gauklers anbringen lassen. Wenn man ihn bewegte, schlug ein Stab auf einen Eisenring, der aussah, als sprühte er Eisenfeuer. Hübsch und unpraktisch, weil viel zu leise. Cecilia schlug so oft, bis sie sich selbst unhöflich fand. Sie wartete.

Nichts geschah.

Die Sonne brannte auf den Steinplattenweg, der von der Treppe aus einen Bogen um das Haus schlug. Durch ein Heckentörchen betrat Cecilia einen Kräutergarten, dessen

kleine Beete penibel mit Steinen eingefasst waren. Der Geruch von Minze lag in der Luft. Unruhig blickte sie sich nach dem Hund um, aber alles blieb still. Vielleicht waren die Damen ausgegangen? *Vielleicht sind sie aber auch nicht ausgegangen.* Wie lange mochte Heyward gewartet haben, nachdem sie ihm verraten hatte, wo Stella mit ihrem Sohn untergeschlüpft war?

Auf der Rückseite des Hauses öffnete sich der Garten in die Tiefe, wo er sich zwischen Beerensträuchern und Nachbargrundstücken verlor. Vor einer Hecke stand eine Garnitur aus einem weißen Marmortisch und zwei Bänken.

Auf einer der Bänke lag der Hund.

Sein schwarzes Pudelfell war verklebt, und über seine kleine Kehle zog sich ein rotes Band. Er hatte die Beine angezogen und schaute mit anklagenden Augen zu den Blütenzweigen, die über ihm in der Sonne wippten. Sein Kopf lag in einer roten Pfütze. Sie schillerte im Licht.

Cecilia schluckte. Sie drehte sich zur Hausfront. Eine der drei Türen, die ins Innere führten, stand offen. Sie starrte auf einen Sessel, den sie durch den Spalt erspähen konnte, wie auf das Pendel eines Hypnotiseurs. Es war an der Zeit nachzudenken – und dann entschlossen zu handeln. Nachdenken, dachte sie … nachdenken …

Nachdenken hatte keinen Zweck mehr. Der Junge war tot. Sie war erst zu gutgläubig und dann zu langsam gewesen. *Rachele.* Rossi würde lachen, wenn er erfuhr, wie das Drama geendet hatte. Nein, das würde er nicht, denn selbst ihn musste das Grauen überkommen, wenn er von Benedettos Tod hörte.

Cecilia musste ihre Glieder zwingen, sich zu bewegen. Sie zog die Tür vollständig auf und trat in den Raum, der dahinter lag. Ein geschmackvoll eingerichteter, nicht besonders großer Damensalon in blaugrünen und weißen Farben, mit

einer Decke aus Stuck und geblümten Sesseln. Auf einem lag eine Stickerei, auf dem Tischchen daneben standen eine silberne Teekanne und zwei zierliche Porzellantassen, die nur halb geleert worden waren. Der Tropfen auf dem Teelöffel war noch nicht eingetrocknet.

Sie durchquerte mit heftig pochendem Herzen den Raum. Ihre Hand glitt auf den Bauch, an die Stelle, wo sie ihr ungeborenes Kind vermutete. Die Tür, die den Gartentüren gegenüberlag, stand ebenfalls offen. Eine dunkle Holztreppe mit abgetretenen Stufen führte ins Obergeschoss. Schmutzreste, wie sie aus Sohlenrillen fallen, häufelten sich auf den Bohlen. Flieh ... hämmerte es in ihrem Kopf. Flieh ... Der tote Hund, die Teetassen, der Schmutz ... Was auch immer hier geschehen war – es hatte sich in den letzten Minuten ereignet. Sie befand sich mit dem Mörder unter einem Dach.

Dennoch folgte sie der Klümpchenspur. Ihre Füße wehrten sich gegen den Aufstieg, aber sie kämpfte gegen den Drang davonzulaufen an. Der kleine Benedetto hatte auch nicht die Möglichkeit gehabt zu fliehen, als er merkte, worauf es hinauslief. Und *sie* hatte ihn ausgeliefert. *Sie* war es gewesen, die dem Engländer sein Versteck verraten hatte.

Am Ende der Treppe befand sich ein Flur, von dem Türen abgingen. Eine davon stand offen. Sie streifte mit einem Blick den Teil des Zimmers, den man von ihrem Standort aus erkennen konnte, und sah ein breites Prunkbrett mit Messingstangen und blaugetupften Vorhängen, die zur Bettwäsche passten. Auf leisen Sohlen schlich sie weiter.

Meine Schuld, aber vielleicht war ja gar nichts geschehen. Vielleicht waren die beiden Frauen mit Benedetto ausgegangen. *Der Hund ...* Vielleicht war der Hund zurückgeblieben und so das einzige Opfer ...

Cecilia schrak bei dem Geräusch in ihrem Rücken so hef-

tig zusammen, dass sie herumfuhr und dabei an einen goldumrandeten Spiegel stieß. Er rutschte vom Nagel, und sie erwischte ihn gerade noch, bevor er zu Boden krachte. Vorsichtig setzte sie ihn auf dem Teppich ab, neben einem hässlichen alten Flecken, der die Form eines Vogels hatte. Im nächsten Moment schlug sie die Hand vor den Mund.

Eine sammetweiche Stimme kroch aus der Schlafstube. »Bleib stehen, nun bleib schon stehen, du kleiner Bastard ...« Leise Worte, fast gehaucht, in denen ein wenig Ungeduld klang. »Du solltest mich nicht reizen ...«

Cecilia starrte auf den Flecken im Teppich, der eigentümlicherweise dieselbe Farbe wie der Spiegelrand hatte. »Warte nur ...«, tönte es aus dem Zimmer. Es klang, als spielten erwachsene Kinder Fangen. Völlig in sich versunken. »Ich pack dich ...«

Die Stimme zog in andere Räume, in die Schlafkammer der Wohnung in Montecatini, in der Cecilia aus ihren Träumen aufschreckte. Keine Wut. Aber Begehren ... *Sie ist nackt ... helfen wir ihr doch ...*

Cecilia zuckte zusammen, als die Stimme laut und hart wurde. »Nun komm schon, Bengel ...« *Helfen wir ihr doch ...*

Ein Wimmern folgte.

Das kindlich-entsetzte Geräusch löste die Erstarrung. Cecilia griff nach einer Bodenvase. Benedettos Furcht besaß einen Sog, der sie voranzog. Kein Zögern mehr, nur noch Wut, die mit einem rattenverseuchten Kerkerloch zu tun hatte und mit einer ermordeten alten Frau, mit Rossi und ... und mit Stella, deren Füße, kindlich mit Schleifenschuhen bestückt, hinter der Fensterseite des Bettes hervorlugten.

Trotz ihrer Wut war Cecilia vorsichtig. Doch dann wieselte ihr Benedetto vor die Füße. Sie hatte keine Zeit, auf ihn zu achten. Heyward, der sich ebenfalls auf den Knien

befand, bemerkte sie im selben Augenblick, und mit einem Ausdruck grenzenloser Überraschung im Gesicht sprang er auf.

Er trug die Jacke. Nicht, dass es wichtig gewesen wäre. Cecilia warf die Vase nach ihm. Er bückte sich. Aber sie hatte sich schon nach neuer Munition umgeschaut. Letizia Semenzi besaß eine Ansammlung von marmornen Göttinnen, die nebeneinander auf einer Konsole standen. Dieses Mal überraschte Cecilia den Engländer. Er wich zu spät zur Seite, und sie traf ihn an der Wange. Es floss Blut. Heiß!

Benedetto umklammerte ihre Füße.

»Lauf«, brüllte sie ihn an. »Lauf!«

Der Junge ließ sie los und huschte wie eine Maus an ihr vorbei in den Flur.

Der nächste Engel flog. Der übernächste. Cecilia traf auch beim dritten Mal, aber nur die Hand, die allerdings so heftig, dass er aufschrie, der Mistscheißer, und die Finger gegen die Lippen presste. Dem vierten Engel entkam er nur haarscharf.

Es war an der Zeit, selbst zu rennen. In Cecilias Träumen waren ihre Fluchtversuche stets durch bleischwere Füße behindert worden – nun flog sie dahin. Die Treppe hinab ... *der Kerl hinter ihr keuchte* ... durch den Salon ... durch die Tür ins Freie ...

Sie holte Benedetto auf dem Rasen ein. Er schien nicht blindlings zu rennen, sondern etwas zu suchen, denn er nahm einen Umweg in Kauf, um hinter die Marmorbänke zu gelangen. Sie folgte ihm, und Minuten oder Augenblicke oder Stunden später – jedes Zeitgefühl verging in ihrer Angst – fand Cecilia sich auf der anderen Seite der Hecke wieder, auf dem Nachbargrundstück. Ihr Hemd war an Dornen hängengeblieben und bis zur Schulter aufgerissen.

Benedetto flitzte auf die Imitation einer Tempelfassade

zu, die ein Mensch mit einem unglückseligen Geschmack als Blende vor die Bretterwand seiner Gartenlaube gebaut hatte. Cecilia hörte auf der anderen Seite der Hecke ein Geräusch, das wie ein Husten klang. Der jämmerliche Meuchelmörder hatte sich verschluckt – aber keine Absicht, daran zu ersticken. Er musste den Durchschlupf entdeckt haben.

Benedetto packte Cecilias Hand. Die Blende war nicht direkt an die Wand genagelt, wer hätte das gedacht. Wenn man durch einen Busch mit dunkelblauen Beeren kroch, der den Übergang zwischen Tempel und Bretterwand perfekt verbarg, dann fand man sich in einem spinnennetzverseuchten, kaum fußbreiten Spalt wieder. Benedetto stand kerzengerade und Cecilia ebenfalls. Die Bretterwand drückte gegen ihr Kreuz, die ungeschmirgelte Holzrückseite der Fassade gegen ihren Bauch. Eine feuchte Hand rutschte in die ihre. Irgendein Insekt kroch über Cecilias Nacken. So warteten sie.

Heyward irrte durch den Garten. Sie konnten ihn hören, wie er sich räusperte – Folge des Verschluckens. Er fluchte und bemühte sich sichtlich, es leise zu tun, um niemanden aufzuscheuchen. Cecilia drehte ihren Kopf eine Winzigkeit und lächelte auf Benedetto hinab. Sie sah, wie er ein Seufzen unterdrückte. Er war blass und seine Augen so weit aufgerissen, dass sie das halbe Gesicht zu füllen schienen.

Aber er ist kaltblütig, dachte sie zärtlich. Er hatte sich offenbar ein Versteck gesucht, für den Fall der Fälle, und er hatte die Umsicht besessen, dorthin zu fliehen, statt sich in der nächstbesten Ecke zu verkriechen. Und nun sah sie ihn durch einen Spalt lugen, den Ratten oder der spitze Schnabel eines Vogels in die Tempelwand genagt hatte. *Du bist wahrhaftig etwas Besonderes, Junge. Du hast das Herz deiner Mutter.*

Mit einem Mal ertönte aus Richtung des Hauses eine erboste Stimme. Ein Mann mit überschäumendem Temperament drohte auf Französisch mit den Sbirri und mit seinen Hunden und mit allem Möglichen, für den Fall, dass der Herumtreiber unten im Garten nicht augenblicklich von seinem Grundstück verschwände.

Eisen klappte auf Eisen. Sicher die Gartentür. Heyward konnte es sich nicht leisten aufzufallen. Er gehorchte wie ein geprügelter Köter, der Mistscheißer. Cecilia merkte, wie ihr vor Erleichterung die Tränen in die Augen traten. Sie drückte Benedettos Hand. *Mistscheißer*. Ein wunderbares Wort, dachte sie, und dann, dass sie es augenblicklich vergessen musste, damit es ihr nicht vor Dinas Ohren herausrutschte. Mistscheißer!

Sie wagten es lange nicht, sich zu rühren. Die Angst war zu übermächtig, sie ließ sich nicht einfach durch das Geräusch eines klackenden Eisentores vertreiben. Mit angehaltenem Atem hörten sie, wie der Franzose brummelnd das Fenster schloss und es wieder still im Garten wurde. Nur das Quaken einer Kröte aus einem entfernten Gartenteich war noch zu vernehmen, gelegentlich unterbrochen durch einen Vogelschrei.

Schließlich, als Cecilia schon das Gefühl hatte, ihr Rücken müsste brechen, schoben sie sich zentimeterweise zum Spalt zurück und nahmen Flecken für Flecken den Garten in Augenschein. Noch immer war die Angst zu groß. Sie konnten ihr Versteck nicht vollständig verlassen. So kauerten sie sich hinter den Busch, und Benedetto drückte sich an Cecilias Hüfte. Lange saßen sie schweigend, während sie jeden Winkel des Gartens beobachteten.

»Sie war lieb zu mir«, flüsterte Benedetto schließlich.

Cecilia strich durch das blonde Haar.

»Sie hat gesagt, sie ist meine Mutter.«

»Ich weiß, das ist sie auch.« Und nun ist sie tot. Meine Schuld, ich habe sie verraten.
»Ich hab Angst vor dem Mann.«
»Er ist fort.«
»Aber er kommt immer wieder.« Benedetto sprach so leise, dass sie es kaum verstand.
»Ist er auch im Waisenhaus gewesen?«, fragte Cecilia und streichelte den kleinen Kopf.
»Ja, beim Feuer.«
»Und vorher?«
Der Junge machte eine Bewegung, aber sie wusste nicht, ob er mit den Schultern zuckte oder nickte. Sie hatte auch nicht das Herz nachzufragen. Ein gefährlicher Mann, hatte Rossi durch Großmutter ausrichten lassen. Heyward war tatsächlich bei den englischen Bow-Street-Runners gewesen, dieser merkwürdigen Garde aus London, die wie die Sbirri arbeiteten, nur sehr viel erfolgreicher. Aber dann hatte man ihn entlassen, weil man ihn eines Mordes verdächtigte, über den Rossi Großmutter nichts Genaues gesagt hatte. Rossi hatte in seiner langweiligen Haft offenbar Zeit gehabt nachzudenken, und er hatte Briefe am Freunde und Bekannte geschrieben und sie gebeten, Erkundigungen einzuziehen.
»Kennst du einen Mann, der Giusdicente Lupori heißt?«, flüsterte Cecilia in das Kinderhaar.
Dieses Mal eindeutig ein Kopfschütteln.
»Wurde deine Mutter jemals von einem Mann besucht, der Blumensträußchen im Knopfloch trug?«
»Nein.«
Cecilia begannen die Knie wehzutun, aber sie brachte es nicht über sich, Benedetto fortzuschieben. Es war nicht mehr ganz so heiß. Sie hätte gern gewusst, wie viel Zeit vergangen war.

»Bist du ein Engel?«

Überrascht blickte sie auf das Kind hinab. Benedetto hatte ihr das Gesicht zugewandt.

»Du kommst immer, wenn der böse Mann kommt.« In den grünen Augen stand die Hoffnung, dass es Engel gäbe, die ihn mit übernatürlichen Kräften schützten, wenn er in Gefahr geriet. Es tat ihr leid, ihm diese Hoffnung nehmen zu müssen. »Aber du hast einen Vater, und der wird in Zukunft auf dich aufpassen.«

Benedetto seufzte und blickte wieder fort.

»Nur kannst du nicht sofort zu ihm«, grübelte Cecilia laut. Der lächerliche Mann mit dem Eierkopf würde nicht in der Lage sein, seinen Sohn vor jemandem wie Heyward zu beschützen. Er würde ihm eine gute Ausbildung bezahlen, und wahrscheinlich würde er ihn verwöhnen und vergöttern. Aber er war nicht in der Lage, einen Mörder von ihm fernzuhalten. Wahrscheinlich würde er Cecilia nicht einmal glauben, wenn sie ihm von Heywards dunkler Vergangenheit und seinen Mordanschlägen berichtete. Würde er seinem Sohn glauben? Vielleicht. Sie hatte keine Ahnung. Aber ihr ging auf, wie es wirken musste, wenn man sie, die Verbrecherin, hier fand, bei einem Haus, in dem zwei tote Frauen lagen.

Sie musste sich etwas überlegen.

Und dann dachte sie wieder an Giusdicente Lupori. Warum hatte er sich von seiner Frau das Buch bringen lassen, in dem die Belange des Waisenhauses verzeichnet waren, dieses verfluchte Buch, mit dem ihr Unglück begonnen hatte. Sie spürte – an der Antwort auf diese Frage hing alles.

»Der böse Mann hat das Feuer im Waisenhaus gelegt?«, fragte sie Benedetto noch einmal.

»Das weiß ich nicht. Aber ich habe ihn gesehen, als wir mit Guido die Treppe runtergerannt sind.« Benedetto

schaute sie aus riesigen Augen an, die auch jetzt wieder die Farbe gewechselt hatten, von Meergrün zum trüben Braun.

»Überall war Rauch, ganz schnell, und Feuer. Der Mann wollte die Treppe hinauf, aber als er Guido gesehen hat, hat er sich versteckt. Bei den Eimern hinter dem Vorhang.«

»Mein armer Schatz.« Sie wollte den Jungen nicht quälen, aber sie musste endlich Bescheid wissen. »Und dein kleiner Freund Modesto ...«

»Der Mann hat ihn vom Fels geworfen. Er hatte sich Kleider übergezogen, aber er war's trotzdem. Ich hab seine Schuhe gesehen. Die haben vorn Beulen. Meine Mutter dachte, er ist ein Geist. Sie hat uns durch das Fenster gehoben und wollte Bruno rufen, aber der war nicht da. Und da sind wir gelaufen. Und geklettert. Und dann war der böse Mann bei uns«, sagte Benedetto sehr leise. »Er hat Modesto gepackt und geworfen. Und meine Mutter hat mich festgehalten. Und dann ist der En...« Er hielt inne, sein kleiner, gescheiter Verstand hatte sich gemerkt, dass der Engel seiner Wunschträume nicht existierte. Sie spürte erneut seine Enttäuschung. Natürlich, Engel waren verlässlicher als Menschen aus Fleisch und Blut.

Und mächtiger.

19. KAPITEL

Großmutter Bianca war alt, aber Davide Talenti hätte dem Aussehen nach ihr Vater sein können. Der gebrechliche Herr saß in einem Lehnstuhl. Sein Haar war weiß und so dünn, dass die Kopfhaut darunter rosafarben schimmerte, die Haut ein Faltenkleid, braun von Altersflecken, die Hände, die bewegungslos auf den Lehnen lagen, mumienhaft. Das einzig Junge an ihm waren die Augen und, als er lächelte, die Lippen, die sich mit großer Lebhaftigkeit bewegten.

»Die liebe Cecilia«, sagte er, und seine Stimme gluckste. »Du erkennst mich nicht? Wie schade. Wenn man die sechzig überschreitet, wird man zur Last, mit siebzig zum Kind, mit achtzig peinlich und mit neunzig … Ich bin dreiundneunzig, Mädchen. Mit neunzig mutiert der Mensch zum Möbel. Niemand nimmt dich mehr wahr. Das ist fast schon wieder erholsam. Setz dich doch.« Er zwinkerte, und Cecilia fragte sich, ob das an einer Krankheit lag oder Ausdruck eines gewitzten Temperaments war.

Der Diener rückte einen zweiten Sessel heran, und sie nahm Platz, die Hände im Schoß gefaltet, in dem sittsamsten Kleid, das sie im Schrank von Stellas Gastgeberin hatte auftreiben können. Ihr Magen grollte, als sie an die arme Frau dachte, die tot über Stella gelegen hatte, die Hände in deren Oberarm verkrampft. Erstochen, so wie auch Stella erstochen worden war. *Mistscheißer!*

Sie musste aufhören, daran zu denken. Was hatte Davide gerade gesagt? Er hatte seine Aufmerksamkeit auf Benedetto gerichtet, der steif neben Cecilia stehen geblieben war.

»Ein Waisenkind. Ein Knabe, der ermordet werden soll.« Eigentlich hatte Cecilia nicht vorgehabt, viel über ihren Schützling zu erzählen, und schon gar nicht etwas derart Schockierendes. Nun wartete sie mit angehaltenem Atem auf die Reaktion des alten Herrn.

Davide lehnte sich zurück. Ein Strahlen trat in sein Gesicht, und einen Moment lang meinte Cecilia den jungen Mann zu sehen, der er einmal gewesen war. »Erzähl«, befahl er, und Cecilia gehorchte. Es tat gut, noch einmal alle Ereignisse wie auf einer Schnur aneinanderzureihen. Es klärte den Verstand. Benedetto lauschte aufmerksam und ohne sich zu rühren.

Als sie geendet hatte, blickte Davide den Jungen mit neuem Interesse an. »Du hast Courage, Bengelchen.« Er wartete auf eine Reaktion, aber es kam keine. Davide nickte. »Das Bengelchen hat Courage, und du auch, Cecilia. Ich habe es vermutet, nach allem, was deine Großmutter, die süße Bianca, erzählte. Freu dich doch, habe ich zu ihr gesagt, dass dein Mädchen Courage hat. Aber leider hat man ihr die eigene ausgetrieben, als sie noch jung war, und nun weiß sie sie nicht mehr zu schätzen. Wirklich schade. Salvatore?«

Der Diener, der mit undurchdringlicher Miene neben der Tür gewartet hatte, trat einen Schritt vor.

»Bring mir meine Pistole!«

Cecilia hätte Protest erwartet oder zumindest Erstaunen, aber der Mann nickte, als hätte man ihn um einen Teller Gebäck geschickt.

»Meine Hände kann ich bewegen, und meine Augen, gottlob, hat mir der Herrgott gelassen. Ich schieße immer noch einer Fliege den Stiefel vom Fuß.«

Cecilia lächelte, obwohl sie es bezweifelte. Sie sah aus den Augenwinkeln, wie Benedetto die Bemerkung einzuschätzen versuchte.

»Du willst ihn hierlassen, das nehme ich doch an?«

»Ist Dina eine große Last?«, fragte Cecilia.

»Ein Licht in der Dunkelheit«, sagte der alte Mann, und in seinem Zwinkern, das eindeutig *nicht* von einer Krankheit herrührte, lagen eine Schärfe und ein Ernst, die zeigten, dass er meinte, was er sagte. »Ich blühe auf, meine Liebe. Und was ist mit dir selbst? Mein Haus ist groß.«

Salvatore kehrte mit der Waffe zurück. Davide nahm sie ihm ab. Eine Steinschlosspistole, größer als die von Grazia, die Cecilia geschenkt bekommen hatte. Eine Männerwaffe. Davide wog sie in der Mumienhand. »Hast du Pulver in die Pfanne geschüttet?«

»Bin ich ein Depp, Signor Davide?« Salvatore sprach mit dem weichen, eigentümlich singenden Dialekt der Venezianer, der aber durchsetzt war von einer gewissen Grobheit, wie man sie bei den einfachen Leuten fand. Er trug jetzt ebenfalls eine Waffe im Gürtel, und in einer Lederscheide stak ein Säbel, der vorher nicht dort gewesen war.

Davide sah es und nickte anerkennend. »Du wirst dem Bengelchen Schießunterricht geben, Salvatore. Wir sind im Krieg. Jeder Soldat wird bewaffnet.«

»So soll es sein, Signor Davide.« Auch Salvatore war schon alt, vielleicht an die sechzig, und auch in seinen Augen lag das Funkeln, das seinen Herrn auszeichnete. »Ich werde am Tor Bescheid geben, und auch im Stall und in der Küche. Wer sich hier rumtreibt, wird einen Empfang bekommen.«

Anerkennend klopfte Davide mit der Hand auf die Lehne. »Hol den Wildfang«, befahl er.

Benedetto würde beschützt werden. Von Dina, die ihn sofort mit der Umtriebigkeit einer Glucke unter ihre Fittiche nahm, von Davide, der nach Unterhaltung lechzte, und von

der gesamten Dienerschaft, die auf Cecilia wie eine verschworene Gemeinschaft wirkte, deren Lebensinhalt darin bestand, einem bewunderten alten Mann die Wünsche von den Lippen abzulesen. Unter allen Kitteln beulten sich Waffen.

»Ich lebe noch, weil es sie bekümmern würde, wenn ich stürbe. Das ist lästig«, vertraute Davide Cecilia am Abend desselben Tages an, als die Kinder schliefen und sie beide vor einem brennenden Kaminfeuer saßen. Davide fror immerzu, und eigentlich hatte er keine Lust mehr auf weitere Jahre als Möbelstück. »Es zwickt hier und da«, brummelte er und lächelte traumverloren, als seine Hand über die Steinschlosspistole strich. »Weißt du, was das ist? Nicht die Pistole ...« Er streckte Cecilia seine Hand entgegen. Ein einziger Ring saß auf seinem Finger, ein Elfenbeinschmuckstück mit eingelegten Rubinen. »Nimm ihn ab«, befahl der alte Mann.

Cecilia zog das Schmuckstück von den eiskalten Fingern.

»Siehst du die Feder, die seitlich herausragt?«

Cecilia musste suchen, was ihr Gastgeber mit Befriedigung registrierte. Schließlich fand sie einen winzigen hervorstehen Stift.

»Nicht berühren«, warnte Davide und streckte die Hand aus, um sein Schmuckstück zurückzunehmen. »Ich bin alt, aber zum Glück nicht verblödet. Ich spiele jeden Abend mit Salvatore Schach, um mir das zu bestätigen. Unsere Bilanz ist ausgeglichen. Mal siege ich, mal siegt er. Wenn ich nicht mehr siegen kann, dann öffne ich den Zauberring und nehme, was mir zusteht. O bitte, schau nicht so entsetzt.« Jetzt klang der Greis ungeduldig und ein bisschen enttäuscht. »Es wäre eine Schande, ein großartiges Leben auszustreichen, indem man sabbernd in sein Grab hineinsieht. Ich habe nie auf etwas gewartet. Ich treffe Entscheidungen. Eigentlich hätte ich von dir dafür Verständnis erwartet.«

»Ich habe Verständnis«, sagte Cecilia. Sie merkte, dass sie immer noch auf den Ring starrte und sich fragte, welches Gift er wohl enthalten mochte.

»Die Dienerschaft ist nach meinem Tod versorgt, sonst habe ich niemanden«, erklärte Davide, der ihr nicht glaubte. »Ich riskiere also nur mein Seelenheil – *falls* ich etwas riskiere, was mir durchaus noch nicht entschieden scheint, denn über das Seelenheil wird viel geredet, und am liebsten von Menschen, vor denen der Allmächtige ausspucken würde, wäre er nicht der Allmächtige. Mein Ring ist meine Sache. Niemanden wird es kümmern, ob ich heute oder morgen sterbe. Der Tod hat mich vergessen, und ich bringe mich in Erinnerung. Kinder sterben. Säuglinge, die nicht einmal einen Sonnenstrahl auf der Haut spüren, ehe es sie dahinrafft. Viel Wert scheint der Allmächtige also nicht auf unser irdisches Dahinvegetieren zu legen.«

»Signor Davide ...«

»Ja, ja, ich schweife ab, Kindchen.« Davide lächelte sie an. »Um deutlicher zu werden: Ich spreche über die Jugend, über das Sterben und darüber, wie das Letztere von der Ersteren falsch eingeschätzt wird. Irgendwann ist es genug, und dann ist es eine Freude zu gehen. Niemand sollte den Alten das Sterben durch Tränen verleiden. Besonders dann nicht, wenn sie von Altersbeschwerden geplagt werden.«

»Es tut mir leid, wenn Sie von Schmerzen geplagt ...«

»Papperlapapp«, meinte der alte Mann. Er nickte ihr ungeduldig zu.

Sie verstand ihn immer noch nicht. Erst als er ihr ein Schnupftuch reichte, begriff sie, dass Großmutter Bianca im Sterben lag.

Es war gefährlich, ihr Haus aufzusuchen, auch und gerade, wenn es in Davides Sänfte geschah, denn eigentlich musste

man diese Verbindung geheim halten wie nichts sonst. Cecilia gab Anweisung, dass Dina und Benedetto vor ihrem Aufbruch ein Versteck in einem alten Eiskeller aufsuchten, das der umtriebige alte Mann für einen Notfall hergerichtet hatte, den er in seiner Phantasie ersonnen hatte. Was man tun konnte, war also getan.

Dennoch litt sie Höllenqualen, als die beiden Lakaien sie in die Via Porta Rossa trugen. Sie krallte die Hände ineinander, während einer der Männer klopfte und Ariberto, Großmutters Hausdiener, darum bat, das Tor zum Innenhof zu öffnen. Es kostete sie schier übermenschliche Beherrschung, nicht die Vorhänge beiseitezuschieben und hinauszuspähen, ob jemand das Haus beobachtete.

Die Träger ließen, wie befohlen, das Tor offen stehen, nachdem sie Cecilia in den Hof getragen hatten. So konnte sich ein etwaiger Beobachter davon überzeugen, dass wirklich eine alte, zittrige Frau aus der Sänfte stieg. Der Puder auf der altmodischen Perücke brachte Cecilia zum Husten, und sie hatte das Gefühl, dass ihr die Schminke, mit der sie sich in eine Greisin verwandelt hatte, von der Haut sprang. Als sie sich schwer auf den Stock und den Arm des Lakaien stützte, brauchte sie nichts vorzuspielen.

Großmutter Bianca weinte und lachte zugleich, als sie in der hinfälligen Besucherin ihre Enkeltochter erkannte. Sie lag in ihrem Bett, eine dürre alte Dame, deren Haut so durchsichtig wie Pergament wirkte, gelb geworden war und über den Knochen spannte. Solch ein Verfall in so kurzer Zeit ...

»Kindchen, Kindchen!« Großmutter sprach langsam und so undeutlich, dass sie kaum zu verstehen war. »Dieser Mensch ... Sbirro ... ist zurückgekommen ... mein Haus durchwühlt ... war so aufgebracht, dass du ... entkommen bist ... wurde ... unverschämt ... wollte mich beschweren, aber ... Giudice Amidei weigerte sich, mich zu empfan-

gen ... bin ich krank. Und ... wusste nicht, was aus dir ... dir geworden ist ...« Jetzt weinte Großmutter, und aller Zorn, den Cecilia jemals gegen sie gehegt hatte, erlosch.

Sie setzte sich auf die Bettkante, umfasste Großmutters Hände und begann zu erzählen – von Dina und Davide, und dann von den Festen ihrer Kindheit. Großmutter lächelte und sagte kaum noch etwas. Nur Ariberto, der an der Tür wachte, schnäuzte sich gelegentlich lautstark. Als Cecilia sich mit zerrissenem Herzen von ihrer Großmutter verabschiedete, flüsterte die alte Dame: »Gott segne dich und den Giudice und Dina und dein neues kleines Kind.«

Signor Davide ging fünf Tage später zu Großmutters Beerdigung und kehrte zurück mit der Botschaft, dass die Feier würdig und gut besucht gewesen sei. »Mehr als gut. Die halbe Stadt hat gegafft! Das hat Bianca dir zu verdanken, Cecilia! Alle wollten sehen, ob du kommst – auch einige Sbirri. Und der Offizier, von dem du mir erzählt hast. Das hätte ihnen gefallen, dich vor ihrem Sarg abzuführen. Ha! Jedenfalls war es ein Paukenschlag, und Bianca wird vom Himmel herabgelächelt haben, denn sie stand gern im Mittelpunkt«, sagte der alte Mann.

Cecilia bildete sich ein, in ihrem Bauch eine Bewegung zu spüren, etwas wie Luft, die durch den Magen rollte. Aber sie konnte sich nicht erinnern, ob dieses Gefühl mit der Schwangerschaft zusammenhing. Ihre erste Schwangerschaft hatte sie ja gar nicht bewusst erlebt.

Benedetto und Dina tollten im Garten, in dem geschützten Bereich, den man wegen der hohen Hecke nicht einsehen konnte. Eine Frau mit ausgebeulter Schürzentasche bewachte sie, weil Davide es so angeordnet hatte.

»Was geht dir durch den Kopf, Kindchen?«, wollte ihr Gastgeber wissen.

»Ich denke nach.«
»Hoffentlich nicht über Schuld und Papperlapapp. Ich sage doch: Es war ein Paukenschlag!«
»Über Geld. Signor di Vita verfügt über das Vermögen, das Dina von Großmutter geerbt hat und ich von meinen Eltern«, erklärte Cecilia dem alten Mann. »Ich muss etwas erledigen. Wenn ich nicht zurückkehre, dann möchte ich Sie bitten, Signor di Vita die Sorge für Dina zu übertragen – seine Frau wird wissen, was eine junge Dame braucht, um erwachsen zu werden, und Signor di Vita wird auf ihre Finanzen achten.« Sie stand auf, öffnete den Sekretär, nahm einen elfenbeinfarbenen Bogen Papier heraus und schrieb die Adresse nieder. »Und Benedetto muss zu seinem Vater gebracht werden.« Eine zweite Adresse. Und außerdem einige Zeilen für Signor Rosselino, die ihn vor Heyward warnten. Sie trug die Papiere zu dem Greis im Lehnstuhl.
»Was wird denn das?«, fragte Davide und starrte voller Unbehagen auf das Geschriebene. »Bianca hätte gewollt, dass du still hier ausharrst, bis Gras über alles gewachsen ist.«
Sie nickte. »Das geht aber nicht. Ich habe schon viel zu lange gewartet.«
»Was willst du denn machen, Kindchen?«
»Ich jage den Fuchs aus seinem Bau«, sagte Cecilia. »Ich bringe die Sache zu Ende.«

Es war schwierig, Baldassare ausfindig zu machen. In den folgenden Tagen, in denen Cecilia nach ihm suchte, bekam sie fast ein wenig Mitgefühl mit dem jungen Offizier, der seine flüchtige Delinquentin schon seit Wochen jagte. Sie fand ihn schließlich in einer gutbürgerlichen Schenke in der Nähe von Großmutters Haus, wo er heißhungrig die Spezialität der Wirtschaft – geschmorte Weinforellen – hinunterschlang. Offenbar vermutete er, dass Cecilia irgendwann

in Großmutters Haus in der Via Porta Rossa auftauchen würde, um Erbstücke, Kleider, Geld oder was auch immer an sich zu raffen. Cecilia war beinahe sicher, dass er auch im Haus selbst Männer postiert hatte. Der arme Ariberto schwitzte wahrscheinlich Blut und Wasser aus Furcht, die Enkelin seiner toten Herrin könnte in die Falle laufen.

Wird sie aber nicht, dachte Cecilia. Nachdem sie Baldassare durchs Fenster ausfindig gemacht hatte, pickte sie sich aus der Horde der Straßenbengel einen kleinen Jungen heraus, der aussah, als hätte er Hunger und wäre zudem noch anständig, wobei sich das erste leichter festmachen ließ als das zweite. Sie drückte ihm einen Kanten Brot in die Hand und dann einen Zettel und beschrieb ihm den Mann, dem er den Zettel bringen sollte, nachdem er bis hundert gezählt …

Das Kind kaute bestürzt an der Lippe.

Na gut. Nachdem also die Glocke von Santa Trinita die volle Stunde geschlagen hatte.

Der Junge war gewissenhaft. Einen Atemzug nach dem Glockenschlag betrat er die Schenke. Er blickte sich um und lief zielstrebig auf den Mann in der Uniform zu. Wortlos steckte er ihm den Zettel zu und war wieder auf der Straße, bevor Baldassare auch nur den Mund öffnen konnte.

Cecilia hockte in den blauen Lumpen eines Seemanns, die Signor Davide für sie aufgetrieben hatte, an einem Tisch neben dem Küchendurchgang. Das war auch etwas, was sie in ihrem neuen Leben gelernt hatte – immer eine Fluchtmöglichkeit parat haben. Sie hatte sich mit Bleiweiß eine kranke Blässe angeschminkt, der die schwarzen Schatten unter ihren Augen die natürliche Note gaben. Salvatore hatte ihr einen vergammelten Dreispitz mit einer Hahnenfeder besorgt, der ihr Gesicht beschattete. Mit pochendem Herzschlag sah sie zu, wie Baldassare den Zettel zu entziffern suchte und sich misstrauisch umschaute.

Sie hob ihren Tonkrug und soff ordinär, während er von einem Tisch zum anderen ging und sich über die Aufmerksamkeit ärgerte, die er damit erregte. Für den heruntergekommenen Matrosen, der rülpste und sich bekleckerte, als er ihn in Augenschein nehmen wollte, hatte er nur einen verächtlichen Blick übrig. Schließlich stellte er sich in die offene Tür und studierte die Straße. Als er wieder zurückkehrte, stand er so dicht neben Cecilia, dass sie sein Bein hätte berühren können. Kopfschüttelnd stierte er wieder auf das Geschriebene in seiner Hand. Er wollte auf ihren Vorschlag nicht eingehen, es kratzte an seinem Stolz. Aber schließlich gab er nach. Er ging zur Wirtin, schob ihr einige Münzen zu und stellte dann eine Flasche billigen Weins auf die linke Ecke des Kaminsimses. Anschließend verließ er die Schenke.

Sie wartete am Abend desselben Tages am Ufer des Arno auf ihn. Zerlumpte Männer und Frauen hatten unter der Ponte alla Carraia ihre Quartiere aufgeschlagen. Sie waren betrunken, soweit sie sich das entsprechende Gesöff leisten konnten, viele aber auch nur krank oder alt. Doch auch jüngere, vitalere Männer und Frauen standen murmelnd in geschützten Ecken und gingen ihren Geschäften nach, die bei den Frauen aus der käuflichen Liebe bestanden, und von den Männern wusste Cecilia es nicht. Der Mond erhellte die äußeren Areale unter der Brücke, jedoch nicht den breiten Streifen im Zentrum. Dort war es stockfinster. Und dorthin würde sie keinen Schritt tun.

Ein hübsches Mädchen, das so müde war, dass es bei seinem unanständigen Angebot gähnen musste, versuchte bei dem hässlichen Matrosen sein Glück. Als Cecilia nicht reagierte, kroch es wieder unter das Lumpenbündel zurück, das sein Heim war. Cecilia schaute zum Mond hinauf, der zwi-

schen zwei Kirchturmspitzen im Stadtviertel gegenüber hing. Baldassare verspätete sich. Und als er kam, sah er aus, als hätte er am liebsten gleich wieder das Weite gesucht. Misstrauisch musterte er das Pack, seine Hand lag nervös auf dem Pistolengriff. Matrosen wurden hier geduldet, Männer in Uniform erregten Argwohn und Hass.

Als sie ihn ansprach, war er so verblüfft, dass es ihm erst einmal die Sprache verschlug. Mit einem geschnaubten »Kommen Sie!« eilte er ihr voran die Böschung hinauf.

Eine Weile gingen sie schweigend nebeneinanderher. Baldassare achtete darauf, dass sie in respektablere Viertel einbogen, in denen Laternen brannten und die Passanten anständig wirkten. Sie erreichten das alte Stadtzentrum. Aus einer Villa im Borgo degli Albizzi drang leise Musik, Cecilia erkannte ein Concerto von Corelli. Sie schaute zu den erleuchteten Fenstern hinauf, hinter denen ein Meer von Kerzen flackerte und festlich gekleidete Personen flanierten. An einer geöffneten Balkontür stand eine einsame Schöne, die an einer weißen Blüte roch und in die Nacht hinausstarrte. Cecilia widerstand dem Zwang, ihr eigenes kurzes Haar zu berühren.

»Ich habe darüber nachgedacht, aber ich komme nicht darauf. Was beabsichtigen Sie mit diesem Treffen, Signorina Barghini?«

»Rossi«, korrigierte sie. »Signora Rossi.«

»Herrgott!«, kommentierte er uncharmant. Er nahm ihren Arm und riss sie zur Seite, als ein Wagen um die Ecke donnerte. Dem jungen Fant, der das Teufelsgefährt lenkte, schickte er einen Fluch hinterdrein. »Warum also?«

»Ich muss den Granduca sprechen.«

Es dauerte fünfzig Schritte oder zwei Öllaternen weiter, bis er in Gelächter ausbrach. »Sie ... Selbstverständlich müssen Sie den Granduca sprechen! Ich dachte nicht, dass

ich mich heute noch einmal amüsieren würde. Warum nicht gleich die Kaiserin? Sie wissen, dass ich Ihnen *stante pede* ein Gespräch mit Inspektor Chelotti verschaffen könnte oder auch mit Giudice Amidei, dem es sicher eine Freude wäre, die Schlawinerin, die ihn zum Gespött gemacht hat …«

»Der Granduca ist an Giudice Rossi interessiert. Und damit meine ich – persönlich. Sorgen Sie dafür, dass er erfährt, was ich wünsche, und alles Weitere wird sich ergeben.«

»Und warum sollte ich das tun?«

»Das ist eine lange Geschichte.«

»Die ich mir gern anhöre.«

Florenz war riesig. Sie schlenderten durch Dutzende von Straßen, ehe Cecilia alles berichtet hatte, was es zu berichten gab. Als sie fertig war, kickte Baldassare wütend kleine Steine in die Gosse.

»Ich werde andere Wege suchen, wenn Ihnen der Mut fehlt, Signor«, erklärte Cecilia schließlich. Ihr tat das Kreuz weh, und sie hatte keine Lust mehr zu betteln. Offensichtlich hatte sie den jungen Mann falsch eingeschätzt. Gehen lassen würde er sie, denn das hatte er versprochen, als er die Flasche auf den Kaminsims stellte. Und dass er ein Ehrenmann war, daran bestand kein Zweifel.

Baldassare rollte mit den Augen, als er sie ungalant am Ärmel des Matrosenhemdes packte und sich vor ihr aufbaute. »Warum tun Sie mir das an, Signora? Warum suchen Sie gerade mich heraus, wenn Sie jemanden ins Verderben stürzen wollen? Ich habe eine Karriere vor mir. Ich will heiraten. Mein Patenonkel hat mir ein Haus in der Via de Fossi günstig zum Kauf angeboten …«

»Weil Sie anständig sind«, sagte sie.

Eine Woche verging, ehe sie sich wiedertrafen. Auch dieses Mal schwieg Baldassare mürrisch, aber die Umgebung war noch feiner geworden, und ihre Begleitung umfangreich.

Sie schritten durch den Palazzo Pitti, die florentinische Residenz des Granduca. Gold und Weiß ... Götter und Schwäne an den Wänden ... gewölbte Decken mit Stuck und dunkle Mosaikfußböden, die nach den Wachsen rochen, mit denen man sie pflegte. Diener eilten lautlos durch die Säle – Zwerge, die sich in die Gewölbe eines Riesen verirrt hatten. Die meisten der bodenlangen Gardinen waren vorgezogen, um die Malereien vor dem Verbleichen zu schützen, aber durch die wenigen offenen Fenster fiel strahlender Sonnenschein.

Cecilia wünschte von Herzen, sie trüge ihre kleine Pistole bei sich, aber das war natürlich unmöglich. Die Verbrecherin hatte sich eine Audienz beim Granduca ertrotzt – allein das ging ihren Bewachern gegen den Strich. Ein Dutzend Männer der großherzoglichen Garde umringten sie. Baldassare beeilte sich, dem kleinen Trupp immer einige Schritte voraus zu sein. *Schaut her, ich habe mit der Halunkenbrut nichts zu tun.* Der breitschultrige Kerl mit den schlechten Zähnen direkt neben Cecilia sah aus, als würde er sich auf sie werfen, wenn sie auch nur hustete.

Ein letztes Vorzimmer mit einer weiteren Wache – und sie hatten ihr Ziel erreicht. Der Granduca erwartete sie in einem kleinen grün-goldenen Raum, an dessen Wänden ausnahmslos Bücherschränke standen. Er saß an einem Schreibtisch vor einem Wust von Papieren, einer der Daumen war mit Tinte beschmutzt. Mit Groll stellte sich Cecilia vor, dass Rossi es schätzen würde, ihn so zu sehen – in echte Arbeit vertieft. Leopoldo war offenbar mit Herz und Seele das Arbeitstier, als das er von seinen Untertanen verspottet wurde.

Sie sank in die Knie, wie Großmutter es eine ganze Kindheit hindurch mit ihr geübt hatte, und wartete. Dass der Granduca weiter mit seinen Dokumenten raschelte, hatte nichts mehr mit Arbeitseifer zu tun. Der Herrgott sollte euch alle einmal schwanger werden lassen, dachte Cecilia und war erleichtert, dass sie ihr Gesicht gesenkt halten konnte und niemand die Bitterkeit darin las.

»Erheben Sie sich, Signorina Barghini.«

Sie war so steif geworden, dass Baldassare ihr aufhelfen musste, und sie rechnete es ihm hoch an, dass er es tat, trotz des Hauses in der Via de Fossi und seiner Braut. »Verzeiht, Eccellenza, aber inzwischen ... *Signora Rossi*«, korrigierte sie. Sie hatte beschlossen, ohne Winkelzüge zu agieren, völlig offen zu sein – nicht aus Ehrerbietung ihrem Herrscher gegenüber, sondern aus reiner Verzweiflung. Sie hatte so gut wie nichts vorzuweisen. Was sollte noch helfen, wenn nicht Ehrlichkeit?

»*Signora Rossi* ... Ah ja. Das hat Ihr Gatte zu erwähnen vergessen.«

Sie schwieg. Es war stickig und heiß in dem Raum. Durch die hohen Fenster brannte die Sonne herein, aber da sie geschlossen waren, konnte die Wärme nicht wieder entweichen. Wie hielt dieser Nordländer das aus?

Der Granduca beschäftigte sich erneut mit seinen Papieren. Da ist Rossi dir über, du Angeber, dachte Cecilia, kribbelig vor Abneigung. Rossi mochte in der Gosse geboren worden sein, aber er hatte niemals jemanden spüren lassen, wie weit er es gebracht hatte. Er war auch zu den ärmsten Hunden respektvoll gewesen, sogar wenn er sie anbrüllte. Herrgott, wie ich ihn liebe, dachte sie und brannte vor Sehnsucht und Wut, weil es doch nur ein einziges Wort dieses Buchstaben kratzenden Mannes gebraucht hätte, um sie mit ihm zu vereinigen.

Wenn ich so weitermache, verderbe ich es. Sie holte Luft. »Es geht um einen Mörder, Eccellenza«, sagte sie im demütigsten Ton, der ihr möglich war. »Einen Mann, der einen kleinen Jungen jagt. Sechs Menschen hat er bereits umgebracht.«

Der Granduca schrieb weiter. Baldassare inspizierte das Muster des Fußbodens und hielt sich standhaft neben ihr, der Gute.

»Keine wichtigen Menschen«, sagte Cecilia. »Zwei Waisenkinder und vier Frauen, eine davon war alt, eine verwirrt, und eine galt als Betrügerin.«

Die Feder kratzte. Was hatte der Granduca erwartet, als er die Audienz gewährte? Tränen und Bettelei? Gar nichts, bis auf die Möglichkeit, die Delinquentin einzulochen? Dann bräuchte er es doch nicht so umständlich zu machen.

»Sie sind guter Hoffnung, Signora Rossi?«

Überrascht riss Cecilia den Blick von der Blumenvase zwischen den Fenstern, wohin er sich verirrt hatte.

»Ich erkenne so etwas«, erklärte der Mann hinter dem Schreibtisch und lächelte wehmütig, wohl in Gedanken an die immer rundliche Granduchessa und seine zahlreiche Kinderschar. »Bringen Sie einen Stuhl für die Signora, und dann möge sie sagen, was sie zu sagen hat.«

Sie setzte sich. Ihr fiel nichts mehr ein. Diese Hitze. Sie hatte ihr Pulver verschossen. Reichte es nicht, wenn sechs Menschen grausam ums Leben gebracht worden waren? Sie merkte, wie ihr Tränen in die Augen traten. Nicht aufgrund irgendwelcher tieferer Empfindungen, sondern vor Übelkeit und Frustration. Sie nahm Baldassares Schnupftuch und tupfte sich die Nase.

Der Granduca lehnte sich zurück. Er hatte dunkle, beinahe weibliche Augen, ein weiches Kinn, volle Lippen und einen etwas griesgrämigen Gesichtsausdruck. Er wirkte

klug, und er musste es auch sein, da er sein Reformwerk in weiten Zügen selbst entwickelte. Mit einem Mal hob er die Hand und winkte die Wachen hinaus, nur Baldassare sollte bleiben.

»Sie wollen also um Gnade bitten, Signora«, sagte er, als sich die Tür hinter den Männern geschlossen hatte. »Für sich und den Mann, der der Vater Ihres Kindes ist und Ihr Ehemann, wie ich Ihren Worten entnehme.«

»Nicht um Gnade ...«

Er hob die Hand, weil sie ihn unterbrochen hatte. Sie ärgerte ihn. Er hielt sie für anmaßend und vorlaut. Er würde sie verhaften lassen, und alles war vergebens gewesen. Versteinert sah sie ihm zu, wie er zu einem Konsoltisch an der Wand ging, auf dem eine Karaffe und Gläser standen. Er goss eines davon voll und trug es zu dem kleinen krummbeinigen Tischchen, das neben ihrem Stuhl stand. »Sehen Sie das?«

Verständnislos starrte sie auf die dunkle Flüssigkeit in dem Glas.

»Schwarzer Wein«, sagte Leopoldo. Er setzte sich wieder, dieses Mal auf einen Stuhl, der auf der anderen Seite des Tischchens stand. »Der Wein ist ein Geschenk meiner Schwester, der Königin von Frankreich. Er stammt aus Cahors – das liegt im Südwesten Frankreichs. Eine schöne Gegend. Aber der Wein schmeckt herb, fast bitter, nicht die süße Frucht Italiens. Man muss sich daran gewöhnen.« Der Granduca fixierte ebenfalls das Glas. Die Sonnenstrahlen ließen die Flüssigkeit funkeln wie schwarzen Opal. Bot er der werdenden Mutter etwas zu trinken an? Offenbar nicht. »Wissen Sie, wie die Franzosen dieses Getränk nennen?«

»Nein, Eccellenza.«

»Das Blut der Könige.«

Vor dem Fenster stolzierte ein Fasan. Cecilia wechselte

einen Blick mit ihm. Das Tier senkte den Kopf, kehrte ihr den Rücken und wanderte zwischen die Rosensträuche zurück.

»Ich langweile Sie, Signora Rossi.«

»Oh ... nein ... ich ... Ich verstehe Sie bloß nicht, Eccellenza.«

»*Das Blut der Könige.* In meinen Adern fließt das Blut von Königen, Signora. Ich bin zum Herrscher dieses Landes gekrönt worden, weil meine Ahnen aus kaiserlichem Geblüt stammen und der Allmächtige es für richtig befand, mir diese Bürde auf die Schultern zu legen. Nun ändern sich aber die Zeiten. Es wird Ihnen nicht bewusst sein, doch wir leben in einer neuen und dramatischen Ära, die zwar vieles in Frage stellt, dafür aber Möglichkeiten bietet, die alles an Kühnheit übertreffen, was es je gegeben hat.«

Er musterte sie, als zweifele er daran, ob sie ihm folgen konnte, und sie bemühte sich um einen aufmerksamen Gesichtsausdruck.

»Ich empfinde Dankbarkeit, Signora Rossi, Teil dieses Geschehens sein zu dürfen«, fuhr er fort. »Kommod ist dieser Wandel aber für niemanden, und am wenigsten für mich selbst. Die Menschen lechzen nach einer Gerechtigkeit, die auf der Gleichheit eines Bürgers mit dem anderen beruht. Doch daraus entstehen gewaltige Konflikte.« Der Granduca seufzte. »Die vornehmste Pflicht eines Königs bestand durch Jahrhunderte darin, seinen Untertanen Gerechtigkeit zu verschaffen, und sein heiligstes Recht, einem Missetäter Gnade zu gewähren.«

Dass Männer aus allem eine Abhandlung machen mussten! Cecilia kribbelte vor Ungeduld die Haut.

»Hier in diesem Raum, in Anwesenheit Ihres Gatten, Signora, der zutiefst glücklich darüber war, habe ich beschlossen, mich sowohl der Pflicht des Urteilens als auch des

Rechts zur Gnade zu entäußern. Ich habe die mir durch meine Geburt gegebenen Entscheidungsmöglichkeiten vollständig in die Hände der Justiz gelegt. Dies ist ein Schritt, wie Sie ihn in seiner Tragweite nicht ermessen können, Signora Rossi.«

Nun wurde sie tatsächlich aufmerksam.

»Haben Sie die Bedeutung meiner Worte verstanden? Ich habe unwiderruflich beschlossen, dass der Granduca sich nicht mehr in die Geschäfte der Gerichte einmischen wird. Wollen Sie nicht einen Schluck kosten?«

Er nahm das Glas mit dem schwarzen Wein – dem *Blut der Könige* – und reichte es ihr. »Trinken Sie, ich bitte Sie, Signora, auch wenn er bitter schmeckt. Der Heiland verwandelte in Kanaa Wasser in Wein. Ich bin nur ein Sandkorn zu Füßen des Erlösers, aber ich habe ihm nachgeeifert und das Blut des Königs in Wein verwandelt. Das eine war göttliches Wirken, das andere – ein Federstrich. Durch den ich aber gebunden bin, das will ich sagen, Signora. Und damit zugleich, dass die Hoffnung, mit der Sie zu mir gekommen sind, vergebens ist.«

Cecilia setzte das Glas vorsichtig auf die Tischplatte zurück. »Aber ich bin doch nicht hier, um für Gnade *an Stelle* von Gerechtigkeit zu bitten. Ich flehe Sie nur an, Eccellenza, die Möglichkeit zu schaffen, dass die Gerechtigkeit des Giudice Amidei zum Zuge kommen kann. Denn…«, sie musste Luft holen, um nicht ärgerlich mit ihrem Zorn herauszuplatzen, »… ich wurde zu Unrecht angeklagt.«

Die Skepsis im Blick des Granduca war nicht zu übersehen.

»Der Mann, der die Kinder und die Frauen ermordete, die ich erwähnte – unter ihnen meine Gesellschafterin Rosina –, wurde von Giusdicente Lupori gedungen. Ich verstehe nicht, was diese beiden Verbrecher miteinander zu tun ha-

ben, gleich, wie ich mir das Hirn zermartere. Aber Lupori – mein Ankläger in diesem Prozess und der einzige wichtige Zeuge – ist der Auftraggeber eines Mörders.«

»Er ließ Ihre Gesellschafterin umbringen? Aber Signora Rossi, weshalb um alles in der Welt …«

»Er hat diesen Menschen, einen englischen Mörder, geschickt, um mich verhaften zu lassen. Ich *weiß* das. Und ich glaube, er wählte diesen skrupellosen Menschen aus, für den Fall, dass Rosina Anstalten machen sollte, Alarm zu schlagen. Er wollte jemanden an Ort und Stelle haben, der bereit war zu töten. Giusdicente Lupori wollte sichergehen, dass ich in Florenz war, bevor ihn jemand an der Verhaftung hindern konnte.«

»Und das glauben Sie beweisen zu können?«

Der Granduca ordnete an, dass Rossi aus dem Kerker gebracht wurde. Denn in einer Ehe lag die Entscheidungsgewalt über das Tun und Lassen einer Frau natürlich in den Händen ihres Ehemannes. Cecilia faltete die Hände im Schoß und wartete, während das Blut in ihren Ohren pochte. Eben noch hatte sie sich nach Rossi gesehnt – jetzt verfluchte sie Leopoldos Anwandlung.

Schließlich öffnete sich die Tür.

Rossi war immer mager gewesen, also konnte sie nicht sagen, ob er gehungert hatte. Ihm war ein Bart gesprossen, und sein Haar war gewachsen. Aber er wies keine Zeichen von Misshandlung auf. Um seine Augen lagen dunkle Schatten, so dass sie annehmen musste, dass er nicht genügend schlief. Er kam mit mürrischer Miene herein, und ihr verschloss ein Kloß den Hals, als sie sah, wie sein Gesicht bei ihrem Anblick weich wurde. Er biss sich auf die Lippe und vergaß, vor seinem Herrscher auf die Knie zu fallen.

Vielleicht weckte sein zärtlicher Blick im Granduca Erin-

nerungen an die Gräfin Erdödy, seine Jugendliebe, die jetzt in der Villa an der Straße nach Florenz mit ihrem Lungenleiden kämpfte. Jedenfalls wehrte er ab, als der Wärter, der Rossi gebracht hatte, diesen mit einem Stoß zu Boden befördern wollte.

»Nein«, sagte Rossi, als sein Herrscher ihm dargelegt hatte, wie Signora Rossi den Beweis ihrer Unschuld zu erbringen gedachte. Er erwartete kein Kind, und so war ihm auch kein Stuhl angeboten worden. Um seine Handgelenke hingen Ketten, die er immer wieder vergaß, weshalb er sich beim Versuch zu gestikulieren ständig selbst unterbrach. Er stand im Raum und versuchte kraft seiner Stimme sein *Nein* zu einem Faktum zu machen, über das niemand mehr debattierte. »Ausgeschlossen. Viel zu gefährlich. Dieser Mann ist eine Viper. Ein kaltblütiger Verbrecher. Und sie ist eine Frau ...«

Erbittert sprang Cecilia auf. »Eine Frau, ja? Dann erkläre dieser Frau«, fuhr sie ihn an, »wie anders wir weiterleben sollen. Willst du darauf hoffen, dass Giudice Amidei in einer himmlischen Eingebung seinen Irrtum begreift? Oder dass der Mistscheißer Lupori in Reue seine Sünden beichtet?«

Mistscheißer. Sie hatte das Wort gesagt. Es war ihr herausgerutscht, als sie hätte ihr Leben in der Gosse zugebracht. Sie wollte gar nicht wissen, was dem Granduca in diesem Moment durch den Kopf ging. Tut mir leid, Eccellenza, mein Benehmen war tadellos, bis ich mich in Ihren Kerkern mit einer Ratte unterhalten habe, dachte sie bitter. Davor habe ich auch nicht die Menschen angekeift, die ich liebe.

Rossi bleckte die Zähne. Dann lachte er – es klang verzweifelt. Im nächsten Moment wurde er wieder ernst. »Ich gehe selbst.«

»Du wirst scheitern. Weil du bedrohlich bist und Miss-

trauen einflößt und Lupori Angst haben wird, dass du ihm eine Falle stellst. Er *muss* es denken. Er weiß, dass du im Gefängnis sein solltest.« Und außerdem, dachte Cecilia und ärgerte sich, weil er nicht selbst darauf kam, würde sein Granduca ihn nicht gehen lassen, denn Rossi *saß* bereits hinter Gittern, und die Sache mit dem verdammten schwarzen Wein musste er doch begriffen haben. Leopoldo konnte vielleicht rechtfertigen, was er mit einer Sünderin tat, die ihn aus eigenem Antrieb aufgesucht hatte, mit dem heiligen Versprechen, sich am Ende – gleich, wie alles ausging – vor Amideis Gericht einzufinden. Aber er würde keinen Mann aus dem Kerker holen, den die Justiz bereits vor aller Augen und Ohren dingfest gemacht hatte.

Rossi Handschellen hinderten ihn nicht daran, seine Frau zu umfassen und ihr einen Kuss auf die Lippen zu drücken. Er tat es so wütend und leidenschaftlich, dass ihre Zähne schmerzten. »Nein«, sagte er, nachdem er sie wieder freigegeben hatte.

Der Granduca nickte beifällig. Zum Kuss? Zur Entscheidung? Cecilia sah die einzige verzweifelte Chance, die ihr blieb, durch ihre Finger rinnen. »Dann sag mir ins Gesicht, wie unsere Zukunft aussehen wird.«

Rossi umfasste ihre Hände. »Versteh doch«, flüsterte er mit so viel Angst, dass es ihr den Magen zusammenzog. »Lupori will nicht nur mein Leben – er will mein *Herz*. Inzwischen weiß er, wo es mir wehtut. Er wird *dich* zerstören, um *mich* zu zerstören. Und es ist so ...«, pure Verzweiflung stand in seinem Gesicht, »... dass ich es nicht ertragen könnte, wenn er dir etwas antäte.«

Cecilia fühlte das Gewicht seiner Ketten auf ihren Handgelenken. *Ich liebe ihn so ... ich liebe ihn so ...* »Du und ich«, sagte sie leise, »wir könnten für uns selbst entscheiden, welches Risiko wir eingehen wollen oder nicht. Aber

wir haben zwei Kinder, für die wir sorgen müssen. Wir haben gar keine Wahl als den Kampf.«

»Wir haben durchaus … Zwei?«, fragte er entgeistert.

Am Ende entschied der Granduca.

Vielleicht war ein Teil von ihm geneigt, dem Ehepaar, das vor ihm stand, zu glauben. Aber er stammte aus Österreich, und der misstrauische Ausländer in ihm hielt nichts von den Italienern, diesem schauspielernden Pack, das heuchelte und sich über ihn lustig machte und ihn belog, wann immer er ihm den Rücken kehrte. Dass die Dame, die ihn um seinen herrschaftlichen Beistand gebeten hatte, mit ordinärsten Ausdrücken um sich warf, hatte ihn zweifellos nicht milder gestimmt.

Mit ausdrucksloser Stimme erklärte er, dass eine Freilassung Rossis nicht in Frage käme. Er sei auch nicht bereit, Giusdicente Lupori vorzuladen, für dessen Missetaten – darüber war man sich ja wohl einig – keinerlei Beweise existierten, und der daher leugnen würde, und das möglicherweise zu Recht.

»Sie haben eine Woche Zeit, Signora Rossi«, sagte er wie der König im Märchen, was Cecilia zum Lachen reizte, »um Ihren abenteuerlichen Plan in die Tat umzusetzen. Baldassare wird Sie begleiten und mir berichten. Weitere Zugeständnisse kann ich Ihnen nicht machen. Ich gehe schon über das hinaus, was die Gesetze mir zu tun erlauben.«

20. KAPITEL

Baldassare überprüfte seine Waffe, was völlig überflüssig war, denn er hatte das bereits vor ihrem Aufbruch erledigt und noch einmal unten am Südtor von Buggiano, bevor sie in die Stadt hinaufgeschlichen waren. Auch Bruno, der Tapfere, der sich ihnen angeschlossen hatte, nahm seine Pistole auf und überzeugte sich davon, dass genügend Schwarzpulver in der Pfanne war. Die Männer waren nervös, und die Waffen spendeten ihnen offenbar Trost wie den Nonnen der Rosenkranz. »Geben Sie mir Ihre auch, Signora Rossi.«

Cecilia gehorchte, und der Sbirro drehte die kleine Pistole in seinen Pranken. »Sie kann damit nicht umgehen«, behauptete er, »auch wenn sie eine großartige Dame ist.«

»Sie ist *keine* Dame. Sie trägt Hosen und flucht wie ein Kutscher.« Baldassare stöhnte und wendete den Kopf von dem Kampfgefährten, den man ihm aufgezwungen hatte und der an diesem Abend nicht nur den Schweiß der vergangenen Jahrzehnte ausdünstete, sondern auch den Knoblauch, den er sich gerade in einer Pfanne gebraten hatte, als sie ihn holten.

Sie saßen in einer Nische neben der Kirche, mit den Rücken an die Mauer lehnt. Der Boden war von weißen Klecksen gesprenkelt, Grüße der Vögel, die unter dem Kirchendach nisteten. Baldassare hatte darauf bestanden, dass Bruno seinen Mantel für Cecilia auf dem Boden ausbreitete, aber der war löchrig, und sie hatte das Gefühl, an dem Vogelmist zu kleben.

Was sie aber wirklich wahnsinnig machte, war die Warte-

rei. Wie lange harrten sie schon aus? Drei Stunden? Vier? Das Problem bestand darin, dass Lupori ausgegangen war. Gerade als sie ihr Versteck einnahmen, hatte er sein Haus verlassen. Da er sie keinesfalls zusammen sehen durfte, waren sie hinter eine Hecke gehuscht und hatten ihn passieren lassen. Und nun saßen sie hier. Von Luporis Haus trennte sie nichts als der kleine gepflasterte Platz – aber sie kamen keinen Schritt voran.

Bruno griff erneut nach der Waffe, die Cecilia in ihrem Schoß liegen hatte, doch dieses Mal schlug sie ihm auf die Hand.

»Ich sage doch: Sie ist keine Dame«, klagte Baldassare. Unten im Ort brüllte ein Esel, und sie wurden von Mücken umschwirrt wie von winzigen Vampiren.

Cecilia betrachtete die beiden Männer, die sie nach dem Willen des Granduca beschützen sollten, aus den Augenwinkeln. Es waren gute Kerle, jeder auf seine Art. Aber langsam verlor sie die Hoffnung. Ihr Plan, den Rossi lächerlich genannt hatte, bestand darin, dass sie Lupori aufsuchen wollte. Allein natürlich. Eine schutzlose, verzweifelte Frau, die endlich wissen wollte, woran sie war. Sie würde ihn provozieren, mit Schwäche oder mit Frechheit – das musste sich ergeben –, und Baldassare und Bruno, die sich zuvor heimlich Zutritt zu seinem Haus verschafft hatten, wären Zeugen, wenn ihm das eine oder andere wahre Wort herausrutschte.

Das wäre sogar idiotisch, wenn man es auf der Bühne brächte, hatte Rossi gebrüllt, aber zu diesem Zeitpunkt hatte der Granduca sich bereits für Cecilias Plan erwärmt.

Er ist auch nicht *wirklich* idiotisch, dachte Cecilia, denn Lupori würde es eine Wonne sein, ihr zu zeigen, wie er sie hereingelegt hatte. Diese Eitelkeit war Teil seines Naturells. Doch die nervenzerrende Warterei knabberte an ihrer Be-

herrschung. Sie beugte sich vor und sah zwischen ihren Knien hindurch auf den löchrigen Stoff von Brunos Mantel. Was tun? Morgen noch einmal wiederkommen?

»Die Vögel kacken sogar in der Nacht«, bemerkte Bruno. »Ich dachte …«

»Auch wenn sie keine Dame ist …«, Baldassare stieß ihm den Ellbogen in die Rippen, »… gehört es sich nicht, in ihrer Anwesenheit solche Wörter zu benutzen.«

»Was für Wörter denn?«

Cecilia stützte sich auf Brunos Schulter und erhob sich. Sie blickte zum Himmel mit den goldenen Gestirnen, die heute von keiner einzigen Wolke verschleiert wurden. Der Mond hielt in der glitzernden Pracht Hof wie ein gutmütiger Pascha in seinem Harem. Tief unter ihm lagen die schwarzen Bergbuckel des Apennins. Sie schätzte, dass es etwa elf Uhr war. Geistesabwesend strich sie mit der Hand über ihren Bauch. »Wir gehen in sein Haus. Dort können wir genauso gut warten.«

Die Männer erhoben Einwände. Und wenn die Köchin noch in der Küche aufräumte? Wenn irgendwo die Dienerschaft hantierte? Wenn Signora Lupori durch die Räume strich?

»Dieses Risiko müssen wir eingehen. Es besteht ja sowieso. Wir können durch das kleine Fenster oben in der Küchentür schauen, ob noch Licht brennt.«

»Je länger wir uns verstecken, umso größer ist die Gefahr der Entdeckung«, widersprach Baldassare.

»Es ist fast Mitternacht. Er wird schon bald heimkommen. Wir gehen hinein.«

Der junge Offizier gab mit einem heftigen Unmutslaut nach. »Dann aber erst wir Männer, Signora Rossi. Wir schleichen durch die Küche, erkunden die Lage und geben Ihnen ein Zeichen, wenn die Luft rein ist.« Die beiden mach-

ten sich auf den Weg. Nach wenigen Schritten kehrte der Offizier noch einmal um. »Auch wenn Sie keine Dame sind«, flüsterte er, »bilde ich mir doch ein, einen Halunken von einem ehrlichen Menschen unterscheiden zu können. Sollte der Bursche sich nicht verplappern – es gibt viele Möglichkeiten, der Wahrheit ans Licht zu helfen. Und auf einen groben Klotz gehört ein grober Keil, nach meiner Meinung.« Er nickte ihr düster zu. Und schon waren die beiden über den Platz und hinter einer Mauerecke verschwunden.

Keine Minute später, vielleicht nur eine halbe, kehrte Lupori zurück. Er stützte sich auf seinen Stock und sah verbissen und kränklich aus, während er über das Pflaster humpelte. Der schlechteste Zeitpunkt, dachte Cecilia, während das Blut in ihren Ohren zu rauschen begann. Sie biss auf ihren Fingerknöchel vor Nervosität. *Bleibt fort, Männer. Nicht gerade jetzt erscheinen und winken. Bitte nichts verderben ...*

Lupori zog einen Schlüssel und machte sich am Schlüsselloch zu schaffen.

Noch einen Moment. Er hat's gleich ... Doch plötzlich schüttelte der Giusdicente den Kopf. Er steckte den Schlüssel wieder ein und machte kehrt. Zurück über das Pflaster zu dem kleinen Torbogen, von dem er gerade gekommen war. Im nächsten Moment war er erneut verschwunden.

Und nun?

Und nun sollte Bruno bitte *doch* erscheinen. Oder Baldassare, aber sofort!

Die beiden Männer blieben unsichtbar. Offenbar war die Küchentür zäh zu knacken. Oder sie sahen sich gerade im Haus um. Sollte sie versuchen, den beiden Nachricht zu geben? Unmöglich – dann wäre Lupori trotz seiner Behinderung verschwunden.

Lass ihn doch gehen, raunte Rossis Stimme. *Er kommt auch wieder zurück.*

Aber der Mann hat etwas vor.

Nichts, was mit dir zusammenhängt.

Wahrscheinlich nicht, aber ... Cecilia lief über das Pflaster. Es kam ihr vor, als machten ihre Schuhe einen Heidenlärm, obwohl sie doch aus weichem Leder genäht waren. Als sie das Tor erreichte, konnte sie gerade noch sehen, wie Lupori in einen kleinen Weg zwischen zwei Häusern abbog. Sie drehte sich um. Da! Baldassare hatte es offenbar ins Haus hineingeschafft. Er stand in der offenen Tür, ein Schatten, der den Hals reckte. Hastig winkte sie ihm, ihr zu folgen. War das nicht genau die Gelegenheit, auf die sie gewartet hatten?

Hör auf damit. Lupori kehrt zurück. Das ist noch idiotischer als dein »Plan«.

Ich weiß, Rossi, ich weiß.

Cecilia fand Lupori rasch wieder. Er humpelte auf einem kleinen Pfad, der zwischen zwei Obstgärten hindurchführte. Sie konnte hinter der Hecke seinen Kopf erkennen, der auf und nieder ruckte. Er trug eine Mütze, die sich an seinen Schädel schmiegte, so dass es aussah, als wippte ein schwarzer Lampion über dem Gesträuch. Mit klopfendem Herzen folgte sie ihm, immer durch den Abstand einer Krümmung getrennt, in das Labyrinth zwischen den Gärten und Häusern.

Er biegt in einsames Gebiet ab.

Ich seh's doch, Rossi.

Sie zögerte und blickte über die Schulter zurück. War Baldassare hinter ihr? Hätte er sie nicht schon lange eingeholt haben müssen? Zweifelnd äugte sie wieder nach vorn um die Ecke eines Bretterschuppens, der zu einem Zitronengarten gehörte. Die Luft war erfüllt von Sommergerü-

chen und dem Duft von Ananassalbei, der hier irgendwo wachsen musste.
Du hältst die Anspannung nicht mehr aus, das ist es, warf Rossi ihr vor.
Stimmt. Aber warum huscht er so verstohlen und einsam durch die Stadt? Er lässt sich *immer* begleiten ... Peppino ... sein Kutscher ... Er schmückt sich mit ihnen wie mit seinen grässlichen Blumensträußchen. Warum ist er heute Nacht *allein* unterwegs?
Rossi antwortete nicht. Er hatte es aufgegeben, ihr zu raten. Wahrscheinlich raufte er sich wütend das Haar.
Und wenn er uns jetzt etwas viel Besseres bietet?, hielt sie ihm vor. Wenn der Grund für seine Heimlichtuerei in einer anderen Schandtat liegt? Wenn er etwas vorhat, was seinen schmutzigen kleinen Charakter entblößt? Das müsste uns doch nutzen. Dann ist er als Zeuge diskreditiert. Ich will es nur sehen, Rossi. Ich halte mich zurück ... Ihre Füße trugen sie wie von allein voran. Rossi hatte recht, sie hielt die Anspannung nicht mehr aus. Sie wollte, dass alles ein Ende hatte, dass endlich etwas geschah. Sie wollte den großen Knall.
Die Gärten wichen zurück, und plötzlich gab es keine Häuser mehr. Sie sah nur noch Felder voller raschelnder Weinreben auf künstlichen Terrassen, die sich ins Tal hinabzogen. Jetzt hatte sie Lupori wieder im Blick. Er befand sich auf einem schnurgeraden Pfad zwischen den Terrassen und humpelte zu einer kleinen Kirche, die etwas abseits lag und offenbar zu einem Friedhof gehörte. Ein kranker Mann mit schmutzigen Plänen. Er öffnete das Friedhofstor aus schwarzem Eisen. Die Spitzen blinkten im Mondlicht wie eine Batterie Pfeile, die auf den Abschuss warteten. Dann war er verschwunden.
Cecilia ließ sich zu Boden sinken.

Baldassare hatte sie verloren. Oder gar nicht gesehen, dass sie ihm winkte. Sonst wäre er längst bei ihr. Es war ja auch schon so dunkel gewesen, besonders im Torduchgang.

Ich weiß, Rossi, ich kann nichts tun.

Sie würde hier sitzen bleiben und warten. Blödsinn – sie musste verschwinden, bevor der *Mistscheißer* zurückkehrte. Cecilia kicherte leise, als ihr das ungehörige Wort in den Sinn kam, aber ohne Fröhlichkeit. Rossi hatte recht gehabt. Der ganze Plan war lächerlich. Sie schaute zum Mond hinauf und fragte sich, was der Giusdicente mitten in der Nacht in der kleinen Kapelle zu tun hatte. Gewiss war er nicht zum Beten hierher gehumpelt. Eine Verabredung? Tanzte er ebenfalls vor dem Altar, wie seine Silvia? Und plötzlich befand sie sich wieder auf den Beinen, und fast ohne ihr Zutun trugen die Füße sie talwärts. Sie fühlte sich, als ob sie schwebte, als wäre sie betrunken, mit einem leisen Summen in den Ohren. Das Weinlaub raschelte im Wind.

Das Friedhofstor quietschte, als sie es öffnete. Wahrscheinlich fand man es überflüssig, die Scharniere zu ölen. Die Toten ließen sich nicht stören. Sie blickte über die Grabsteine und dann hinüber zu dem Haus mit den marmornen Wandgräbern, vor denen sie die Blumenvasen als zarte Silhouetten erkennen konnte. Neben den Wandgräbern bog der Pfad um die Hausecke. Dort musste die Tür zur Kapelle liegen.

Nur einmal schauen, Rossi. Ich laufe schneller als er.

Die Kapellentür war aus schwerem Holz. Neben dem schwarzen Rechteck befand sich ein kleines Fenster. Cecilia versuchte hineinzusehen, aber die Scheibe war blind vor Schmutz, und sie konnte nur den Schatten ihres eigenen Gesichts erkennen, und auch das nur, wenn sie sich bewegte.

Du hast recht, Rossi. Ich verschwinde wieder. Er kommt nach Hause, und dort werden wir ihn packen.

Hastig eilte sie den Weg zurück, den sie gekommen war. Vor dem Friedhofsbrunnen stand eine Wasserlache, und ihre Schuhe wurden nass, als sie hindurchplatschte. Sie drückte die Hand auf ihre Brust, in der das Herz schmerzhaft pochte. Weit und breit kein Baldassare, kein Bruno, überhaupt kein Mensch. Nur der Mond, der plötzlich viel zu hell auf die Weinstöcke leuchtete. Sie konnte sogar einzelne Blätter und Fruchttrauben erkennen. Ein Blick über die Schulter – Lupori musste sich immer noch in der Kapelle befinden.

Cecilia hielt inne und langte in ihre Hosentasche. Als sie Grazias Pistole in der Hand hielt, fühlte sie sich etwas besser. Ein kranker, humpelnder Mann, Rossi – ich wäre ihm auch ohne Pistole überlegen. Aber mit der Waffe bin ich sicher. Schlecht zu sein bedeutet nicht gleichzeitig, stark zu sein. Er ist ein guter Intrigant, aber ansonsten ein Wicht.

Zurück zu den Häusern, zurück zu Baldassare.

Das habe ich doch vor.

Sie würde zu ihrem alten Plan zurückkehren. Durch die Küche in das Haus. Und dort auf den Lumpen warten. Vielleicht in seinem Ankleidezimmer. Die Überraschung wäre auf ihrer Seite. Und trotzdem musste sie ihm das Gefühl geben, dass er der Sieger war. Sollte sie ihm Geld bieten, aus ihrem Erbe vielleicht, damit er aus der Waisenhausgeschichte einen Irrtum machte? Vielleicht war es genau das, was ein Mann wie der Giusdicente von einer verzweifelten Frau erwartete. Er würde nicht darauf eingehen und ihr erklären, wie er sie hereingelegt hatte, wie sie in der Falle saß und wie er dafür sorgen würde, dass sie niemals wieder herauskäme und ein schreckliches Ende nähme ...

Sie erreichte das Grundstück mit dem Zitronengarten. Beim Bretterschuppen blieb sie stehen und blickte sich noch einmal um. Schon begann sie zu bedauern, nicht doch ein

wenig länger bei der Kapelle ausgeharrt zu haben. Aber das war nun vorbei.

Sie wollte weiter – und stolperte. Etwas schlug gegen ihre Schienbeine, ein Stock, etwas sehr Hartes, so heftig, dass sie vornüberstürzte und die Pistole ihr aus der Hand flog. Im selben Augenblick warf sich jemand auf sie, und sein Gewicht drückte sie zu Boden.

Es war viel zu schnell geschehen, als dass sie an Gegenwehr hätte denken können. Sie wusste, dass Lupori auf ihr lag, weil sie das Ambra seiner Perücke roch. Oder vielleicht war es auch umgekehrt – sie hatte den Ambrageruch in der Nase, weil sie wusste, dass der Giusdicente sich auf sie gestürzt hatte. Sie hob das Gesicht aus dem Schmutz und verrenkte sich den Hals. Die Arme bekam sie nicht hoch. Auf dem einen hockte er mit seinem Knie, der andere klemmte unter ihrem Bauch. Sie sah den Mond und dann ein Gesicht, das sich verzerrt zu ihr beugte.

»Was …?«, keuchte sie.

Im selben Moment drückte Lupori ihr die Hand auf den Mund, als wäre ihm erst jetzt aufgegangen, dass sie schreien könnte. Obwohl er ein kränklicher, humpelnder Mann war, verfügte er über erstaunliche Kräfte. Cecilia begann zu strampeln. *Lächerlich …*, dröhnte Rossis Stimme in ihrem Kopf. *Lächerlich … lächerlich …* Die Beine waren das Einzige, was sie bewegen konnte, und sie zog sie an, um die Last von ihrem Rücken zu stoßen. Aber es war, als fühlte Lupori, dass sie begann, die Oberhand zu gewinnen. Er griff in ihre Haare – dann knallte er ihr Gesicht auf das Pflaster.

Der Schmerz war grausam. Sie schmeckte Blut und fühlte es über Lippen, Stirn und Kinn strömen. Das Knie, das sich in ihren Rücken bohrte, drohte ihr die Wirbelsäule zu brechen. Wenigstens hatte er ihren Mund wieder freige-

geben. Sie wollte schreien ... Im selben Moment strömte etwas Bitteres über ihre Lippen. Eine brennende, halb flüssige, halb weiche Substanz. Es gelang ihr, einen Teil davon mit der Zunge aus dem Mundwinkel zu schieben, doch dann klemmte Lupori ihre Kiefer zusammen. Gleichzeitig hielt er ihr die Nase zu.

Und irgendwann musste sie schlucken.

So, dachte sie, so.

Er wartete eine ganze Weile. Schließlich begann er, sie auf den Rücken zu drehen. Sein Kopf senkte sich dabei auf sie herab. Sie sah das Helle in seinen Augen und einen Tropfen Speichel, der ihm am Kinn hing, und sein Gesicht, das vor Hass verzerrt war. Er schwitzte vor Anstrengung. Ihr wurde schwummrig. Angstvoll versuchte sie, ihn mit dem Arm abzuwehren, aber ihre Glieder gehorchten ihr nicht. Opium, dachte sie vage, er hat mich vergiftet. Ich sterbe. Du hast mich gewarnt, Rossi. Als sie den Blick von ihrem Mörder abwendete, konnte sie in den Augenwinkeln eine Zitrone erkennen, die über die Mauer des Zitronengartens hing.

Und wieder warteten sie.

Er hatte nicht das Bedürfnis zu prahlen. Stattdessen blickte er hektisch hierhin und dorthin, voller Sorge, dass man ihn ertappen könnte. Noch einmal versuchte Cecilia sich zu wehren, doch ihr Körper war wie der ausgestopfte Leib einer Puppe. Nur ihren Mund spürte sie noch. Er war mit Ekel vollgestopft, und sie merkte, wie ihre Gedanken sich verwirrten.

Rossi war verstummt. Es tut mir so leid, dachte sie und versuchte, nicht in das Gesicht ihres Mörders zu blicken.

Silvia tauchte auf.

Sie schrie und benahm sich schrecklich. Die Wörter, die sie benutzte, waren ordinär. Ihr schöner Peppino begleitete

sie und tanzte um sie herum, und vielleicht war er es auch, der den Giusdicente von Cecilias Körper zog, jedenfalls konnte sie plötzlich leichter atmen.

»... mein Vater ...«, brüllte Silvia – das eine Wort, das sich in ihrem Gekreische ständig wiederholte und das ebenfalls obszön klang, obwohl es doch einen ehrbaren Sinn besaß. Sie prügelte auf den Giusdicente, der jetzt an der Mauer lehnte, ein. Er war erschöpft und konnte sich kaum auf den Beinen halten, und wenn er nicht gewesen wäre, der er war, hätte er Cecilia leidgetan. Wie eine Furie brüllte Silvia: »*Mein Vater ... Vater ...*« Luporis Perücke saß schief, und Blut rann aus seinem Mundwinkel.

Peppino versuchte, Cecilia auf die Füße zu ziehen, aber es gelang ihm nicht. Ihre Glieder waren pelzig und völlig gefühllos. Erschöpft ließ er sie wieder zu Boden gleiten. Sie schwitzte, und die Schreie, die Silvia ausstieß, waren wie Scherben, die Schrammen in ihr Gehirn ritzten.

Grazias Pistole lag in der Gosse neben der Gartenmauer. Cecilia sah eine Hand, die danach griff. Dann gab es einen Schuss, und endlich kehrte Ruhe ein.

Bruno schlug ihr ins Gesicht. »Signora ... Signora ... er bringt mich um ... mach die Augen auf«, flehte er,. »... bitte ... bitte ...« Dicke Tränen klatschten von dem knoblauchdünstenden Koloss auf ihr Gesicht. Er lächelte, als er merkte, dass sie ihn anschaute, und schlug sie weiter. »Augen auf, Signora!« Jemand schaute über seine Schulter, überall waren Leute.

»Er hat sie vergiftet«, hörte Cecilia Baldassare brüllen. Der junge Mann schwankte ein Stück Papier in der Hand. Sie wollte ihm versichern, dass sie noch lebte, aber da war er schon wieder verschwunden.

Bruno rieb jetzt ihre Wangen. Schließlich hob er ihren

Oberkörper an und steckte ihr den Finger in den Hals. Sie wusste nicht, ob sie sich aus Ekel oder wegen des Würgereflexes übergab, aber es tat ihr leid, dass sie seinen Rock beschmutzte.

Irgendwann, als es ruhiger wurde und niemand mehr schrie und nur noch Bruno und einige Frauen bei ihr waren, kam Arthur Billings, der stille, wunderbare Dottore aus dem Irrenhaus von Montecatini, und flößte ihr Unmengen von Kaffee ein.

21. KAPITEL

»Er kommt vor Gericht«, sagte Rossi leise und küsste zärtlich ihre Fingerspitzen.

»Ich wusste, dass du davon anfangen würdest«, fuhr Arthur Billings ihn genauso leise, aber gar nicht zärtlich an. Die beiden standen vor ihrem Bett, das riesig war und so weich wie Himmelsdaunen.

»Es beruhigt sie«, behauptete Rossi.

»Es beruhigt sie keineswegs«, widersprach der Dottore. »Es würde sie beruhigen, wenn man sie mit dieser ganzen scheußlichen Geschichte in Ruhe ließe. Siehst du nicht ...«

Cecilias Blicke wanderten durch das Zimmer, sie blieben an Blumengemälden hängen und an altmodischen Möbeln, deren Lack zerkratzt war. Es war morgens oder abends, jedenfalls stand die Sonne tief, denn sie konnte durch das Fenster sehen, wie der rote Feuerball auf einem Hügel balancierte.

In ihrem Mund war ein grässlicher Geschmack nach Kaffee – ungesüßt und bitter. »Wer ...« Sie räusperte sich, um den Rachen frei zu bekommen. »Wer kommt vor ...«

»Na bitte!« Arthur schnaubte und warf die Hände in die Luft.

»Tacito Lupori«, sagte Rossi.

»Oh.« Cecilia erinnerte sich plötzlich wieder an die Bilder, die an den Wänden hingen. Blumen waren Arthurs Lieblingsmotiv, mit dem er seine Irren zu beruhigen hoffte. Sie befand sich also in der Irrenanstalt. Der Dottore hatte sie an den Ort gebracht, den er am meisten liebte und für eine Oase des Friedens hielt, und den sie selbst zu seinem Kum-

mer fürchtete. Das musste er vergessen haben, als er sie hierher transportieren ließ – dass sie sein Asyl nicht leiden konnte.

Sie sehnte sich nach dem Palazzo della Giustizia oben in der Stadt. Gehörte ihr jetzt nicht das Bett in Rossis Schlafkammer? Das war ein schönerer Gedanke, der sie in ihren schon halb vergessenen Traum zurückführte. Da lag sie wieder auf Rossis Decken, und alles war wunderbar und bunt und voller Sehnsüchte, und im Mittelpunkt des Traums stand ihr wunderbarer Ehemann, ohne einen Fetzen am Leib, aber mit Wünschen, die ihren eigenen entgegenkamen. Nicht im Palazzo, sondern im verwilderten Garten in Prato ...

»Opium«, sagte Arthur

»Was?«, fragte sie, enttäuscht, weil ihr der Traum durch das laut gesprochene Wort wieder entglitt.

»Das Scheusal hat Ihnen Opium eingeflößt«, erklärte Arthur.

Sie nickte und schaute zu Rossi, der in seinen Kleidern feststeckte wie in einer Ritterrüstung. Als würde sie das Opium interessieren. Verlangend griff sie nach seinem Knie. Zärtlichkeit glühte bis in ihre Lenden. Ich liebe dich, dachte sie und verschlang ihn hingebungsvoll mit den Blicken. Das unrasierte Gesicht mit den lebhaften, klugen Augen, das sie gern geküsst hätte ... seinen wendigen Körper ... die schmalen, geschickten Hände ... Sie seufzte tief und begehrlich. Wenn nur Arthur nicht neben ihm stünde und von seinem Opium redete. Der Dottore hatte etwas zutiefst ... die Leidenschaft Tötendes an sich. »Sie braucht Ruhe«, mäkelte er.

Rossi beugte sich über sie. »Lupori hat seine Frau erschossen«, erklärte er. »Silvia hat ihn beschimpft, und am Ende hat er sie umgebracht. Dafür kommt er auf je-

dem Fall vor Gericht. Aber auch für das, was er dir angetan hat.«

Cecilia erwischte seine Hand und nutzte die Gelegenheit, ihn zu sich auf die Bettdecke zu ziehen. Sie wollte keinen Vortrag über Gerichte, sondern dass Arthur endlich verschwand und Rossi zu ihr in die Daunen kroch. Er sah mehr verblüfft als erfreut aus, als sie ihn nach einem langen Kuss, in dem sie ausprobierte, was sie betrunken beim Fest des heiligen Giovanni gelernt hatte, endlich freigab.

»Opium ist ein Teufelszeug mit seltsamen Wirkungen«, meinte Arthur und hüstelte. Dann drängelte er plötzlich und wollte, dass sie die Kranke in Ruhe ließen.

»Komm zurück«, fauchte Cecilia ärgerlich, als Rossi Anstalten machte zu gehorchen.

Er tat es und beugte sich über sie.

»Dies ist ein Bett. Dies ist deine Frau. Was ist denn los mit dir?«, zischte sie ihn an. »Gibt es kein verdammtes Gesetz, in dem geschrieben steht, was ein Ehemann seiner Frau schuldet?«

Sie merkte, dass er ihre Hände festhielt. Und dann, dass sie tatsächlich dabei gewesen war, ihr Hemd aufzuknöpfen. Sie sah ihn grinsen, den verfluchten Kerl. Er küsste sie auf die Nase. »Das schaffe ich auch ohne Gesetz. Glaub mir, Weib«, flüsterte er. »Nur nicht jetzt, vor Arthurs armen Augen.«

Sie hätte heulen können, als er ging.

Er brauchte fast drei Wochen, ehe er zurückkehrte. Es war abends, und er war so müde, dass er sie angähnte, als er das Zimmer betrat. Baldassare begleitete ihn. Da der Gardist sich zu ihnen in den Lehnstuhl in der Zimmerecke setzte und so tat, als wäre dies sein angestammter Platz, musste er

wohl als eine Art reisender Gefängniswärter fungieren. Cecilia registrierte es mit Unbehagen.

Sie hatte zwei lange Wochen verbracht, ohne dass ihr jemand gesagt hätte, was sich jenseits der Asylfenster im fernen Florenz abspielte. Sie nahm an, dass Arthur Billings über alles informiert war, aber er bestand auf der Schonung seiner Patientin. Nun zitterte sie vor Nervosität und versuchte das zu verbergen, indem sie drei Gläser und eine Fiascoflasche Wein aus einem Schränkchen holte.

Rossi ignorierte Flasche und Glas. »Willst du es wissen?«

»Alles – was auch immer es ist. Ich dürste nach Nachrichten.« Sie warf Baldassare einen Blick zu.

»Möchten Sie nicht hinausgehen?«, fragte Rossi.

»Nein«, sagte Baldassare. Die beiden Männer musterten einander mit so herzlicher Abneigung, als hätten sie sich den ganzen Weg lang gestritten. Schließlich zuckte Rossi die Schultern und setzte die Flasche an den Hals.

»Was ist eigentlich bei Lupori passiert? Ich erinnere mich an gar nichts«, sagte Cecilia zu Baldassare. Sie konnte nicht stillsitzen, sondern wanderte wie aufgescheucht durch das Zimmer.

Der Gardist kreuzte seine langen Beine und ließ sich mürrisch zu einer Erklärung herab. »Der Dicke und ich – wir sind in die Küche gekommen. Aber es hat eine Weile gedauert, ehe wir uns zurechtfanden, und als wir nach oben in den Flur gingen, stand plötzlich diese Harpyie vor uns, dieses irrsinnige Weib. Sie war so voll mit Opium wie ein Chinese.« Wenn er sich nicht im Zimmer einer Dame befunden hätte, hätte der junge Mann wahrscheinlich ausgespuckt. »Als sie uns sah, hat sie um Hilfe geschrien. Da ist ihr Lakai die Treppe herab, und ... Das war ein braver Mann.«

»Peppino«, sagte Cecilia.

»Nein, er hieß Giuseppe Cavalli.«

»Ich weiß.«

»Als er hörte, wie sich der Schlüssel im Schloss drehte, war er zur Tür gegangen, um seinem Herrn den Stock abzunehmen. Aber dann fand er die Stufen vor der Haustür leer. Er sah nur noch, wie Sie durch das Tor verschwanden, Signora Rossi. Und das kam ihm seltsam vor, besonders da Sie ihm zugewunken haben.«

Cecilia vermied es, Rossi anzusehen.

»Als er uns das erzählte, ist Bruno sofort hinausgelaufen, doch er konnte Sie nicht finden. Aber die Signora wusste etwas – das sahen wir ihr an. Also dachte ich, ich nehme sie etwas an der Kandare. Habe sie ein wenig angebrüllt …«

Guter Mann!

»… und ihr erzählt, dass sie einen Kindesmörder schützt und selbst im Zuchthaus landet, wenn sie uns nicht hilft. Da wurde sie wach. Sie wollte wissen, was für ein Kind ermordet worden war, und da sie auffällig interessiert schien … Ich habe ihr erzählt, dass es sich um den Sohn von Signor Rosselino handelte. Das hat sie furchtbar aufgebracht.«

»Aber sie konnte nicht wissen, wohin ihr Mann gegangen war. Wie haben Sie mich gefunden?«

»Die Signora sprach von der Friedhofskapelle, sie hat es immerzu rausgeschrien …«

Sie tanzt vor dem Altar, dachte Cecilia schaudernd. Vor weniger als einem Jahrhundert hätte man Silvia Lupori als Hexe verbrannt. Nervös zupfte sie an einem Topfblumenblatt.

»Inzwischen glaube ich, dass sie gar nichts wusste. Wir hatten einfach verdammtes Glück, dass sie den Weg einschlug, auf dem wir Sie fanden. Andererseits gibt's nicht viele Orte in einer Stadt, an denen man jemanden diskret umbringen kann, und da lag sie womöglich mit dem Fried-

hof doch richtig«, meinte Baldassare, der sich langsam für das Thema erwärmte.

Rossi starrte ausdruckslos an die Decke.

»Jedenfalls ist sie losgerannt und wir hinterdrein – und dann haben wir Sie gefunden ...«

»Ja«, sagte Cecilia.

»Das Unglück hat damit angefangen, dass dieser dreckige Verbrecher uns zu Beginn des Abends gesehen hatte, als wir hinauf in die Stadt sind«, gestand der junge Offizier voller Selbstgroll. »Er dachte, wir planten einen Rachemord oder eine Entführung oder etwas Ähnliches, und Bruno und ich, wir seien Ihre eigene, suspekte Garde. Als wir Männer ins Haus hinein sind, fand er die Gelegenheit günstig, Sie fortzulocken. Bruno und mich hätte er später leicht als Einbrecher hinstellen können, die er dann selbst abgeurteilt hätte. Es war ihm wie ein Geschenk, dass Sie ihm folgten.« Aus den letzten Worten klang ein deutlicher Vorwurf. Nicht *alles* war seine Schuld.

Cecilia hatte keine Lust, sich zu rechtfertigen. »Wollen Sie nicht draußen auf Giudice Rossi warten, Baldassare?«

»Damit er mir entwischt? Mein Patenonkel hat sich bereit erklärt, mir sein Haus für einen Pappenstiel zu überlassen, und meine Braut ...«

»Niemand will mehr entwischen«, sagte Cecilia. »Hinaus.«

Da stand er endlich auf und trollte sich.

»Er ist im Grunde ein tapferer und liebenswerter junger Mann.« Cecilia nahm Rossi die Flasche aus der Hand und machte es sich auf seinem Schoß bequem. Er wollte nichts mehr von dieser uniformierten Klette wissen, die der Granduca ihm in den Nacken geheftet hatte. Nun, da Baldassare endlich verschwunden war, interessierte ihn vor allem ihr

Bauch, in dem sein Kind heranwuchs. Arthur hatte ihm erklärt, dass das Kind vermutlich so wenig Schaden genommen habe wie seine Mutter, da Bruno mit seiner geistesgegenwärtigen Handlung einen guten Teil des Opiums aus dem Magen der Patientin wieder herausgeholt hatte, ehe es Schaden anrichten konnte.

»O ja, er war großartig«, erklärte Cecilia mit Wärme.

Rossi interessierte sich auch nicht für den Sbirro. »Das Kleine hat Glück gehabt, und es wird geboren werden als Zeugnis dafür, dass wir unser Leben zurückerobert haben. Es ist ein Kind des Glücks«, sagte er ernsthaft und streichelte über die sanfte Wölbung ihres Bauches, die mehr zu erahnen als zu sehen war.

»Warum steht Baldassare vor unserer Tür, wenn wir unser Leben zurückerobert haben?«, wollte Cecilia wissen.

»Weil es dauert, bis die Dinge sich regeln. Luporis Prozess ist vorbei, das ging ganz schnell, da der Granduca selbst ein Interesse daran hatte. Aber unser eigener steht noch bevor. Amidei wird ihn leiten. Doch er hat sich inzwischen ein Bild gemacht, und der Granduca hat mit ihm gesprochen, und ich bin sicher, dass wir nichts Schlimmes befürchten müssen.« Rossi schob sie von seinem Schoß. Sie spürte, wie angespannt er mit einem Mal wieder war. Er nahm seinen Reisesack auf und holte Papiere hervor – das Protokoll vom Prozess gegen Lupori.

Er begann daraus vorzulesen, und sie hörte ihm zu, mit einem steinernen Gefühl im Magen und dem irrwitzigen Eindruck, plötzlich wieder Ambragerüche in der Nase zu haben. Der Giusdicente – Feigling, der er war, wenn er nicht im Geheimen agieren konnte – hatte vor Amideis Tisch gestanden, dass er den immer noch flüchtigen Engländer Heyward kennengelernt hatte, als der seinen Schwiegervater besuchte. Signor Rosselino. Silvias Vater.

»Ja«, sagte Cecilia. »Das hat sie gebrüllt, als sie uns in der Gasse gefunden hatte. *Mein Vater ...* Die ganze Zeit. Rosselino ist also Silvias Vater. Meine Güte, das ist der Zusammenhang, das fehlende Glied ...«

Rosselino hatte dem Schwiegersohn sentimental von dem Kind berichtet, das er finden und aufziehen wollte, ohne zu bedenken, dass er damit das Erbe seiner Tochter beschneiden würde. »Das hättest du sehen müssen, Cecilia«, sagte Rossi, der die Papiere sinken ließ und sie anstarrte. »Er war noch im Gerichtssaal gekränkt, dass man ihn seines Lohnes beraubte. Fünfzehn Jahre hatte er Silvia ertragen. Ihre Launen, ihre Opiumsucht und die ständige Gefahr, durch sie lächerlich gemacht zu werden. Und dann will sein Schwiegervater einen Bastard anerkennen. Es muss ihn bis ins Mark erschüttert haben.«

»Also hat er Heyward überredet, auf seine Seite zu wechseln und den kleinen Benedetto zu ermorden.«

»Ja, und der hat es getan, indem er Guidos Gerede von der Wiedergängerin aufgenommen hat. Er fand die Idee schlau – dabei hätte er den Jungen ganz einfach in irgendeinem leeren Zimmer ersticken können. Keiner hätte Fragen gestellt. Waisenkinder interessieren nicht.«

»Erst durch die Widersprüche, die uns im Turmzimmer aufgefallen sind, wurden wir misstrauisch.«

Rossi nickte. »Zudem hat er schlampig gearbeitet und den falschen Benedetto herausgegriffen. Lupori hat den Irrtum geahnt, als er vom Alter des toten Kindes hörte. Deshalb hat er sich das Waisenhausbuch bringen lassen. Er war natürlich wütend und nötigte Heyward, einen zweiten Mordanschlag in Angriff zu nehmen. Heyward wollte wieder die Gerüchte um die mordende Wiedergängerin, die inzwischen in ganz Montecatini kursierten, nutzen, aber er kannte das Datum von Racheles Selbstmord nicht. So

musste er bei Padre Ambrogio einsteigen, um sich im Kirchenbuch zu vergewissern. Er hatte geplant, Benedetto ein Kreuz in den Kopf zu stoßen, so wie es bei Rachele geschehen war, aber dann fand er den Jungen nicht. Dafür wurde er von Assunta entdeckt, die längst misstrauisch geworden war.«

»Hat sie die Eintragungen gefälscht?«

»Davon kann man wohl ausgehen. Lupori hatte die Schummelei zufällig herausgefunden und für unwichtig befunden. Erst als du vor ihm standest, hat er die Gelegenheit erkannt, uns eins auszuwischen.«

»Das wusste ich!«

»Ich weiß, du hast es mir gesagt.« Als er sie jetzt wieder an sich zog, küsste er sie nicht. Die Angst, die er um sie ausgestanden hatte, stand ihm im Gesicht, und sie streichelte über seine Wange, um sie zu verscheuchen.

»Aber ich habe Rachele *gesehen*«, erinnerte sie ihn. »Oh – Stella, natürlich.«

Rossi nickte. »Als Stella Farini herausgefunden hatte, wo ihr Kind untergebracht worden war, ist sie hierhergezogen. Und durch die Gärten und gelegentlich auch durch das Waisenhaus gestrichen. Sie hat den Jungen beim Schlafen beobachtet, bei der Arbeit. Sie war besessen.«

»Sie war seine Mutter«, korrigierte Cecilia.

»Heyward wurde jedenfalls von Assunta erwischt. Niemand weiß, ob sie die Kinder schützen oder ihn erpressen wollte oder was auch immer. Aber er sah sich gezwungen, sie ebenfalls zu ermorden, und steckte das Waisenhaus in Brand, um diesen Mord zu vertuschen. Wahrscheinlich auch in der Hoffnung, Benedetto damit ebenfalls zu erwischen.«

»Und es war ihm egal, wer sonst noch starb. Mistscheißer, wirklich!«

Jetzt küsste Rossi sie doch. »Glücklicherweise kam Guido, der Mutige, ihm in die Quere und hat die Jungen aus dem Turm geholt.«

»Er verdient eine Entschuldigung von dir.«

»Alles, mein Herzblatt!«

»Und Silvia? War sie in das Komplott eingeweiht?«

Er schüttelte den Kopf. »Lupori hatte ihr nichts von Benedetto erzählt. Und sie war nicht interessiert genug, um nachzuforschen, was im Waisenhaus geschah. Nicht einmal, nachdem du bei ihr gewesen warst. Sogar Stella war ihr gleichgültig, obwohl sie sie kannte und wusste, dass sie die Geliebte ihres Vaters gewesen war.«

»Wie kann das sein – bei ihrer Boshaftigkeit?«

»Arthur meint, wen das Opium am Wickel hat, der nimmt nichts mehr wahr, das nicht mit der Gier nach dem Gift zu tun hat. Das steht aber nicht im Protokoll. Er hat es mir erzählt.«

»Als du dich den Pflichten eines Ehemanns entzogen hast.«

»Nur ungern, Liebste, nur ungern.«

Sie zog seinen Kopf an ihre Brust und durchwühlte seine Haare, und einen Moment lang vergaß sie – beinahe – den Mann, der sie beide ins Unglück hatte stürzen wollen.

»Und nun noch das Ende, damit ich mich nie wieder daran erinnern muss«, sagte Rossi schließlich atemlos. »Heyward ...«

»Nein.«

»Doch. Ich will's loswerden.«

»Nun gut«, gab sie nach. Er hatte ja recht. »Heyward hat also Stella aufgespürt und noch einmal versucht, Benedetto zu ermorden.«

»Ja, aber er hat wieder das falsche Kind erwischt, was dieses Mal daran lag, dass Stella ihr eigenes wie eine Löwin

verteidigte und dass du und Bruno ihn gestört habt. Dann hat er erfahren, wohin Stella geflohen ist …«

»Durch mich.« Sie konnte nicht verhindern, dass der Kummer ihre Stimme zittern ließ. Stella und Benedetto wären in Sicherheit gewesen, wenn sie Heyward nicht verraten hätte, wohin die beiden geflohen waren.

»Wären wir vollkommen, dann hätte Gott uns nicht auf die Erde zu senden brauchen.«

»Soll mich das trösten?«

Er antwortete nicht. Was gab es auch zu sagen? Diese Last würde auf ihren Schultern bleiben. Er ließ die Blätter zu Boden flattern und schloss sie wieder in die Arme.

»Und was wird nun aus Lupori?«, fragte sie.

»Er lebt nicht mehr.«

»Was?«

Sie sah, wie sich die Falten um seinen Mund tiefer gruben. »Lass gut sein«, sagte er nach einer Pause.

»Tut er dir etwa leid?«

Er antwortete nicht.

»Ich dachte, es wird niemand mehr hingerichtet. Warum ist er tot?«

»Weil die Strafe, die er bekommen hat, nur mit einem gesunden Körper durchzustehen ist. Wirklich, Cecilia – reden wir von etwas anderem. Ich habe so viel Schmutz gesehen in diesen Tagen. So viel Schmutz. Ich … will nicht mehr.«

Sie zog ihn an sich. »Aber …«

»Ich will nicht mehr.«

Mit Verwunderung spürte sie, wie er Tränen auf ihrer Schulter hinterließ.

Ihr Prozess fand am 20. Oktober statt, an einem warmen, milden Herbsttag, an dem sich die Blätter bereits golden färbten und unter den Kastanien ein Meer aus grünen

Fruchtbechern und rotschwarzen Früchten glänzte. Sie saßen in demselben Saal, in dem bereits einmal über Cecilia verhandelt worden war. Wieder waren die Bänke gefüllt, aber die meisten Menschen, die Cecilia sah, wollten ihr Gutes: Signora Secci, selbstzufrieden, weil sie an der lieben Cecilia nie irre geworden war ... Zaccaria ... Bruno ... Marianna Bossi, die ihr grollte, weil sie sie nicht stärker in das *große Abenteuer* eingespannt hatte ... Giudice Cardini, der Dina an der Seite hatte und das ängstliche Mädchen immer wieder mit einem Scherz zum Lächeln brachte.

Amidei verkündete, dass der Vorwurf der Fälschung des Waisenhausbuches ausgeräumt sei. Und was den Kindsmord betraf: Augusto Inconti habe nach ausgiebiger Befragung eingeräumt, dass sein Vorwurf nur auf Hörensagen basiere und dass er eigentlich gar nichts wisse. Und da die einzige weitere Zeugin, nämlich Bianca Rastelli, verstorben sei, ließe sich keine Schuld mehr beweisen. Er schaute grimmig, als er das sagte, und Cecilia nahm an, dass sein Zorn darüber, wie Lupori ihn fast zu einem Fehlurteil verleitet hatte, auf Augusto niedergeprasselt war. Wahrscheinlich hatte er ihn ordentlich eingeschüchtert, bis er aufgab.

Dann kam Amidei zu Enzo Rossi.

Über das unbesonnene Verhalten des Ehegatten der Beschuldigten sei man in Anbetracht des Umstandes, dass es sich um einen ansonsten verdienstvollen Menschen von tadelloser Gesinnung handele, der an die Unschuld der Beschuldigten fest glaubte – er sandte Rossi einen giftigen Blick zu – bereit hinwegzusehen.

Das war es. Cecilia nahm an, dass ihm das Urteil vom Granduca nahegelegt worden war, der sich zwar nicht in die Justiz seines Landes einmischte, aber der doch immer noch der Granduca war. Schwarzer Wein hin oder her.

Nach dem Prozess bat Amidei Cecilia und Rossi in seinen

Amtsraum und fragte sie nach Heyward aus. Ihn interessierten besonders die Schlupflöcher, in denen der Mann sich möglicherweise verkrochen haben könnte, aber wie sollten sie ihm da weiterhelfen? »Ich kann es nicht beweisen, aber ich bin sicher, dass er auch der Mann war, der meine Gesellschafterin Rosina Rastelli ermordet hat«, erklärte Cecilia. Amidei machte eine Notiz in seinen Unterlagen.

»Gibt es Hoffnung, dass Sie den Mann finden?«, fragte sie.

»Nachdem Ihr Gatte es bereits mit großer Erbitterung und wenig Erfolg versucht hat?«

»Du hast ihn gesucht?«

Rossi, der am Fenster stand und auf die Straße hinaussah, zuckte mit den Schultern.

»Einen Funken Hoffnung gibt es dennoch«, sagte Amidei und legte die Feder beiseite. »Der Engländer, mit dem Ihr Gatte in der Zeit seiner Kerkerhaft Verbindung aufgenommen hatte und der ihn über die verbrecherische Vergangenheit dieses Heyward informierte, ist nach Italien gekommen. Offenbar wiegen die Verbrechen, die sein Landsmann in der Heimat begangen hat, so schwer ...«

»Du hast an die englischen Behörden geschrieben?«, fragte Cecilia.

Rossi drehte sich zu ihr um. »Ich konnte ja sonst nicht viel tun.«

»Wenn das ein Vorwurf sein soll«, grantelte Amidei, »dann frage dich mal, wie es um dein Vertrauen in die Justiz stand.«

»Woher sollte mein Vertrauen kommen, wenn die Justiz beleidigt spielte und sich Scheuklappen anlegte.«

»Die Justiz war so entgegenkommend, wie du es ihr möglich gemacht hast.«

»Die Justiz ...«

»Also suchen ihn jetzt die Engländer?«, unterbrach Cecilia die Männer.

»In Gottes Namen. Aber wahrscheinlich mit so wenig Erfolg wie wir. Sie können nicht einmal auf unser Spitzelwesen zurückgreifen«, knurrte Amidei, und dann warf er sie beide hinaus.

22. KAPITEL

Sie feierten ein Fest, um ihrer Hochzeit noch einmal einen gebührenden Rahmen zu geben. Es fand Ende November statt, an einem nebligen Herbsttag.

Tante Cora kam aus Prato und schenkte Cecilia augenzwinkend ein französisches Kartenspiel, mit dem sich angeblich Giacomo Casanova in ihrem illegalen Salon die Nacht um die Ohren geschlagen hatte. Wenn Cora nicht flunkerte, hatte Tante Liccia ihm, nachdem er mit einem der Mädel anbändelte, ein Loch in seinen Mantel geschossen. »Tante Liccia wäre übrigens auch gern gekommen«, sagte sie, aber in diesem Fall war klar, dass sie es mit der Wahrheit nicht allzu genau nahm.

Das Teatro, in dem die Feier stattfand, war mit Blumen geschmückt und bis ins letzte Eckchen gefüllt. Cecilia hatte sich einige Tage mit der Frage herumgeschlagen, wen sie einladen solle und wie man angesichts der Tatsache, dass sie sowohl die Seccis als auch Zaccaria, Fausta und Bruno an ihrem Ehrentag um sich haben wollte, eine Tischordnung erstellen konnte, bis sie feststellte, dass Rossi offenbar jeden einlud, der ihm über den Weg lief. Gut. Auch gut.

Da Marianna darauf bestanden hatte, die Feier für ihre Freundin auszurichten, spielten als Mohren verkleidete junge Männer zum Tanz auf – Menuette, aber frivolerweise bald auch Walzer, was Signora Secci für diese Gelegenheit unpassend fand. Zaccaria und Fausta führten eine Polonaise an, bei der der Boden krachte, was Signora Secci ebenfalls düpierte. Dina spielte auf der Violine, Tante Cora weihte Fausta in die Zahlen- und Traummystik des Lottospiels ein,

und Signor Secci nötigte Rossi zu einigen Unterschriften, mit denen er ihm sein Vermögen zurückgab.

»Eine großartige Feier«, meinte Rossi in einer ruhigen Minute zu seiner Frau. Sie freute sich, dass er ebenfalls glücklich war.

»Wir haben gute Freunde«, sagte sie. »Wirklich gute Freunde, Rossi, weißt du das?« Er küsste sie, und die Narbe, die inzwischen zu einem schlecht zu überschminkenden weißen Schmiss geworden war, schien er dabei gar nicht wahrzunehmen. Müßig sahen sie zu, wie Goffredo vom Kaffeehaus gegenüber mit Äpfeln jonglierte und Zaccaria den jungen Bossi und dann Leonardo Cardini zum Armdrücken überredete. Signor Secci war in einem Eckchen selig entschlummert, und seine Signora hatte sich zu Fausta und Cora gesetzt und kommentierte ihr Spiel.

Als die Zeit vorrückte, betrank Cardini sich und erzählte Dottore Billings und jedermann, der in der Nähe stand, von der Liebe seiner Jugend, die an einer simplen Erkältung gestorben war, weil sie zu einem Picknick gegangen war, anstatt ihre Krankheit auszukurieren. Es hatte damals geregnet, obwohl der Tag strahlend begonnen hatte. Er brütete vor sich hin, bis Cecilia ihn in ihr Ehebett verfrachtete, den einzigen ruhigen Ort, an dem er seinen Rausch ausschlafen konnte.

Bruno fasste zu später Stunde Mut und sagte ein Gedicht auf.

Kurz vor Weihnachten kam überraschend Signor Rosselino mit Benedetto vorbei. Er hatte seinen Sohn offenbar tief ins Herz geschlossen, und es war ihm ein Anliegen, sich noch einmal persönlich bei den Rossis zu bedanken. Außerdem wollte er Stellas Grab besuchen.

»Giudice Amidei hat mit mir korrespondiert. Von Hey-

ward, diesem Ungeheuer, gibt es immer noch keine Spur«, meinte er, als sie später gemeinsam zu Abend aßen.

»Ich nehme an, dass er die Toskana längst wieder verlassen hat«, sagte Rossi. »Warum sollte er das Risiko eingehen, hier zu bleiben, wo man ihn sucht?«

Ich wünschte mir nur, er wäre gefasst worden, dachte Cecilia und legte die Hände auf ihren Bauch, der sich inzwischen ansehnlich wölbte. Sie sah, dass der immer noch schweigsame Benedetto sie beobachtete.

»Ich lerne lesen«, vertraute ihr der Junge später in der Diele an, als Vater und Sohn sich auf den Weg machten, ihr Gastzimmer im Gallo aufzusuchen.

Zärtlich küsste sie ihn auf die Stirn. »Du bist klug. Mach deiner Mamma Ehre. Bei allem Unglück hat das Schicksal es gut mit dir gemeint.«

»Ist der böse Mann wirklich fort?«, fragte er, und sie sah, wie sich in seinen grünen Augen ihre eigene Angst spiegelte.

»Ganz gewiss«, versicherte sie ihm.

Die Tage verstrichen, und mittlerweile war es so kühl geworden, dass man auch zur Mittagszeit einen Mantel überziehen musste. Rossi hielt Gericht, und weil Dina die Türen nicht sorgfältig geschlossen hatte, konnte Cecilia hören, wie er einem Bauern aus Massa einen Vortrag über Wegerechte hielt und die unselige Neigung, sie mit der Faust einzufordern. Das war auch dann nicht akzeptabel, wenn es sich bei dem Prozessgegner um den eigenen Sohn handelte. Nicht einmal, wenn der Bursche sich in ein Mädel aus Cozzile verguckt hatte, wo, wie man wusste, nur Lumpen wohnten. Cecilia musste lächeln.

Sie brachte Dina zu Monsieur Valette, der den ehemaligen Speicher eines Tuchhändlerhauses gemietet hatte und

dort die jungen Damen und Herren der Stadt in den Feinheiten der Quadrille unterrichtete. Belustigt schaute sie zu, wie die Kinder einander in die Hacken traten. Nach der Tanzstunde ging sie mit Dina zur Schneiderin, um Stoff für ein neues Kleid herauszusuchen. Das Mädchen wuchs, sobald sie einen Moment zur Seite schaute.

»Einmal denke ich, alles ist wieder gut«, gab Dina, als sie wieder auf der Straße waren, ungewohnt ernst von sich, »aber dann wieder doch nicht. Mein Vater hat verboten, dass ich allein draußen spazieren gehe, und ich wollte heulen, weil er gesagt hat, dass er mir den Hintern verhaut, wenn ich es doch tue, aber dann hab ich gemerkt, dass ich gar nicht allein draußen sein *mag*.«

»Wunden heilen langsam«, meinte Cecilia und zog sie zur Seite, um einen Bauern mit einem Ochsengespann vorbeizulassen. Sie drückte die Kinderhand fester. »Du hast viel Schlimmes erlebt. Da wird man ängstlich. Aber der Giusdicente Lupori, der uns das Leben schwergemacht hat, ist tot – und darum ist nun alles gut.« Dass der andere, der ihnen das Leben ebenfalls schwergemacht hatte, nicht wiederkehren würde, darauf mussten sie sich eben verlassen.

Aber es ärgerte sie, wie Heyward offenbar immer noch im Leben der Kinder präsent war. Und in ihrem eigenen ebenfalls. Sie vermied Spaziergänge, die sie abseits der Menschenmengen führten, und abends schaute sie sorgfältig nach, ob sämtliche Fensterläden verriegelt waren. So war auch ein Stück Trotz dabei, als sie mit Dina an diesem Nachmittag noch einmal vor das Tor ging, um Fausta auf ihrem Hof zu besuchen. Sie wollte sich und dem Mädchen beweisen, dass sie die Schatten der Vergangenheit vertreiben konnten.

Als sie nach einem ausgiebigen Pläuschchen auf dem Karrenweg zwischen Zaccarias Haus und der Straße, die

zum Westtor des Städtchens führte, heimkehrten, schlug die Kirchturmuhr gerade sechs, es war also noch nicht spät, aber schon dunkel. Sie waren mehr als satt, weil Fausta sie zu einer Polenta mit brauner Butter überredet hatte. Cecilia trug eine Laterne, die die Bäuerin ihr mitgegeben hatte, und das hellgrün gefärbte Licht huschte mit jedem Schritt, den sie taten, über Büsche und das Laub.

»Wir sollten lieber im Hellen laufen«, brummelte Dina, und Cecilia lachte und sang ihr ein Lied über einen Käfer vor, der sich in einen Sonnenstrahl verliebt hatte, damit sie auf andere Gedanken kam. Sie hätten diesen Weg nicht benutzen müssen – es gab eine belebtere Straße, auf der sicher auch jetzt noch Menschen unterwegs waren. Aber mit dem gleichen Eigensinn, der sie zu Fausta geführt hatte, hatte Cecilia sich auch für den Karrenweg entschieden, und nun versuchten sie, das Gespenst der Angst zum Teufel zu jagen. Und es gelang ihnen auch.

Bis es ihnen wieder eiskalt im Nacken saß.

»Da ist jemand ... hinten, bei den Büschen ...«, flüsterte Dina, und auch wenn sie es nicht gesagt hätte – Cecilia hörte es selbst. Ein Rascheln im Laub neben der wilden Hecke, die Weg und Felder voneinander trennte. Das Geräusch folgte ihnen so kontinuierlich im immer gleichen Abstand, dass kein Zweifel möglich war. Jemand schlich ihnen nach. Cecilia spürte, wie sie mit der Angst ein Gefühl der Ohnmacht überkam. Heyward – ein Jäger, dem man die Beute gestohlen hatte und der sich das nicht bieten lassen wollte. So hatte sie ihn die ganze Zeit eingeschätzt. Warum hatte sie nicht auf ihre innere Stimme gehört?

Sie holte Luft, um das Zittern aus ihrer Stimme zu verbannen, und flüsterte betont ruhig: »Du läufst voran, mein Herz. Ich werde mich laut beschweren, dass du zu rasch bist,

aber du rennst einfach weiter bis in die Stadt. Und dort holst du Hilfe.« Sie ließ den leisen Worten ein Lachen folgen, als hätte sie einen Scherz gemacht.

Das Mädchen rannte los, und Cecilia rief ihr gutgelaunt etwas von Wildfang und sauberen Schuhen hinterdrein. Niemand würde auf solch ein Theater hereinfallen. Heyward nicht, und auch kein Landstreicher oder wer auch immer sich dort hinter der Hecke herumtrieb. Sie wartete mit Nerven, die so angespannt waren, dass es körperlich schmerzte, auf eine Bewegung, einen Ruf, womöglich gar auf einen Schuss. Als der Weg eine Biegung machte – etwa hundert Schritt weiter – drehte Dina sich noch einmal um. Sie verharrte kurz, winkte, und fort war sie.

Gut so. Gut.

Cecilia blieb stehen. Und endlich sprang der Verfolger aus den Büschen. Es war bereits zu dunkel, um sein Gesicht zu erkennen, aber sie hörte den vertrauten, verhassten, weichen Akzent. Er packte sie am Ellbogen und befahl ihr mitzukommen. In der Ferne, zwei oder drei Felder weiter, schaukelte ein heller Lichtpunkt – ein anderer Heimkehrer, ein Bauer vielleicht oder jemand, der den Feierabend zu einem Verwandtenbesuch nutzte. Cecilia erwog kurz zu schreien.

Und wagte es nicht.

Was, wenn Dina umkehrte? Oder wenn ihr Entführer dafür sorgte, dass ihr Schrei verstummte und sie für immer stille blieb? Sie bildete sich ein, das Kind in ihrem Bauch zu spüren. Ein kleiner Fisch ohne Furcht. *Kind des Glücks.* Man durfte Heyward auf keinen Fall verärgern.

»Was wollen Sie?«

Er knurrte etwas und zerrte an ihr. Über seinem Kopf lag eine Kapuze. Sein Mantel war dick und reichte bis zum Boden. »Mitkommen!«

»Sie machen es nur noch schlimmer.« Cecilia zitterte so heftig, dass es sich auf ihre Stimme übertrug, und sie war völlig überrascht, als er zuließ, dass sie sich losriss.
»Mitkommen«, wiederholte er. »*Accompagnare.*« Er sprach ein schreckliches Italienisch. Und starrte sie hilflos an. »Signorina Barghini?«
»Rossi. Signora Rossi.«
»*Accompagnare?*«
»Sie sind gar nicht Heyward.«
»Heyward«, nickte er dankbar. »Heyward. *Accompagnare?*«
Einen Moment stand sie wie vom Donner gerührt. Sie starrte auf das Gesicht, das sich jetzt aus den Falten der Kapuze schälte. Nicht Heyward. Das war ein Engländer, aber keiner, den sie kannte. Zerrissen zwischen Furcht und Neugierde folgte sie ihm.
Nach einem kurzen Marsch über ein abgeerntetes Feld erreichten sie das Wäldchen, in dem Arthur Billings' Asyl lag. Der Mann lotste sie in eine Richtung, die sie nicht kannte. Weiter in die Einsamkeit. Ihre Nervosität wuchs. Als sie merkte, dass er aufs Unterholz zustrebte, zupfte sie an dem Fichu, den sie unter ihrem Mantel trug, und ließ ihn hinter sich zu Boden fallen. Sie drehte rasch die Laterne, so dass das Stoffdreieck im Finstern verschwand.
Der Fremde bemerkte nichts. Er schlug sich vor ihr durch die Büsche und war vollauf damit beschäftigt, sich zu orientieren. Was, wenn Heyward ihn beauftragt hatte, sie zu ihm zu locken? Nein, das war nicht vorstellbar. Neunundneunzig Frauen von hundert – im Grunde jedes Wesen mit Verstand – wären schreiend davongelaufen in einer Situation wie der ihren. Cecilia opferte einen Schuh, als er ein weiteres Mal die Richtung änderte. »Warten Sie«, keuchte sie und tat, als hätte sie sich in den Dornen verfan-

gen. Dina war schnell wie der Blitz, aber sie musste Zeit schinden.

Bei ihrem vorgetäuschten Bemühen, sich aus den Dornen zu befreien, verfing sich tatsächlich eine Ranke in ihrem Kleid. Sie spürte den Widerstand, hörte das Geräusch und hoffte, dass es nicht nur einen Riss gegeben hatte, sondern auch ein Stückchen Stoff in den Dornen hängengeblieben war. »Ich habe es schon.« Einen Moment schaute sie auf den schwarzen Rücken, der sich vor ihr den Weg bahnte, und dachte: Du bist verrückt. Der Mann kennt Heyward. Welcher Teufel treibt dich?

Sie wusste es. Sie hielt die Ungewissheit nicht mehr aus, das war es. Sie wollte endlich wieder frei atmen und auf die Straße gehen können, ohne sich zu fürchten.

Plötzlich tauchte eine knochenweiße Steinbruchwand vor ihnen auf. Büsche, Bäume – sie befanden sich immer noch im Wald, aber vor allem war da die weiße Wand mit Vorsprüngen, die wie Zwergenbalkone aussahen. Rechts von ihr hing der Mond, in den eine Faust eine Delle geschlagen hatte. Wo Cecilia stand, wuchsen Dornensträucher mit roten Beeren, doch die Sandkuhle unter der Felswand war kahl. Und dort wartete eine kleine Gruppe frierender Männer.

Einer von ihnen war rundlich und sah bieder und müde aus, wie ein Bauer, der sein Tagewerk verrichtet hatte und sich nun nach einem geruhsamen Feierabend sehnte. Seine Oberlippe wurde durch ein kleines rotblondes Bärtchen geziert. Ein Mensch, mit dem man bedenkenlos eine Kutschreise antreten würde. Die drei anderen ähnelten einander. Alle hager und groß, alle blonde Haare, alle mit Nasen, aus denen schwarze Haarbüschel wuchsen. Sie verneigten sich höflich.

Der Letzte lag in der Kuhle. Es war …

… Heyward.

»Keine Angst, Signora«, brummelte der Dicke, der auf sie zutrat. Er sprach auf den Mann ein, der Cecilia zu ihm geführt hatte, und offenbar machte er ihm Vorwürfe, nur tat er es auf Englisch. Sie verstand kein einziges Wort.

»Yeah«, brummte ihr Führer.

Heyward trug Fesseln an Händen und Füßen. Sie hatten ihn verprügelt. Sein Gesicht war so geschwollen, dass Cecilia ihn nicht erkannt hätte, wenn nicht all ihre Sinne auf ihn eingeschworen gewesen wären. Sie starrte ihn an, und er starrte zurück, frech, mit einem dünnen Lächeln auf den Lippen, das aussah, als wäre es mit einem Messer in einen Hefeteig gekerbt worden.

»… wird auch Ihre Zufriedenheit wecken: Der Unhold ist gefasst.«

Cecilia zuckte zurück, als der dicke Engländer sie am Arm berührte. »Bitte?«

Der Mann musste schon länger zu ihr gesprochen haben. Er seufzte und begann seine Erklärung zu wiederholen. Sein Name sei Edward Granger, er gehöre den Bow-Street-Runners an, von denen sie sicher noch nie gehört habe, die aber als ausgezeichnete Polizeitruppe im Dienste des englischen Königs galten und die die Straßen Londons so sicher wie die Wiege eines Kindes machten.

Ein Hirsch röhrte. Die Nachtluft trug seinen Schrei über weite Fernen. Cecilia starrte schon wieder Heyward an. Sie sagte sich, dass er Angst haben müsste, so wie seine Kollegen ihn zugerichtet hatten. Dass ihn weder die Fesseln noch die Männer, die ihn bewachten, sonderlich zu berühren schienen, entsetzte sie. In ihrer Phantasie sah sie ihn aus einem Schlund von Pech und Schwefel aufsteigen, ein Wesen ohne menschliche Gefühle und ohne die Schwäche, Schmerzen zu empfinden, das sich aufgemacht hatte, unter

den Menschen Schrecken zu verbreiten. Um mit einem Lachen in seine Hölle zurückzukehren.

Einer der Blonden versetzte dem am Boden Liegenden einen Tritt, vielleicht um Cecilia ihren guten Willen zu demonstrieren, und es zeigte sich, dass Heyward doch für Schmerzen empfänglich war. Er jaulte auf, und einen Moment lang wurde aus dem Strich seines Mundes eine gekräuselte Linie.

»Es ist so«, fuhr Edward Granger fort zu sprechen mit der Geduld, die Arthur für seine Irren aufbrachte. »Wir können ihn nicht mit nach England nehmen. Die Grenzkontrollen in Ihrem gesegneten Land sind schauderhaft. Außerdem mag man hier keine Engländer. Ist kein Vorwurf. Jedenfalls – wenn wir ihn auf offiziellem Wege außer Landes bringen wollten, bestünde die Gefahr, dass man den Burschen im Hafen wieder auf freien Fuß setzt, nur um uns eins auszuwischen. Das wäre ...« Er fand das Wort nicht und blickte gereizt auf seinen Gefangenen. »Wir werden ihn also hier verurteilen«, schloss er.

»Was?«

»Nun, eine Gerichtsverhandlung, Signora. Heute Abend. Gerade jetzt. Es war offen gestanden nicht einfach, Sie allein zu erwischen, und ich spüre, Signora, dass Sie auch nicht allzu erfreut sind, sich in dieser Situation zu befinden. Um Ihre Unruhe zu beseitigen, komme ich daher ohne Umschweife zum Grund meiner Einladung – wir bedürfen Ihrer Hilfe.«

»Das verstehe ich nicht.«

»Natürlich nicht«, sagte Granger. »Sehen Sie, die drei vorzüglichen Herren hier – allesamt auf den Namen Harding getauft – haben eine lange Reise auf sich genommen, um das menschliche Scheusal, das Sie gebunden am Boden sehen, zur Strecke zu bringen. Damit Sie begreifen, wa-

rum Sie es mit einer Familie zu tun haben, darf ich Ihnen berichten, dass die Schwester dieser wackeren jungen Männer ebenjenem Heyward aufgrund seiner vertrauensvollen Stellung ihre Tugend anvertraute, indem sie ihm die Begleitung von einer Wäscherei heim in ihr Tal erlaubte. Sie hätte das nicht tun sollen, da sie ihn gerade erst kennengelernt hatte, aber sein Amt gab ihr den Mut. Und um das Trauerspiel kurz zu fassen – sie wurde aufs entsetzlichste enttäuscht.«

Ja ... ja, das konnte man sich vorstellen. Cecilia fühlte Heywards Hände auf ihren Brüsten ... *Wir werden ihr helfen* ... Einen Moment lang kämpfte sie wieder mit Übelkeit, obwohl sie dieses Stadium der Schwangerschaft bereits hinter sich gelassen hatte. Gewaltsam riss sie sich vom Anblick des Gefesselten los.

»George hier«, Granger deutete auf einen der Blonden, »der ein Bruder des bedauernswerten Mädchens ist, kam zufällig zur selben Zeit von einem kranken Ferkel ... Na ja, das wird Sie nicht interessieren. Er eilte der Schwester zu Hilfe, wurde aber von Heyward niedergeschlagen. Die Schwester war bereits tot.«

»Das ist entsetzlich, Signor Granger. Was wollen Sie von mir?«

»Als ich von Signor Rossi Nachricht erhielt, dass besagter Heyward inzwischen hier in der Toskana sein Unwesen treibt, konnte nichts die Brüder davon abhalten, mir ihre Hilfe anzubieten, für den Fall, dass ich mich selbst kümmern sollte. Und das wollte ich, wahrhaftig, denn die Bow-Street-Runners haben noch nie in der Zeit ihrer ruhmvollen Tätigkeit eine derartige Schmach durch einen der ihren erleiden müssen. Also schifften wir uns in Portsmouth ein und jagten den elenden Burschen. Schließlich konnten wir ihn tatsächlich ergreifen – und nun sind wir hier.«

»Was wollen Sie von mir?«

»Signora – ich weiß, wie schmerzlich es für Sie sein muss, noch einmal an all die Drangsal erinnert zu werden, die Sie zu erleiden hatten ...«

»Bitte, Signor ...«

»Nun, der Grund, aus dem wir Sie hierherbaten, ist folgender: Als ich Heyward vor weniger als einer Woche ertappte, geschah das in Pisa, wo ich keine Menschenseele kannte und mich vor den Behörden auf keinerlei Autorität berufen konnte. Ich steckte in der Klemme: Sollte ich ihn entkommen lassen, dieses menschenverachtende Wiesel?«

Er erwartete wohl, dass sie den Kopf schüttelte, und sie tat ihm den Gefallen.

»Da es mir also unmöglich war, Heyward offiziell zu verhaften, traf ich einen Entschluss. Ich sandte meine Begleiter in die Spelunke, in der ich ihn gesehen hatte, und bat sie, ihn unauffällig vor das Stadttor zu schaffen. Nur – sie ergriffen den falschen Mann.«

»Warum?«

Granger antwortete nicht, und Cecilia brauchte einen Moment, um selbst darauf zu kommen. Weil der Bruder des ermordeten Mädchens Heyward offensichtlich nicht erkannt hatte. Grangers Jammermiene wurde begreiflich. Er hatte sich auf Mörderjagd begeben, aber der einzige Zeuge hatte sich als nutzlos erwiesen. Seine Helfer waren nicht in der Lage gewesen, den Mörder ihrer Schwester zu identifizieren.

Sie zwang sich, wieder zu Heyward zu blicken. Der Mann grinste sie spöttisch an. Nur die Tatsache, dass er jede Bewegung mied, zeigte, dass er litt.

»Da ich also auf keinen Zeugen mehr zurückgreifen kann und der Unhold sich auch nicht zu einem Geständnis bewegen lässt, bin ich auf Ihre Aussage angewiesen, Signora Rossi. Verstehen Sie?«

»Nein. Es ist überhaupt nicht schwer, das Haus von Giudice Rossi zu finden. Dort würde man sich schon um ihn kümmern. In Italien gibt es ebenfalls Gerichte.«

Sie hatte offenbar den wunden Punkt berührt. Granger inspizierte griesgrämig erst die Felswand und dann den Lumpen im Sand. »Dieser Mann hat die Ehre der Bow-Street-Runners beschmutzt. Ich bezweifele nicht, dass auch ein italienisches Gericht ihn schuldig sprechen würde, aber ich bin weit gereist. Und ich bin zornig. Signora, dieser Mensch hat unschuldige Kindlein getötet.«

Und Granger, der gemütliche kleine Mann, wollte ihn selbst bestrafen. Aber nur, wenn ihm eine Zeugin eine handfeste Grundlage für ein Urteil gab. Ein rachedurstiger Erbsenzähler und Paragraphenreiter, dem die eigene Pedanterie mittlerweile auf die Nerven ging. Es hätte sie zum Lachen gebracht, wenn die Situation eine andere gewesen wäre.

Unvermutet kam Widerspruch aus der Sandkuhle. Heyward rührte sich in seinen Fesseln, soweit es ihm möglich war. »Nein«, krächzte er heiser. »Das war … Lupori … will sich reinwaschen … habe nichts getan … beobachtet …« Diese Worte kamen nicht rasch, sondern so mühsam, dass man ihn kaum verstehen konnte. Seine Lippen waren nach innen gezogen. Und dieses Mal sah Cecilia, die unwillkürlich die Lampe hob, dass ihm sämtliche Zähne fehlten.

»Ein Lügner, der hofft, das Leugnen würde ihm den Hals retten.« Granger wippte ungeduldig mit den Füßen, während er wartete. Er hat recht, dachte Cecilia, während ihr schwül vor Hass wurde. Dieser Mann hatte sie angefasst. Er hatte Rosina ermordet, den kleinen Modesto vom Felsen geworfen, Assunta … Dieser Mann war das gefühlloseste Scheusal auf Gottes Erden. Wie konnte er mit seinen Lippen

dieses »Ich war es nicht« formen, wo sie doch in dem Schlafzimmer gewesen war, in dem er Stella und ihre Freundin niedergestochen hatte wie Vieh.

Einer der Brüder sagte etwas Zorniges auf Englisch und trat erneut nach dem Bündel auf dem Boden. Und plötzlich erkannte sie, dass Heyward Todesängste litt. Was sie für Spott gehalten hatte, war nichts als dünne Tünche über seinem Entsetzen.

»Damit gilt Ihre Aussage als gemacht, Signora«, erklärte Granger plötzlich resolut. »Hängt ihn auf.«

»Nein ... nein ... nein ...« Ein lauter Schrei, als die Engländer Heyward unter den Armen packten. »Sie hat nichts gesagt«, nuschelte er. »Sie hat doch nichts ...«

Hängen ist gnädig, wenn man bedenkt, was du alles getan hast, dachte Cecilia. Einer der Brüder kramte eine Schlinge aus einem Beutel. Er hatte sie wohl während der ganzen Reise für diesen Augenblick mit sich geschleppt. Mit feierlicher Miene warf er sie Heyward um den Hals, zog sie eng und spuckte dem Mörder seiner Schwester mitten ins Gesicht. Dann schleppten sie ihn zu dritt zum nächsten Baum. Cecilia sah, dass an Heywards Gesäßstoff ein dunkler Fleck prangte. Wacholdernadeln und Blätter klebten daran.

»Ich habe dich nach dem Mord an Stella gesehen«, sagte sie leise. »Die beiden Frauen hast du in jedem Fall auf dem Gewissen. Und die Kinder auch.«

Heyward drehte sich in den Armen seiner Henker, glatt wie ein Fisch, kaum zu bändigen, voller Kraft, die ihm seine Verzweiflung gab, während einer der Brüder versuchte, das Ende der Schlinge um einen Ast zu werfen. Er begann zu heulen.

»Hände weg von dem Mann.«

Gänzlich überrascht fuhr Granger herum. Die Henker verkrallten sich in ihr Opfer, und Heyward erschlaffte in ih-

rer Mitte, das Gesicht von jeglicher menschlichen Regung entblößt, außer der Hoffnung.

Einige Sekunden lang sprach niemand ein Wort. Dann lüftete der Bow-Street-Runner seinen Hut. »Edward Granger, wenn es beliebt. Und ich habe es zweifellos mit Giudice Rossi zu tun? Das Fräulein Tochter? Einen wunderschönen guten Abend. Und nun möchte ich Sie in Ihrem und unserem Interesse und im Interesse jedes aufrechten Menschen bitten, wieder zu gehen. Nehmen Sie die Dame mit sich, die bereit war, die Schuld des Ungeheuers zu bezeugen, und das Kind auch. Ich muss mich entschuldigen, dass wir die Signora belästigten, aber es war unabdingbar, dass die Schuld dieses Halunken zweifelsfrei festgestellt ...«

»Heyward?«, fragte Rossi. Er trug eine Pistole in der Hand und hatte weder Weste noch Mantel an. Nur das dünne weiße Hemd, das aus der Hose flatterte.

»Er ist es«, bestätigte Granger.

Rossi verließ das Buschwerk und ging vor Heyward, der mittlerweile wie ein Käfer auf dem Boden lag, in die Knie. Lange musterte er den Mann, der gemordet und ... *der deine Frau angefasst hat, vergiss das bitte nicht.* Er hatte es nicht vergessen. Cecilia sah den Ansatz seines Halses, an dem sich die Nackenmuskeln spannten. *Jawohl, das ist der Mistkerl. Und er hat Rosina umgebracht!*

Dina schlich zu Cecilia und umklammerte ihre Hand. Schließlich erhob Rossi sich wieder. Nicht einmal Cecilia konnte seinen Gesichtszügen etwas entnehmen. »Sie werden gehen, Granger, und Ihre Männer mitnehmen.«

»Und der Mörder ...«

»... wird vor ein italienisches Gericht gestellt und verurteilt werden.«

Granger rang nach Worten. Trotz seiner ausgezeichneten Sprachkenntnisse begann er zu stottern. »Diese Ausgeburt

der ... Nieder... Niedertracht und Bösartigkeit wird *leben*. Darauf läuft es ... Ha! Gott, der Allmächtige, hat durch ... Moses gesagt: Auge um Auge und Zahn um Zahn.« Der Engländer knallte die Faust auf seine Brust. »So fühl ich es. So fühlt es jedermann. Gott sagt: Wer tötet, soll sterben. Ihr Italiener setzt euch über Gott hinweg. Ihr beleidigt Seine Gerechtigkeit ... mit eurer ... gefühlsduseligen ...«

Granger knirschte mit den Zähnen, und Cecilia sah, dass einer der Brüder in die Jacke griff. Rossi musste es ebenfalls bemerkt haben, denn er trat einen Schritt zurück und hielt sie nun alle in Schach – die ganze englische Gesellschaft, mit Hilfe seiner Pistole. Sein Gesichtsausdruck war immer noch ohne Regung. Nur als sein Blick Heyward streifte, der ihn mit einem Ausdruck höchsten Glücks anstierte, kräuselte sich sein Mund.

Granger hatte noch nicht aufgegeben. »Fragen wir die Signora«, wisperte er. »Ist es recht, dass dieses ... diese Ausgeburt der Hölle lebt, während ihre Opfer grausam das Leben ließen? Ich frage Sie, Signora – ist das gerecht, angesichts der Tatsache, dass *Kinder* starben?«

Sie sagte, was sie dachte: »Nein.«

»Die Meinung der Signora spielt keine Rolle«, erklärte Rossi. »Verschwinden Sie.«

Einer der Brüder fragte etwas auf Englisch.

»Verschwinden Sie«, wiederholte Rossi, »bevor etwas geschieht, was nur einem Einzigen in dieser Runde gefallen könnte.«

Die Engländer blickten Cecilia an, flehend, als wäre sie in der Lage, etwas zu ändern. Das war sie aber nicht. Niemand besaß diese Macht über Enzo Rossis akribisches Gewissen.

Schließlich hob Granger den Mantelsack auf, mit dem er gereist war. Alle Kraft schien aus ihm gewichen, und mehr denn je erinnerte er an einen arbeitsmüden Biedermann,

nur dass ihm die Plackerei, die er auf sich genommen hatte, nicht gelohnt worden war. Die Brüder murrten und warfen Rossi zornige Blicke zu, aber angesichts seiner Waffe ergriffen sie ebenfalls ihr spärliches Gepäck. Die Schlinge ließen sie an Heywards Hals. Sie brauchten sie ja nicht mehr.

»Ich danke Ihnen«, brabbelte der Mörder, schwelgend im Glück.

Rossi schaffte ihn ins Gefängnis unter das Uhrengeschäft. »Ich weiß, dass es dir nicht gefällt, aber ich kann es nicht ändern«, sagte er zu Cecilia und schickte sie und Dina nach Hause. Er wollte zu Signor Secci und dann mit ihm zu Zaccaria, um zu besprechen, wie zu verfahren sei, wobei sie beide wussten, dass das ein Vorwand war. Er hatte keine Lust, mit seiner Frau allein zu sein.

»Nimm's dir nicht zu Herzen«, meinte Fausta, die später, als Dina bereits zu Bett war, im Palazzo della Giustizia vorbeischaute. »Natürlich hätte der Kerl an den Baum gehört. Es wäre ein guter Ausgang gewesen, gerechter als alles, was sich die Paragraphenkleckser in Florenz ausdenken können. Aber Rossi ist Rossi – er hat nun mal seine Ansichten darüber, was sich für einen Richter gehört.« Ihr entrang sich ein Seufzer. »Deshalb musst du aber nicht denken, dass er den Kummer, den der Mordbandit dir zugefügt hat, geringschätzt. Glaub das nicht, Herzchen.«

Als sie gegangen war, setzte Cecilia sich in den hässlichen gestreiften Lehnstuhl, den Rossi so liebte, und nahm sich die Flickwäsche vor. Dinas Röcke … Rossis Socken … Nach wenigen Stichen stand sie auf, holte ihren eigenen Rock, den sie unter die Treppenstufen geworfen hatte, hervor, knüllte ihn und warf ihn in den brennenden Kamin. Sie sah zu, wie er in Flammen aufging – ein braunes Prachtstück mit gesteppten Baumornamenten und Kräuselbändern. Sie

wartete auf eine Reaktion ihres Herzens. Sie hatte Heyward nicht hängen sehen, aber sie hatte sich doch erhofft, dass diese archaische Zerstörung ihr etwas Zufriedenheit verschaffen würde. Das geschah aber nicht. Sie fühlte sich so leer, als hätte sie versehentlich ihr Herz ausgeatmet.

Wieder machte sie sich ans Flicken. Schließlich nahm sie einen Kissenbezug zur Hand, in den sie einen Blumengarten zu sticken begann. Für das kleine Glück, das in ihr wuchs.

Gegen Mitternacht kehrte Rossi heim. Er ging sofort hinauf in sein Arbeitszimmer. Cecilia nahm einen hellblauen Faden auf, für die Vergissmeinnichtblüten, die noch fehlten, und lauschte, während sie fädelte und einen Knoten in das Garnende knüpfte. Rossi marschierte in seinem Zimmer auf und ab, dann wurde es still. Schließlich gab es einen Knall, als hätte er einen Gegenstand an die Wand geworfen.

Sie begann mit der Blüte, sah aber bald, dass sie nur einen Klumpfuß zustande brachte. Also schnitt sie mit ihrer kleinen Schere den Faden wieder durch und zupfte mit den Fingernägeln die missratene Blüte aus dem weißen Stoff. Endlich hörte sie ihren Mann die Treppe herabkommen. Rossi schloss die Zimmertür hinter sich und setzte sich auf den freien Stuhl auf der anderen Seite des Tisches. »Sag was.«

Cecilia ließ den Kissenbezug sinken. »Granger hatte recht, als er fand, dass Heyward an den Baum gehört.«

»Der Mann bekommt seine Strafe.«

»Ja. Aber er wird *leben*. Und das ist mehr, als die Kinder oder Stella oder Rosina hatten. Die Engländer hätten ihn hängen sollen«, wiederholte sie voller Groll.

Sie sah zu, wie Rossi die Anrichte öffnete und nach seinem Fiasco-Wein suchte. Mit der Flasche in der Hand blieb er stehen. »Heyward wird zur Galeere verurteilt werden.

Das steht außer Zweifel. Er wird die wenigen Monate oder Jahre, die ihm bleiben, angekettet auf einer Bank sitzen und rudern. Das ist kein Leben, Cecilia. Er ist schon auf dem Schiff tot.«

»Und doch ist es mehr, als die Kinder hatten«, beharrte sie. Womöglich riss er sogar aus? Was, wenn dem wendigen Mann die Flucht gelang? Davon hatte sie schon gehört – entflohener Galeerensträfling …

Rossi stellte die Flasche ab und setzte sich wieder an den Tisch. Er fuhr sich mit den Händen durch die Haare. Das hatte der Mistscheißer Heyward auch hinbekommen. Sie saßen hier und stritten sich.

»Darf ich dir was erzählen?«, fragte er.

»Ich will's nicht hören.«

»Manfredo del Lago. Ein Stempelschneider aus Marcello. Er wurde angeklagt, einen Rock aus dem Schrank eines Auftraggebers gestohlen zu haben, als der Mann einen Moment aus dem Zimmer ging. Der Rock war wertvoll, Manfredo wurde gehängt. Es stellte sich heraus …«

»Das Beispiel passt nicht.«

»Man kann es nicht rückgängig machen – das ist die Sache. Manfredo war unschuldig, und niemand konnte ihm das Leben wiedergeben.«

»Heyward ist *nicht* unschuldig.«

»Hör auf, so zu tun, als verstehst du es nicht.«

Das war die Sache: Sie verstand das Dilemma sehr wohl. Hitzig zerschnitt sie einen weiteren Faden und versuchte, ihn aus dem Stoff zu zupfen. Die Seide zeigte inzwischen hässliche Löcher. War auch Heywards Schuld. Und dass sie über dunkle Feldwege gehen musste, um sich etwas zu beweisen. Und dass sie es hasste, allein im Haus zu sein. Dass sie schlecht schlief und in den nächsten Tagen Umwege machen musste, um das Gefängnis unter dem Uhrengeschäft

zu meiden. Dass Dina jede Nacht heimlich in ihr Bett kroch ...

Sie blickte zu ihrem Ehemann, der vor sich auf die Tischfläche starrte, und sie wusste, dass er unter dem Streit noch mehr litt als sie selbst. Wahrscheinlich dachte er an Grazia. Warum konnte er kein Kaufmann sein oder ein Bauer oder irgendetwas, was es ihnen erlaubte, unbeschwert in der Stube zu sitzen und Klumpfüße zu sticken?

Es hatte keinen Sinn. Sie legte die lädierte Seide beiseite, stand auf und ging zum Fenster. Dunkelheit lag auf dem Marktplatz. Nur gegenüber bei Goffredo in der Kaffeestube brannten noch zwei Lampen. Cecilia sah die Schatten, die sich in ihrem Licht bewegten, und sie nahm an, dass er dabei war, seine Gäste hinauszuwerfen. Er tat das nicht gern, aber wenn der Richter gegenüber wohnte, war es ratsam, sich an die Sperrstunde zu halten.

Sie fühlte, wie Rossi hinter sie trat und über ihren Kopf hinweg ebenfalls hinausschaute. Tatsächlich – Goffredo öffnete die Tür. Er schlug seinen Gästen herzlich auf die Schultern, und sie hörten, wie er ihnen einen guten Heimweg wünschte – falls sie den noch finden sollten. »Gualtiero, pass auf, dass du nicht in der Pfütze ersäufst. Addio, Elio! Addio, Benvenuto ... Clodio ...« Er hatte ein lautes Organ.

»Ich träume davon«, sagte Rossi leise. »Nahezu jede Nacht. Ich sitze in diesem vergitterten Raum im Stinche, und auf der anderen Seite des Gitters bist du. Der Engländer ist bei dir und ... ich kann nichts tun. *Ich kann nichts tun.* Wenn ich davon aufwache, schlägt mir das Herz so sehr, dass es wehtut, und am liebsten würde ich etwas zerstören.«

Goffredo hatte den letzten Gast hinauskomplimentiert. Er trat auf den Marktplatz, zog einen Lappen aus dem Gürtel und begann, seine Stühle zu putzen, die er trotz der fortgeschrittenen Jahreszeit immer noch vor der Wirtschaft ste-

hen hatte. Ein Mann, der mit sich im Reinen war. Cecilia hörte ihn gedämpft durch die Scheibe singen.

»Sie würden dir alle zustimmen, hier im Ort«, flüsterte Rossi in ihr Ohr. »Niemand weiß von dem Stempelschneider, und wenn sie von ihm wüssten, dann wäre er ihnen egal, weil sie nicht mit ihm zusammen dort drüben getrunken haben. Aber ich bin Richter. Und nach meiner Meinung ist jeder Richter, der der Todesstrafe zustimmt, Manfredo del Lagos Mörder.«

»Du solltest nicht zustimmen, sondern fortschauen.«

»Du willst, dass ich fortschaue? Das willst du tatsächlich?«

Ja doch! »Du hast das Gesetz gebrochen, als du mich auf dem Weg zum Gericht befreit hast«, erinnerte sie ihn spröde.

»Zu diesem Zeitpunkt war ich aber kein Richter mehr. Ich hatte dem Granduca ein paar Stunden zuvor die Bitte eingereicht, mich von meinem Amt zu entbinden.«

»Im Ernst?«

»Natürlich«, sagte er. »Das musste ich doch.«

Sie schüttelte den Kopf, zog seine Hände zu sich heran und legte sie um ihren Bauch. »Du strapazierst dein Glück. Was, wenn der Granduca sich so geärgert hätte, dass er dir nie wieder ein Richteramt überlassen hätte. Was wäre dann gewesen?«

Er überlegte. »Wahrscheinlich Heiligenbilder. Ich hätte sie gemalt, und du hättest sie auf dem Markt verkaufen müssen.«

Sie lachte leise. »Ja … ja, das hört sich an wie ein solides Geschäft. Beinahe schade, dass du nun wieder die Robe tragen musst.«

»*Ist* es schade?«

Goffredo hatte vom Putzen und Singen genug und kehrte

in sein Haus zurück, wo gleich darauf die Lampen verloschen. Cecilia legte ihren Kopf in den Nacken, so dass er an Rossis Brust lehnte. Sie spürte sein Herz schlagen, sein verdammtes Herz, das sich alles auflud und immer alles richtig machen wollte und keinen Kompromiss aushielt. Was für ein unbequemer, eckiger Kerl. Geschah ihm recht, dass alle auf ihn schimpften.

»Ist es schade?«, wiederholte er.

Sie hörte das Unglück in seiner Stimme, und eine Welle von Zärtlichkeit durchströmte sie. Das Kleid war zu Asche geworden, es stank ein bisschen nach dem geschmolzenen Horn der Knöpfe, die sie nicht abgetrennt hatte, aber das würde sich morgen früh mit einem kräftigen Lüften erledigen lassen.

»Nun?«

»Trage mich in mein Bett, Giudice Rossi«, sagte sie, »und mache mich glücklich.«

List ist ein Verlag
der Ullstein Buchverlage GmbH

ISBN: 978-3-471-79516-3

© 2009 Ullstein Buchverlage GmbH, Berlin
Alle Rechte vorbehalten
Gesetzt aus der Aldus Linotype
Satz: Dörlemann Satz, Lemförde
Druck und Bindearbeiten: Bercker Graphische Betriebe, Kevelaer
Printed in Germany

Ralf Günther
Der Dieb von Dresden

Historischer Kriminalroman. 384 Seiten.
Gebunden mit Schutzumschlag
ISBN: 978-3-471-79555-2

Dresden in napoleonischer Zeit. Hofrat Block, der Direktor des »Grünen Gewölbes«, gerät unter Mordverdacht, als sein Stellvertreter tot aufgefunden wird. Der Hofrat ist kein Mörder, doch er hat ein peinliches Geheimnis. Um sein Doppelleben nicht auffliegen zu lassen, erklärt er sich bereit, den Preußen Informationen zu liefern.
Seine Tochter Ariane und ihr Klavierlehrer E.T.A. Hoffmann wollen Blocks Unschuld beweisen. Doch je mehr die beiden herausfinden, desto klarer zeigt sich, dass Block keineswegs unbescholten ist.
Ein packender historischer Krimi.

»Ralf Günther bietet hohen Lesegenuss.«
Die Welt

List

Helga Glaesener
Wespensommer

Historischer Kriminalroman
www.list-taschenbuch.de
ISBN 978-3-548-60767-2

Florenz 1780: Weil die junge Florentinerin Cecilia Barghini den von der Familie ausgewählten Mann nicht heiraten will, wird sie nach Montecatini verbannt. Sie soll bei dem streitbaren Richter Enzo Rossi als Gouvernante arbeiten. Doch in dem scheinbar so verschlafenen Ort lauern Gefahren: ein Mord geschieht, ein Kind verschwindet. Cecilia und Enzo müssen trotz aller Gegensätze zusammenarbeiten, wenn sie den Mörder rechtzeitig fassen wollen.

»Ein humorvolles Sittengemälde und eine spannende Detektivgeschichte.« *Brigitte*

»Helga Glaesener ist eine von Deutschlands heimlichen Bestseller-Autorinnen.« *Bild der Frau*

List Taschenbuch